Cixin Liu es el autor de ciencia ficción más prolífico y popular de la República Popular China. Ha sido galardonado nueve veces con el Galaxy Award (el equivalente en su país al Premio Hugo) y el Nebula chino. Además, ha convertido su trilogía de los Tres Cuerpos (*El problema de los tres cuerpos*, *El bosque oscuro* y *El fin de la muerte*) en una obra capaz de vender más de ocho millones de ejemplares en todo el mundo, obtener numerosos premios —como el Hugo 2015 a la mejor novela, el Locus 2017 y el Kelvin 505— y ganarse prescriptores de la talla de Barack Obama y Mark Zuckerberg. Su éxito en los mercados internacionales se debe a los fans del género, pero también, y sobre todo, a millones de lectores que han conseguido convertir a un perfecto desconocido en una de las grandes sensaciones literarias de los últimos años.

Papel certificado por el Forest Stewardship Council®

MIXTO
Papel | Apoyando la silvicultura responsable
FSC® C117695

Penguin Random House Grupo Editorial

Título original: 三体

Primera edición con esta presentación: abril de 2023
Novena reimpresión: octubre de 2025

Este libro ha sido publicado por acuerdo con Hunan Science & Technology Press. El libro fue originariamente publicado como 三体 en 2008 por Chongqing Publishing Group en Chongqing, China, y apareció primero en Science Fiction World (科幻世界) en 2006.
Asimismo, este libro ha sido publicado en coedición con Hunan Science & Technology Press.

Printed in Spain – Impreso en España

ISBN: 978-84-1314-341-5
Depósito legal: B-2.853-2023

Impreso en Novoprint
Sant Andreu de la Barca (Barcelona)

BB 4 3 4 1 5

El problema de los tres cuerpos

CIXIN LIU

Traducción de Javier Altayó
Galeradas revisadas por Antonio Torrubia

ELENCO DE PERSONAJES *

La familia Ye

Ye Zhetai: Profesor de Física de la Universidad de Tsinghua de Pekín.
Shao Lin: Esposa de Ye Zhetai y, al igual que aquel, profesora de Física en la misma universidad.
Ye Wenjie: Astrofísica. Primogénita de Ye Zhetai y Shao Lin.

Base Costa Roja

Lei Zhicheng: Comisario político de la base.
Yang Weining: Ingeniero jefe de la base. Antiguo alumno de Ye Zhetai.

El presente

Yang Dong: Teórica de cuerdas. Hija de Yang Weining y Ye Wenjie.
Ding Yi: Físico teórico. Novio de Yang Dong.
Wang Miao: Investigador en nanomateriales. Tiene un hijo, Dou Dou, de su matrimonio con Li Yao.
Shi Qiang: Comisario de policía apodado «Da Shi». Tan soez en sus maneras como eficaz en su trabajo. Fumador empedernido.

* Los nombres chinos y japoneses de los personajes de esta traducción respetan la convención de orden de esas dos lenguas según la cual el apellido precede al nombre de pila. *(N. del T.)*

Chang Weisi: General del Ejército Popular de Liberación de la República Popular de China.

Shen Yufei: Enigmática física de nacionalidad japonesa. Miembro de la organización Fronteras de la Ciencia.

Wei Cheng: Excéntrico prodigio matemático. Esposo de Shen Yufei.

Pan Han: Mediático biólogo y ecologista. Miembro de la organización Fronteras de la Ciencia.

Sha Ruishan: Astrónomo. Antiguo alumno de Ye Wenjie.

Mike Evans: Ecologista estadounidense y defensor a ultranza de los animales. Hijo de un gran magnate del petróleo.

Coronel Stanton: Coronel del Cuerpo de Marines de Estados Unidos al mando de la operación Guzheng.

PRIMERA PARTE

PRIMAVERA SILENCIOSA

1

Los años de la locura

Pekín, año 1967

El Cuartel General de la Brigada del 28 de Abril llevaba dos días siendo asediado por parte de la Liga Roja. Sus banderas se arremolinaban en torno al edificio, retorciéndose como llamas que ansían la leña.

El comandante de la Liga Roja sentía una gran desazón. Lo que le preocupaba no eran los defensores del edificio; aquellos poco más de doscientos guardias rojos de la Brigada del 28 de Abril eran meros principiantes comparados con los suyos: los guardias rojos de la Liga, formada en 1966 al inicio de la Gran Revolución Cultural Proletaria, llevaban a sus espaldas múltiples y tumultuosas marchas revolucionarias a lo largo y ancho del país, e incluso habían asistido a las grandes concentraciones de Tiananmen para ver y escuchar en persona al presidente Mao.

El motivo de su desasosiego era la docena de estufas de hierro que había en el edificio, todas ellas repletas de explosivos y conectadas entre sí por detonadores eléctricos. No podía verlas, pero sentía su magnética presencia. Accionando un solo botón, todos, revolucionarios y contrarrevolucionarios por igual, saltarían por los aires ardiendo en llamas. Los jóvenes miembros de la Brigada del 28 de Abril eran capaces de tal osadía y más. A diferencia de los hombres y mujeres de la primera generación de guardias rojos, templados por mil y una batallas, aquella nueva hornada de rebeldes resultaba tan descontroladamente enajenada como una manada de lobos sobre carbón ardiente.

En lo más alto del edificio surgió la espigada figura de una hermosa joven. Hacía ondear una enorme bandera de la Brigada del 28 de Abril. Su aparición fue automáticamente recibida por una copiosa lluvia de disparos provenientes de las armas más diversas: desde antigualllas como carabinas americanas, ametralladoras checas o fusiles japoneses tipo 38, hasta fusiles y metralletas más modernos robados al Ejército de Liberación Popular tras la publicación del «Editorial de Agosto»;* incluso había armas blancas como espadas y lanzas, todo un compendio de la historia bélica reciente.

No era la primera vez que un miembro de la Brigada protagonizaba un acto de provocación como aquel. Además de hacer ondear banderas, también gritaban eslóganes a través de megáfonos o arrojaban octavillas sobre las cabezas de sus atacantes. En cada una de las ocasiones anteriores, el osado u osada había logrado escapar indemne de las balas y ganarse fama de valiente.

Claramente, aquella muchacha creía que iba a tener la misma suerte. Enarbolaba la bandera como si se jactara de su impetuosa juventud, convencida de que el enemigo acabaría sucumbiendo bajo las llamas de la Revolución, imaginando que al día siguiente del ardor que corría por su sangre nacería un mundo ideal... Siguió embriagada por la roja y espléndida pasión de su sueño hasta que una bala le atravesó el pecho, tan tierno a sus quince años que el proyectil apenas se detuvo antes de salir silbando por su espalda. La joven guardia y su bandera se precipitaron al vacío, la primera casi más despacio que aquel paño rojo, como si se tratara de un pájaro enamorado del cielo que se niega a abandonarlo.

Los miembros de la Liga Roja prorrumpieron en vítores. Algunos de ellos corrieron hasta el pie del edificio para despedazar la bandera de la Brigada y tomar en volandas el pequeño cadáver.

* Editorial del número de agosto de 1967 de la revista *Bandera Roja*, que instaba a limpiar de contrarrevolucionarios las filas del ejército comunista. Muchas de las distintas facciones de guardias rojos en pugna lo vieron como una justificación para saquear armerías militares. *(N. del T.)*

Al rato de exhibirlo cual trofeo de guerra, lo arrojaron contra la verja metálica del recinto. La mayor parte de las barras, terminadas en punta, habían sido retiradas al principio de la guerra entre facciones, para ser luego usadas como lanzas. Pero aún quedaban dos. Cuando la atravesaron, el tierno cuerpo de la chica pareció volver a la vida momentáneamente.

A continuación, los guardias rojos tomaron distancia y comenzaron a dispararle como si de un blanco de práctica se tratara. Para entonces, ella no sentía nada y las balas que la acribillaban eran como gotas de lluvia fina; sus lánguidos brazos apenas se mecían, eran dos enredaderas por las que resbalaba el agua. Después le volaron la mitad de la cabeza y en su joven rostro quedó un solo ojo con que mirar el límpido cielo azul de 1967. Era una mirada sin rastro de dolor. Una mirada obcecada en el fervor y la devoción.

Lo cierto era que, comparado con el que deparaba a otros, el destino final de aquella muchacha podía considerarse afortunado. Como mínimo, había muerto en el afán de sacrificarse por un ideal.

Aquellas escenas cruentas se reproducían por todo Pekín, como una multitud de procesadores trabajando en paralelo cuyo resultado combinado era la Revolución Cultural, un mar de locura que se propagaba por la ciudad inundando hasta el último rincón.

En los límites de la capital, en el recinto deportivo de la prestigiosa Universidad de Tsinghua, millares de personas asistían desde hacía casi dos horas a una de las llamadas sesiones de castigo. Estas tenían como objetivo el escarnio público de los enemigos de la Revolución, y en ellas solían emplearse salvajes abusos verbales y físicos a fin de lograr la confesión de los crímenes. Corrían los tiempos del todos contra todos y los revolucionarios se dividían en numerosas facciones opuestas. En el interior de la universidad se repetían los encontronazos entre los guardias rojos, el grupo de trabajo por la Revolución Cultural, el equipo de propaganda de los trabajadores y el de propaganda militar. En ocasiones, cada una de ellas sufría disgregaciones que generaban nuevos grupos rebeldes de orígenes e intereses opuestos, y ello conducía a más encarnizadas luchas.

Sin embargo, las víctimas de aquella sesión de castigo eran autoridades académicas burguesas y reaccionarias, enemigas de todas las facciones por igual y, por lo tanto, condenadas a soportar los feroces ataques procedentes de todas ellas.

A diferencia de otros «monstruos y demonios»,* los miembros de las autoridades académicas tenían algo en común: al principio todos se mostraban invariablemente desafiantes y orgullosos, motivo por el cual en esas primeras rondas murieron en mayor número. En el transcurso de cuarenta días, solamente en Pekín, más de mil setecientas víctimas fueron vilipendiadas y torturadas hasta la muerte en sesiones similares. Aún más numerosos fueron quienes escogieron atajar el camino hacia su aciago destino. Eminentes literatos como Lao She, Yi Qun, Wen Jie y Hai Mo, los historiadores Wu Han y Jian Bozan; Fu Lei, traductor al chino de Balzac, el meteorólogo y geofísico Zhao Jiuzhang y muchos otros optaron por terminar con sus otrora honrosas y respetadas vidas.

Los supervivientes de aquella etapa inicial se volvían insensibles al dolor conforme discurrían las sesiones, gracias a una suerte de coraza mental que los protegía del completo colapso emocional. Con frecuencia parecían entrar en un trance del que solo despertaban cuando alguien les gritaba en la cara para obligarles a recitar mecánicamente sus confesiones por enésima vez.

Después de aquello, había quienes entraban en una tercera etapa: las infinitas e interminables sesiones conseguían calar en su cerebro como si fuera mercurio; hacerles ver vívidas imágenes políticas hasta que el edificio de sus mentes, erigido por el entendimiento y la racionalidad, sucumbía a los embates y terminaba colapsándose. Comenzaban a creer que eran culpables,

* Término peyorativo para designar a los enemigos de la revolución comunista. *(N. del T.)*

que habían perjudicado la gran causa de la Revolución, y rompían a llorar amargamente y a pedir clemencia con un arrepentimiento mucho más sincero que el de aquellos monstruos y demonios que no eran intelectuales.

Para los guardias rojos, las sesiones de castigo de quienes se encontraban en esas dos etapas mentales carecían de emoción. Solo aquellos monstruos y demonios que aún se hallaban en la primera fase conseguían, como el capote del torero, proporcionar a sus desbocados cerebros la excitación que ansiaban para seguir embistiendo. Esa clase de sujetos era cada vez más escasa; en todo el campus de Tsinghua quedaba solo uno. Y precisamente por ser tan raro lo habían reservado para el final de la sesión.

Hasta entonces Ye Zhetai, profesor de Física, había sobrevivido a la Revolución Cultural sin pasar de la primera fase mental: ni había reconocido culpa alguna, ni se había suicidado, ni había entrado en trance. Al subir al escenario y presentarse ante el público, su expresión era la de quien acepta con determinación cargar sobre sus hombros la cruz que se le impone.

Si bien la carga que los guardias rojos le hacían llevar no era una cruz, pesaba igual o más: a las otras víctimas les colocaban sombreros de bambú, pero a él le habían puesto uno hecho con gruesos barrotes de hierro. Del mismo modo, la placa que portaba al cuello no era de madera, como la de los demás, sino la puerta metálica de un horno de laboratorio que llevaba su nombre escrito en llamativos caracteres negros tachados por una gran equis roja.

El número de guardias rojos que lo escoltó hasta el escenario era el doble del habitual: dos chicos y cuatro chicas. Los primeros avanzaban con paso firme y seguro, la viva imagen del joven bolchevique más sazonado. Eran estudiantes de cuarto de Física Teórica, y Ye Zhetai había sido su profesor. Ellas, mucho menores, eran estudiantes de segundo de secundaria en el instituto adscrito a la universidad. Iban vestidas con uniforme militar y llevaban banderolas rojas en la mano. Exudando un ímpetu adolescente, rodeaban a Ye Zhetai como si fueran cuatro hambrientas llamas de color verde.

La aparición del profesor revitalizó al público que había al pie del escenario; como una ola que crece, este volvió a rugir eslóganes con un fervor que había ido decayendo.

Tras esperar pacientemente a que el clamor disminuyera, uno de los guardias rojos se dirigió a la víctima:

—¡Ye Zhetai! Como experto en mecánica, deberías darte cuenta de lo fuerte que es y cuán unificada está la fuerza a la que te resistes. ¡Insistir en tu empecinamiento solo te conducirá a la muerte! Continuaremos directamente por donde lo dejamos la vez anterior, no hay necesidad de gastar saliva. Contesta con sinceridad a la siguiente pregunta: entre 1962 y 1965, ¿decidiste o no añadir por tu cuenta la teoría de la relatividad al temario del curso de Introducción a la Física?

—La relatividad es parte fundamental de la física teórica. ¿Cómo no iba a incluirla en un curso introductorio?

—¡Mentira! —le gritó una de las chicas—. ¡Einstein es una autoridad académica reaccionaria a disposición del mejor postor! ¡Le faltó tiempo para irse con los imperialistas americanos y ayudarles a construir la bomba atómica! ¡Para establecer una auténtica ciencia revolucionaria, hay que derribar primero el negro estandarte del capitalismo que representa la teoría de la relatividad!

Ye Zhetai guardó silencio. Soportaba con dolor el peso del sombrero de metal y la puerta de hierro, pero no le quedaban fuerzas para refutar afirmaciones que no merecían la pena. Detrás de él, uno de sus estudiantes frunció el ceño.

La guardia roja que acababa de hablar era la más inteligente de las cuatro y, además, la que estaba mejor preparada. Antes de subir al escenario había memorizado las consignas de la sesión. Sin embargo, contra alguien como Ye Zhetai, unos pocos eslóganes carecían de efecto. Decidieron usar el arma secreta que le habían preparado. Hicieron una señal a alguien que se encontraba en la primera fila del público.

Ye Shaolin, esposa de Ye Zhetai y también profesora de Física, se puso en pie y subió al escenario. Su ropa, demasiado holgada, era de un color verde oliva destinado claramente a imitar el uniforme de los guardias rojos. A quienes la conocían, y la recordaban dando clase enfundada en un ceñido *qipao* tradicional, aquel vestido les resultaba forzado y ridículo.

—¡Ye Zhetai! —chilló la mujer entre temblores, tratando inútilmente de parecer firme. Saltaba a la vista que no estaba acostumbrada a aquellas pantomimas, y cuanto más subía la voz, más evidentes eran sus sacudidas—. ¿Pensabas que no iba a denunciarte, a desenmascararte? ¡Sí, en el pasado me dejé cegar por tu visión reaccionaria del mundo y de la ciencia, pero ahora me he quitado esa venda de los ojos y lo veo claro! ¡Gracias a la ayuda de las juventudes revolucionarias, hoy estoy del lado de la Revolución, del lado del pueblo! —Se volvió hacia el gentío—. ¡Camaradas! ¡Estudiantes, profesores y personal revolucionario! Seamos conscientes de la naturaleza reaccionaria de la teoría de la relatividad de Einstein. Resulta especialmente evidente en la relatividad general: su modelo estático del universo niega la naturaleza dinámica de la materia, ¡es antidialéctico!* Concibe el universo como algo limitado, lo cual es, sin duda, una forma de idealismo reaccionario y...

Ye Zhetai, al escuchar la interminable verborrea de su esposa, esbozó una amarga sonrisa.

«¿Que yo te cegué a ti, Shaolin? A ti, que siempre fuiste un misterio para mí. Una vez alabé tus aptitudes delante de tu padre, en paz descanse, quien por fortuna no tuvo que presenciar tanta calamidad, y él negó con la cabeza y me dijo que no esperaba de ti grandes logros académicos. Lo que añadió a continuación acabaría cobrando gran importancia en la segunda mitad de mi vida: "Mi Shaolin es demasiado inteligente. Para trabajar en teoría fundamental, lo que hay que ser es tonto."

»Tuvo que pasar mucho tiempo hasta comprender sus acertadas palabras. Shaolin, eres muy inteligente. Hace años que supiste ver el viraje ideológico que se avecinaba en el mundo académico y te preparaste a conciencia para ello. Por ejemplo, en tus clases les cambiaste el nombre a muchas leyes y constantes

* Contrario a la doctrina marxista del materialismo dialéctico, que concibe la realidad como regida por enfrentamientos, contradicciones y fuerzas opuestas. *(N. del T.)*

de la física: a la ley de Ohm la llamaste ley de resistencia; a las ecuaciones de Maxwell, ecuaciones electromagnéticas; a la constante de Planck, constante cuántica... Te aseguraste de explicar a tus estudiantes que todo logro científico era fruto de la sabiduría de las masas trabajadoras, y que las autoridades académicas capitalistas las bautizaban con sus nombres para usurparles el mérito.

»Ni siquiera así fuiste del todo aceptada en los círculos revolucionarios. Mírate ahora, todavía despojada del privilegio de lucir en el brazo la banda roja con las palabras "Profesorado y personal revolucionario", aún sin el rango necesario para poder llevar en la mano un ejemplar del *Libro rojo* de Mao... La culpa es tuya por haber nacido en una destacada familia de la vieja China prerrevolucionaria, quién te mandaba tener de padres a tan eminentes académicos...

»Mencionas a Einstein, pero tú tienes mucho más que confesar sobre él que yo. En invierno de 1922 Einstein estuvo en Shanghai y tu padre, que hablaba alemán, formó parte de la comitiva invitada a acompañarlo en su visita. ¿Cuántas veces me dijiste que tu padre decidió dedicarse a la física alentado por el mismo Einstein y que tú seguiste su ejemplo? ¿Cuántas veces te vanagloriaste de cómo Einstein había sido, de manera indirecta, tu mentor? ¡Lo feliz y orgullosa que te sentías!

»Más tarde supe que tu padre había maquillado la verdad, que él y Einstein apenas habían cruzado unas palabras. La mañana del 13 de noviembre de 1922 lo acompañó en un paseo por la avenida Nanjing. Entre otros, también estaban Yu Youren, decano de la Universidad de Shanghai, y Cao Gubing, director del periódico *La Gran Justicia*. Al pasar por un tramo en obras, Einstein se detuvo a observar a un muchacho que picaba piedra. Llevaba la ropa hecha jirones y tenía el rostro y los brazos cubiertos de mugre. Entonces Einstein le preguntó a tu padre cuál era el sueldo diario de aquel joven obrero y él, después de preguntarle al chico, le dijo que cinco centavos.

»Esa fue la única interacción que tuvo con el gran científico que cambió el mundo. No hablaron de física ni de la teoría de la relatividad, solo de la cruda y fría realidad. Según tu padre, tras escucharle, Einstein observó los mecánicos movimientos del muchacho durante un largo rato sin dar siquiera una calada a la pipa.

»Después de compartir ese recuerdo conmigo, tu padre suspiró con amargura y me dijo: "En China, cualquier idea que quiera tomar vuelo terminará estrellándose contra el suelo. El peso de la realidad es demasiado fuerte."»

—¡Agacha la cabeza! —gritó uno de los chicos.

Ye Zhetai se preguntó si aquello era un velado gesto de misericordia por parte de su ex alumno: todas las víctimas de las sesiones de castigo debían bajar la cabeza. Si lo hacía, aquel pesado sombrero de metal caería al suelo y, mientras no lo levantara, no habría motivo para volver a colocárselo. Pero Ye Zhetai mantuvo la cabeza bien alta, soportando aquel enorme peso con su fino cuello.

—¡Agacha la cabeza, reaccionario testarudo!

Una de las chicas se quitó el cinturón y lo fustigó. La hebilla de latón le dejó una profunda marca en la frente, que enseguida quedó cubierta de sangre. El profesor se tambaleó unos instantes para después volver a incorporarse.

—También introdujiste muchas ideas reaccionarias cuando enseñabas mecánica cuántica —anunció uno de los dos chicos, haciendo un gesto con la cabeza para que Shaolin prosiguiera.

Esta, ansiosa por continuar, no tardó ni un segundo en reaccionar. Sabía que debía seguir hablando o, de lo contrario, su débil mente perdería la poca cordura que le quedaba.

—¡Ye Zhetai, de esta acusación no puedes eximirte! ¿Cuántas veces has adoctrinado a tus estudiantes con la reaccionaria interpretación de Copenhague de la mecánica cuántica?

—No es más que la explicación más coherente con los resultados experimentales que hay hasta la fecha.

El tono calmado con que respondía, pese a ser el blanco de tan furibundos ataques, la desconcertaba. Empezaba a sentir pánico.

—Según la misma —continuó ella—, la mera observación externa conduce al colapso de la función de onda. ¡No es más que otra muestra de idealismo reaccionario, y de las más descaradas!

—¿Es la filosofía la que debe guiar los experimentos o son los experimentos los que deben guiar la filosofía?

La súbita réplica del profesor consternó a los perpetradores de la sesión de castigo. Durante unos instantes no supieron qué hacer.

—¡Pues claro que la correcta filosofía marxista debe guiar los experimentos! —espetó finalmente uno de los chicos.

—Eso equivale a decir que la filosofía correcta viene dada del cielo. Se contradice con la idea de que la verdad emerge de la experiencia. Niega los principios con los que el mismo marxismo busca entender la naturaleza.

Ni Shaolin ni ninguno de los dos chicos supieron qué contestar. A diferencia de aquellos guardias rojos que aún estaban en el instituto, ellos no podían permitirse el lujo de ignorar la lógica.

Las cuatro chicas, en cambio, tenían sus propios e infalibles métodos revolucionarios. La que acababa de fustigar al profesor volvió a quitarse el cinturón y repitió la hazaña. Sus compañeras la imitaron: ante tamaña exhibición de fervor revolucionario sentían la necesidad de parecer, como mínimo, igual de implicadas. Los dos chicos no interfirieron. Si lo hacían, alguien podía sospechar que no eran suficientemente revolucionarios.

—¡También enseñabas la teoría del Big Bang! —intervino uno de ellos, tratando de reorientar la sesión—. ¡Una de las teorías más reaccionarias!

—Quizá sea refutada en el futuro, pero dos de los más grandes descubrimientos de nuestro siglo, la ley de Hubble y la observación del fondo cósmico de microondas, la confirman como la explicación al origen del universo más plausible de las que barajamos en la actualidad.

—¡Mentira! —interrumpió Shaolin, quien comenzó a explicar la teoría del Big Bang procurando intercalar, cada vez que le era posible, alusiones críticas a su naturaleza reaccionaria.

Sin embargo, su novedad atrajo el interés de la chica más inteligente, que no pudo evitar preguntar:

—Entonces, ¿también el tiempo surgió con la singularidad? ¿Y qué existía antes?

—Nada —respondió Ye Zhetai, empleando el mismo tono con que contestaba las preguntas de cualquier estudiante curioso, y volvió la cabeza hacia la chica para dirigirle una mirada afable. Herido y bajo el peso del sombrero y la placa, se movía con extrema dificultad.

—¡¿Nada?! ¡Eso es completamente reaccionario! —exclamó con espanto la chica. Miró aturdida a Shaolin, quien acudió en su ayuda.

—Eso deja lugar para la existencia de Dios —apostilló, clavándole los ojos con intención.

De pronto confundida, la joven guardia roja tuvo con aquello por donde retomar su argumentario. Levantó el brazo que sostenía el cinturón y, señalando a Ye Zhetai, exclamó:

—¡Dices... dices que Dios existe!

—No lo sé.

—¡¿Cómo?!

—Lo que digo es que lo ignoro. Si por Dios te refieres a algún tipo de superconciencia fuera del universo, no sé si existe o no. La ciencia no ha aportado pruebas fehacientes ni en un sentido ni en otro.

En realidad, en medio de aquel escenario de pesadilla, Ye Zhetai se inclinaba a pensar que Dios no existía.

Aquella afirmación reaccionaria causó una gran conmoción entre el público, que, alentado por una de las guardias rojas, comenzó a gritar eslóganes:

—¡Abajo la autoridad académica reaccionaria Ye Zhetai!

—¡Abajo todas las autoridades académicas!

—¡Abajo todas las doctrinas reaccionarias!

Cuando los eslóganes amainaron, la chica gritó:

—¡Dios no existe, las religiones son instrumentos de la clase dominante para oprimir el espíritu del pueblo!

—Esa es una opinión muy poco imparcial —repuso con calma Ye Zhetai.

Furiosa y humillada, la joven guardia roja concluyó que contra aquel enemigo no valían las palabras. Cinturón en mano, se abalanzó sobre el profesor y volvió a fustigarlo. Sus compañeras hicieron lo mismo. Ye Zhetai era muy alto y las cuatro tenían que estirar los brazos para alcanzarle la cabeza. Después de varias dianas, el sombrero de hierro, que lo había protegido en cierta medida, se le cayó de la cabeza. Los golpes de las hebillas continuaron sucediéndose y, entonces sí, terminaron por derribarlo.

Envalentonadas por el éxito, las chicas redoblaron el fervor con que se entregaban a aquella gloriosa sesión de castigo. Luchaban por su fe y por sus ideales; orgullosas de su coraje, les deslumbraba el brillante papel que les había reservado la historia.

Entonces los chicos no pudieron más y corrieron a liberar a su antiguo profesor de Física de aquellas cuatro furias.

—¡El Gran Timonel nos ordena convencer con elocuencia, no con violencia! —recordó uno de ellos.

Pero ya era demasiado tarde. Ye Zhetai yacía inmóvil sobre el escenario con los ojos aún abiertos y la sangre brotándole de la cabeza. El público detuvo su algarabía y se hizo el silencio. Lo único que se movía era un fino reguero de sangre, que serpenteaba por el escenario, llegaba hasta el borde y goteaba sobre un baúl. Su cadencia recordaba al de unos pasos alejándose.

Una risa desquiciada rompió el silencio. Era Ye Shaolin, que había terminado de perder el juicio. Su tétrico sonido perturbó a los asistentes, quienes comenzaron a marcharse. El recinto quedó desierto a excepción de una sola persona frente al escenario.

Era Ye Wenjie, la hija de Ye Zhetai.

Cuando las cuatro guardias rojas empezaron a arrebatarle violentamente la vida a su padre, ella quiso intervenir y subir al escenario, pero dos viejos bedeles la sujetaron con fuerza y le susurraron al oído que solo conseguiría morir. Por más que se desgañitó cuando aquella sesión de castigo acabó convertida en pesadilla, sus gritos quedaron ahogados por los eslóganes y vítores del gentío. Después, en cuanto volvió a reinar el silencio, fue incapaz de emitir sonido alguno.

A medida que observaba el cuerpo inerte de su padre en la tarima, el llanto y los gritos de rabia que había ahogado se le fueron congelando en la sangre. La acompañarían el resto de su vida.

Una vez dispersos los asistentes, ella permaneció inmóvil,

como una estatua, en la misma postura que al sujetarla los bedeles. Al cabo de un largo rato bajó los brazos, caminó hacia el escenario, subió y se sentó junto al cuerpo de su padre y, fijando la mirada en la distancia, tomó una de sus manos, ya fría.

Cuando por fin vinieron a llevarse el cuerpo, se sacó un objeto del bolsillo y lo puso en la mano del muerto. Era su pipa.

A continuación Ye Wenjie abandonó el recinto, arrasado cual campo de batalla, y se fue a casa. Al llegar al edificio donde vivían los miembros del profesorado y sus familias, oyó una risa espeluznante que procedía del segundo piso. Era la mujer que había sido su madre.

Dio media vuelta y echó a andar sin preocuparle el rumbo.

Poco después se halló frente a la puerta de la casa de Ruan Wen. Durante sus cuatro años de universidad, la profesora había sido su tutora y amiga. En los dos años siguientes, cuando realizó sus estudios de posgrado en el Departamento de Astrofísica, y también durante los años caóticos que siguieron, fue siempre la persona con quien tuvo más confianza, aparte de su padre.

Ruan Wen había estudiado en Cambridge y eso se notaba en su casa, que siempre había fascinado a Ye Wenjie. Estaba repleta de los libros más cuidadosamente editados, de óleos, vinilos, un piano; también había un juego completo de pipas occidentales exhibidas en un expositor (unas de madera de brezo, otras de espuma de mar), y todas ellas parecían impregnadas de la sabiduría del hombre que una vez las tomó en su mano o sostuvo, pensativo, su boquilla entre los labios. Ruan nunca le mencionó su nombre. La pipa que pertenecía al padre de Ye Wenjie había sido, en realidad, un regalo de Ruan Wen.

Aquella casa refinada y acogedora se convirtió en un oasis para Ye Wenjie, cada vez que quería refugiarse de los problemas de su mundo. Lo fue antes de que los guardias rojos la registraran de arriba abajo y confiscaran las posesiones de Ruan Wen. Al igual que el padre de Ye Wenjie, también la profesora había caído en desgracia durante la Revolución Cultural. En sus sesiones de castigo, los guardias le ataron un par de zapatos de tacón y le pintarrajearon la cara por haber llevado un estilo de vida capitalista y corrupto.

Wenjie abrió la puerta de la casa y vio que ya no existía el caos que los guardias rojos habían dejado a su paso, que alguien había hecho limpieza. Las pinturas, rasgadas, habían sido recompuestas y volvían a colgar de las paredes. El piano volvía a tenerse en pie y brillaba como antes, aunque estaba roto y ya nadie podría tocarlo. Los pocos libros que quedaban habían vuelto a la estantería.

Ruan Wen estaba sentada en su silla tras el escritorio, con los ojos cerrados. Ye Wenjie se acercó a ella y le acarició la frente, el rostro, las manos. Estaban frías.

Nada más entrar, se había fijado en el frasco de somníferos vacío.

Guardó silencio unos instantes. Luego se volvió y se marchó, incapaz de sentir pena. Le pasaba lo mismo que a un medidor Geiger: expuesto a tal cantidad de radioactividad, su lectura siempre tendía a cero.

Antes de irse volvió a mirar a su profesora por última vez.

Se había maquillado con mimo. Tenía los labios pintados de carmín. Llevaba zapatos de tacón.

2

Primavera silenciosa

Cordillera del Gran Khingan, dos años más tarde

—¡Árbol va!

Tras aquel grito, un majestuoso alerce dahuriano de tronco tan grueso como las columnas del Partenón se desplomó sobre el suelo. Ye Wenjie sintió el temblor bajo sus pies.

Cogió el hacha y la sierra y empezó a despejar el tronco de ramas. Siempre que lo hacía se imaginaba amortajando el cadáver de un gigante. A veces incluso le parecía que el gigante era su padre y volvía a su memoria la imagen de aquella funesta noche, dos años antes, en que había limpiado su cuerpo en la morgue. Las grietas y las astillas del árbol le recordaban los cortes y las heridas que lo cubrían.

Las seis divisiones y los cuarenta y un regimientos del Cuerpo de Producción y Construcción de Mongolia Interior, más de cien mil personas, se hallaban dispersos por los vastos bosques y las llanuras de la región. En un primer momento, recién llegados de las ciudades a aquel desconocido mundo rural por el cual las abandonaban, muchos de aquellos «jóvenes instruidos» (como se les conocía) albergaban una romántica aspiración: cuando los tanques de los imperialistas revisionistas soviéticos alcanzaran la frontera sinomongola, correrían a armarse y a hacer de sus carnes la primera línea de defensa de la República.

Aquella había sido, en efecto, una de las consideraciones estratégicas al crear el Cuerpo. Sin embargo, esa batalla que ansiaban librar parecía una gran montaña al fondo de una planicie: claramente real a sus ojos, pero tan lejana todavía, que bien podía ser un espejismo. Así que de momento se dedicaban a allanar tierras, criar animales y talar árboles.

Muy pronto, aquellos jóvenes hombres y mujeres que un día estuvieron inflamados de fervor revolucionario descubrieron que, frente a la inmensidad del cielo y la tierra de esa región, incluso las más grandes ciudades del interior de China resultaban meros establos de ovejas; que en mitad de aquellos enormes y gélidos bosques y llanuras, su ardoroso entusiasmo era insignificante. Aun derramando hasta la última gota de sangre, tan solo conseguirían enfriarse más rápido y resultar menos útiles que una boñiga de vaca.

Pero arder o hacer arder estaba en su destino, y en el de toda una generación. Bajo sus sierras mecánicas, las vastas extensiones de frondosos bosques acababan convertidas en montañas peladas y valles estériles. Al paso de sus tractores y cosechadoras, las más anchas llanuras se convertían primero en campos de grano, luego en desiertos.

Ye Wenjie no concebía otro calificativo para toda aquella destrucción que el de barbarie. Formidables alerces dahurianos, los más verdes pinos silvestres, esbeltos y rectos abedules blancos, álamos que parecían alcanzar las nubes, abetos siberianos; también abedules coreanos, robles, olmos montanos, *Chosenia arbutifolia*... todo cuanto veía terminaba sucumbiendo bajo sus cientos de sierras mecánicas, metálicas langostas que lo arrasaban todo a su paso. El único rastro que dejaba su compañía era una explanada tras otra de troncos segados.

El alerce estaba por fin desnudo de ramas y listo para ser transportado. Ye Wenjie acarició la superficie del corte. Solía hacerlo casi sin darse cuenta. Siempre le recordaba una gran herida por la que casi podía sentir el gigantesco dolor del árbol.

De pronto vio que a pocos pasos, sobre el tocón abandonado, había otra mano que también acariciaba la superficie serrada. El pulso de aquella palma vibraba al mismo ritmo que los latidos de su corazón. Era una mano pálida y delicada, pero pertenecía a un hombre. Al mirarlo, vio que se trataba de Bai Mulin, un joven escuchimizado y con gafas. Era el reportero de *La Gran Producción*, el periódico del Cuerpo, que había llegado el día anterior para hacer un reportaje. Ye Wenjie había leído sus artículos. Estaban muy bien escritos y su poética belleza contrastaba con la crudeza del tosco entorno que describían.

—Ma Gang, ven aquí.

Bai Mulin llamaba a un joven que se encontraba a poca distancia de él, tan robusto y fuerte como el alerce dahuriano que acababan de derribar. Cuando se le acercó, el reportero dijo:

—¿Sabes cuántos años tenía este árbol?

—Cuenta los anillos —contestó aquel con un resoplido, señalando el tocón.

—Ya lo he hecho. Trescientos treinta. ¿Cuánto has tardado tú en derribarlo?

—Menos de diez minutos. ¡Mi sierra mecánica es la más rápida de toda la compañía! Equipo que me asignan, banderín rojo al trabajador modélico que me gano.

Bai Mulin estaba acostumbrado a aquel entusiasmo. Era todo un honor salir entrevistado en *La Gran Producción*.

—Más de trescientos años. Eso son una docena de generaciones... Cuando este árbol no era más que un arbusto, todavía reinaba la dinastía Ming. ¿Te has parado a pensar cuánta lluvia ha caído desde entonces, cuántas cosas ha presenciado hasta que tú has llegado con tu sierra y lo has echado por tierra? ¿Es posible que no sientas nada?

—¿Qué quieres que sienta? —Ma Gang frunció el ceño—. No es más que un árbol. Aquí nos sobran.

—Está bien, déjalo, vuelve a tu trabajo —dijo el reportero, decepcionado. Sacudiendo la cabeza, se sentó en el tocón y exhaló un hondo suspiro.

Ma Gang también sacudió la cabeza. Al parecer, no iba a haber entrevista.

—Estos intelectuales están chalados —refunfuñó, dirigiendo la mirada a Ye Wenjie para incluirla en su juicio.

El gigantesco tronco comenzó a ser arrastrado. Al moverlo, las rocas y los tocones del camino resquebrajaron aún más su corteza: agravaban las heridas del cuerpo. Su rastro era un hondo canal en la hojarasca que enseguida se iba llenando de agua. Las hojas podridas la teñían de sangre oscura.

—Wenjie, ven a descansar —la llamó Bai Mulin, señalando la otra mitad del tocón sobre el que estaba sentado.

Ella, que estaba agotada, dejó las herramientas, se acercó a él y se sentó a su lado. Después de un largo silencio, Bai Mulin dijo de repente:

—Sé cómo te sientes. Aquí, tú y yo somos los únicos.

Ye Wenjie permaneció callada. Él ya lo había anticipado, pues sabía que era muy parca en palabras y raramente conversaba con nadie. Hablaba tan poco que los recién llegados al Cuerpo solían tomarla por muda.

—Estuve en esta región hará cosa de un año —siguió él—. Recuerdo que llegué al mediodía y me dijeron que íbamos a comer pescado. Yo miré alrededor de la cabaña y no vi más que un caldero de agua en el fuego. «¿De qué pescado me hablan?», pensé. Luego, cuando el agua empezaba a hervir, el cocinero salió con un rodillo, se fue al río, se puso a dar golpes en el agua y volvió con un montón de peces. Era tan fértil..., y ahora mira cómo está, no lleva más que agua sucia. Te juro que a veces no sé si el Cuerpo se dedica a construir o a destrozar...

—¿Qué te hace pensar eso? —preguntó ella, sin revelar si coincidía o discrepaba, pero con evidente aprecio.

—Es que acabo de leer una obra que me ha impactado... ¿Sabes inglés?

Al ver que asentía, se sacó de la bandolera un libro con la portada azul. Ella, tras cogerlo, vio que se trataba de *Primavera silenciosa*, de Rachel Carson.

—¿Dónde lo has conseguido? —le preguntó en voz baja, alarmada.

—Se ve que ha llamado la atención de los gerifaltes y nos han mandado traducirlo para consumo interno. Yo me encargo de la parte que habla de los bosques.

A Wenjie le bastó hojearlo para sentirse atraída. En una escueta introducción, la autora describía un pequeño pueblo cuyos habitantes iban muriendo en silencio por culpa del uso de pesticidas. La prosa era clara y sin adornos, pero saltaba a la vista lo concienciada que estaba quien lo escribía.

—Voy a mandar una carta a la Dirección Central contándoles las irresponsabilidades que está cometiendo el Cuerpo —dijo Bai Mulin.

Ye Wenjie levantó la vista del libro. Pasó un buen rato hasta que fue consciente del significado de sus palabras. Sin decir nada, volvió a mirar el texto.

—Si quieres leerlo, te lo presto. Pero no dejes que nadie lo vea, ya sabes que estas cosas... —Se levantó y echó un vistazo alrededor antes de marcharse.

Treinta y ocho años después, en sus últimos instantes, Ye Wenjie recordaría la importancia de *Primavera silenciosa* en su vida. Hasta tenerlo en sus manos, su joven corazón solo había sentido el inmenso dolor que la maldad humana podía provocar. Pero más tarde, tras su lectura, fue por fin capaz de enfrentarse a ella con la mente. Al principio el libro no le pareció nada especial, pero pese a abordar un tema tan concreto (el impacto medioambiental negativo causado por los pesticidas), el punto de vista de la autora logró cambiarla para siempre. Hasta entonces el uso de pesticidas le había parecido un hecho natural, si no positivo al menos neutro, pero Carson le hizo ver que, para la naturaleza, se trataba de un acto tan destructivamente nocivo como lo fue la Revolución Cultural. ¿Cuántas otras acciones humanas que parecían habituales, o incluso beneficiosas, terminaban siendo malignas?

La respuesta más lógica que lograba dar a esa pregunta resultaba oscura y espeluznante: quizá la relación entre la humanidad y la maldad fuera la misma que había entre el océano y un iceberg que afloraba en su superficie; a simple vista no parecían lo mismo, pero en realidad estaban hechos de una misma esencia, el agua, solo que en estados distintos. Al igual que ella siempre había concebido la «gloriosa» Revolución Cultural como una gran perversidad, ahora Rachel Carson consideraba pernicioso un hecho tan normal y positivo como el uso de pesticidas.

Era, por tanto, posible que todos los actos de la humanidad en su conjunto fueran malignos, que la maldad fuera la esencia del hombre y que cada individuo solo la reconociera bajo ciertas formas.

La posibilidad de que el ser humano llegara a alcanzar por sí mismo un auténtico despertar ético resultaba así tan ridículo como imaginar que uno podía despegar los pies de la tierra a base de tirarse del pelo. Necesitaba la ayuda de una fuerza externa.

Aquella idea guiaría su destino hasta el final de su vida.

Al cabo de cuatro días, Ye Wenjie fue al barracón de visitantes para devolverle el libro a Bai Mulin. Cuando abrió la puerta lo vio tumbado en la litera, exhausto y completamente cubierto de barro y serrín. El reportero se levantó al acto.

—¿Has estado trabajando? —preguntó ella.

—Llevaba tantos días paseándome de brazos cruzados... Me he dicho que era hora de arrimar el hombro, ya sabes, el espíritu de la Revolución... Ah, hemos estado en Pico Radar. La vegetación era muy densa, las hojas podridas me llegaban a las rodillas. Temo haber cogido algo al respirar aquel aire...

—¿Pico Radar? —A ella le sorprendió escuchar aquel nombre.

—Sí, teníamos que realizar una misión urgente: despejar el perímetro de árboles para crear una zona vallada.

Pico Radar era un lugar envuelto en misterio. Aunque ese no era su nombre oficial, lo llamaban así por la gran antena parabólica que lo coronaba. En realidad, cualquiera con un mínimo de conocimientos sabía que no se trataba de un radar, pues si bien su orientación cambiaba a diario, jamás se movía de forma constante. Al cruzarla, el silbido del viento se oía desde lejos.

Lo único que Ye Wenjie y los demás miembros de su compañía sabían a ciencia cierta sobre Pico Radar era que se trataba de una base militar. Según los aldeanos, al construirla, tres años antes, el ejército había movilizado a infinidad de personas para trazar una carretera hasta la cima y tender el cableado eléctrico. Transportaron una gran cantidad de materiales. Después, en cuanto tuvieron la base, destruyeron la carretera y la reemplazaron por un camino estrecho y tortuoso. A menudo se veían helicópteros despegando y aterrizando.

La antena no siempre quedaba a la vista. Cuando el viento soplaba demasiado fuerte, la escondían. Sin embargo, si se hallaba abierta empezaban a ocurrir fenómenos extraños en la zona: se oían chillidos de animales nerviosos, los pájaros huían y la gente sufría náuseas y mareos. Además, los lugareños perdían el pelo con gran facilidad; según ellos, aquel fenómeno empezó a producirse después de que la antena entrara en funcionamiento.

Eran muchas las historias fantásticas relacionadas con Pico Radar. Un día estaba nevando y, al abrirse la antena, la nieve se convirtió al instante en lluvia. Como cerca del suelo la temperatura seguía siendo bajo cero, la lluvia volvió a congelarse a la altura de los árboles y quedó transformada en gigantescos carámbanos. El bosque entero se convirtió entonces en un gran palacio de cristal. De vez en cuando alguna rama caía vencida por el peso del hielo.

A veces, también al abrirse la antena, un día despejado se convertía en uno de tormenta y aparecían extrañas luces en el cielo.

Pico Radar pasó a ser una zona restringida desde el momento en que el Cuerpo de Construcción se instaló en la región. Lo primero que hizo el comandante fue pedirles que evitaran los alrededores, al estar vigilados por patrullas armadas y autorizadas a disparar sin dar el alto.

Una semana antes, dos miembros de la compañía salieron a cazar. Iban tras la pista de un ciervo y se acercaron sin darse cuenta cuando de pronto los centinelas comenzaron a dispararles. Por fortuna, el bosque era tan frondoso que lograron escapar ilesos, aunque uno de ellos se meó en los pantalones. Al día siguiente, fueron seriamente amonestados. Quizás aquel episodio había provocado que la base ordenara la demarcación de una zona vallada, demostrando que tenía el poder de asignar trabajos al Cuerpo de Construcción.

Bai Mulin tomó el libro de manos de Ye Wenjie y lo escondió cuidadosamente bajo la almohada, de donde extrajo dos folios escritos con densa caligrafía.

—Es el borrador de aquella carta —dijo, entregándoselos a Ye Wenjie—. ¿Le echarás un vistazo?

—¿Qué carta?

—Aquella que te comenté, para la Dirección Central.

La letra era muy poco legible y tardó en terminarla, pero el contenido era detallado y estaba rigurosamente argumentado. Comenzaba relatando cómo las montañas Taiana habían pasado de vergel a erial a causa de la deforestación. Después explicaba las causas de la rápida disminución de limo en el río Amarillo para luego concluir que las actividades del Cuerpo de Producción y Construcción de Mongolia Interior provocarían serias consecuencias medioambientales.

A Ye Wenjie el estilo le recordó al de *Primavera silenciosa:* era escueto y sobrio, pero a la vez poético.

—Está muy bien escrita —sentenció con pesar.

—De acuerdo —dijo él—. Entonces la mando.

Cogió dos folios en blanco y se dispuso a escribir, pero las manos le temblaban tanto que no pudo trazar ni un carácter. Aquello les ocurría a todas las personas que usaban una sierra mecánica por primera vez. El temblor era tan fuerte que eran incapaces no ya de escribir nada, sino ni siquiera de sostener un cuenco de arroz.

—Te la paso a limpio —intervino Ye Wenjie, tomándole el bolígrafo de las manos.

—Qué letra tan bonita... —dijo él en cuanto vio la primera línea sobre el papel. Luego le sirvió un vaso de agua, aunque con los temblores acabó derramando más de la mitad, y ella tuvo que apartar el folio.

—¿Estudiaste Física? —le preguntó él.

—Astronomía Física. Ahora no tiene ninguna utilidad —contestó ella, sin levantar la vista.

—Es el estudio de las estrellas, ¿cómo no va a tener utilidad? Las universidades están volviendo a abrir. ¿Qué hace una persona tan preparada como tú en un lugar como este...?

Ye Wenjie se limitó a seguir escribiendo con la cabeza hundida. No quería decirle que, para alguien como ella, era una suerte que la hubiesen admitido en el Cuerpo. No quería contarle nada de su situación. Tampoco iba a servir de mucho.

En la habitación solo se oía el roce del bolígrafo sobre el papel. Ella olió el serrín que despedía el cuerpo del reportero. Tras la muerte del padre, aquella era la primera muestra de afecto que sentía. También era la primera vez que bajaba las defensas y se relajaba.

Al cabo de una hora, tuvo la carta pasada a limpio. Escribió en un sobre la dirección que Bai Mulin le dictó y se despidieron. Camino de la puerta, se volvió en un impulso.

—Dame el abrigo, te lo lavaré —dijo, al instante sorprendida por su osadía.

—¡Ah, no, eso sí que no! —se negó él—. En esta compañía las camaradas trabajáis tanto o más que un hombre. ¡A descansar, que mañana a las seis hay que ponerse en marcha! Por cierto, Wenjie, pasado mañana regreso al Cuartel General de la División. Si quieres, les contaré tu caso a mis superiores, tal vez puedan ayudarte.

—Gracias, pero estoy muy bien aquí. Es un sitio tranquilo. —Lo dijo contemplando la silueta de los árboles contra la luz de la luna.

—¿Estás huyendo de algo?

—Me voy —susurró ella. Y cumplió su palabra.

Tras ver desaparecer su esbelta figura, Bai Mulin observó la arboleda. En la lejanía, volvía a erigirse la antena de Pico Radar. Brillaba con un frío destello metálico.

Tres semanas después, alguien del Cuartel General fue a buscar a Ye Wenjie. Ella, al entrar en el despacho, supo que algo iba mal. Tanto el comandante de la compañía como el instructor político estaban presentes. También se hallaba un hombre con expresión muy seria al que no conocía. Sobre la mesa, frente a él, había un maletín negro con un sobre y un libro al lado. El sobre estaba abierto y el libro era el ejemplar de *Primavera silenciosa* que ella había leído.

En esos años todo el mundo tenía un instinto particular para saber en qué situación política se encontraba, pero Ye Wenjie lo había desarrollado especialmente. Al acto sintió que el mundo a su alrededor empequeñecía y la atrapaba.

—Ye Wenjie —dijo el instructor político—, este es el director Zhang, del Departamento Político de la División. Está aquí para investigar. Esperamos que colabores y digas la verdad.

—¿Eres la autora de esta carta? —le preguntó el director Zhang, extrayendo una misiva del sobre. Ella hizo ademán de cogerla, pero el hombre la retuvo en sus manos mientras se la enseñaba página por página. En la última, aquella en la que estaba más interesada, no encontró ninguna firma. En su lugar, ponía: «Las masas revolucionarias.»

—No —dijo repetidamente, presa del pánico—. Yo no soy la autora.

—Pero esta es tu letra.

—Sí, pero me limité a pasársela a limpio a otra persona.

—¿A quién?

Hasta el momento había aguantado estoicamente todas las injusticias que le había tocado sufrir en la compañía, sin protestar ni implicar a nadie. Sin embargo, esta vez era distinto. Sabía muy bien lo que aquello suponía.

—Aquel reportero de *La Gran Producción* que estuvo de visita la semana pasada, se llamaba...

—Ye Wenjie... —interrumpió el director Zhang. Sus ojos negros la escrutaban—. Déjame que te advierta una cosa: si arrastras contigo a terceros, solo conseguirás agravar tu problema. Hemos hablado con el camarada Bai Mulin y sabemos que lo único que hizo fue mandar la carta desde Hohhot, siguiendo tus instrucciones y sin conocer el contenido de la misma.

—¡¿Eso ha dicho?! —Un velo negro ensombreció su mirada.

Obviando la pregunta, el director Zhang tomó el libro en sus manos.

—Claramente, tu carta se inspiró en esta obra. —Mostró el libro al comandante de la compañía y al instructor político—. *Primavera silenciosa* se publicó en Estados Unidos en 1962 y tuvo mucha influencia en el mundo capitalista. —Sacó otro ejemplar del maletín. La portada era blanca y tenía el título mecanografiado—. Esta es la traducción al chino. Las autoridades la distribuyeron entre algunos dirigentes para su crítica. El veredicto es claro: se trata de una perniciosa obra de propaganda reaccionaria, que expone una teoría apocalíptica y disfrazada de idealismo histórico. Con la excusa de tratar el deterioro medioambiental, intenta justificar la gran corrupción que reina en el mundo capitalista. El contenido es extremadamente reaccionario.

—Ese libro —musitó ella, vencida por los acontecimientos— tampoco es mío.

—El camarada Bai Mulin fue asignado como traductor por las más altas instancias, de modo que, en su caso, la posesión de dicha obra era del todo legítima. Por supuesto, es responsable de haber permitido que la robaras mientras estaba en su guardia y custodia. Ahora su lectura te ha dado armas intelectuales para atacar al socialismo.

A partir de entonces, Ye Wenjie guardó un profundo silencio. Sabía cuán peliaguda era la situación en que se hallaba. Todo amago de resistencia era ya inútil.

Al contrario de lo que afirman muchas fuentes históricas, Bai Mulin no intentó incriminar a Ye Wenjie desde el primer momento. La carta que dirigió a la Dirección Central probablemente estuvo motivada por su gran sentido de la responsabilidad, pecando de extrema confianza. Los vaivenes de la política de la época se debían a una compleja suma de factores; uno nunca sabía a ciencia cierta qué era tabú y qué no. Tal vez su carta tuvo la desdicha de abordar un asunto que era sensible. Pero al enterarse del revuelo que causó, el miedo se apoderó de él y decidió sacrificar a Ye Wenjie para salvarse.

Medio siglo más tarde, los historiadores coincidirían en que ese suceso de 1969 supuso un punto de inflexión en la historia de la humanidad.

Bai Mulin llegó a ser una figura histórica, aunque él ni lo buscó ni tampoco lo supo. Los académicos glosan su pobre vida de la siguiente manera: continuó trabajando en *La Gran Producción* hasta 1975, cuando el Cuerpo de Producción y Construcción de Mongolia Interior fue desmantelado; luego lo mandaron a una ciudad del noreste de China para incorporarse a la Asociación de la Ciencia, hasta principios de los ochenta. Entonces abandonó el país y se marchó a Canadá para dar clases en una escuela china de Ottawa hasta 1991, año en que murió de un cáncer de pulmón. Que se sepa, no volvió a mencionar el nombre de Ye Wenjie. Tampoco consta si se sentía responsable de sus actos.

—Wenjie, aquí siempre nos hemos portado muy bien contigo —le dijo el comandante de la compañía, exhalando una espesa bocanada de humo de tabaco Mohe con la vista puesta en el suelo—. Debido a la clase a la que pertenecía tu familia, y dados sus antecedentes, has sido siempre considerada una sospechosa política. Y, sin embargo, aquí te hemos tratado como a una más. ¿Cuántas veces te hemos hablado, tanto tu instructor político como yo mismo, sobre tu tendencia a aislarte de los demás y tu falta de motivación? ¡Todo por ayudarte! Y mírate ahora, cometiendo un error tan grave.

—Yo ya dije que estaba muy resentida por lo que pasó durante la Revolución Cultural... —apostilló el instructor político.

—Que esta tarde dos hombres la escolten hasta el Cuartel General de la División junto con las pruebas de su crimen —sentenció el comandante.

Llamaron a sus compañeras de celda, una a una, hasta quedarse a solas. El montoncito de carbón que había en un rincón de la celda se había apagado por completo. El fuego de la estufa llevaba rato extinguido y nadie venía a reavivarlo. Hacía mucho frío y Ye Wenjie se cubría el cuerpo con una manta.

Antes del anochecer fueron a verla dos militares; eran una mujer y un hombre. Ella, de mayor edad y dirigente del Partido, fue anunciada por su acompañante como la representante militar del Tribunal Intermedio del Pueblo.*

—Me llamo Cheng Lihua —saludó la mujer. Tenía unos cuarenta años, llevaba gafas de montura gruesa y vestía uniforme militar. Su rostro era amable y saltaba a la vista que de joven había sido hermosa. Su sonrisa emanaba simpatía.

Ye Wenjie era consciente de lo inusual que resultaba que una oficial de tan alto rango se interesara por su caso. Asintió con la cabeza, cautelosa, y le hizo un sitio en el camastro para que se sentara.

—Pero ¡qué frío hace aquí! ¿Y la estufa? —preguntó, mirando con gesto reprobatorio al director del centro de detención, que aguardaba en el exterior—. Qué jovencita... —exclamó a continuación, observándola de cerca mientras se sentaba a su lado—. Más incluso de lo que imaginaba. —Bajó la cabeza para hurgar en su maletín, y añadió—: ¡Wenjie! Tú lo que estás es confundida. ¡Ay, tanto leer! —Por fin halló lo que buscaba. Extrajo un grueso montón de folios y la miró con afecto—. No pasa nada, ¿eh? A tu edad, ¿quién no ha cometido algún error? Yo misma, sin ir más lejos. De joven, formé parte de la compañía de teatro del Cuarto Ejército de Campo. Un día, durante una sesión de formación política, se me ocurrió sugerir que China dejara de ser independiente y se uniera a la URSS porque así el comunismo internacional se fortalecería... ¡Inocente de mí! Pero ¿quién no se ha equivocado alguna vez? Los errores no deben pesarnos en la conciencia, ¿de qué sirve? Lo importante es reconocerlos y enmendarlos. Y luego, ¡a seguir con la Revolución!

Con esas palabras, la dirigente logró congeniar un poco más con Ye Wenjie. Sin embargo, esta, comprensiblemente cauta después de haber sufrido tantas calamidades, seguía sin poder aceptar tanta amabilidad.

Cheng Lihua colocó los papeles sobre el camastro y le ofreció una estilográfica.

* En tiempos de la Revolución Cultural, todo tribunal y organismo fiscal incluía esta figura, que tenía la última palabra a la hora de condenar o exonerar. *(N. del T.)*

—Vamos, firma. Luego, si quieres, charlaremos sobre tus vacilaciones ideológicas.

Le hablaba con la suavidad de una madre cuando amamanta a su hija.

Ye Wenjie permaneció inmóvil y con la vista fija en aquel montón de folios. No tomó la pluma.

Cheng le dedicó una sonrisa magnánima.

—Puedes confiar en mí, Wenjie. Te garantizo que este documento no tiene nada que ver con tu caso. Venga, firma.

El acompañante de la dirigente, que permanecía a un lado, intervino:

—Ye Wenjie, la representante Cheng trata de ayudarte. Lleva días preocupándose por tu caso.

Cheng alzó la mano para interrumpirlo.

—Es comprensible —dijo—. ¡Pobrecita! Te tenemos asustada. En estos tiempos, la diplomacia brilla por su ausencia. Tanto en el Cuerpo de Construcción como en el Tribunal del Pueblo hay camaradas tan directos que rozan la mala educación. ¡No son maneras! Está bien, Wenjie. Léelo. Tómate el tiempo que quieras.

Ye Wenjie cogió el documento y lo hojeó bajo la luz amarilla de la celda. La representante Cheng no le había mentido; realmente no tenía nada que ver con su caso, sino con el de su difunto padre, de quien incluía registros de contactos y conversaciones con varias personas. La fuente era Ye Wenxue, la hermana menor de Ye Wenjie. Siendo uno de los miembros más radicales de la Guardia Roja, no había dudado en denunciar a su progenitor con numerosos informes sobre sus supuestos crímenes, los cuales desempeñaron un papel clave a la hora de conducirlo a la muerte.

Sin embargo, Ye Wenjie supo ver que aquel documento no era del puño y letra de su hermana. El estilo de los textos acusadores de Wenxue era estridente, cada párrafo estaba minado de recriminaciones a punto de estallar, como ristras de petardos. En cambio, la redacción de aquel escrito era fría y calmada, meticulosa. Detallaba minuciosamente quiénes, cuándo y dónde habían discutido y sobre qué temas; lo hacía de un modo que a un inexperto podía parecerle un dietario tedioso, pero Ye Wenjie sabía que entrañaba algún propósito oscuro y bien calculado. No tenía nada que ver con los ataques de su hermana.

Era evidente que aquel documento guardaba relación con un importante proyecto de defensa nacional. Y siendo hija de físico, supuso que se refería a las pruebas nucleares chinas que en 1964 y 1967 sobrecogieron al mundo.

Durante la Revolución Cultural, para hacer caer a alguien importante había que presentar pruebas sobre su deficiencia en las áreas en que tuviera algún tipo de responsabilidad. Sin embargo, los asuntos nucleares contaban con la protección de las más altas instancias, para que estuviesen por encima de maquinaciones y tejemanejes, siendo difícil inmiscuirse. El padre de Ye Wenjie no cumplía con los requisitos políticos para trabajar en pruebas nucleares debido a su historial familiar, y su contribución se limitó a la formulación de una teoría periférica. Precisamente por eso, resultaba más fácil usarlo a él que a alguien implicado de manera directa.

Ye Wenjie ignoraba si el contenido de los documentos era cierto o falso, pero si de algo estaba segura era de que cada palabra, cada punto y coma asestarían un duro golpe político en las vidas de muchas personas, no solo en las de sus víctimas.

Al final del documento halló la firma de su hermana en grandes caracteres. Ella tenía un espacio reservado para constar como testigo, pero también había tres más.

—Yo no sé qué dijo mi padre en esas conversaciones —contestó en voz baja, devolviendo el documento.

—¿Cómo no vas a saberlo? La mayoría tuvo lugar en tu casa. ¿Tu hermana lo sabe y tú no?

—Se lo aseguro.

—Pero todas estas conversaciones son reales, tienes que creernos.

—No digo que no sean reales, sino que no sé nada de ellas y que no puedo firmar.

—Ye Wenjie... —volvió a intervenir el hombre que acompañaba a la representante, antes de ser interrumpido por la misma.

—Wenjie, voy a serte franca —continuó la mujer, acercándose aún más a ella y tomando una de sus frías manos—. La importancia de tu caso es muy relativa. Podemos minimizarlo, presentándolo como el de una pobre joven instruida que se ha dejado ofuscar por un libro reaccionario, y no tendrías ni que pasar por un juicio. Te harían ir a clase de pensamiento político para escribir un par de autocríticas y ahí quedaría la cosa; antes de que te dieras cuenta, estarías de vuelta en el Cuerpo de Construcción. Pero también podemos llevarlo hasta sus últimas consecuencias. Wenjie, sabes que pueden declararte culpable de una acción antirrevolucionaria. En estos tiempos tan volátiles, ante un caso así, tanto la fiscalía como los tribunales tenderán a ser más severos que tolerantes por miedo a pisar algún callo con su veredicto. Si no gustara, lo primero podría ser considerado un error administrativo. Lo segundo, una traición. Todo esto te lo digo confidencialmente.

Entonces el acompañante añadió:

—La representante Cheng solo intenta salvarte. Tú misma lo acabas de ver, tres testigos más han puesto su firma, ¿de qué va a servir negarte? ¡Ye Wenjie, piensa con claridad!

—Así es, Wenjie —retomó la dirigente—. ¡Se me rompe el corazón al pensar que la vida de una joven instruida como tú puede acabar arruinada por algo como esto! Lo que quiero es ayudarte. Por lo que más quieras, haz el favor de colaborar... Mírame bien, ¿tú crees que puedo desearte algún mal?

Ye Wenjie solo veía la sangre de su padre.

—Representante Cheng, no tengo constancia de lo que veo escrito, así que no voy a firmarlo.

Cheng Lihua enmudeció. Clavó los ojos en Ye Wenjie durante unos instantes en los que el frío aire de la celda pareció solidificarse. Lentamente, volvió a meter el documento en su maletín y se puso en pie. Su expresión seguía siendo afable, pero ahora parecía fijada al rostro como una máscara de yeso. Todavía con aquella sonrisa piadosa, se fue al rincón donde estaba el cubo para lavarse, lo cogió y, con calma precisa y deliberada, vertió la mitad del agua sobre Ye Wenjie y el resto sobre su manta. Luego se volvió, tiró el cubo al suelo y abandonó la celda.

—Zorra testaruda... —murmuró con rabia al salir.

El director del centro de detención fue el último en desaparecer. Mirando con frialdad a Ye Wenjie, empapada y goteando, cerró la celda de un portazo y echó el pestillo con un chasquido metálico.

A través de la ropa húmeda, el crudo invierno mongol la apresó con la intensidad de un puño gigante. Al principio oyó cómo le castañeteaban los dientes, pero más tarde aquel sonido se alejó. El frío que calaba sus huesos tiñó de blanco el mundo ante sus ojos, y Ye Wenjie sintió que el universo entero era un enorme bloque de hielo con ella dentro como único signo de vida. Era como aquella niña del cuento, a punto de morir congelada y sin una sola cerilla; solo con su imaginación.

El bloque de hielo que la aprisionaba fue volviéndose transparente, y tras él vio aparecer un edificio. En lo alto, una valiente joven hacía ondear una bandera. Su esbelta figura contrastaba vívidamente con la anchura de la tela. Era su hermana, Wenxue. No habían vuelto a tener noticias de ella desde el día en que decidió romper con su reaccionaria familia. Y poco antes supo que hacía dos años que había muerto en una de las muchas guerras entre facciones de guardias rojos.

Aún en su alucinación, vio que la bandera se transformaba en Bai Mulin. Sus gafas destellaban con el reflejo de las llamas del incendio que asolaba el edificio. Entonces Bai Mulin se convirtió en la representante Cheng; luego en su madre, Ye Shaolin; más tarde incluso en su padre. La figura abanderada cambiaba continuamente, como si fuera un metrónomo que marcara los últimos compases de su vida.

Poco a poco la imagen de la bandera fue nublándose, y todo cuanto la rodeaba se desvaneció con ella. El bloque inmenso que era el universo volvía a aprisionarla. Solo que esta vez el hielo era negro.

3

Costa Roja I

Poco después, Ye Wenjie oyó un gran ruido de motores. En su confuso estado de conciencia le pareció que una máquina taladraba el bloque de hielo en que se hallaba atrapada. Su mundo seguía a oscuras, pero aquel sonido, tan persistente y real, le hizo comprender que no estaba en el cielo ni en el infierno. Sencillamente, tenía los ojos cerrados.

Al abrirlos con gran esfuerzo, lo primero que vio fue una lámpara empotrada en el techo. Estaba protegida por una malla metálica y emitía una luz tenue. El techo entero parecía de metal.

De pronto, una voz masculina la llamó suavemente por su nombre.

—Tienes mucha fiebre —le dijo.

—¿Dónde estoy? —preguntó ella. Su débil voz casi no le pertenecía.

—En un helicóptero.

Ye Wenjie sintió que le fallaban las fuerzas y volvió a desvanecerse. El ruido del aparato la acompañó el tiempo que pasó dormida. Poco después, al volver en sí, el aturdimiento se convirtió en un dolor intenso: tenía el cuerpo magullado y le ardía la boca. Al tragar saliva, le pareció estar engullendo un ascua de carbón. Pero si empezaba a sentir todo aquello, era síntoma de que se estaba recuperando.

Volvió la cabeza y descubrió a dos hombres enfundados

en sendas chaquetas militares idénticas a la de la representante Cheng. Pero, a diferencia de esta, ellos iban tocados con la boina del Ejército de Liberación Popular, con su estrella roja bordada en la parte de delante. Bajo las chaquetas desabrochadas, asomaban la insignia y el cuello rojo del uniforme. Uno de ellos llevaba gafas.

Fue entonces cuando constató que a ella la cubría una muda de ropa limpia y un abrigo militar. Para su sorpresa, logró incorporarse y fijar la vista en uno de los ventanucos opuestos a su asiento, donde unas nubes se sucedían a toda prisa. El poderoso reflejo del sol le hizo apartar la mirada. Se hallaba en una estrecha cabina llena de contenedores metálicos pintados de un color verde militar. Por otro ventanuco alcanzó a ver la sombra parpadeante de los rotores. Era cierto que estaba en un helicóptero.

—Vuelve a acostarte, por favor —le pidió el hombre de las gafas, ayudándola a hacerlo y tapándola con el abrigo.

—Ye Wenjie, ¿eres la autora de este artículo? —inquirió el otro, mostrándole una revista científica escrita en inglés.

El artículo se titulaba «Posible interfacialidad en la zona de radiación solar y su capacidad reflexiva». Se trataba de un ejemplar de la *Revista de Astrofísica* de 1966.

—Pues claro que lo es, ¿hasta eso hay que confirmarlo? —intervino el hombre de las gafas, apartando la revista—. Este es Lei Zhicheng, comisario político de la base Costa Roja. Yo me llamo Yang Weining, soy el ingeniero jefe. Todavía falta una hora para que aterricemos, trata de descansar.

«¿Tú eres Yang Weining?», quiso decir ella, pero se limitó a examinarlo con la mirada: tenía una expresión neutra, como si no quisiera revelar que se conocían.

Yang Weining había sido uno de los estudiantes de posgrado de su padre. Aunque se graduó cuando ella apenas estaba en primer año de universidad, recordaba la primera vez que él fue a su casa. Recién admitido en el departamento, acudía a discutir con su profesor qué dirección tomaría su trabajo. Quería alejarse del campo teórico para centrarse en problemas experimentales y aplicados.

—No es que tenga nada en contra —le dijo su padre—, pero al fin y al cabo somos del Departamento de Física Teórica. ¿Qué te mueve a querer evitar la teoría?

—Dados los tiempos que corren, quisiera que mi contribución a la sociedad fuese más práctica.

—La teoría es la base de la cual parte la aplicación práctica. ¿Existe mayor contribución que la de descubrir principios fundamentales?

Tras vacilar, Yang Weining terminó admitiendo:

—En el campo de la teoría, es fácil cometer errores ideológicos.

Ante eso, el padre de Ye Wenjie no pudo decir nada.

Yang gozaba de un gran talento, una sólida base matemática y una mente ágil. Lamentablemente, durante el poco tiempo que duraron sus estudios de posgrado, procuró mantener la distancia y reducir al mínimo las interacciones con su profesor. Por aquel entonces, Ye Wenjie aún tuvo ocasión de verlo varias veces, pero, quizá por influencia de su padre, no llegó a fijarse en él. Una vez graduado, Yang Weining cesó todo contacto con ellos.

Volvió a sentirse débil y cerró los ojos. Los militares se acuclillaron detrás de una hilera de cajas para conversar en voz baja, pero las dimensiones de la cabina eran tan reducidas que pudo oírlos incluso sobre el rugido de las aspas.

—Sigo pensando que esto no está bien.

Era la voz de Lei Zhicheng.

—¿Acaso hay alguien que siga los cauces reglamentarios?

—¡He hecho todo lo posible! Pero en el ejército no hay nadie con esta especialización, y es muy complicado tratar de reclutar a un civil; ya sabes que los proyectos de alto secreto requieren, además de alistarse, estar dispuesto a pasar largas temporadas encerrado en la base. ¿Y si es alguien con familia? ¿Los encerramos a ellos también? No hay quien acceda a eso... Encontré a dos posibles candidatos, pero preferían ir a un campo de reeducación antes que venir aquí... Es cierto que podríamos haberlos obligado, pero, dada la naturaleza del trabajo, es más prudente no retener a nadie en contra de su voluntad...

—Entonces no nos queda otro remedio —dijo Yang Weining.

—Es un procedimiento tan poco convencional...

—¡Todo el proyecto lo es! Si algo sale mal, asumiré la responsabilidad.

—Pero ¿de verdad crees que puedes responsabilizarte de algo así? ¡Tú eres un técnico y Costa Roja no es un simple proyecto de defensa nacional, su complejidad va más allá!

—En eso tienes razón...

Aterrizaron al anochecer. Ye Wenjie se empeñó en rechazar la ayuda de los militares y salió del helicóptero con gran dificultad pero por su propio pie. El fuerte viento que soplaba en el exterior casi la derribó. Los rotores, aún en movimiento, emitían un agudo silbido. El aroma a bosque que transportaba el viento le resultó tan familiar, como ella misma a esa corriente procedente de la cordillera del Gran Khingan.

Entonces oyó una especie de aullido, grave y poderoso, que parecía fusionarse con el universo. Era el sonido de una enorme antena parabólica contra el viento. Al acercarse a ella, sintió su inmensidad.

La vida de Ye Wenjie había trazado un círculo completo en el último mes: ahora se hallaba en Pico Radar.

Instintivamente, miró hacia el campamento de su compañía del Cuerpo de Construcción. Lo único que vio fue una maraña de árboles en la niebla.

El helicóptero no la había transportado solo a ella. Aparecieron varios soldados, que comenzaron a descargar los contenedores de la cabina. Pasaron por su lado sin mirarla. Siguiendo a Lei Zhicheng y Yang Weining, comprobó lo espaciosa que era la cima de Pico Radar. Al pie de la antena se apilaban varios edificios, todos de color blanco. Parecían piezas de un juego de construcción. Cuando llegaron a la puerta de la base, custodiada por dos centinelas, se detuvieron.

Lei Zhicheng se volvió hacia ella, y con gran solemnidad le dijo:

—Ye Wenjie, las pruebas de tu crimen contrarrevolucionario son irrefutables y cualquier tribunal te condenará como mereces. Tienes ante ti la oportunidad de redimirte. Puedes aceptarla o rechazarla. —Señaló en dirección a la antena—. Estas instalaciones son una base científica militar. Una de las investigaciones que aquí se realizan necesita a alguien con tus conocimientos. El ingeniero jefe Yang te dará los detalles para que medites tu decisión. —Luego miró a Yang Weining, asintiendo con la cabeza, y entró en la base precediendo a los soldados que transportaban las cajas.

Yang Weining aguardó a que estuvieran lejos para indicarle a Ye Wenjie que lo siguiera. Cuando estuvieron a cierta distancia de la puerta, fuera del alcance del oído de los centinelas, ya no fingió que no la conocía.

—Wenjie, dejemos las cosas claras. Esto no es ninguna oportunidad. Me he informado en la Comisión de Control del Tribunal, y aunque Cheng Lihua aboga por condenarte de la forma más severa, a lo sumo serían diez años. Teniendo en cuenta los atenuantes, pasarías encerrada unos seis o siete años. En cambio, aquí... —Señaló con la cabeza en dirección a la base—. Este proyecto está sujeto al máximo secreto. Dado tu estatus, muy posiblemente... —Hizo una pausa, como queriendo que el aullido de la antena subrayara la gravedad de sus palabras—. No te permitirán salir durante el resto de tu vida.

—Quiero entrar —dijo ella con un hilo de voz.

La rapidez de su respuesta lo sobresaltó.

—No te decidas tan a la ligera. Métete otra vez en el helicóptero y piénsalo bien; no despegará hasta dentro de tres horas. Si al final rechazas la oferta, te llevaremos de vuelta y ya está.

—No quiero irme. Entremos. —Su voz sonó más firme. Podía haber un mundo después de la vida, de cuya existencia no estaba segura, pero ahora aquel pico era el único lugar en el que deseaba quedarse. Por algún motivo, le inspiraba la seguridad que le habían negado durante tanto tiempo.

—Piénsalo con calma —insistió él—. Ten en cuenta lo que esta decisión implica...

—Estoy dispuesta a quedarme para el resto de mi vida.

Yang Weining hundió la cabeza en silencio y miró al infinito, como queriendo forzarla a recapacitar. Ella también permaneció callada. Se ajustó el abrigo y observó cómo, en la lejanía, las montañas del Gran Khingan desaparecían en la oscuridad de la noche. El frío impedía seguir allí mucho más tiempo, de modo que Yang Weining echó a andar en dirección a la puerta. Iba muy rápido, como queriendo dejarla atrás, pero ella consiguió seguirlo de cerca. Una vez dentro, los centinelas cerraron la pesada puerta metálica.

Tras andar varios metros más, Yang Weining le señaló la antena y dijo:

—Este es un proyecto de investigación armamentística a gran escala. Si tiene éxito, será incluso más importante que la bomba atómica y la de hidrógeno.

Cuando llegaron al edificio más grande de la base, Yang Weining abrió una puerta con un cartel que decía: SALA DE CONTROL DE TRANSMISIÓN. Dentro, los recibió un fuerte olor a carburante. Era una amplia sala llena de instrumental y equipamiento, con multitud de osciloscopios y luces intermitentes. Una docena de controladores, vestidos de uniforme, tecleaban sin cesar, diríase que atrincherados bajo tanto aparato, listos para la batalla. Todo sucedía entre un confuso ir y venir de órdenes y respuestas.

—Aquí hace menos frío —dijo Yang Weining—. Enseguida vuelvo, voy a pedir que te asignen alojamiento.

Le señaló una silla vacía que había frente a una mesa, junto a la puerta, donde estaba sentado un guardia armado con pistola.

—Será mejor que espere fuera —repuso Ye Wenjie, cerrándole el paso.

Yang Weining le sonrió.

—A partir de ahora, eres un miembro de la base. Puedes estar donde quieras, menos en las pocas áreas restringidas.

La sonrisa se le borró del rostro en cuanto fue consciente del mensaje que desprendían sus palabras: «Jamás saldrás de aquí.»

—Prefiero esperar fuera —insistió ella.

—Está bien —aceptó él, mirando de reojo al guardia, que ignoraba su presencia, y empatizando con la preocupación de ella.

Una vez fuera de la sala de control, añadió:

—Mantente a salvo de la corriente, yo vuelvo enseguida. Solo tengo que encontrarte un cuarto y mandar a que alguien te encienda el fuego. Las condiciones en la base dejan mucho que desear, no hay calefacción. —Y se fue a paso ligero.

Ye Wenjie permaneció junto a la puerta de la sala de control. La antena gigante quedaba justo encima de ella, cubriendo la mitad del cielo nocturno. Desde allí oyó con claridad los sonidos procedentes de la sala de control, que de pronto cesaron. La estancia quedó en un silencio únicamente roto por el zumbido de algún aparato.

De repente, se oyó una estridente voz masculina.

—¡Segundo Cuerpo de Artillería del Ejército de Liberación Popular, proyecto Costa Roja, transmisión número ciento cuarenta y siete! ¡Autorización confirmada! Comienzo de la cuenta atrás de treinta segundos.

—Identificación del blanco: A-3. Número de serie de las coordenadas: BN20197F. Posición comprobada y confirmada. Veinticinco segundos.

—Número de archivo de la transmisión: veintidós. Adiciones: cero. Completada la comprobación final del archivo de transmisión. Veinte segundos.

—Unidad energética, ¡lista!

—Unidad de codificación, ¡lista!

—Unidad de amplificación, ¡lista!

—Unidad de monitorización de interferencias, dentro del rango aceptable.

—Alcanzado el punto de no retorno. Quince segundos.

Se impuso un gran silencio. A los quince segundos, se activó una alarma y empezó a parpadear una luz roja en la punta de la antena.

—¡Comienzo de la transmisión! Que todas las unidades prosigan con la monitorización.

Ye Wenjie sintió un picor en la cara, y de ello dedujo que había aparecido un enorme campo eléctrico. Miró hacia donde apuntaba la antena y vio que, en mitad del cielo, una nube irradiaba una luz azul tan tenue que parecía ilusoria. La nube dejó de brillar conforme se desplazaba, y volvió a hacerlo al pasar otra.

De nuevo se oyeron voces en la sala de control:

—¡Error en la unidad de energía! ¡Magnetrón número tres fundido!

—Unidad de apoyo en operación, ¡lista!

—Punto de control uno alcanzado. Reanudando la transmisión.

Ye Wenjie sintió un sonido vibratorio. A través de la neblina, divisó unas sombras que se elevaban desde los árboles, al pie de la montaña, y ascendían en espiral hacia el cielo oscuro. Le sorprendió que hubiera tantos pájaros en pleno invierno. Entonces fue testigo de una escena aterradora: al alcanzar la zona a la que apuntaba la antena, con aquellas nubes que brillaban de fondo, los pájaros empezaron a caer, uno a uno, del cielo.

El proceso continuó durante otro cuarto de hora. Luego la luz de la antena se apagó y Ye Wenjie dejó de sentir el picor en la cara. En la sala de control, se reanudó el barullo de órdenes y respuestas, mientras la voz masculina volvía a la carga.

—Transmisión número ciento cuarenta y siete del proyecto Costa Roja completada. Sistemas de transmisión desconectados. Costa Roja entra en estado de monitorización. Control del sistema transferido al Departamento de Monitorización, enviando datos desde punto de control.

—Que todas las unidades cumplimenten debidamente su diario de transmisiones. Todos los jefes de unidad deben asistir a la reunión posterior a la transmisión. ¡Se acabó!

El silencio que vino después fue interrumpido por el silbido del viento. Ye Wenjie se fijó en que los pájaros regresaban al bosque. La antena parecía una enorme mano tendida hacia el firmamento, dotada de un vigor fabuloso. Inspeccionó el cielo, sin hallar nada que pudiera ser el blanco número BN20197F. Lo único que alcanzó a ver, más allá de las nubes, fueron las estrellas de una fría noche de 1969.

SEGUNDA PARTE

TRES CUERPOS

4

Fronteras de la Ciencia

Más de cuarenta años más tarde

Wang Miao analizó el peculiar cuarteto que había ido a buscarlo a su casa: eran dos policías y dos militares vestidos de uniforme. Si estos últimos hubieran sido policías armados, tal vez no le habría chocado, pero se trataba nada menos que de oficiales del Ejército de Tierra.

En cuanto vio a los policías, sintió aversión. El más joven tenía un pase: era respetuoso y se dirigía a él en tono amable. En cambio el otro, de paisano, era un auténtico maleducado. Alto y corpulento, con cara de pocos amigos, iba enfundado en una mugrienta chaqueta de cuero. Todo él apestaba a tabaco y, en lugar de hablar, gritaba. Justo la clase de persona que Wang más detestaba.

—¿Wang Miao? —le preguntó a voces, incomodándole al usar su nombre completo, mientras encendía un cigarrillo sin mirarlo.

Antes de darle tiempo a responder, le hizo un gesto al policía joven y este le enseñó la placa. Entonces, ya con el cigarrillo encendido, hizo ademán de meterse en el apartamento.

—Por favor, no fume en mi casa —le dijo Wang, interceptándole el paso.

—Perdone, profesor —intervino el policía joven con una sonrisa de apuro—. Le presento al comisario Shi Qiang. —Dirigió una mirada de súplica a su superior.

—De acuerdo. En el pasillo —replicó Shi Qiang, y dio una

profunda calada, que redujo a cenizas casi la mitad del cigarrillo. Después, apenas echó humo—. Pregúntale tú —añadió, volviendo la cabeza hacia el joven policía.

—Profesor Wang —comenzó este—, queríamos saber si recientemente ha tenido contacto con algún miembro de la organización Fronteras de la Ciencia.

—Se trata de una organización académica muy influyente a nivel internacional, y todos sus miembros son reputados investigadores. ¿Por qué no iba a poder relacionarme con miembros de una organización perfectamente legal?

—¡Míralo! —espetó el comisario, echando, ahora sí, en el rostro de Wang Miao todo el humo que acababa de inspirar—. ¿En algún momento hemos dicho que sea ilegal? ¿Alguien le ha prohibido relacionarse con ella?

—En ese caso, perfecto. Se trata de un asunto privado y no tengo por qué responder a sus preguntas.

—¿Cómo que un asunto privado? Los académicos de renombre como usted se deben al bien común de la sociedad, ¿no? —Shi Qiang lanzó la colilla que tenía en la mano, sacó un paquete de tabaco aplastado de la chaqueta y encendió otro cigarrillo.

—Tengo derecho a no contestar —dijo Wang—. Por favor, váyanse. —Se volvió para entrar en su apartamento.

—¡Un momento! —gritó Shi Qiang, al tiempo que gesticulaba hacia el joven policía—. Dale la dirección y el teléfono. Venga a visitarnos esta tarde.

—Pero ¡¿qué se propone?! —explotó Wang, furioso. La discusión había alertado a los vecinos, que comenzaban a salir de sus pisos.

—¡Señor comisario! —exclamó con enfado el joven policía, llevándose a su superior unos metros aparte para regañarlo en voz baja. Al parecer, Wang no era el único a quien desagradaban sus malos modos.

—Profesor, no nos malinterprete —se apresuró a intervenir uno de los militares, que era comandante, dando un paso al frente—. Esta tarde se celebrará una reunión importante a la que asistirán varios académicos y especialistas. Nuestro general nos ha pedido que viniéramos a invitarlo.

—Esta tarde no tengo tiempo.

—Lo sabemos. El general ha hablado con su superior en el Centro de Nanotecnología, pero le aseguro que no puede usted faltar a nuestra reunión. Si le es imposible, tendremos que posponerla.

Shi Qiang y el joven policía no dijeron nada más. Se dieron la vuelta y desaparecieron escaleras abajo. Los dos militares, al comprobar que se marchaban, resoplaron con alivio.

—¿Qué coño le pasa a ese? —preguntó el comandante a su compañero.

—¡Su historial es para verlo! Hace unos años, en un caso de toma de rehenes, actuó de forma imprudente y tres miembros de una misma familia terminaron muriendo a manos de los criminales. También dicen que tiene contactos en el mundo del crimen organizado, y que los utiliza para poner a unas bandas en contra de otras... El año pasado recurrió a la tortura para obtener una confesión, y el sospechoso acabó en silla de ruedas; por eso lo suspendieron del servicio...

—¿Y cómo pueden admitir a esta clase de personas en el Centro de Comandancia de Batalla?

—Por exigencia del general. Alguna habilidad especial debe de tener... pero, de todos modos, su papel es muy restringido; no le permiten saber nada que concierna a la seguridad pública...

—Perdone, ¿ha dicho Centro de Comandancia de Batalla?

El coche que le mandaron lo llevó hasta una gran nave situada a las afueras de la ciudad. Al ver que solo había un número sobre la puerta, supo que el lugar pertenecía al ejército.

La reunión iba a celebrarse en una gran sala. Nada más entrar en ella, a Wang le sorprendió su desorden: a lo largo de su perímetro se apilaba un gran número de equipos informáticos, algunos directamente en el suelo, donde reinaba una maraña de cables de red. En lugar de estar en armarios, los *routers* se acumulaban encima de los servidores. Había montones de papel de impresora por todas partes; en varios rincones, unas destartaladas pantallas de proyección, en estrambóticas posiciones, recordaban a las tiendas de un campamento gitano. El humo del tabaco llenaba el ambiente.

Wang no sabía si se hallaba en el Centro de Comandancia de Batalla, pero sí que lo que allí hacían era demasiado importante como para preocuparles las apariencias.

La superficie de la mesa de reuniones, formada por varias mesas una al lado de la otra, estaba cubierta de documentos y enseres. Los asistentes, todos con la ropa arrugada, tenían el aspecto de no haber dormido en varias noches. Presidía la reunión un general del Ejército de Tierra llamado Chang Weisi. La mitad de los presentes eran militares vestidos de uniforme. Tras las presentaciones, Wang supo que entre ellos había un gran número de policías de paisano, y que el resto eran académicos como él, algunos de ellos eminentes científicos. Para su sorpresa, también vio a cuatro occidentales. Dos de ellos eran militares: un coronel de las fuerzas aéreas de Estados Unidos y otro del ejército británico, ambos enviados de la OTAN. Los otros dos eran nada menos que agentes de la CIA, que al parecer estaban allí en calidad de observadores.

Los rostros de todos ellos expresaban lo mismo: «Ya hemos hecho cuanto podíamos, acabemos con esto de una puñetera vez.»

Wang Miao reconoció al comisario Shi Qiang, quien, contradiciendo sus malos modos del día anterior, lo saludó llamándolo «profesor». Aun así, seguía esbozando una sonrisa socarrona.

Wang no quería sentarse a su lado, pero no encontró ninguna otra silla libre. La densa nube de humo se hizo todavía más espesa.

A la hora de distribuirse los documentos, Shi Qiang se acercó a él y le dijo:

—Profesor Wang, si no me equivoco, usted está investigando... una nueva clase de materiales, ¿verdad?

—Nanomateriales —respondió él, sucintamente.

—He oído hablar de ellos. Son increíblemente duros, ¿no? ¿Cree que pueden utilizarse para cometer crímenes?

Aquella sonrisa socarrona le impedía saber si le hablaba en serio o en broma.

—¿Qué insinúa? —preguntó Wang.

—Nada. Dicen que, hecho de este material, un hilo del grosor de un cabello puede levantar un camión. Si un criminal lo robara e hiciera con él un cuchillo, podría usarlo para partir un coche en dos.

—No tendría necesidad de hacer un cuchillo. Una hebra con el grosor de una centésima parte de un cabello bastaría para cortar un camión como si fuese mantequilla... Pero ¿qué hay en este mundo que no pueda usarse con fines criminales? Hasta una simple navajita para descamar pescado es susceptible de ello.

Shi Qiang extrajo medio folio de la carpeta que tenía entre manos para enseguida, con gesto claramente aburrido, volver a meterlo. Luego dijo:

—Es más, ¡hasta el pescado puede usarse para cometer un crimen! Una vez investigué el caso de una esposa que asesinó al marido cortándosela... ¿Y a que no adivina con qué? ¡Con una tilapia congelada! Las espinas del dorso eran afiladas como cuchillas...

—No siga, no me interesa —terció Wang—. ¿Acaso me han traído hasta aquí para hablarme de eso?

—¿De qué, de peces? ¿O de nanomateriales? No, no, para nada... —Shi Qiang se acercó y le susurró al oído—: No hace falta que sea tan educado con estos. A los dos nos miran por encima del hombro. Lo único que buscan es sacarnos información para luego no contarnos nada. Míreme a mí, que llevo aquí un mes y todavía no me entero de nada, igual que usted.

—Camaradas —anunció el general que lucía una plaquita en el pecho con el nombre de CHANG WEISI—, empecemos la reunión. La nuestra, de entre todas las zonas de combate del planeta, se ha convertido en prioritaria. En primer lugar, camaradas, les pondré al día de la situación.

A Wang le llamó la atención que se hablara de «zonas de combate». También reparó en que, tal como había dicho Shi Qiang, el general procuraba no entrar en detalles. Además, en su breve introducción, había empleado la palabra «camaradas» en dos ocasiones. Al observar a los enviados de la OTAN y la CIA que tenía enfrente, pensó que se le había olvidado añadir la palabra «caballeros».

—Sí, esos también son camaradas —le susurró al oído Shi Qiang, señalando con el cigarrillo a los cuatro extranjeros—; al menos aquí todo el mundo los llama así.

La perspicacia de aquel hombre, que parecía leerle el pensamiento, era sorprendente.

—Da Shi —dijo el general Chang, sin levantar la vista del documento que hojeaba—, apaga el cigarrillo. El ambiente ya está muy cargado.

Se dirigía a Shi Qiang con el sobrenombre de «Gran Shi». Este se apartó el cigarrillo de los labios y, viendo que a su alrededor no había ningún cenicero, lo tiró en una taza de té. Luego levantó el brazo y dijo:

—General, tengo una petición que ya he hecho anteriormente: paridad de información.

El general Chang levantó la vista.

—En ninguna operación militar existe la paridad de información. Los académicos aquí presentes sabrán aceptar mi más sincera disculpa.

—Pero ¿y nosotros? El resto somos diferentes —insistió Shi Qiang—. La policía forma parte del Centro de Comandancia de Batalla desde el principio, y seguimos sin saber de qué va todo esto. Es más, nos está echando. En cuanto consigue averiguar lo que quiere de cada uno, lo manda a casa.

Varios policías le murmuraron que se callara. A Wang le sorprendió que Shi Qiang se atreviera a hablar con ese arrojo a un general, quien respondió de forma aún más chocante:

—Da Shi, veo que no has aprendido nada desde el ejército. ¿Te crees en posición de hablar en nombre de toda la policía? Con un expediente como el tuyo, suspendido durante varios meses y a punto de ser expulsado del Cuerpo, yo agradecería la oportunidad.

—Entonces ¿estoy aquí para redimirme con mis acciones? —replicó Shi Qiang—. ¿No decía que mis métodos eran demasiado radicales?

—Pero útiles —repuso el general—. Eso es lo único que nos importa. En tiempos de guerra, no podemos ser demasiado escrupulosos.

—Nos apremian las circunstancias —intervino en perfecto mandarín uno de los oficiales de la CIA—. Ya no podemos ceñirnos a lo convencional.

El coronel británico asintió, demostrando que entendía sus palabras, para luego añadir en su lengua:

—*To be or not to be...*

—¿Qué ha dicho? —le preguntó Shi Qiang a Wang.

—Nada —respondió Wang mecánicamente.

Todas esas personas parecían salidas de un sueño. «¿Tiempos de guerra? Y ¿dónde, exactamente, es esa guerra?», se dijo.

Por uno de los ventanales se veía la ciudad de Pekín. Bajo el sol primaveral el tráfico inundaba las calles, había gente paseando al perro, niños jugando... ¿Qué era más real: el mundo que había fuera de aquellas paredes o el de dentro?

—Recientemente —prosiguió el general—, el enemigo ha intensificado sus ataques. El objetivo siguen siendo los científicos de élite. Consulten la lista de nombres que aparece en el documento.

Wang extrajo la primera página del mismo, impresa con grandes caracteres. La lista había sido elaborada con prisas y contenía tanto nombres chinos como occidentales.

—Profesor Wang, ¿hay algo que le llame la atención en esta lista? —le preguntó el general.

—Conozco tres nombres. Son académicos famosos que trabajan en la vanguardia de la investigación de la física. —Wang clavó la vista en el último nombre. Para él, los dos caracteres que lo formaban tenían un color distinto. ¿Cómo podía aparecer ahí? ¿Le había ocurrido algo?

—¿La conoce? —le preguntó Da Shi, señalando el nombre con un dedo tosco y amarillento a causa del tabaco.

Wang no le hizo caso.

—Ah. No la conoce —añadió Da Shi—. Pero le gustaría.

Wang Miao comprendió entonces por qué el general Chang había requerido los servicios de aquel hombre que una vez fue soldado bajo su mando. Aquel tipo descuidado y soez tenía una vista de lince. Sus métodos tal vez no fuesen los de un buen policía, pero era formidable.

Un año antes, Wang Miao había sido el responsable de los componentes a nanoescala del proyecto de acelerador de partículas *Sinotron II*. Una tarde, durante una breve pausa en las obras, se sintió atraído por una escena. Como aficionado a la fotografía paisajística, su mirada solía encontrar composiciones artísticas en la realidad que lo rodeaba.

En esa ocasión se fijó en el solenoide del imán superconductor que estaban instalando. El imán, de casi tres pisos de altura, estaba a medio terminar y parecía un monstruo gigantesco formado por bloques de metal y una confusa maraña de tubos refrigerantes criogénicos.

Cual gigantesca montaña de desechos tecnológicos, la estructura despedía la más inhumana y sombría frialdad, la más cruda barbarie revestida de acero. Pero en contraste con aquel coloso de metal, justo enfrente vio aparecer la esbelta figura de una joven. La luz de la composición era igualmente fantástica: el monstruo de metal quedaba enterrado en la sombra, reforzando su tosquedad, mientras un dorado rayo de sol poniente iluminaba el sedoso pelo de la chica y la piel blanca que se vislumbraba bajo el cuello de su camisa. Era una flor que, tras una violenta tormenta, brotaba entre una gran mole de ruinas metálicas.

—¿Qué estás mirando? ¡A trabajar!

A Wang le alivió comprobar que el director del Centro de Nanotecnología no se dirigía a él. La reprimenda era para un joven ingeniero que también se había quedado embobado con la chica. Fue entonces, devuelto a la realidad, cuando se dio cuenta de que no se trataba de una trabajadora más: a su lado tenía al ingeniero jefe, que le hablaba con gran deferencia.

—¿Quién es? —le preguntó al director.

—Debería conocerla —contestó este, saludándola con un gesto circular—. El primer experimento que se lleve a cabo en este acelerador de veinte mil millones de yuanes será probablemente para poner a prueba su modelo de supercuerdas. En otras circunstancias, por una cuestión de antigüedad, no le correspondería, pero sus colegas más experimentados no se atreven a dar un paso al frente por miedo a fracasar. De ahí que tenga la oportunidad de hacerlo.

—¡Ah! ¿Entonces Yang Dong... es una mujer?

—Así es —confirmó el director—. No lo supimos hasta anteayer, cuando la vimos en persona.

—¿Tiene algún problema emocional? —intervino el joven ingeniero—. ¿Por qué nunca ha querido que la entrevistaran los medios?

—¡Qué tonterías dice! Muchas veces los genios son así. Qian Zhongshu, sin ir más lejos. Era un escritor brillante, y murió sin que nadie lo viera una sola vez en televisión.

—Pero al menos conocíamos su sexo. A ella algo tuvo que pasarle de pequeña para volverse tan huraña... —replicó el joven ingeniero con el tono de quien desprecia lo que no puede obtener.

Yang Dong y el ingeniero se acercaron. Al pasar, ella sonrió sin decir nada. A Wang nunca se le olvidaría aquella límpida mirada.

Por la noche, sentado en su estudio, contempló las fotografías que tenía colgadas en la pared. Eran las obras de las que se sentía más orgulloso. Se fijó especialmente en una escena captada en la frontera occidental de China: un valle desolado con una montaña nevada al fondo. En primer plano, ocupando un tercio de la imagen, había un árbol desnudo erosionado por los estragos del tiempo.

En su imaginación, colocó al fondo de la fotografía, en el punto más remoto del valle, la figura que le obsesionaba. Aun resultando ínfima, lograba dotar a la escena de vida, como si el mundo que retrataba respondiera a su presencia, como si solo existiera por ella.

La imaginó superpuesta en varias fotografías más. A veces colocaba sus ojos sobre el ancho cielo vacío. Invariablemente, las estampas cobraban vida y adquirían una belleza insospechada.

Siempre había pensado que a sus fotografías les faltaba alma. Ahora sabía que lo que les faltaba era ella.

—En los últimos dos meses, todos los físicos de esta lista se han suicidado —anunció el general Chang.

Wang sintió un escalofrío. Uno a uno, aquellos paisajes en blanco y negro se iban desvaneciendo. Las fotografías dejaban de tener su figura al fondo, sus ojos desaparecían del cielo. Esos mundos estaban muertos.

—¿Cuándo ha ocurrido? —preguntó, atónito.

—En los últimos dos meses —repitió el general.

—¿Se refiere al último nombre? —intervino Da Shi, satisfecho de su perspicacia—: Ha sido la última. Hace dos noches: sobredosis de somníferos. Una muerte plácida. No sufrió.

Wang se sintió momentáneamente agradecido.

—Pero ¿por qué? —preguntó, todavía con el recuerdo de aquellos paisajes muertos desfilando ante sus ojos.

—Solo estamos seguros de una cosa —respondió el general—: a todos les movió lo mismo. Pero resulta difícil esclarecer el qué. Quizá sea imposible saberlo si no eres un especialista en ese campo. En el documento hallarán fragmentos de sus notas de suicidio; al término de la reunión tendrán ocasión de examinarlo con detenimiento.

Wang hojeó las notas fotocopiadas. Todas eran interminables.

—Doctor Ding, ¿podría permitirle al profesor Wang consultar la nota de Yang Dong? Es la más breve y representativa...

Hasta entonces, Ding Yi había guardado absoluto silencio. Al cabo de unos instantes, sacó un sobre blanco de un bolsillo de su chaqueta y lo puso sobre la mesa para que Wang pudiera cogerlo.

Da Shi le susurró a Wang al oído:

—Era el novio de Yang Dong.

Wang recordó haber visto a Ding Yi cerca de las obras de construcción del acelerador de partículas, en Liangxiang. Era un físico teórico conocido por haber descubierto el macroátomo en su estudio de los rayos globulares.

Wang extrajo del sobre una nota con forma irregular que despedía una suave fragancia. No era papel, sino corteza de abedul. En ella, descubrió el siguiente párrafo:

> Todas las pruebas apuntan a una única conclusión: la física nunca ha existido y nunca existirá. Sé que estoy cometiendo una irresponsabilidad, pero no me queda otro remedio.

Sin una firma siquiera. Así se despidió de este mundo.

—¿Que la física... no existe? —preguntó Wang, mirando consternado a los presentes.

El general Chang cerró la carpeta.

—El archivo contiene, además, información específica relacionada con los resultados de los experimentos realizados tras la puesta en marcha del tercer acelerador de partículas del mundo. Es todo muy técnico y no nos interesa; nuestra investigación se centra en Fronteras de la Ciencia. La Unesco designó el 2005 como el Año Mundial de la Física, y de los numerosos encuentros celebrados entre físicos de todo el mundo surgió aquella organización. Doctor Ding, usted es físico teórico, ¿podría darnos más información?

Ding Yi asintió.

—No tengo conexión directa con Fronteras de la Ciencia, pero sé que goza de gran prestigio en el mundo académico. Su objetivo fundacional es dar respuesta al siguiente problema: desde la segunda mitad del siglo XX, la física ha ido perdiendo la concisión y claridad de sus teorías clásicas. Los modelos teóricos modernos se están volviendo cada vez más complejos, vagos e inespecíficos, complicando su verificación a través de experimentos. Esto supone un escollo importante para la vanguardia de la investigación en dicho campo.

»Los miembros de Fronteras de la Ciencia tratan de promover una nueva forma de pensar. Básicamente, buscan usar métodos científicos para determinar los límites de la ciencia. Su fin es conocer con qué grado de precisión, y hasta qué punto, puede esta conocer la naturaleza; un punto que, según viene desarrollándose la física moderna, parece haberse alcanzado.

—Muy bien —dijo el general—. De acuerdo con nuestras investigaciones, la mayoría de académicos que se han suicidado tenían algún tipo de conexión con Fronteras de la Ciencia, incluso eran miembros de la asociación. No hemos hallado indicios de uso ilegal de drogas psicotrópicas, ni de técnicas de manipulación psicológica similares a las empleadas por las sectas religiosas. En otras palabras, si Fronteras de la Ciencia influyó en ellos de algún modo, fue solo a través de intercambios académicos perfectamente lícitos. Profesor Wang, ellos contactaron con usted en los últimos tiempos. Nos gustaría que nos facilitara cierta información.

Da Shi interrumpió bruscamente:

—... como el nombre y los apellidos de su contacto, la hora y el lugar de las reuniones, su contenido, cartas, correos electrónicos...

—¡Da Shi! —lo reprendió el general.

—¿Crees que olvidaremos que sabes hablar si te callas durante un minuto? —le susurró un policía.

Da Shi cogió su taza de té, vio la colilla flotando y volvió a dejarla sobre la mesa.

Tras aquello, Wang volvió a repudiar a Da Shi y vio cómo se esfumaba todo rastro del agradecimiento que había sentido antes. Se obligó a contestar:

—Mi contacto con Fronteras de la Ciencia empezó con Shen Yufei, una física japonesa de origen chino. En la actualidad trabaja para una empresa japonesa con sede aquí, en Pekín. Antes lo hizo para un laboratorio de Mitsubishi dedicado a la investigación en nanotecnología. Nos conocimos en una conferencia, a principios de año, y ella me presentó a varios colegas, todos miembros de Fronteras de la Ciencia, algunos chinos y otros extranjeros. Los temas de nuestras conversaciones siempre fueron... cómo describirlos... radicales. Siempre giraron en torno a la cuestión que acaba de mencionar el doctor Ding: ¿hasta dónde llega la ciencia? En un principio lo consideré un pasatiempo; al fin y al cabo, mi trabajo se centra en la investigación aplicada, no domino las cuestiones teóricas. Principalmente, me interesaba escucharlos, pues, al ser todos tan grandes pensadores y su punto de vista tan novedoso, sentí que me ayudaban a abrir la mente. Poco a poco me fui sintiendo más involucrado, pero nuestras charlas nunca salieron de lo puramente teórico. Una vez me invitaron a unirme, pero eso me hubiera forzado a asistir a las reuniones. Debido a la limitación de mi tiempo y de mis energías, decliné el ofrecimiento.

—Profesor Wang —intervino el general Chang—, nos gustaría que aceptara la invitación y se uniera a Fronteras de la Ciencia. Por eso le hemos invitado hoy. Así, a través de usted, conoceremos mejor su funcionamiento.

—¿Quieren que haga de... topo? —preguntó Wang, incómodo.

—¡Ja, ja, ja! ¡De topo! —exclamó, divertido, Da Shi, ante la mirada reprobatoria del general.

—Solo queremos que nos proporcione cierta información —prosiguió Chang—. Es la única forma que tenemos de conseguirla.

—Lo siento, general —dijo Wang, negando con la cabeza—, pero no puedo hacerlo.

—Profesor, Fronteras de la Ciencia es una asociación formada por académicos de élite de todo el mundo. Tratar de investigarla supone una labor muy delicada y compleja; tenemos poco margen de maniobra si ningún académico nos ayuda desde dentro, de ahí nuestra petición. Dicho esto, en caso de que no accediese, lo comprenderíamos perfectamente.

—Estoy muy ocupado con mi trabajo, no dispongo de tiempo.

—De acuerdo, profesor. —El general asintió—. No queremos abusar. Gracias por haber asistido a esta reunión.

Pasaron unos segundos hasta que Wang entendió que debía marcharse.

El general lo acompañó cortésmente hasta la puerta. Detrás de ellos se oyó el vozarrón de Da Shi:

—En el fondo, es mejor así. Ya decía yo que no era un buen plan; hay demasiados sabiondos en el otro barrio como para enviar más carnaza a los perros...

Wang se volvió y corrió hasta Da Shi. Tratando de contener la rabia, dijo:

—Su forma de hablar no es propia de un buen policía.

—¿Quién dice que lo sea...?

—¡No sabemos por qué se suicidaron esos investigadores! Hable de ellos con más respeto, su contribución a la sociedad es irreemplazable.

—¿Insinúa que son mejores que yo? —Da Shi, aún sentado, levantó la vista para mirarlo—. Al menos yo no me suicidaré por mucho que me coman la cabeza...

—¿Y yo sí?

—Estoy obligado a preocuparme por su integridad física —respondió el comisario con su perenne sonrisa.

—Creo que estaría más a salvo que usted —dijo Wang—. Sepa que el discernimiento de una persona es directamente proporcional a sus conocimientos.

—No necesariamente. Mírese usted, si no...

—¡Da Shi! —intervino el general—. Una palabra más y ordenaré que te escolten fuera.

—¡No! ¡Déjelo! —exclamó Wang, mirando al general—. He cambiado de opinión. Voy a unirme a Fronteras de la Ciencia, como usted me pedía.

—Cojonudo —dijo Da Shi—. Manténgase alerta desde el principio y, en cuanto tenga ocasión, aproveche para recabar información. Mire de reojo sus pantallas, trate de memorizar los correos y los...

—¡Cállese! No me ha entendido. Sigo negándome a hacer de topo; sencillamente me propongo demostrar que es usted un idiota.

—Ah. Bueno, con tal de no palmarla, ya lo habrá demostrado de sobra. Pero me temo lo peor...

La sonrisa socarrona se convirtió en perversa.

—¡Pienso seguir con vida muchos años, no le quepa duda! Pero espero no tener que volver a encontrarme a más tipos como usted.

El general salió con Wang y lo acompañó hasta el pie de las escaleras. Allí le paró un taxi y, a modo de despedida, le dijo:

—No se lo tenga en cuenta. A pesar de sus malos modos, Da Shi es un policía experimentado y un gran experto en antiterrorismo. Lo conozco desde hace veinte años, cuando fue soldado de mi compañía. —Conforme se aproximaban al coche, añadió—: Profesor Wang, estoy seguro de que se ha quedado con muchas preguntas por hacer.

—¿Qué tiene que ver lo que se ha hablado ahí dentro con el ejército?

—La guerra y el ejército tienen todo que ver uno con otro.

—¿Y dónde es esa guerra? —preguntó Wang, mirando con extrañeza alrededor: todo cuanto veía estaba bañado por el plácido sol primaveral—. Estamos viviendo una de las épocas más pacíficas de la historia, no existe ningún punto del planeta en el que haya un conflicto...

El general le dedicó una sonrisa inescrutable.

—Muy pronto, usted y todo el mundo sabrán más al respecto. Profesor, dígame, ¿nunca ha vivido una catástrofe capaz de cambiarlo todo para siempre, de trastocar su mundo y, de la noche a la mañana, convertirlo en un lugar completamente distinto?

—No.

—Entonces, su existencia ha sido una suma de felices casualidades. Pese a los factores impredecibles del mundo, usted ha logrado no enfrentarse a ninguna crisis de consecuencias catastróficas.

—Pues como la mayoría de la gente... —repuso Wang, que por más que se estrujaba el cerebro no conseguía entenderlo.

—Porque la existencia de la mayoría de la gente no es más que un cúmulo de felices casualidades.

—Puede. Ya son varias las generaciones que hemos vivido en tiempos de paz.

—¡Y todo por casualidad!

—Le confieso que hoy no es mi día más perspicaz... —dijo Wang, sonriendo con extrañeza—. ¿Está sugiriendo...?

—¡No, no! ¡La historia de la humanidad es también fruto de la casualidad! ¡Si desde la Edad de Piedra hasta hoy no ha habido ninguna catástrofe, es que hemos tenido mucha suerte! Ah, pero si todo es fruto del azar, llegará el día en que esa suerte termine... Pues permítame que se lo diga: se acabó. Prepárese para lo peor.

Wang quiso saber más cosas, pero el general alzó la mano en señal de despedida, poniendo fin a la conversación.

Se metió en el coche y el conductor le pidió la dirección. Tras dársela, a Wang se le ocurrió preguntar:

—Usted es quien me trajo, ¿verdad? Parece el mismo coche...

—No, señor, no fui yo. Yo traje al profesor Ding.

En un impulso, Wang preguntó cuál era la dirección de Ding, y el conductor se la dio.

Aquella misma noche fue a verlo.

5

Matar a la ciencia

El olor a alcohol lo recibió en cuanto abrió la puerta del apartamento de Ding Yi. Lo encontró tumbado en el sofá. Aunque tenía el televisor encendido, permanecía con la vista fija en el techo.

Wang echó un vistazo alrededor: la decoración brillaba por su ausencia; había tan pocos muebles que la gran sala de estar resultaba vacía. El objeto que más atraía la atención era una mesa de billar en un rincón.

Lejos de parecer molesto por aquella visita inesperada, a Ding se le notaba que tenía ganas de hablar con alguien.

—Me compré este apartamento hace tres meses —le dijo—, ¿y para qué? ¿De verdad pensaba que iba a convencerla de formar una familia? ¡Ja! —Negó con la cabeza. Sonaba muy borracho.

—¿Ustedes dos...?

Wang ansiaba conocer los detalles de la vida de Yang Dong, pero no sabía cómo preguntar.

—Era como una estrella. Siempre distante. Siempre fría.

Ding Yi se acercó a la ventana para mirar el cielo nocturno. Parecía buscar aquella estrella que se había apagado.

Wang no dijo nada. Tan solo quiso oír su voz. Pero esa tarde, un año antes, en que el sol se puso por el oeste, no llegaron a hablarse. Jamás había oído su voz.

Ding hizo un gesto con la mano, como si quisiera apartar algo del pensamiento.

—Hace usted bien, profesor Wang. No se involucre con la policía ni con el ejército. Son una pandilla de idiotas engreídos. Las muertes de todos esos físicos no tienen nada que ver con Fronteras de la Ciencia; se lo he explicado muchas veces pero no consigo que me entiendan.

—Creo que ellos han realizado su propia investigación.

—Sí, y a escala internacional nada menos. A estas alturas, ya deben saber que dos de los muertos nunca tuvieron contacto con Fronteras de la Ciencia, incluyendo a... Yang Dong.

Le costaba pronunciar ese nombre.

—Ding Yi, usted es consciente de que yo ya estoy de algún modo involucrado en eso, así que... sobre los motivos que llevaron a Yang Dong a tomar aquella decisión... Me gustaría conocerlos. Creo que usted sabe algo.

Wang pensó en lo estúpido que debía de parecerle tratando de ocultar su verdadero interés.

—Si se los digo, se involucrará más. Ahora tan solo lo está de manera circunstancial. Cuanta más información tenga, más absorbida estará su mente, y entonces no habrá remedio...

—Me dedico a la investigación aplicada, no soy tan sensible como ustedes, los teóricos.

—Está bien. ¿Sabe usted jugar al billar? —replicó Ding Yi, dirigiéndose a la mesa.

—Solía hacerlo en la universidad.

—A ella y a mí nos encantaba. Nos recordaba a las partículas colisionando en el acelerador.

Ding Yi cogió la bola negra y la blanca. Puso la primera cerca de uno de los agujeros y la segunda a unos diez centímetros de aquella.

—¿Es capaz de colar la bola negra?

—A esa distancia, todo el mundo.

—Pruebe.

Wang tomó el taco, le dio un suave golpe a la bola blanca y esta chocó contra la negra, que cayó en el agujero.

—Muy bien. Ahora cambiemos la mesa de posición.

Ding conminó a un desconcertado Wang a coger la pesada mesa. Juntos, la trasladaron hasta otro rincón de la sala, cerca de la ventana. Entonces Ding recuperó la bola negra, volvió a colocarla cerca del agujero y reposicionó la bola blanca a diez centímetros de aquella.

—¿Cree que será capaz de volver a hacerlo?

—Pues claro.

—Dele.

De nuevo logró colar la bola negra.

—¡Cambiemos otra vez! —exclamó Ding Yi, subiendo los brazos con excitación.

Levantaron la mesa y la llevaron a un tercer rincón de la estancia. Ding puso las bolas en la misma posición que antes.

—Venga.

—Oiga, ¿por qué no...?

—¡Dele!

Con una sonrisa de resignación, Wang volvió a colar la bola negra. Recolocaron la mesa dos veces más, la última en su posición original. La bola siempre entraba.

Para entonces, los dos hombres estaban sudando.

—Muy bien, el experimento ha concluido —dijo Ding Yi mientras encendía un cigarrillo—. Ahora, saquemos conclusiones. Hemos realizado una misma prueba cinco veces. Cuatro de ellas han diferido tanto en el espacio como en el tiempo, dos han compartido el mismo espacio pero distinto tiempo. ¿No le sorprende el resultado? —Abrió los brazos con teatralidad—. ¡Cinco veces! Y cada colisión ha dado el mismo resultado.

—¿Qué insinúa? —preguntó Wang, jadeando.

—Trate de explicarme este increíble resultado. Y le ruego que lo haga en el lenguaje de la física.

—Está bien... En estos cinco experimentos, la masa de las dos bolas no ha variado. En cuanto a su posición, tomando la mesa como marco de referencia, tampoco ha habido ningún cambio. La velocidad a la que la bola blanca ha colisionado con la negra ha sido básicamente la misma, de modo que la inercia transferida no ha cambiado. Los cinco experimentos han dado un idéntico resultado: la bola negra se ha colado en el agujero.

Ding Yi cogió una botella de brandy que había en el suelo,

junto al sofá, llenó dos vasos sucios y le ofreció uno a Wang, quien lo rechazó cortésmente.

—¡Celebrémoslo! Acabamos de descubrir un principio fundamental de la naturaleza: las leyes de la física permanecen invariables a través del tiempo y el espacio. Todas las leyes de la historia humana, desde el principio de Arquímedes hasta la teoría de cuerdas, todos los descubrimientos científicos y el fruto intelectual de nuestra especie, resultan de esta gran ley. Comparados con estos dos grandes teóricos que somos usted y yo, Einstein y Hawking parecen simples ingenieros aplicados...

—Sigo sin entender adónde quiere ir a parar.

—Imagine otro resultado: en el primer intento, la bola blanca hace entrar a la negra; en el segundo, la desvía; la tercera vez, la bola negra sale disparada hacia el techo; en la cuarta, vuela por la habitación como un gorrión espantado hasta que se cuela en el bolsillo de su chaqueta. La quinta vez, la bola negra es lanzada casi a la velocidad de la luz, y al hacerlo rompe el borde de la mesa, atraviesa la pared y abandona la Tierra y el sistema solar, como en aquella estúpida historia de Asimov. ¿Qué pensaría entonces?

Se quedó mirando a Wang, quien, tras un largo silencio, preguntó:

—Esto ha ocurrido de verdad. ¿Me equivoco?

Ding terminó el brandy que había en los dos vasos y fijó la vista en la mesa de billar. Tenía la mirada de quien observa a un demonio.

—En efecto, ha sucedido. En los últimos años, la investigación teórica ha ido madurando hasta obtener el equipamiento necesario para poner a prueba las teorías fundamentales. Se construyeron tres carísimas mesas de billar, por así llamarlas: una en Norteamérica, otra en Europa y otra, que usted ya conoce, aquí en China, en Liangxiang. Su Centro de Nanotecnología ha ganado mucho dinero con ella. Estos aceleradores de partículas de alta energía han subido el nivel de energía disponible para colisionar partículas en un orden de magnitud, a un nivel nunca antes alcanzado por la humanidad. Pero con ese nuevo equipamiento, las mismas partículas, los mismos niveles de energía y parámetros experimentales han dado resultados distintos, en función del acelerador y de cuándo se realizaba el experimento. El pánico ha cundido entre los físicos, que han repetido los experimentos bajo idénticas condiciones, obteniendo resultados distintos y sin patrón aparente.

—¿Qué significa eso? —preguntó Wang, quien al ver que Ding lo observaba, añadió—: Verá, lo mío es la nanotecnología; también investigo con estructuras a microescala, pero ese es un tamaño mucho más grande que el de su trabajo. Por favor, ilústreme.

—Significa que las leyes de la física no permanecen invariables a través del tiempo y el espacio.

—¿Entonces...?

—Creo que sabe deducir lo que sigue. Incluso el general Chang pudo hacerlo. Un hombre perspicaz...

Wang miró, pensativo, a través de la ventana. Las luces de la ciudad brillaban con tal intensidad que escondían las estrellas del cielo.

—Significa que no existen leyes de la física que puedan aplicarse en todo el universo —respondió, volviéndose—, lo cual implica... que la misma física no existe.

—«Sé que estoy cometiendo una irresponsabilidad, pero no me queda otro remedio» —se apresuró a decir Ding—. Esa era la segunda frase de su nota. Y usted acaba de dar con la primera. Ahora ya puede comprenderla, aunque sea un poco.

Wang cogió la bola blanca. La sostuvo unos instantes y después volvió a dejarla.

—Para alguien que se dedica a explorar la vanguardia de la teoría, es toda una catástrofe.

—Lograr el éxito, en el campo de la física teórica, requiere una fe casi religiosa. Es fácil sentirse atraído por el abismo.

Al despedirse, Ding le entregó un papel con una dirección.

—Si tiene tiempo, vaya a ver a la madre de Yang Dong. Siempre vivieron juntas y, para ella, su hija era el centro de su vida. Ahora la pobre está sola en este mundo.

—Ding Yi, es evidente que usted sabe muchas más cosas que yo. ¿No puede contarme algo más? ¿De veras cree que las leyes de la física no permanecen invariables a través del tiempo y del espacio?

—Yo no sé nada —aseveró Ding—. Solo sé que una fuerza inimaginable está matando a la ciencia.

—¡¿Matando a la ciencia?! Pero ¿quién?

Ding Yi lo miró fijamente durante un largo rato.

—Esa es la cuestión —añadió al fin.

Wang comprendió que simplemente terminaba la frase del coronel británico: «Ser o no ser, esa es la cuestión.»

6

El arquero y el granjero

Aunque al día siguiente empezaba un nuevo fin de semana, Wang madrugó y se fue de casa en bicicleta, con la cámara al hombro. Si bien, como fotógrafo aficionado, su tema preferido eran los paisajes naturales deshabitados, en la madurez no disponía del tiempo necesario para realizar los viajes que eso conllevaba, y ahora casi solo retrataba paisajes urbanos.

De manera más o menos consciente, solía escoger rincones de la ciudad con algún vestigio de naturaleza: el lecho seco de un lago en un parque, la tierra recién removida de un solar en construcción, la hierba abriéndose paso entre las grietas del cemento. Con tal de difuminar los tonos chillones de la urbe, solo usaba carretes en blanco y negro. Sin proponérselo, llegó a desarrollar un estilo propio que le dio cierto renombre, y algunas de sus obras habían sido seleccionadas para varias exposiciones. También formaba parte de la Asociación de Fotógrafos. Cada vez que salía a hacer fotos cogía la bicicleta y deambulaba por la ciudad en busca de inspiración y de composiciones que llamaran su atención. A veces le dedicaba el día entero.

Sin embargo, aquella mañana Wang se sentía distinto. Su estilo era más bien clásico, contenido, y le estaba costando mantener la calma necesaria para lograr tales composiciones. Tenía la impresión de que la ciudad entera, despertando de su letargo, se erigía sobre arenas movedizas. De que su estabilidad solo era aparente. Había pasado la noche soñando con aquellas dos bolas de billar. Volaban por el espacio sin rumbo definido; la negra desaparecía contra el fondo oscuro, y únicamente revelaba su existencia en las contadas ocasiones en que se superponía a la blanca.

¿Era posible que la naturaleza fundamental de la materia no respondiera a ninguna ley? ¿Que la estabilidad y el orden del mundo no fuesen más que un equilibrio dinámico temporal, logrado en un rincón del universo, una anomalía dentro de una corriente caótica?

Absorto en esas cavilaciones, de pronto se halló frente al nuevo edificio de la Televisión Central de China. Detuvo la bicicleta, se sentó al pie de aquella mole en forma de «A» y la contempló tratando de recuperar la estabilidad. Su mirada recorrió el filo del bloque, que centelleaba bajo la luz matinal y apuntaba hacia la insondable inmensidad del cielo. Dos palabras acudieron a su mente: «arquero» y «granjero».

Cuando los miembros de Fronteras de la Ciencia discutían sobre física solían usar la abreviatura «SF». No aludían al sentido habitual de las siglas inglesas de *science fiction* («ciencia ficción»), sino al de *shooter* («arquero») y *farmer* («granjero»), que a su vez se referían a sendas hipótesis sobre la naturaleza fundamental de las leyes del universo.

En la hipótesis del arquero, este dispara a un blanco repetidamente, de forma que cada agujero creado se aleja diez centímetros del anterior. Suponiendo que en la superficie del blanco existe vida inteligente bidimensional, sus científicos, tras observar el universo, descubren una gran ley: «En el universo hay un agujero cada diez centímetros.» Confunden el resultado de las acciones del arquero, sin otra motivación que el capricho, con una ley inmutable del universo.

Por su parte, la hipótesis del granjero es más tétrica: cada mañana, en una granja de pavos, el granjero les da de comer. Pero entonces un pavo científico, que lleva un año observando este fenómeno, saca la siguiente conclusión: «Cada mañana, a las once, llega comida.» La mañana del Día de Acción de Gracias, el científico anuncia su descubrimiento a los demás pavos, pero ese día, a las once, en lugar de comida, aparece el granjero y los mata a todos.

Wang sintió como si el suelo se deslizara bajo sus pies. También el edificio en forma de «A» pareció temblar e inclinarse. Desvió la mirada.

Se obligó a terminar el carrete para liberarse de la ansiedad, pero llegó a casa antes del almuerzo. Su esposa se había llevado al niño a pasar el día fuera y tardarían en volver. En circunstancias normales, le hubiera faltado tiempo para ponerse a revelar las fotos, pero no en esa ocasión. Se preparó un plato sencillo y, tras comérselo, se echó la siesta. Al no haber dormido bien la noche anterior, se despertó casi a las cinco. Recordó al fin el carrete que tenía sin revelar y se encerró con él en el pequeño armario que había reconvertido en cuarto oscuro.

Una vez revelada la película, comprobó si alguno de los negativos merecía la pena. Justo en el primero, notó algo extraño.

Era la imagen de un pequeño campo de césped al lado de un gran centro comercial. En el medio había unas pequeñas marcas de color blanco que, examinadas con mayor atención, resultaron ser cifras: 1200:00:00.

La segunda fotografía también las tenía: 1199:49:33. Todas las imágenes del carrete estaban marcadas de aquella manera. 1199:40:18 la tercera, 1199:32:07 la cuarta, 1199:28:51 la quinta, 1199:15:44 la sexta, 1199:07:38 la séptima, 1198:53:09 la octava... y así hasta llegar a la número treinta y cinco, marcada con un 1194:16:37.

Primero pensó que se trataba de un problema de la película. Pero él usaba una Leica M2 fabricada en 1988, totalmente mecánica, y era imposible que la cámara hubiese añadido esa marca. Por su lente y por su refinado funcionamiento, aun estando en plena era digital, seguía siendo una gran cámara.

Tras volver a inspeccionar los negativos, descubrió otra singularidad en aquellos números: parecían adaptarse al fondo. Cuando este era oscuro, los números eran blancos; pero cuando era claro, los números eran negros. El cambio parecía diseñado para maximizar su visibilidad.

Al llegar al negativo número dieciséis, el corazón se le aceleró y sintió un escalofrío. Era la imagen de un árbol muerto contra una vieja pared moteada, que alternaba los tonos claros y oscuros. Lo hacía de tal forma que resultaba difícil distinguir tanto los números blancos como los negros. En la foto, esta vez las cifras aparecían en vertical y ajustadas a la curvatura del árbol, como si fuera una serpiente blanca descendiendo por un tronco negro.

Intentó adivinar si había algún patrón matemático que uniera aquellas cifras. Al principio, pensó que podía tratarse de un número de serie, pero la distancia entre valores no era constante. Después concluyó que representaban el tiempo en forma de horas, minutos y segundos.

Cogió su diario fotográfico, donde apuntaba la hora exacta en que tomaba cada instantánea, y descubrió que la diferencia entre dos números sucesivos correspondía al intervalo en que habían sido tomadas las fotos. Así supo de qué se trataba.

Era una cuenta atrás.

Daba comienzo en las 1.200 horas, de las cuales ahora restaban 1.194. Apenas cincuenta días.

«¿Ahora? No, en el momento en que tomé la última fotografía. ¿Seguirá entonces la cuenta atrás?»

Salió del cuarto oscuro, cargó la Leica con otro carrete y comenzó a disparar fotos aleatoriamente. Incluso se fue al balcón para tomar algunas imágenes del exterior. Agotado el carrete, lo sacó y se metió en el cuarto oscuro para revelarlo. Los números seguían apareciendo en cada negativo, flotando como fantasmas. El primero estaba marcado con el 1187:27:39. La diferencia con el último negativo del rollo anterior concordaba con el lapso transcurrido entre ambas instantáneas. Tras él, las cifras iban disminuyendo tres o cuatro segundos: 1187:27:35, 1187:27:31, 1187:27:27, 1187:27:24... justo los mismos intervalos entre disparos.

La cuenta atrás seguía su marcha.

Volvió a cargar la cámara con un nuevo carrete. Lo terminó muy rápidamente, realizando varios disparos sucesivos, algunos incluso con la tapa de la lente puesta. Pero cuando se disponía a revelarlo, su mujer y su hijo llegaron a casa. Antes de meterse en el cuarto oscuro, Wang cargó de nuevo la cámara y se la ofreció a su esposa.

—¡Toma, termíname el carrete! —le pidió.

—¿Y qué fotografío? —preguntó ella, mirándolo con asombro. Él nunca permitía que nadie se acercara a su cámara. Tampoco existía gran riesgo de que eso sucediera: para su esposa y su hijo, era solo una antigualla que costaba más de veinte mil yuanes.

—Lo que sea, no importa. —Le dejó la cámara en las manos y se metió en el cuarto oscuro.

—Bueno, pues, ¡Dou Dou, ven, que te hago una foto!

Entonces a Wang le vino a la mente la imagen de aquella cuenta atrás fantasma reptando sobre el cuello de su hijo como la soga de un ahorcado. No pudo evitar estremecerse.

—¡No, a él no lo fotografíes! —gritó desde dentro—. ¡Haz fotos de cualquier otra cosa!

Sonó el obturador. Su mujer había tomado la primera foto.

—¿Por qué no me deja hacer más? —preguntó.

Salió y le enseñó a correr el carrete tras cada instantánea.

—Así, después de cada disparo —dijo, y volvió a encerrarse en el cuarto oscuro.

—¡Ay, qué complicado!

Su esposa, que era doctora, no se explicaba cómo alguien podía usar un aparato tan caro y obsoleto en una época en que las cámaras digitales, de diez o incluso veinte megapíxeles, eran la norma. Y encima para tomar fotos en blanco y negro.

Después de revelar el tercer carrete, Wang lo sostuvo frente a la débil luz roja y vio que la cuenta atrás fantasma seguía su marcha. Los números aparecían claramente en todas las instantáneas, incluso en aquellas tomadas con la tapa de la lente puesta: 1187:19:06, 1187:19:03, 1187:18:59, 1187:18:56...

Su esposa llamó a la puerta del cuarto oscuro para decirle que había terminado el carrete. Wang la abrió y cogió la cámara. Las manos le temblaron al extraer el carrete. Ignorando la mirada de preocupación de su mujer, cerró la puerta.

Trabajó de forma tan apresurada que dejó el suelo mojado, pero el carrete estuvo revelado.

«Que no salgan, que no salgan; sean lo que sean, que no salgan, por favor, que no sea mi turno...», rogaba con los ojos cerrados.

Examinó con una lupa la película mojada. No había ninguna cuenta atrás. Los negativos solo mostraban las imágenes interiores que su esposa había capturado. Al tener seleccionada una velocidad de obturador lenta, y debido a su poca experiencia, todas habían salido borrosas. Sin embargo, a él le parecieron las fotografías más hermosas que había visto nunca.

Salió del cuarto oscuro exhalando un hondo suspiro. Entonces se dio cuenta de que estaba sudado de pies a cabeza. Su esposa se hallaba en la cocina y su hijo jugaba en otra habitación. Se sentó en el sofá para intentar racionalizar todo aquello.

En primer lugar, aquellos números, que marcaban el paso del tiempo y, por tanto, revelaban signos de inteligencia, no podían haber sido impresos de antemano en la película. Debía de haber alguien o algo que los sobreimpresionara, pero ¿quién? ¿O qué? ¿Se trataba de un error de funcionamiento de la cámara? ¿Habían instalado algún mecanismo en ella sin que él lo advirtiera? Desacopló la lente y abrió la cámara. Después examinó minuciosamente su interior, comprobando cada uno de los prístinos componentes. No halló nada extraño.

Entonces, considerando que los números aparecían incluso en aquellas instantáneas tomadas con la tapa de la lente puesta, se dijo que la fuente de luz más probable era algún tipo de rayo que había penetrado desde el exterior de la cámara. Pero era técnicamente imposible. ¿Y cuál podía ser la fuente de aquel rayo? ¿Cómo lo apuntaban?

Teniendo en cuenta la tecnología disponible, solo podía tratarse de un hecho sobrenatural.

A fin de comprobar definitivamente si la cuenta atrás había desaparecido, cargó la Leica con otro carrete y volvió a realizar disparos aleatorios, esta vez algo más espaciados, pues estaba absorto en sus cavilaciones. Tras revelar el carrete, su efímera calma cedió ante el abismo de la locura.

La cuenta atrás fantasma volvía a aparecer. De hecho, a juzgar por los números, esta nunca se había detenido; sencillamente, no aparecía en el carrete que había usado su esposa.

1186:34:13, 1186:34:02, 1186:33:46, 1186:33:35...

Wang salió corriendo del cuarto oscuro, luego también del apartamento, y empezó a aporrear la puerta de su vecino, un profesor jubilado.

—Zhang, ¿tiene usted una cámara? ¡Digital no, de las de película!

—¿Y qué hace un fotógrafo profesional como tú sin cámara? ¿Se te ha estropeado aquella tan cara? Solo tengo una, digital... ¿Te encuentras bien? Tienes mala cara...

—Déjemela, por favor.

El anciano se fue a su habitación y volvió con una Kodak digital común y corriente.

—Aquí tienes. Puedes borrar las fotos que hay dentro.

—¡Gracias!

Wang le arrebató la cámara de las manos y volvió corriendo a su casa. En realidad, él tenía otras tres cámaras de carrete, además de una digital, pero pensó que era mejor pedir una prestada. Sin embargo, tras mirar su Leica, que estaba sobre el sofá junto a varios carretes en blanco y negro, decidió cargarla de nuevo. Le dio la cámara del vecino a su esposa, que estaba poniendo la mesa.

—¡Toma, haz más fotos, como antes!

—Pero ¿a qué viene todo esto? ¿Te has visto la cara? ¡¿Qué te pasa?! —le preguntó ella, alarmada.

—¡Tú por eso no te preocupes, hazlas!

La mujer dejó los platos y se acercó a él para mirarlo de frente. En sus ojos había miedo. Él le rehuyó la mirada y le dio la Kodak al hijo, de seis años, que en ese momento se acercaba a la mesa.

—Dou Dou, ayuda a papá a tomar unas fotos. Pulsa aquí, así; acabas de hacer una. Ahora vuelve a pulsar. Muy bien, ya tienes otra. Sigue sacando fotos. Puedes fotografiar lo que quieras.

El niño aprendió enseguida. Parecía muy interesado y hacía cantidad de fotos. Wang fue a buscar la Leica del sofá y también se puso a disparar. Como un par de lunáticos, padre e hijo corrían por la habitación haciendo clic alrededor de la mujer, que en medio de los flashes se sintió desbordada y empezó a llorar.

—Wang Miao —dijo entre sollozos—, ya sé que últimamente tienes que soportar mucho estrés, pero... solo espero que no te hayas...

Wang terminó el carrete de la Leica y tomó la cámara digital de manos de su hijo. Se detuvo unos instantes a pensar y, para evitar tener que hablar con su esposa, decidió meterse en el dormitorio. Allí hizo unas cuantas instantáneas más con la digital. Usó el visor óptico en lugar de la pantalla LCD, por miedo a ver los resultados, aunque era consciente de que, tarde o temprano, debería enfrentarse a ellos.

A continuación, extrajo el carrete de la Leica y volvió a encerrarse en el cuarto oscuro. Cuando lo hubo revelado, se puso a examinar las imágenes. Temblaba tanto que tenía que sujetar la lupa con ambas manos. En los negativos, la cuenta atrás continuaba.

Entonces salió disparado del cuarto oscuro y comenzó a revisar las fotos de la cámara digital. A través de la pantalla, comprobó que en las imágenes de su hijo no había ningún número. Sin embargo, en las suyas volvía a aparecer la cuenta atrás. La secuencia concordaba con la de las otras fotos.

Había querido usar cámaras distintas para descartar la posibilidad de un mal funcionamiento de la Leica o un defecto de fábrica de los carretes, pero, al hacerlo, había descubierto algo todavía más insólito: la cuenta atrás fantasma solo aparecía en las fotos que él hacía.

Desesperado, agarró el montón de carretes revelados. Colgaban de su puño como un manojo de serpientes, como un embrollo de cuerdas imposible de desenredar.

Sabía que no podía desvelar aquel misterio él solo, pero ¿a quién iba a recurrir? Debía descartar tanto a sus compañeros de universidad como a sus colegas del centro de investigación, pues, al igual que él, eran personas formadas científicamente, y su intuición le decía que aquel asunto trascendía lo puramente técnico. Pensó en Ding Yi, pero el pobre diablo se hallaba en plena crisis espiritual. Al final, le vino a la mente Fronteras de la Ciencia. Si algo caracterizaba a aquel grupo de pensadores era su mentalidad abierta. Marcó el número de Shen Yufei.

—Doctora Shen, tengo un problema y necesito ir a verla —imploró precipitadamente.

—Está bien —contestó ella, y colgó sin añadir nada.

Wang se sorprendió. Shen Yufei era una mujer tan parca en palabras que algunos miembros de la asociación decían con sorna que parecía Hemingway hecho mujer. Y ahora él no sabía si debía sentirse reconfortado, o todavía más ansioso, ante el hecho de que ella hubiese accedido sin preguntarle siquiera cuál era el problema.

Metió los negativos en una bolsa y, tomando la cámara digital, se marchó de casa ante la mirada atónita de su esposa.

El temor a estar solo le disuadió de coger el coche, aun cuando las luces de la ciudad lo alumbraban todo, y en su lugar tomó un taxi.

Shen Yufei vivía en una urbanización de lujo cercana a una de las líneas de metro más nuevas de la ciudad. Era una zona, algo menos iluminada, donde las casas rodeaban un lago artificial con peces. De noche parecía un pueblo.

Era evidente que la doctora Shen gozaba de una posición acomodada, aunque Wang no se explicaba los motivos. Ni el sueldo de su antiguo trabajo como investigadora, ni el de su actual puesto en una empresa privada, daban para tanto. Con todo, el interior de su casa no era nada ostentoso. Wang sabía que en su pequeña biblioteca solían citarse los miembros de Fronteras de la Ciencia. En el salón vio a Wei Cheng, el marido. Rondaba los cuarenta años y era un intelectual. De él apenas sabía el nombre; Shen Yufei había sido escueta a la hora de hacer las presentaciones. No debía de trabajar, pues siempre lo encontraban en casa. A pesar de su desinterés por las tertulias de Fronteras de la Ciencia, no se lo veía incómodo con las constantes entradas y salidas de los académicos.

Lejos de pasar el día ocioso, andaba enfrascado en sus propias investigaciones. Siempre recibía a las visitas absorto en sus pensamientos, saludando sin gran entusiasmo para, acto seguido, retirarse a su cuarto en el piso de arriba. Allí pasaba la mayor parte del tiempo. Una vez, Wang tuvo ocasión de observar, a través de la puerta entreabierta, y quedó estupefacto al ver un enorme servidor Hewlett-Packard. Lo reconoció de inmediato porque era el mismo que tenían en el centro de investigación: un modelo RX8620 gris oscuro, que había salido al mercado hacía apenas cuatro años. Resultaba muy extraño que dispusiera, para uso doméstico, de una máquina que costaba más de un millón de yuanes. ¿Qué debía de hacer con ella?

—Yufei está ocupada con un asunto, espérela un poco —le dijo Wei Cheng, volviéndose para subir las escaleras.

Wang quiso hacerle caso, pero al sentir que no podía estarse quieto, decidió seguirle. Wei Cheng no se dio cuenta hasta casi entrar en el cuarto del servidor. Sin dar muestras de parecer molesto, le señaló la estancia que había frente a su habitación y dijo:

—Está ahí, entre.

Wang llamó con los nudillos a la puerta, que al instante se entreabrió. Shen Yufei estaba sentada frente a un ordenador, concentrada en un videojuego. Lo que más le sorprendió fue verla enfundada en un traje de realidad virtual, lo último en tecnología. Iba equipado con un casco panorámico y era capaz de transmitir sensaciones táctiles; el usuario lograba así experimentar en su propio cuerpo los movimientos e impactos del juego. Podía incluso generar frío y calor extremos para, por ejemplo, simular qué se sentía en medio de una tormenta de nieve.

Se acercó a ella. La imagen del juego se mostraba en el visor interior del casco, así que no logró ver nada en el monitor. De pronto recordó el comentario de Shi Qiang sobre la necesidad de memorizar correos y direcciones web. Miró la barra del navegador y le llamó la atención lo sencilla que era la dirección del juego: *www.3cuerpos.net*.

Shen Yufei se quitó el casco y el traje. Luego se puso las gafas, que parecían enormes en comparación con su fino rostro. Seria e inexpresiva como de costumbre, se limitó a saludarlo con un gesto de la cabeza sin decir nada. Wang sacó de la bolsa los negativos y empezó a contarle su extraña experiencia. Ella lo escuchaba con atención. Cogió los rollos un instante, pero no se detuvo a examinarlos. Aquello lo inquietó, pues confirmaba su sospecha de que la doctora no desconocía lo que le ocurría. Cuando dejó de hablar, ella le hizo una señal para que prosiguiera.

La doctora solo habló cuando Wang terminó su relato.

—¿Cómo va su investigación sobre nanomateriales?

Aquella pregunta terminó de desconcertarlo.

—¿Qué tiene eso que ver con lo que le estoy contando? —dijo Wang, señalando los rollos de película.

Shen Yufei permaneció en silencio. Se limitó a mirarlo fijamente mientras esperaba la respuesta a su pregunta. Ese era su estilo. Nunca malgastaba saliva.

—Detenga la investigación —dijo por fin.

—¿Cómo? —preguntó Wang, boquiabierto—. ¿Qué insinúa?

Shen Yufei siguió mirándolo sin dignarse repetir la frase.

—¿Que la detenga? ¡Es un proyecto clave para el país!

Ella se mantuvo impertérrita.

—¡Al menos deme una razón! —exigió Wang.

—Deténgala y verá.

—¿Qué es lo que sabe? ¡Hable!

—Ya le he contado todo lo que puedo contarle.

—¡Es imposible detener la investigación!

—Deténgala y verá.

Aquel fue el final de su breve conversación sobre la cuenta atrás fantasma. Después de eso, por más que Wang lo intentara, solo consiguió que Shen Yufei le repitiera:

—Deténgala y verá.

—Lo que veo es que Fronteras de la Ciencia no es ningún grupo de discusión sobre teoría fundamental. Su conexión con la realidad es mucho más compleja de lo que imaginaba.

—Al contrario. Su impresión se debe al hecho de que Fronteras de la Ciencia se ocupa de asuntos mucho más fundamentales de lo que imaginaba.

Desesperado, Wang se levantó y abandonó la habitación sin despedirse. Shen Yufei lo acompañó en silencio hasta la puerta de la casa y se quedó mirando cómo llamaba un taxi y se metía dentro.

Justo entonces, otro coche llegó a toda prisa y aparcó bruscamente. De él salió un hombre. Aunque llevaba gafas de sol y apenas quedaba iluminado por la débil luz de la casa, Wang lo reconoció al instante: se trataba de Pan Han, uno de los miembros más destacados de Fronteras de la Ciencia. Era un biólogo que había predicho los defectos de nacimiento causados por el consumo a largo plazo de alimentos modificados genéticamente. También había estudiado los desastres ecológicos derivados del cultivo de plantas modificadas genéticamente. A diferencia de los típicos académicos catastrofistas que pronosticaban grandes desastres sin dar más detalles, Pan siempre aportaba datos muy concretos. Todas sus predicciones terminaban cumpliéndose con tal precisión que se rumoreaba que él mismo venía del futuro.

El otro motivo de su fama residía en el hecho de haber creado China Rural, la primera comunidad experimental del país. Siguiendo la filosofía contraria al retorno a la naturaleza que ansiaban los utopistas occidentales, no la estableció en ningún paraje bucólico y remoto, sino justo en medio de una de las ciudades más pobladas. La comunidad carecía de propiedades. Todo lo necesario para la vida cotidiana, incluyendo la comida, lo obtenían de los residuos urbanos. Al principio muchos dudaron de su viabilidad, pero, en lugar de fracasar, China Rural logró alcanzar un increíble éxito. Tenía más de tres mil miembros permanentes y eran muchos más los que se unían por períodos cortos, a fin de experimentar su estilo de vida.

Debido a ello, Pan se convirtió en una persona muy influyente. Según él, el progreso tecnológico era una enfermedad de la sociedad. Comparaba el vertiginoso desarrollo de la tecnología con el crecimiento de las células cancerígenas y sostenía que tendría el mismo resultado: el agotamiento de toda fuente de abastecimiento, la destrucción de los órganos y la consecuente muerte del cuerpo en que se hospedaba. Proponía la abolición de aquellas tecnologías que él llamaba «drásticas», como los combustibles fósiles o la energía nuclear, para potenciar tecnologías más «suaves», como la energía solar o la energía hidroeléctrica a pequeña escala. Abogaba por una desurbanización gradual de las metrópolis y una redistribución equitativa de la población en ciudades y pueblos autosuficientes. Gracias a esas «tecnologías suaves», construiría una nueva sociedad agrícola.

—¿Está aquí? —preguntó con brusquedad, señalando el piso de arriba.

Shen Yufei obvió la pregunta. Tampoco se apartó para dejarlo entrar.

—Vengo a advertirle a él, y a ti también —exclamó, quitándose las gafas de sol—. ¡No os conviene provocarnos!

—Puede marcharse, no pasa nada —dijo la doctora, dirigiéndose al conductor.

El taxi arrancó y Wang no pudo escuchar nada más, pero al volverse vio que Shen Yufei seguía sin dejar entrar a Pan Han.

Llegó a casa de madrugada. Al salir del taxi, se acercó un Volkswagen Santana negro, que frenó justo a su lado. Conforme bajaba la ventanilla, emergió una gran nube de humo. Era Da Shi. Su cuerpo ocupaba todo el asiento del conductor.

—¡Profesor Wang! ¿Qué es de su vida? ¿Cómo le ha ido en estos dos últimos días?

—¿Se dedica a seguirme? ¡Es usted un incordio!

—No me diga esas cosas, hombre... Podía haber continuado mi camino tan tranquilo, pero no, he querido hacer lo correcto y pararme a saludarlo. ¿Así me lo agradece? —replicó el policía con su perenne sonrisa—. Bueno, ¿qué? ¿Ha conseguido alguna información útil?

—Ya le dije que no quiero tener nada que ver con usted. Y a partir de ahora, por favor, deje de seguirme.

—Pues bueno —replicó al acto Da Shi, encendiendo el motor—. Tampoco andaba tan necesitado de hacer horas extras. Hubiera preferido no perderme el fútbol.

Mientras observaba cómo el coche desaparecía a toda velocidad, Wang constató una paradoja: todo el desasosiego que había sentido con Shen Yufei, al lado de Da Shi se había convertido en firmeza.

Ante un problema como el suyo, una persona culta y de profundos conocimientos podía mostrarse aparentemente fría, pero, en lo más íntimo, resultaba aterrador enfrentarse a lo desconocido. En cambio, era probable que, en la misma situación, alguien como Da Shi no sintiera miedo. ¡Qué formidable fortaleza! Y no se trataba de la clásica temeridad del necio.

Desde el punto de vista evolutivo, ¿la ignorancia de la humanidad suponía una ventaja o un obstáculo? Las habilidades innatas de muchos seres superaban la obra del mejor humano: la araña y su tela, la abeja y su colmena. ¿Por qué la naturaleza no dotó al hombre de la misma forma? O mejor aún, ¿por qué no le permitió ser innatamente consciente del origen del universo? Quizá por algún motivo. Pero una vez desvelados los misterios más profundos del universo, ¿sería la humanidad capaz de seguir existiendo? A Wang no se le ocurría mayor frivolidad que atreverse a responder que sí, pues nadie sabía qué encerraban tales enigmas.

Los Da Shi del mundo —personas corrientes enfrascadas en sus rutinas— aguantaban mejor el miedo a lo desconocido que los Wang Miao, Yang Dong y Ding Yi. Sencillamente, estaban más preparados para enfrentarse a él y sobrevivirlo, tal vez porque poseían una fortaleza que el conocimiento era incapaz de proporcionar.

Entró en casa. Su esposa ya se había acostado; la oía dando vueltas en la cama, murmurando entre sueños. Sin duda, su extraño comportamiento le estaba provocando pesadillas. Se tomó dos somníferos y se acostó junto a ella. Tras una larga espera, consiguió dormirse.

Tuvo varios sueños caóticos e inconexos, pero con una constante: la cuenta atrás fantasma. Ya antes de dormirse había supuesto que reaparecería. La atacaba furiosamente; trataba de despedazarla con las manos, la emprendía a mordiscos, pero nada surtía efecto. Seguía flotando en el aire, avanzando impertérrita. Por fin, cuando su frustración estaba alcanzando el límite de lo tolerable, se despertó.

Abrió los ojos y vio el techo de la habitación. Las luces de la ciudad proyectaban un suave resplandor en las cortinas. Entonces comprendió que algo lo había seguido desde sus sueños hasta la realidad: la cuenta atrás continuaba flotando frente a sus ojos. Los números eran finos, pero brillaban con un blanco fulgurante.

1180:05:00, 1180:04:59, 1180:04:58, 1180:04:57...

Miró alrededor, reconociendo las sombras de su dormitorio. Aunque tenía la certeza de que estaba despierto, la cuenta atrás no desaparecía. También siguió en su campo de visión cuando cerró los ojos, brillando como el mercurio contra las plumas de un cisne negro. Volvió a abrir los ojos, se los frotó, pero nada la hacía desaparecer. Sin importar hacia dónde dirigiera la mirada, los números permanecían en el centro.

Presa de un terror indescriptible, Wang se incorporó para sentarse. La cuenta atrás siguió aferrada a él. Entonces saltó de la cama, descorrió las cortinas de un tirón y abrió la ventana. Fuera, la ciudad seguía durmiendo entre luces resplandecientes. La cuenta atrás flotaba sobre aquella vista como los subtítulos en una pantalla de cine.

De pronto sintió que se ahogaba y soltó un gemido, despertando a su esposa. Ella, al instante, preguntó qué le ocurría. Forzándose a mantener la calma, Wang le aseguró que todo iba bien. Volvió a tumbarse, cerró los ojos y pasó el resto de la noche sufriendo la tortura de la cuenta atrás.

Por la mañana, después de levantarse, intentó comportarse con normalidad ante su familia, pero aun así su mujer se mostró suspicaz y le preguntó si tenía algún problema en los ojos, si realmente veía bien.

Tras el desayuno, llamó al centro de investigación para pedir el día libre y se fue en coche al hospital. Durante todo el camino, la cuenta atrás permaneció implacablemente incrustada en el mundo real, ajustando su brillo para resaltar sobre lo que tuviera de fondo.

Wang trató incluso de vencerla mirando al sol, pero fue inútil. En lugar de brillar más, aquellos malditos números se volvieron negros. Parecían proyectados sobre el orbe solar, que los hacía más siniestros.

A pesar de que el hospital Tongren estaba lleno, consiguió que lo visitara un oftalmólogo famoso, compañero de promoción de su esposa. Le pidió que lo examinara sin contarle cuál era el problema. Después de explorar exhaustivamente ambos ojos, el doctor le dijo que no había encontrado nada extraño.

—Tengo algo fijado en la vista. Mire donde mire, siempre está ahí —confesó Wang finalmente, viendo los números superpuestos al rostro del doctor.

1175:11:34, 1175:11:33, 1175:11:32, 1175:11:31...

—Ah. Miodesopsia —dijo el doctor, escribiendo en su recetario—. Lo que comúnmente se conoce como cuerpos flotantes. Es una afección muy frecuente a nuestra edad, su causa es la deshidratación del humor vítreo. No son fáciles de curar, pero tampoco son graves. Le mandaré unas gotas y también vitamina D; es posible que con esto desaparezcan, pero no se haga ilusiones. En realidad, no hay por qué preocuparse, pues no afectan a la visión. Trate de acostumbrarse a su presencia.

—Cuerpos flotantes... ¿Y qué forma tienen?

—Varían mucho según la persona. Hay quien ve puntos negros, otros dicen que son como renacuajos...

—¿Y si lo que veo son series de números?

El doctor dejó de escribir.

—¿Ve usted series de números?

—Sí, señor. En horizontal, justo en el centro del campo de visión, y no desaparecen.

El doctor apartó la pluma y el recetario, y le dirigió una mirada llena de aprecio.

—Nada más verlo entrar por la puerta, lo he notado cansado. En la última reunión de ex alumnos, Li Yao me dijo que tiene usted un trabajo muy estresante. A nuestra edad, debemos ser más prudentes y cuidarnos más; ya no somos tan fuertes como antes.

—¿Me está diciendo que la causa de mi problema es psicológica?

El doctor asintió.

—A cualquier otro paciente le sugeriría ir a ver a un psiquiatra, pero tampoco hay para tanto, es simple agotamiento. Descanse, váyase unos días de vacaciones con Li Yao y..., ¿cómo se llamaba su hijo? Dou Dou, ¿verdad? Quédese tranquilo, pronto volverá a la normalidad.

1175:10:02, 1175:10:01, 1175:10:00, 1175:09:59...

—¡Lo que veo es una cuenta atrás! Avanzando con precisión, segundo a segundo. ¿Cree que todo está en mi cabeza?

El médico le dedicó una sonrisa piadosa.

—No sabe usted hasta qué punto puede la mente afectar la visión. El mes pasado tratamos a una chica muy joven, tendría unos quince años. Estaba en clase y de repente dejó de ver. Se quedó completamente ciega en cuestión de segundos. Ninguna de las pruebas que le hicimos halló problema alguno, de modo que al final la derivamos al Departamento de Psiquiatría. En cosa de un mes, también de repente, volvió a ver.

Wang comprendió que estaba perdiendo el tiempo.

—Está bien —dijo, levantándose—. Solo tengo otra pregunta: ¿sabe de algún fenómeno físico que, desde la distancia, pueda provocar que la gente vea visiones?

Después de pensar un buen rato, el médico contestó:

—Sí. Hace un tiempo, formé parte del equipo médico de la nave espacial *Shenzhou 19*. Algunos de nuestros astronautas afirmaban ver flashes, que no existían, mientras trabajaban en el exterior de la nave. También les ocurría a los astronautas de la Estación Espacial Internacional. El fenómeno era causado por partículas de energía, liberadas durante períodos de intensa actividad solar, que se incrustaban en la retina. Pero usted me habla de números, una cuenta atrás nada menos. La actividad solar es incapaz de causar eso.

Wang salió del hospital más desorientado de lo que había entrado. La cuenta atrás no se movía de sus ojos. Era como si persiguiera a un fantasma que a su vez se le había enroscado.

Se compró unas gafas de sol para disimular el incesante ir y venir de sus ojos. Sin embargo, antes de entrar en el laboratorio principal del Centro de Nanotecnología, decidió quitárselas. Así se aseguraba de que sus colegas advirtieran su estado, lo cual le hizo objeto de varias miradas de preocupación, pero le ahorró un buen número de conversaciones triviales.

Vio que la cámara de reacción, que se hallaba en el centro del laboratorio, continuaba en funcionamiento. El compartimento principal de aquel enorme aparato era una gran esfera a la que se conectaban varios tubos.

Habían conseguido fabricar pequeñas cantidades de una nueva clase de nanomaterial extremadamente resistente, al que habían bautizado con el nombre provisional de «daga voladora». El problema era que, hasta el momento, las muestras se habían obtenido con técnicas de construcción molecular, es decir, apilando molécula sobre molécula, como si se tratara de una pared de ladrillo a nanoescala. Aquel método consumía muchos recursos, y el producto resultante era tan caro como la joya más preciada de la Tierra. Era inviable producirlo en grandes cantidades.

El laboratorio intentaba desarrollar una reacción catalítica, capaz de sustituir la construcción molecular, que hiciese que las moléculas se colocaran por sí mismas. La cámara de reacción principal podía probar con rapidez un gran número de reacciones en distintas combinaciones moleculares. Las combinaciones eran tantas, que los habituales métodos de comprobación manual habrían tardado más de cien años. Además, el aparato aumentaba las reacciones reales mediante simulaciones matemáticas. Cuando la reacción alcanzaba una fase determinada, el ordenador construía un modelo matemático basado en el producto intermedio, y concluía la reacción por medio de una simulación. Aquello mejoraba muy notablemente la eficiencia de los experimentos.

En cuanto el director del laboratorio vio a Wang, se acercó corriendo y empezó a contarle los últimos fallos detectados en la cámara de reacción principal. Aquello ya se había convertido en la rutina de cada mañana. La cámara llevaba más de un año funcionando ininterrumpidamente, y muchos de los sensores habían perdido precisión, lo cual causaba errores de medición y requería la desconexión del aparato, a fin de proceder a su mantenimiento. Sin embargo, como figura más destacada del proyecto, Wang había insistido en que no la detuvieran hasta que terminara de analizar el tercer grupo de combinaciones moleculares. Los técnicos no habían tenido más remedio que improvisar parches que compensaran los errores, pero ahora esos parches requerían sus propios parches y la situación era agotadora para todo el personal.

El director evitaba mencionarle explícitamente el apagado de la máquina, y la consecuente suspensión del experimento, porque sabía que lo enfurecía. Se limitaba a exponerle las dificultades a las que se enfrentaban, pero sus deseos eran evidentes.

Wang observó cómo los ingenieros iban y venían alrededor de la cámara de reacción principal; parecían doctores tratando de alargar la vida de un paciente en estado crítico. Sobre la escena, seguía la cuenta atrás.

1174:21:11, 1174:21:10, 1174:21:09, 1174:21:08...

«Deténgala y verá.»

Las palabras de Shen Yufei resonaron en su mente.

—¿Cuánto tiempo se tardaría en renovar todos los sensores?

—Cuatro o cinco días —contestó el director del laboratorio. Creyendo atisbar un rayo de esperanza, añadió—: Tres, si nos damos prisa. ¡Se lo garantizo, profesor Wang!

«No estoy dando mi brazo a torcer. El mantenimiento es realmente necesario, solo es un paréntesis en la investigación. No tiene que ver con nada», pensó Wang.

Miró al director del laboratorio, tratando de centrarse en su rostro y no en la cuenta atrás.

—Detenga el experimento y proceda al mantenimiento de la máquina —dijo—. Termine en el plazo que acaba de decirme.

—¡Sí, profesor! —exclamó el director, visiblemente excitado—. Enseguida le actualizaré el calendario. ¡Podemos parar la reacción esta misma tarde!

—Hágalo ahora mismo.

El director del laboratorio lo miró un instante con incredulidad. Inmediatamente después, como temiendo perder aquella oportunidad, recuperó el entusiasmo. Descolgó el teléfono y dio la orden de detener la cámara de reacción principal. Todos los técnicos e investigadores sonrieron, exhaustos, antes de iniciar el procedimiento.

Los monitores se fueron fundiendo, uno a uno, hasta que la pantalla principal reflejó que se había completado el proceso.

En el campo de visión de Wang, la cuenta atrás se interrumpió casi simultáneamente. Tras permanecer unos segundos en el 1174:10:07, desapareció en la nada.

Wang exhaló un profundo suspiro de alivio, como si acabara de emerger del fondo del mar. Luego se sentó, rendido, antes de comprobar que seguían mirándolo.

—La división de equipamiento se encargará de todo. Ustedes, los del grupo de investigación, pueden tomarse unos días de descanso —le dijo al director del laboratorio—. Gracias por el esfuerzo de estas últimas semanas.

—Lo mismo vale para usted, profesor Wang. El ingeniero jefe Zhang puede supervisarlo todo, aproveche para descansar un poco.

—Eso haré.

Al quedarse solo, descolgó el teléfono y marcó el número de Shen Yufei, quien contestó al primer tono.

—¿Quién está detrás de todo esto? —preguntó Wang. Por mucho que intentara parecer calmado, no lo conseguía.

Silencio.

—¿Qué ocurre al final de la cuenta atrás?

Silencio.

—¿Me está escuchando?

—Sí.

—¿Por qué los nanomateriales? Esto no es un acelerador de partículas; aquí hacemos investigación aplicada. ¿Realmente merece su atención?

—Yo no tomo esa decisión.

—¡Basta ya! ¿De verdad cree que conseguirán engañarme con un truco barato, que así podrán detener el proceso de la tecnología? ¡Tal vez no sepa cómo consiguen hacerme todo esto, pero tarde o temprano averiguaré qué esconden tras su cortina de ilusionismo!

—¿A qué escala necesita ver la cuenta atrás para creérsela?

—¡Déjese de juegos! ¿Qué cambiaría si consiguen mostrarla a una escala mayor? Seguirá siendo una mera ilusión; también la OTAN usó hologramas en la última guerra. ¡Con un láser lo bastante potente podrían proyectar una imagen en la mismísima Luna! El arquero y el granjero actúan a una escala muy superior a la alcanzable por el ser humano... ¿Acaso pueden proyectar la cuenta atrás en la superficie del Sol?

Pero Wang calló en el acto, alarmado ante lo que él mismo acababa de decir. Aquellas dos hipótesis eran las más inquietantes de barajar. Tratando de recuperar la iniciativa, continuó:

—En realidad, ignoro de lo que son capaces... ¡Es posible que su ilusión pueda llegar a mostrarse a escala solar, pero no dejará de ser un truco! ¡Una demostración de fuerza realmente convincente debe ser muchísimo más grande!

—Me preocupa que no sea capaz de resistirlo —dijo Shen Yufei—. Al fin y al cabo, somos amigos. Intento ayudarlo, no quiero que termine como Yang Dong.

Wang sintió un escalofrío al escuchar aquel nombre. Pero la rabia no tardó en regresar.

—¿Acepta el reto? —preguntó.

—Naturalmente —respondió Shen Yufei.

—¿Y qué va a hacer? —La voz se le quebró.

—¿Dispone de un ordenador con conexión a internet? Bien. Entre en la página *http://www.qsl.net/bg3tt/zl/mesdm.htm.* ¿La tiene abierta? Imprímala y llévesela.

Wang observó que la página no era más que una tabla de código morse.

—No entiendo qué...

—En estos dos días, busque un lugar desde donde observar el fondo cósmico de microondas. Encontrará más detalles en el correo que acabo de enviarle.

—¿Qué se propone hacer? —preguntó Wang.

—Sé que ha detenido su proyecto de investigación de nanomateriales. ¿Piensa reanudarlo?

—Por supuesto —respondió él—. Dentro de tres días.

—Entonces la cuenta atrás proseguirá.

—¿A qué escala volveré a verla?

Se hizo un largo silencio. Luego Shen Yufei, actuando en nombre de alguna fuerza que se hallaba más allá de la comprensión humana, sepultó con frialdad todas sus esperanzas.

—Dentro de tres días —dijo ella al fin—, el catorce, concretamente, entre la una y las cinco de la madrugada, el universo entero le hará una señal.

7

Tres Cuerpos: El rey Wen de los Zhou y la noche eterna

Marcó el número de Ding Yi. Solo cuando este contestó, se dio cuenta de que ya era la una de la mañana.

—Soy Wang Miao. Disculpe que lo llame tan tarde.

—No se preocupe. De todos modos, no lograba conciliar el sueño.

—He visto algunas... cosas, y quisiera que me ayudara. ¿Sabe si hay en China algún organismo que se dedique a observar el fondo cósmico de microondas? —Sintió el impulso de contarle todo lo que sucedía, pero se dijo que era mejor que nadie más conociera la cuenta atrás.

—¿El fondo cósmico de microondas? ¿Por qué le interesa el tema de repente? Parece que, en efecto, ha visto... cosas... ¿Ya ha visitado a la madre de Yang Dong?

—Pues... de verdad que lo siento, se me olvidó...

—No pasa nada. Últimamente, en el mundo de la ciencia son muchos los que, como usted, ven cosas y se despistan con facilidad. Pero es mejor que la visite, ya está muy mayor y se niega a tener en casa a alguien que la ayude. Seguro que podrá echarle una mano en alguna tarea que requiera esfuerzo físico... Ah, y también puede preguntarle acerca del fondo cósmico de microondas. Antes de jubilarse se dedicaba a la astrofísica, de modo que está familiarizada con los organismos que realizan esa clase de investigaciones en China.

—Perfecto. Sí, iré a verla hoy mismo, después del trabajo.

—Se lo agradezco. Ya soy incapaz de enfrentarme a nada que me recuerde a Yang Dong.

Tras la llamada, Wang Miao se sentó frente al ordenador e imprimió la tabla de código morse. Solo entonces logró calmarse lo suficiente como para olvidar momentáneamente la cuenta atrás y poder pensar en Fronteras de la Ciencia, en Shen Yufei y en aquel videojuego. Si algo sabía de esa mujer era que no le gustaban los juegos de ordenador en línea. Sus palabras, tan sucintas como las de un telegrama, le inspiraban una frialdad distinta a la de otras mujeres, que lo usaban como escudo tras el cual esconderse. Aquella frialdad emanaba de todos sus poros.

Por alguna extraña razón, su subconsciente la relacionaba con el obsoleto sistema operativo DOS: una inmensa pantalla en negro con tan solo un escueto C:\> y un cursor intermitente. La información que se introducía era la que devolvía, sin una letra de más, ni nada que cambiara. Ahora sabía que, detrás de aquel C:\>, no había más que un abismo insondable.

¿Realmente estaba interesada en un videojuego que encima requería un traje de realidad virtual? No tenía hijos, así que aquel traje tuvo que haberlo comprado expresamente. La sola idea resultaba ridícula.

Escribió la dirección del juego en el navegador. Era tan sencilla que aún la recordaba: *www.3cuerpos.net*. La página indicaba que, para acceder a ella, era necesario el traje de realidad virtual. Wang recordó que en la sala de descanso del centro de investigación había uno, de modo que se dirigió al vestíbulo desierto y cogió las llaves del puesto de seguridad. Ya en la sala, tras pasar varias mesas de billar y máquinas de pesas, halló el traje junto a un ordenador. Se lo abrochó como pudo, se puso el casco y encendió el ordenador.

Inmediatamente después de conectarse a la dirección, se halló en una desolada llanura al amanecer. Era parduzca y costaba distinguir sus detalles. En la distancia, una línea de luz blanca asomaba por el horizonte. El resto del cielo estaba cubierto de estrellas brillantes.

De pronto, se produjo una gran explosión. Dos enormes montañas de color rojo cayeron sobre la tierra, en la lejanía. La llanura quedó bañada de una luz roja. Cuando finalmente se hubo disipado la polvareda, Wang vio que se trataba de dos palabras gigantescas:

TRES CUERPOS

Acto seguido, apareció una pantalla de registro. Él creó el identificador de usuario «Navegante» y se conectó.

La llanura permanecía inalterada, pero ahora los compresores del traje de realidad virtual entraron en funcionamiento, y Wang sintió un aire gélido contra su piel. De pronto, vio a dos personas andando. Sus oscuras siluetas se recortaban contra la luz del amanecer. Corrió hacia ellas.

Se trataba de dos hombres. Vestían unas túnicas agujereadas, que cubrían con la sucia piel de algún animal, y blandían sendas espadas de bronce, cortas y de hoja ancha. Uno de ellos cargaba, a su espalda, un estrecho baúl de madera que le llegaba a medio cuerpo. Se volvió hacia Wang. Tenía la cara tan sucia y arrugada como la piel con que se cubría. Sin embargo, su mirada era viva y penetrante. Las pupilas le brillaban con la luz del alba.

—¡Qué frío hace! —exclamó.

—Sí, es verdad —contestó Wang.

—Estamos en el período de los Reinos Combatientes; soy el rey Wen de los Zhou.*

—¿El rey Wen no es de una época mucho anterior?

—Ha sobrevivido hasta ahora, así como el rey Zhou de los Shang.**

—Yo soy seguidor del rey Wen —dijo el otro hombre, que

* El período de los Reinos Combatientes tuvo lugar entre los años 475 y 221 a. C. Sin embargo, el rey Wen de los Zhou reinó mucho antes, entre 1099 y 1050 a. C. Fue considerado el fundador de la dinastía Zhou, que a su vez derrocó a la corrupta dinastía Shang. *(N. del T.)*

** El rey Zhou de los Shang reinó entre los años 1050 y 1046 a. C., siendo el último rey de la dinastía Shang y un notorio tirano en la historia de China. *(N. del T.)*

no llevaba nada a la espalda—. Mi *nick* es precisamente «SeguidorDelReyWen». El tipo es un genio...

—Mi *nick* es Navegante. ¿Qué llevas a la espalda?

El rey Wen de los Zhou puso el baúl en el suelo, en posición vertical, y abrió uno de los lados a modo de portezuela. Dentro había cinco compartimentos conectados. Aun bajo aquella tenue luz, Wang vio que contenían distintas cantidades de arena, que caía de un compartimento al siguiente a través de un pequeño agujero.

—Es un reloj. Cada ocho horas se le termina la arena. Tres vueltas son un día. El problema es que suelo olvidarme de darle la vuelta y necesito que Seguidor me lo recuerde.

—Parecéis embarcados en un viaje muy largo, ¿es necesario llevar un armatoste tan pesado?

—¿Y cómo iba a medir, si no, el tiempo?

—Un reloj de sol sería mucho más ligero. O también podríais observar directamente el sol para saber la hora aproximada.

El rey Wen y Seguidor se miraron, extrañados. Luego, simultáneamente, se volvieron hacia él y lo observaron como si fuera idiota.

—¿El sol? ¿Cómo vamos a saber la hora mirando al sol? ¡Estamos en una era caótica!

Wang quiso preguntar el significado de aquel extraño término, pero Seguidor comenzó a quejarse lastimeramente:

—¡Me muero de frío!

Wang también sintió la baja temperatura, pero sabía que no podía quitarse el traje. En la mayoría de juegos, eso comportaba la expulsión automática y la eliminación de su identificador de usuario por parte del sistema.

—Estaremos mejor dentro de poco, en cuanto salga el sol.

—¿Te crees un adivino? ¡Ni el rey Wen puede predecir el futuro! —replicó Seguidor, sacudiendo la cabeza con desprecio.

—Es pura lógica; todo el mundo sabe que el sol saldrá en un par de horas —dijo Wang, señalando el horizonte.

—¡Estamos en una era caótica!

—¿Y qué es una era caótica?

—Toda época que no sea una era estable —respondió el rey Wen con el tono de quien alecciona a un niño.

En ese momento, la luz del horizonte desapareció y todo quedó sumido en una profunda oscuridad solo rota por las estrellas, que de pronto brillaron con mayor intensidad.

—¿Así que estaba anocheciendo?

—¡No! —replicó Seguidor—. ¡Estaba amaneciendo! Pero el sol no siempre sale por la mañana. Así son las eras caóticas.

A Wang ya le costaba soportar el frío.

—Parece que aún tardará en salir. —Señaló hacia el borroso horizonte con los dientes castañeteándole.

—¿Cómo puedes estar tan seguro? No hay manera de saberlo. Ya te lo he dicho, estamos en una era caótica. —Seguidor se volvió en dirección al rey Wen—. ¿Puedo comerme una sardinita?

—De ninguna manera —sentenció el rey Wen. Su tono zanjaba cualquier objeción—. Apenas quedan para mí. Soy yo el que debe llegar con vida a Zhaoge,* no tú.

Mientras hablaban, Wang advirtió que el cielo se iluminaba. Aunque no estaba muy seguro de su posición con respecto a los puntos cardinales, le pareció que lo hacía por otra parte del horizonte. El cielo fue esclareciéndose hasta que el sol irrumpió en aquel mundo. Era pequeño y azulado, como una luna especialmente brillante. Wang se sintió menos aterido conforme fue distinguiendo el paisaje que lo rodeaba.

Pero el día no duró. Después de trazar una breve elipse, el sol se puso. La noche y el frío volvieron a reinar.

Los tres viajeros se detuvieron frente a un árbol muerto. El rey Wen y Seguidor lo derribaron con sus espadas, y empezaron a cortarlo mientras Wang amontonaba la leña. Entonces Seguidor se sacó un pedernal de la túnica y comenzó a chocarlo contra su espada hasta que salieron chispas. Muy pronto, el fuego resultante calentó la parte delantera del traje de Wang. Sin embargo, su espalda permaneció fría.

—Deberíamos quemar a algún deshidratado —dijo Seguidor—. Entonces sí que tendríamos una gran hoguera.

* Capital de la dinastía Shang, donde vivía el rey Zhou. *(N. del T.)*

—¡Ni hablar! —bramó el rey Wen—. Solo un tirano como el rey Zhou haría algo así.

—¡Uno de esos que hemos visto tirados por el camino! Total, estaban despedazados; ni aun rehidratándose, conseguirán revivir... Además, si tu teoría se confirma, ¿qué importará que quememos unos cuantos? ¡O que nos los comamos! Son solo un par de vidas, nada en comparación con la trascendencia de tu teoría.

—¡Basta de estupideces! Somos personas ilustradas, no hacemos esas cosas.

Cuando el fuego se extinguió, reemprendieron la marcha. Como no hablaban mucho, el sistema aceleró el paso del tiempo dentro del juego. El rey Wen dio la vuelta a su reloj de arena seis veces, indicando que transcurrían tres días, durante los cuales el sol no asomó ni una sola vez. Ni tan siquiera hubo un mínimo rastro de luz en el horizonte.

—Parece como si el sol no fuera a salir nunca más —comentó Wang, desplegando el menú flotante del juego para echar un vistazo a su barra de vida. Debido a aquel frío extremo, disminuía rápidamente.

—¡Otra vez dándotelas de adivino! —le recriminó Seguidor.

En esta ocasión Wang se le sumó, y ambos exclamaron al unísono:

—¡Estamos en una era caótica!

Sin embargo, al poco comenzó a hacerse de día. Sucedió, además, muy deprisa: el sol apareció en un abrir y cerrar de ojos. Esta vez era enorme. No había salido ni la mitad, y ya ocupaba una quinta parte del horizonte visible. Wang se sintió bañado por unas grandes y reconfortantes oleadas de calor. Pero las caras del rey Wen y de Seguidor estaban desencajadas de terror, como si hubieran visto a un demonio.

—¡Rápido, cobijémonos en alguna sombra! —gritó Seguidor, echando a correr como el rey Wen.

Wang los siguió hasta una gran roca rectangular, detrás de la cual se acuclillaron. Entonces la sombra que proyectaba disminuyó, y la tierra a su alrededor empezó a brillar, como si ardiera. La escarcha que había bajo sus pies se evaporó en instantes, pasando de ser dura como el acero a un mar fangoso que hervía al calor del sol. Wang sudaba.

Cuando el sol estuvo en posición perpendicular a sus cabezas, se cubrieron con las pieles, pero, incluso así, la luz se colaba entre los agujeros y se les clavaba como garfios en la piel. Fueron desplazándose por el perímetro de la roca hasta cobijarse en la sombra que había aparecido al otro lado.

Aun después de que el sol se pusiera, el aire continuó siendo húmedo y cálido. Exhaustos y sudorosos, los tres viajeros se sentaron en la roca.

—¡Viajar en una era caótica es peor que hacer una travesía por el infierno, no lo soporto más! —exclamó Seguidor—. ¡Tampoco me queda nada que llevarme al estómago, y tú no me das sardinas ni me dejas comer deshidratados...!

—Tu única opción es deshidratarte —dijo el rey Wen, abanicándose con una esquina de la piel que lo cubría.

—Bueno... pero no irás a abandonarme, ¿verdad?

—Por supuesto que no. Prometo llevarte hasta Zhaoge.

Seguidor se quitó la túnica y se tumbó desnudo en el fango.

Con el último rayo de sol, que ya había desaparecido tras el horizonte, Wang observó que del cuerpo de Seguidor comenzaba a emanar líquido. Enseguida advirtió que no se trataba de sudor. Toda el agua de su cuerpo estaba siendo expulsada y desaparecía en pequeños remolinos que se filtraban en el barro. Su figura se ablandaba y perdía la forma, igual que se funde una vela.

Diez minutos más tarde, el agua de su cuerpo había desaparecido por completo. Seguidor era ahora un amasijo de piel con forma humana, y tendido en el suelo. Los rasgos de la cara se le habían desdibujado.

—¿Está muerto? —preguntó Wang. Recordaba haber visto pellejos similares a lo largo del camino. Algunos estaban agujereados o les faltaban varias partes. Supuso que esos eran los cuerpos deshidratados que Seguidor había mencionado.

—No lo está —respondió el rey Wen. Tomó el cuerpo deshidratado de Seguidor, lo limpió de barro y lo extendió sobre una roca. Luego lo enrolló como si fuera un globo desinflado—.

Después de un rato en remojo, volverá a la vida. Lo mismo que con las setas secas.

—¿Y los huesos? ¿Se le han ablandado?

—Sí. Todo su esqueleto se ha convertido en fibra seca. Así es mucho más fácil de transportar.

—En este mundo, ¿todos podéis deshidrataros?

—Sí, claro. Y tú también. De lo contrario, ¿cómo íbamos a sobrevivir a las eras caóticas? —contestó el rey Wen, y le tendió el cuerpo enrollado de Seguidor—. Llévalo tú. No lo dejes en el suelo porque lo quemarán o alguien lo engullirá.

Wang lo agarró y, al comprobar que no pesaba demasiado, se lo puso debajo del brazo con toda naturalidad.

Así siguieron su ardua travesía: Wang llevando el cuerpo deshidratado de Seguidor y el rey Wen cargando el reloj de arena. Como en los días anteriores, los movimientos del sol de aquel mundo seguían siendo irregulares. Tras una larga y gélida noche de varios días, podía seguir un día breve pero abrasador, y viceversa.

Se ayudaban a sobrevivir. Encendían fuegos para protegerse del frío y se sumergían en las aguas de los lagos para evitar morir achicharrados. Por suerte, el juego aceleraba el paso del tiempo, y un mes equivalía a media hora en tiempo real. Aquello permitía poder viajar en una era caótica.

Un día, después de una larga noche que, según el reloj de arena, duró casi una semana, el rey Wen empezó a gritar señalando el cielo nocturno.

—¡Dos estrellas fugaces!

Hacía tiempo que Wang se había fijado en esos cuerpos celestes más grandes que una estrella. A la vista, parecían discos del tamaño de una bola de ping-pong, que se movían por el cielo a una velocidad lo suficientemente rápida como para que el ojo humano detectara el movimiento. Sin embargo, era la primera vez que veía dos juntos.

El rey Wen le explicó:

—La aparición de dos estrellas fugaces señala el comienzo de una era estable.

—No es la primera vez que las vemos.

—Sí, pero siempre en solitario.

—¿Y dos son el máximo que puede verse al mismo tiempo?

—No. A veces tres, pero no más.

—¿Y si aparecen tres significa que da comienzo una era aún mejor?

El rey Wen lo miró horrorizado.

—Pero ¿qué estás diciendo? Tres estrellas fugaces... Reza para que eso no ocurra...

Las palabras del rey Wen se cumplieron. La tan esperada era estable dio comienzo y el sol empezó a salir y a ponerse con regularidad. El ciclo día-noche terminó estabilizándose en dieciocho horas. La alternancia ordenada de luz y oscuridad hizo que el clima se suavizara.

—¿Cuánto dura una era estable? —preguntó Wang.

—Puede ser tan corta como un día o tan larga como un siglo. Nadie puede predecir su duración.

El rey Wen se sentó sobre el reloj de arena y observó el sol de mediodía.

—Según los registros históricos, la dinastía Zhou del Este gozó de una era estable durante doscientos años. ¡Ah, quién pudiese haber nacido en aquella época!

—¿Y cuánto dura una era caótica?

—¿No te lo he dicho ya? Una era caótica dura lo que tarde en empezar la siguiente era estable. Las unas comienzan cuando terminan las otras.

—Entonces, ¿este es un mundo anárquico, sin pautas definidas?

—Sí. Las civilizaciones solo pueden prosperar en el clima moderado de una era estable, así que la mayor parte del tiempo toda la humanidad debe ser deshidratada y almacenada. Cuando llega una larga era estable, se la revive mediante la rehidratación. Entonces es cuando se construye y se produce.

—¿Y cómo puede uno saber que una era estable será larga?

—Es imposible saberlo. Cuando llega una era estable, el rey toma la decisión intuitiva de realizar, o no, la rehidratación colectiva. Muchas veces la gente vuelve a la vida, se plantan cultivos, se construyen ciudades y empiezan a vivir solo para que, de repente, termine la era estable, y el frío y el calor extremos lo destruyan todo.

El rey Wen señaló a Wang. Los ojos le ardían de entusiasmo.

—Ahora ya conoces el propósito del juego: se trata de emplear nuestro intelecto para analizar todos los fenómenos y determinar la ruta del sol. De ello depende la supervivencia de la humanidad.

—Pero, en base a lo observado, los movimientos del sol son completamente irregulares.

—Eso es porque no comprendes la naturaleza fundamental del mundo.

—¿Y tú sí?

—Claro. Por eso me dirijo a Zhaoge. Voy a llevarle al rey Zhou un calendario preciso.

—¡Pero si en todo el camino no has dado muestras de saberlo!

—Solo es posible predecir el movimiento del sol en Zhaoge, porque es donde se unen el yin y el yang. Los calendarios creados allí son los únicos correctos.

Continuaron viajando bajo las adversas condiciones meteorológicas de otra larga era caótica, a la que siguieron una breve era estable y otra caótica. Entonces, por fin, llegaron a Zhaoge.

De repente, unos grandes estruendos resonaron como truenos. Resultaron provenir de unos gigantescos péndulos, repartidos por todo Zhaoge, con una altura de varias decenas de metros. El peso de cada uno era una enorme roca suspendida con gruesas cuerdas, y todas ellas atadas a un puente que se extendía entre dos esbeltas torres de piedra.

Unos grupos de soldados vestidos con armadura los mantenían en movimiento. Cantaban extrañas consignas y tiraban de unas sogas que pendían de las piedras para extender el arco de su trayectoria. Wang se fijó en que cada péndulo se movía en perfecta sincronía. Desde lejos, formaban una estampa fascinante: parecían un enorme reloj que surgía de la tierra, unos símbolos abstractos que caían del cielo.

Aquellos péndulos gigantes rodeaban una pirámide todavía más grande, erigida en medio de la noche como una majestuosa montaña. Era el palacio del rey Zhou. Wang siguió al rey Wen por una pequeña entrada al pie de la pirámide; ante ella patrullaban varios soldados, todos mudos como fantasmas. La entrada conducía a un largo pasadizo iluminado por antorchas, que se adentraba en la pirámide.

—Durante una era caótica, toda la población del país se deshidrata a excepción del rey, que vela en solitario la tierra estéril —explicó el rey Wen—. Para sobrevivir, debe resguardarse tras unos gruesos muros como estos, casi enterrados. Es la única forma de no sucumbir ante las temperaturas extremas.

Después de andar un largo trecho, llegaron finalmente a la gran sala que se hallaba en el corazón de la pirámide. En realidad, no era tan grande; a Wang le recordó a una cueva. Allí, sobre una tribuna iluminada por la tenue luz de las antorchas, vio a un hombre envuelto en una túnica hecha con las más variadas pieles. Sin duda, se trataba del rey Zhou. A Wang, en cambio, le llamó la atención un hombre vestido completamente de negro. Sus ropajes se confundían tanto con la oscuridad reinante que su cabeza, muy pálida, parecía flotar.

—Este es Fu Xi* —dijo el rey Zhou a Wang y al rey Wen, presentándoselo como si ellos siempre hubiesen estado allí y el recién llegado fuese el hombre de negro—. Según él, el sol es un dios temperamental e impredecible que, cuando vela, causa las eras caóticas, pero que, al dormir y bajar el ritmo de la respiración, provoca las eras estables. Fue él quien me sugirió que construyese estos péndulos que habéis visto ahí fuera, manteniéndolos en constante movimiento. Afirma que tienen un efecto hipnótico sobre el sol, que son capaces de sumirlo en sueños más prolongados. Sin embargo, es evidente que hasta ahora ha estado despierto, y que solo de vez en cuando se ha echado una breve siesta.

El rey Zhou hizo un gesto con la mano, y sus sirvientes trajeron una vasija de barro, que colocaron sobre la mesita de piedra que tenía enfrente. Wang vio que contenía una especie de

* El primero de los llamados Tres Augustos, emperadores mitológicos del imaginario chino. *(N. del T.)*

brebaje. Exhalando un hondo suspiro, Fu Xi tomó la vasija y comenzó a beber su contenido. Lo engullía a sorbos tan grandes que sonaba como el latido del corazón de un gigante que se escondiera en las sombras. Cuando ya se hubo bebido la mitad, se echó el resto sobre el cuerpo. Acto seguido, tiró el cuenco al suelo y se acercó a un enorme caldero sacrificial que colgaba sobre el fuego, en un rincón. Entonces se sumergió en él, provocando una pequeña humareda.

—Ji Chang —dijo el rey Zhou, dirigiéndose al rey Wen por su nombre de pila—, siéntate. Enseguida comeremos. —Y señaló el caldero.

—Estúpido engaño —dijo el rey Wen con desprecio, mirando el recipiente.

—¿Qué has averiguado sobre el sol? —preguntó con interés el rey Zhou. El fuego brillaba reflejado en sus ojos.

—El sol no es un dios. El sol es yang y la noche, yin. El mundo avanza en función del equilibrio entre esos dos principios opuestos. Es un proceso que no podemos controlar pero sí predecir.

Dicho esto, blandió su espada de bronce y, a la luz de las antorchas, trazó sobre el suelo el símbolo de la dualidad yin-yang. Luego, a su alrededor grabó los sesenta y cuatro hexagramas del oráculo del *I Ching*, creando una rueda de calendario que parecía rodar al compás de las llamas.

—Alteza, este es el código del universo. Con él seré capaz de ofrendar a su dinastía un calendario preciso.

—Ji Chang, me urge saber cuándo llegará la próxima era estable.

—Enseguida lo predigo.

El rey Wen se sentó con las piernas dobladas en el centro del símbolo del yin-yang y levantó la cabeza para observar el techo de la estancia. Su mirada parecía capaz de traspasar los gruesos muros de piedra de la pirámide, alcanzando las estrellas. Los dedos de sus manos comenzaron a danzar frenéticamente, como si fueran los componentes de un complejo aparato de cálculo. Lo único que rompía el silencio era la sopa del caldero, que hervía como si el hechicero que en ella se cocía hablara en sueños.

Por fin el rey Wen se puso de pie. Mirando en dirección al techo, dijo:

—La próxima será una era caótica de cuarenta y un días de duración. Luego habrá una era estable de cinco días, a la que seguirán una era caótica de veintitrés días y una estable de dieciocho. Después vendrá una caótica de ocho días, pero a su término dará comienzo la larga era estable que su alteza aguarda. Durará tres años y nueve meses. El clima será tan suave y propicio que resultará una edad dorada.

—Primero habrá que verificar tus predicciones iniciales —dijo el rey Zhou, completamente inexpresivo.

Wang oyó un estrépito por encima de su cabeza. Un bloque de piedra se había desplazado del techo para revelar una gran abertura. Cuando cambió de posición, vio que se trataba de la entrada a un túnel que atravesaba la pirámide. Al final se veían las estrellas.

El tiempo del juego se aceleró. Cada pocos segundos de tiempo real, dos soldados le daban la vuelta al reloj de arena del rey Wen, indicando el paso de ocho horas en el juego. La abertura del techo destellaba con múltiples luces, y de vez en cuando un rayo de sol de la era caótica irrumpía en la gran sala. A veces su luz era débil como la de la luna, y otras proyectaba un cuadrado blanco tan brillante que oscurecía las antorchas de la estancia. Wang trataba de contar las vueltas que le daban al reloj de arena. Al cabo de unas ciento veinte veces, el sol apareció de forma más regular y empezó la primera de las eras estables que se habían predicho.

Tras quince vueltas más de reloj, la luz volvió a destellar de forma irregular, lo que significaba el inicio de otra era caótica. A esta siguieron otra era estable y otra caótica. Aunque no eran exactas, las fechas de inicio y fin se acercaban bastante al vaticinio del rey Wen. Al término de otra era caótica de ocho días, dio comienzo la larga era estable que había predicho. Wang siguió atento al reloj. Después de veinte días, la luz seguía entrando por la abertura con perfecta regularidad.

El rey Zhou asintió con la cabeza en dirección al rey Wen.

—Ji Chang, voy a erigir un monumento en tu nombre; uno incluso más grande que este palacio.

El rey Wen le hizo una solemne reverencia.

—Alteza, ¡despertad a vuestra dinastía y dejadla florecer!

El rey Zhou se puso de pie sobre su tribuna y extendió los brazos como si quisiera abrazar al mundo. Entonces, empleando una extraña voz de ultratumba, comenzó a salmodiar:

—Re-hi-dra-ta-os... Re-hi-dra-ta-os...

Tan pronto como dio la orden, todos los presentes en la gran sala corrieron hacia la puerta. Wang siguió al rey Wen, y juntos salieron de la pirámide por el mismo largo pasadizo por donde habían entrado. Al llegar al exterior, Wang sintió que el sol de mediodía templaba la tierra. También notó, gracias a una brisa pasajera, la fragancia de la primavera. Caminaron hasta un lago cercano. La capa de hielo que anteriormente cubría su superficie se había fundido, y el sol daba saltos entre las suaves ondas.

Una columna de soldados comenzó a gritar:

—¡Rehidrataos! ¡Rehidrataos!

Marchaban en dirección a un alto edificio de piedra, parecido a un granero, que se alzaba junto al lago. Wang había visto muchas construcciones como aquella en el camino hasta Zhaoge. Según el rey Wen, eran deshidratorios, enormes depósitos en los que se almacenaban los cuerpos deshidratados.

Los soldados abrieron las pesadas puertas de piedra y comenzaron a sacar montones de vetustos pellejos enrollados. Los llevaban a la orilla del lago para luego lanzarlos al agua. Tan pronto como los pellejos tocaban el agua, comenzaban a crecer. El lago quedó enseguida cubierto por un manto de pellejos flotantes con forma humana, que absorbía el agua y se expandía. Poco a poco se convirtieron en cuerpos de carne y hueso, que rápidamente dieron signos de vida. Uno tras otro, tambaleantes, se ponían en pie dentro del agua, que les llegaba hasta la cintura, y miraban, con los ojos bien abiertos, aquel mundo soleado. Parecían despertar de un sueño.

—¡Rehidrataos! —gritó un hombre. De inmediato halló eco en otras muchas voces alegres.

—¡Rehidrataos! ¡Rehidrataos!

Todos salían del lago y corrían desnudos hasta el deshidratorio. Allí sacaban más pellejos y los lanzaban al agua para que más y más cuerpos revivieran y salieran del lago. El mundo entero volvía a la vida.

—¡Aaaaah, cielos! ¡Mi dedo, mi dedo!

Wang vio a un hombre que acababa de revivir, de pie en el lago, llorando mientras se sujetaba una mano. Le faltaba el dedo corazón y sangraba tanto que estaba tiñendo el agua de rojo. Otros revividos pasaban por su lado como si tal cosa, en dirección a la orilla.

—Considérate afortunado —le dijo uno—. Los hay que han perdido un brazo o una pierna, a otros las ratas les royeron la cabeza. Si no fuéramos rehidratados a tiempo, ¡quizás a todos nos hubieran comido las ratas de la era caótica!

—¿Cuánto tiempo hemos pasado deshidratados?

—Se nota en la cantidad de polvo que cubre el palacio. Acabo de oír que el rey ya no es el mismo que antes, pero no sé si es el hijo o el nieto del que había.

Hicieron falta ocho días para completar la rehidratación de la población al completo. Al fin, cuando todos los cuerpos almacenados volvieron a la vida, el mundo renació.

Durante esos ocho días, pudieron disfrutar de ciclos regulares de día y noche, cada uno de una duración exacta de veinte horas. Gozando de un agradable clima primaveral, todos se felicitaban y cantaban las bondades del sol y de los dioses que guiaban el mundo.

La noche del octavo día, las hogueras se repartieron por el territorio en mayor número que las estrellas del cielo. Las ruinas de las poblaciones abandonadas durante las eras caóticas volvían a estar llenas de luces y ajetreo. Como ocurría en cada rehidratación masiva, esa noche la gente celebraría hasta el amanecer su regreso a la vida.

Sin embargo, el sol no volvió a salir.

Si bien los relojes indicaban que había pasado el alba, el horizonte permanecía oscuro. Diez horas más tarde, siguió sin aparecer la más leve señal de que el sol fuera a despuntar. Aquella noche interminable se alargó durante todo un día, y luego otro. El frío descendió sobre la tierra como si una mano gigantesca la aplastara.

—No perdáis la fe en mí, Alteza, os lo ruego —imploraba el rey Wen, de rodillas—. Se trata de algo pasajero... He visto cómo el yang del universo se acumulaba... ¡El sol saldrá en breve y volverá la era estable con su primavera!

—Empezad a calentar el caldero —ordenó el rey Zhou, suspirando con resignación.

—¡Majestad! ¡Majestad! —intervino un ministro, tropezando en la entrada de la gran sala—. ¡Hay... tres estrellas fugaces en el cielo!

Aquello provocó una conmoción entre los presentes. El ambiente pareció congelarse. Solo el rey Zhou permaneció impasible. Se volvió hacia Wang, que hasta el momento no le había dirigido la palabra, y le preguntó:

—Todavía no sabes lo que anuncia la aparición de tres estrellas fugaces, ¿verdad? Ji Chang, cuéntaselo tú...

—Indica la llegada de un largo período de frío extremo, capaz de convertir la piedra en polvo —dijo el rey Wen tras un profundo suspiro.

—Des-hi-dra-ta-os... Des-hi-dra-ta-os... —volvió a salmodiar el rey Zhou con voz grave.

Fuera, la gente empezó a convertirse en cuerpos deshidratados a fin de sobrevivir a la larga noche que se avecinaba. Los más afortunados lo hicieron a tiempo de ser apilados ordenadamente en los deshidratorios, pero muchos fueron abandonados a su suerte en los campos.

El rey Wen se incorporó muy lentamente y caminó hasta el caldero que pendía sobre el fuego, en un rincón de la gran sala. Luego se subió al borde, donde se detuvo unos instantes antes de saltar dentro. Quizá vio el rostro cocinado de Fu Xi mofándose de él desde las profundidades de la sopa.

—Mantenedlo a fuego lento... —ordenó el rey Zhou, desalentado. A continuación se volvió hacia los demás—. El que quiera salir, que salga. Llegados a este punto, el juego deja de ser divertido...

Fue dicho y hecho. De pronto, un cartel rojo con la palabra SALIDA apareció sobre la abertura del pasadizo. Todos los presentes en la gran sala comenzaron a avanzar en aquella dirección. Wang los siguió. Tras recorrer el interminable túnel, se hallaron en el exterior de la pirámide. Fueron recibidos por una intensa tormenta de nieve que congelaba el aire nocturno. Wang comenzó a tiritar a causa del frío. Una señal en una esquina del cielo indicaba que el tiempo en el juego volvía a transcurrir deprisa.

La nieve cayó sin pausa durante diez días. Para entonces, los copos de nieve eran tan grandes y pesados como piezas de oscuridad solidificada. Una voz le susurró a Wang al oído:

—Ahora la nieve está compuesta de dióxido de carbono congelado. Hielo seco.

Tras volverse, Wang descubrió que quien le hablaba era Seguidor.

Al cabo de otros diez días, los copos de nieve se volvieron finos y transparentes. A la luz de las pocas antorchas que había en la entrada de la pirámide, emitían un resplandor azul que recordaba a unos trozos de mica.

—Ahora los copos son oxígeno y nitrógeno solidificados. La atmósfera ha ido desapareciendo a causa de la deposición, lo cual significa que está casi por encima del cero absoluto.

La pirámide terminó sepultada bajo una gran montaña de nieve. Sus capas más bajas estaban compuestas de aguanieve, las siguientes de hielo seco, y las superiores, de nieve hecha de oxígeno y nitrógeno. Un largo texto apareció sobre el fondo estrellado:

> La noche se prolongó durante cuarenta y ocho días. La civilización número 138 fue destruida por el frío extremo. Sucumbió tras alcanzar el período de los Reinos Combatientes. La semilla de la civilización permanece y de nuevo progresará a través del impredecible mundo de *Tres Cuerpos*. Le invitamos a volver a conectarse en el futuro.

Justo antes de salir del juego, Wang se fijó en las tres estrellas fugaces. Parecían revolotear juntas, en una extraña y alocada danza frente al abismo del espacio.

8

Ye Wenjie

Wang se quitó el traje y el casco de realidad virtual. Tenía la camiseta empapada de sudor, como si acabara de despertar de una pesadilla. Salió del centro de investigación, subió al coche y condujo hasta la dirección que Ding Yi le había dado: el domicilio de la madre de Yang Dong.

«Era caótica, era caótica, era caótica...»

Su cerebro no paraba de darle vueltas a esa idea. ¿Cómo era posible que el recorrido del sol en el mundo de *Tres Cuerpos* no fuera regular? La órbita de un planeta podía ser más circular o más elíptica, pero siempre periódica; la falta de regularidad era imposible.

Se enfadó consigo mismo porque era incapaz de alejar de su mente aquellos pensamientos, e incluso trató de sacudírselos físicamente moviendo con fuerza la cabeza. Pero fracasó.

«Era caótica, era caótica, era caótica... ¡Demonios! Ya está bien de darle vueltas... ¿Por qué no puedo dejar de pensar en esto?»

Muy pronto supo darse una respuesta. En el transcurso de los mismos años que hacía que él no se entretenía con ellos, los videojuegos habían evolucionado enormemente. Los de su época de estudiante no tenían gráficos tan vívidos ni incluían efectos multisensoriales. Con todo, Wang sabía que la profunda sensación de realismo de *Tres Cuerpos* no se debía a ellos.

Aún recordaba la vez en que, durante su tercer año de universidad, el profesor de Teoría de la Información había llevado a clase dos imágenes. La primera, enorme y llena de detalles minuciosamente elaborados, era la famosa pintura de la dinastía Song *Escena a la orilla del río en el Festival de la Claridad Pura*. La segunda correspondía a una fotografía del cielo en un día despejado, una gran extensión azul apenas interrumpida por dos nubes casi transparentes. El profesor les había preguntado qué imagen contenía más información. Sin duda la segunda, pues la cantidad que ofrecía (su entropía) era varios órdenes de magnitud mayor que la de la pintura.

En *Tres Cuerpos* era lo mismo. Una enorme cantidad de información se hallaba escondida en su más profundo interior. Wang era capaz de sentirlo, aunque no de articularlo. De pronto se dijo que los diseñadores de *Tres Cuerpos* hacían lo opuesto a los creadores de los demás videojuegos: si la mayoría mostraba la mayor cantidad de información, a fin de dar una impresión de realismo, ellos trabajaban para comprimirla, como si tratasen de esconder una realidad mucho más compleja, justo como aquella foto del cielo, aparentemente vacía.

Volvió a recordar aquel mundo.

«¡Las estrellas fugaces! Ellas deben de ser la clave oculta. A veces se ve una, otras veces dos, o tres... ¿Qué es lo que señalan?»

Justo cuando lo pensaba, llegó a su destino.

Al pie del bloque de apartamentos vio a una anciana delgada y con el pelo cano. Tendría unos sesenta años. Llevaba gafas de montura gruesa y trataba de subir las escaleras con una cesta repleta de verduras en la mano. Supuso que era ella a quien iba a visitar, y lo confirmó tras un breve intercambio: en efecto, se trataba de Ye Wenjie, la madre de Yang Dong.

La mujer se mostró feliz y agradecida por la visita. Wang estaba habituado a tratar con ancianos intelectuales como ella. Los años apagaban todo vestigio de vehemencia y dureza en sus personalidades, dotándolos de una actitud tan apacible como la tranquila superficie del agua.

Le llevó la cesta hasta el piso. Al entrar, le sorprendió que en el interior no reinase la calma. Había tres niños jugando. El mayor tenía unos cinco años, mientras que el más pequeño apenas comenzaba a caminar. Ye Wenjie le contó que se trataba de los hijos de sus vecinos.

—Les encanta venir a jugar aquí. Aunque es domingo, los padres tienen que trabajar y me los dejan... ¡Oh!, Nan Nan, ¿ya has terminado el dibujo? Qué bonito... ¿Qué título le ponemos? ¿«Patitos al sol»? La abuela te lo escribe. Así... Y ahora, la fecha: «Nueve de junio, obra de Nan Nan.» ¿Qué queréis que os haga de comer? Yang Yang, ¿quieres berenjenas fritas? Vale. Nan Nan, ¿tú quieres habas como ayer? Está bien. ¿Y tú, Mi Mi? ¿Carne? Uy, no, tu madre me ha dicho que no puedes comer tanta carne, que no la digieres bien. Mejor pescado, ¿de acuerdo? Mira el pescado tan grande que ha traído la abuela...

Viéndola tan a gusto con aquellos niños, Wang comprendió que le habría gustado tener nietos. Sin embargo, incluso si Yang Dong hubiera seguido con vida, ¿habría querido dárselos?

La anciana se llevó la compra a la cocina.

—Xiao Wang —le dijo a él al volver, usando el diminutivo familiar—, déjame que primero lave la verdura. Hoy en día usan tantos pesticidas, que tengo que dejarla al menos dos horas en remojo antes de dársela a los niños... ¿Por qué no echas un vistazo al cuarto de Dong Dong?

Aquella invitación, expresada de forma tan natural al final de la frase, lo inquietó. Claramente, la anciana había adivinado el verdadero motivo de su visita. Sin embargo, acto seguido se metió en la cocina sin volver a mirarle, y al hacerlo le ahorró el bochorno. Se sintió profundamente agradecido de que fuera tan considerada.

Wang se abrió paso entre los niños, que jugaban alegremente, y avanzó hasta la habitación que le había señalado. Al llegar a la puerta se detuvo, presa de un extraño sentimiento. Era como si hubiera vuelto a sus ingenuos y fantasiosos años de juventud. Desde lo más profundo de su memoria emergió una frágil melancolía, pura y tenue como el rocío de la mañana. Contenía, teñidos de rosa, sus primeros desengaños.

Empujó la puerta suavemente y fue sorprendido por la débil

fragancia que impregnaba la habitación: era el aroma del bosque. Parecía haber entrado en la cabaña de un guarda forestal. Las paredes estaban cubiertas de tiras de corteza de árbol y, a modo de taburetes, había tres tocones desnudos y sin adornos. El escritorio lo conformaban otros tres tocones juntos, y tanto el marco como el cabezal de la cama estaban revestidos de *Carex meyeriana*, la hierba típica del noreste de China, la misma con que la gente rellenaba los zapatos para proteger los pies del frío.

Todo se apelotonaba de forma tosca y aparentemente descuidada, sin rastro de cualquier pauta estética. El trabajo de Yang Dong estaba tan bien remunerado, que podría haberse permitido una casa en una urbanización de lujo; sin embargo, ella había preferido vivir allí con su madre.

Se acercó al escritorio. Ninguno de los objetos que había sobre él daba pistas de que hubiera pertenecido ni a una mujer ni a una científica. Quizá nunca los hubo. Quizá se los habían llevado.

Lo primero que le llamó la atención fue una fotografía en blanco y negro en un marco de madera. Era un retrato de la madre y su hija. Yang Dong no era más que una niña y Ye Wenjie se había tenido que acuclillar a su lado para quedar a su altura. Un fuerte viento les enredaba el pelo. El fondo de aquella imagen resultaba curiosa: era una especie de reja metálica flanqueada por gruesas estructuras de acero; a través de ella se adivinaba el cielo. Wang dedujo que debía de tratarse de algún tipo de antena parabólica, tan grande que la foto no la abarcaba en su conjunto. La mirada de la niña transmitía tal miedo que a Wang se le encogió el corazón. Parecía aterrorizarle el mundo que tenía ante sus ojos.

Después se fijó en un grueso cuaderno que había en un rincón. De entrada, no supo determinar de qué material estaba hecho, pero luego vio que en la cubierta decía «Cuaderno de abedul de Yang Dong». Estaba escrito con bolígrafo y letra infantil. En lugar de usar el carácter correcto, la palabra «abedul» estaba en el alfabeto *pinyin*. Los años habían amarilleado el blanco plateado de las cortezas que hacían de portada y contraportada. Extendió el brazo para cogerlo, pero luego dudó un instante.

—Adelante, ábrelo —le dijo la anciana desde la puerta—. Contiene dibujos de cuando Yang Dong era pequeña.

Wang tomó el cuaderno y lo hojeó lentamente. La madre había escrito las fechas de cada dibujo, justo como había hecho con el del niño en la sala. En base a ellas, Wang dedujo con extrañeza que Yang Dong debía de tener unos tres años al pintarlos. Se dijo que los niños de esa edad eran capaces de trazar figuras humanas y objetos con formas claras. Sin embargo, los dibujos de Yang Dong seguían siendo garabatos. Parecían reflejar una rabia contenida, el deseo frustrado de expresar algo. Y esos sentimientos no eran nada habituales en una niña tan pequeña.

Ye Wenjie se sentó en el borde de la cama con la mirada perdida en aquel cuaderno. Su hija había muerto allí mismo, mientras dormía. Wang se quedó a su lado. Jamás había sentido un deseo tan intenso de compartir la pena de alguien.

La mujer tomó el cuaderno de sus manos y se lo llevó al pecho.

—Nunca supe educarla con conocimientos apropiados para su edad —susurró—. Ya de muy pequeña, le hablaba de temas demasiado teóricos y extremos. La primera vez que me contó su interés por la teoría abstracta, le dije que aquel no era un campo fácil para una mujer. «¿No lo consiguió Madame Curie?», replicó ella. Yo le dije que Madame Curie nunca fue aceptada realmente en ese mundo, que su éxito solo se consideraba el fruto de su insistencia y su esfuerzo, que de no haber sido ella, otra persona habría realizado el mismo trabajo. Que aun teniendo en cuenta los logros de Wu Chien-Shiung, que fueron incluso mayores, seguía sin ser un ámbito para las mujeres. El pensamiento femenino es distinto al masculino; ni mejor ni peor, sino distinto, y ambos son igualmente necesarios en el mundo.

»Dong Dong nunca me llevó la contraria en eso. Más tarde descubrí lo diferente que era. Por ejemplo, si le explicaba una fórmula, cuando otros niños hubieran dicho "¡Oh, qué chulo!", ella exclamaba: "¡Pero qué preciosidad, menuda elegancia al desarrollarse." Y lo hacía con la misma cara que pondría si estuviera admirando una flor.

»Su padre dejó algunos discos, y ella los escuchó todos, de principio a fin, convirtiendo una pieza de Bach en su favorita. La ponía una y otra vez, y eso que no era la clase de música que suele cautivar a una niña... Al principio pensé que la había escogido por capricho, pero ella me dijo que, cuando la escuchaba, imaginaba a un gigante construyendo un gran edificio de muchas habitaciones. Que, poco a poco, según sonaba la música, el gigante iba añadiendo habitáculos a la estructura y que la pieza finalizaba con el edificio terminado.

—Puede usted estar orgullosa de haber sido una excelente maestra para su hija —dije.

—No... Fracasé. Su mundo era demasiado simple. Tan solo tenía teorías etéreas. En cuanto comprendió que se desmoronaban, no tuvo nada a lo que aferrarse para seguir viviendo.

—Profesora Ye, no puedo estar más en desacuerdo con eso. En los últimos tiempos, están ocurriendo ciertos acontecimientos inexplicables que escapan a toda imaginación y suponen un reto sin precedentes para la mayoría de nuestras teorías. Yang Dong no ha sido la única; muchísimos científicos de este mundo han terminado con sus vidas al verse superados del mismo modo por las circunstancias.

—¡Pero las mujeres deben ser como el agua y saber fluir por encima y a través de todo...!

En el momento de despedirse, Wang recordó el otro propósito de su visita: su deseo de observar el fondo cósmico de microondas.

—Ah, sí, eso. En China hay dos lugares donde se investiga ese tema. Uno es un observatorio de Urumqi; tengo entendido que se trata de un proyecto del Centro de Observación del Ambiente Espacial de la Academia de las Ciencias China. El otro queda muy cerca de aquí. Es un observatorio radioastronómico del Centro Astronómico Nacional, a cargo del de la Academia de las Ciencias China y del Centro de Astrofísica de la Universidad de Pekín. El de Urumqi realiza observaciones sobre el terreno, mientras que el otro se dedica a recopilar los datos que recibe de los satélites, que son mediciones mucho más completas y fiables. Un exalumno mío trabaja allí; espera, voy a llamarlo.

Fue a buscar el número y lo marcó en el teléfono. La conversación que mantuvo pareció transcurrir con naturalidad.

—Ya está todo listo —le dijo a Wang después de colgar—. Déjame que te dé la dirección. Puedes visitarlo en cualquier momento, se llama Sha Ruishan y mañana tiene turno de noche... No es tu campo de investigación, ¿verdad?

—No, lo mío es la nanotecnología. Esto es... para otra cosa.

Wang temió que la anciana siguiera interrogándolo, pero no fue así.

—Xiao Wang, estás un poco pálido, ¿no? —advirtió ella—. ¿Te encuentras bien? —añadió, con cara de preocupación.

—No es nada, no se preocupe.

—Aguarda un poco —dijo ella, sacando una cajita de madera de un armario.

Wang vio, por la etiqueta, que se trataba de ginseng.

—Un viejo amigo mío, soldado de la base, me visitó hace unos días y me trajo esto —continuó la anciana—. Es cultivado, tranquilo, nada del otro mundo. Como tengo la tensión alta, no puedo tomarlo, de modo que llévatelo, anda. Lo puedes laminar y echarlo en el té. ¡Ay, con esa cara tan pálida, está claro que necesitas energía! Todavía eres joven, pero tienes que empezar a cuidarte...

Wang aceptó el obsequio, temblando de emoción. Sentía como si su corazón, maltratado y vapuleado los dos días anteriores casi hasta el límite de lo soportable, descansara ahora sobre un mullido cojín de plumas de ganso.

—Profesora Ye, le prometo que, a partir de hoy, vendré a verla siempre que pueda.

9

El universo hace una señal

Wang Miao condujo por la carretera Jingmi hasta llegar al condado de Miyun. De ahí se dirigió a Heilongtan, luego siguió las sinuosas curvas que llevaban hasta lo alto de las montañas y por fin vio el Observatorio Radioastronómico del Centro Astronómico Nacional de la Academia de las Ciencias China.

En él se erigían veintiocho antenas parabólicas dispuestas en fila, con sendos discos de nueve metros de diámetro, en lo que parecía una hilera de espectaculares plantas de acero. Al fondo había dos grandes radiotelescopios cuyos platos medían cincuenta metros de diámetro cada uno. Habían sido construidos en el año 2006. Conforme se acercaba con el coche, no pudo evitar recordar aquella fotografía de Ye Wenjie con su hija.

El trabajo de su exalumno, el doctor Sha Ruishan, no tenía nada que ver con aquellos radiotelescopios. Su laboratorio se encargaba principalmente de recopilar los datos de tres satélites: el explorador del fondo cósmico *COBE*, lanzado por la NASA en 1989 y a punto de ser retirado; su sucesor, la sonda *Wilkinson*, lanzada en 2003, y el de la misión *Planck*, el observatorio espacial lanzado por la Agencia Espacial Europea en 2009.

La radiación del fondo cósmico de microondas concordaba de manera muy precisa con el espectro de cuerpo negro a una temperatura de 2.725 grados K, y era altamente isotrópica —es decir, casi totalmente uniforme en cualquiera de las direcciones—, con mínimas fluctuaciones en el rango de las partes por millón. El trabajo de Sha Ruishan consistía en crear un mapa lo más detallado posible del fondo cósmico de microondas, partiendo de los datos recogidos en las observaciones.

El suyo no era un gran laboratorio: los equipos que recibían datos de los satélites se apilaban en la sala de ordenadores principal; en el exterior, tres grandes monitores mostraban la información de cada uno de los satélites.

El doctor Sha pareció encantado de verlo y mostraba las ganas de hablar de quien lleva mucho tiempo trabajando solo en un lugar aislado. Enseguida quiso saber qué clase de datos le interesaban.

—Quiero observar la fluctuación general del fondo cósmico de microondas.

—¿No podría ser... más específico? —preguntó el doctor, visiblemente perplejo.

—Lo que quiero decir es... que deseo observar la fluctuación isotrópica en todo el fondo cósmico de microondas de 3K, entre el uno y el cinco por ciento —respondió Wang, citando de memoria el correo de Shen Yufei.

El doctor desplegó una gran sonrisa.

Coincidiendo con el cambio de siglo, el Observatorio Radioastronómico Miyun se había abierto a las visitas. A fin de ganarse un sobresueldo, el doctor Sha aceptaba dar charlas o hacer de guía. Aquella era justamente la sonrisa con la que se había acostumbrado a responder a los comentarios más ignorantes de los visitantes.

—Profesor Wang... —dijo—, ¿entiendo que no es usted un especialista en la materia?

—Así es. Mi campo es la nanotecnología.

—Ya veo. Igualmente, tendrá una mínima noción de lo que es el fondo cósmico de microondas de 3K, ¿no?

—Lo único que sé es que, conforme el universo se fue enfriando después del Big Bang, las ascuas residuales, por así llamarlas, se convirtieron en radiación de fondo de microondas. Esa radiación inunda el universo entero y puede observarse en una longitud de onda en el rango del centímetro. Creo que fue descubierta en los años sesenta cuando dos estadounidenses probaban una antena de recepción por satélite hipersensible...

—Con eso es suficiente —lo interrumpió el doctor—. Entonces debe de saber también que, a diferencia de las variaciones locales que observamos en distintos puntos del universo, la fluctuación total del fondo cósmico de microondas guarda una correlación con la expansión del universo. Se trata de un cambio extremadamente lento cuando se mide en comparación con la edad del universo. Es posible que, incluso contando con la gran sensibilidad del satélite *Planck*, un período de observación continua de un millón de años fuera incapaz de detectar ningún cambio de esa naturaleza. ¡Y usted quiere ver una fluctuación del cinco por ciento esta noche! ¿Es consciente de lo que eso significaría? ¡Sería como si el universo entero parpadease igual que un tubo fluorescente a punto de fundirse!

«Y lo hará para mí», pensó Wang.

—La profesora Ye debe de estar gastándome una broma —musitó el doctor, incrédulo.

—Ojalá fuera el caso. —Wang no pudo ser más sincero. Estuvo a punto de confesarle que su antigua profesora no estaba al corriente de lo que le movía a realizar semejante petición, pero luego temió que se negara a ayudarlo.

—En fin, la profesora Ye me ha pedido personalmente que lo ayude, así que procedamos con la observación. No es nada complicado: como solo necesita una precisión del uno por ciento, bastará con que usemos datos del explorador del fondo cósmico *COBE*. —El doctor Sha empezó a teclear con energía ante el terminal correspondiente. De repente, apareció en él una línea verde—. Esta curva es una medición en tiempo real del fondo cósmico de microondas. En realidad, es más apropiado hablar de línea más que de curva... La temperatura es de 2.726±0,010K. El margen de error se debe al efecto Doppler del movimiento de la Vía Láctea, que ya ha sido filtrado. Si el tipo de fluctuación que usted espera observar (superior al uno por ciento) se da realmente, esta línea se volverá roja y pasará a ser un gráfico de ondas. Personalmente, apuesto a que seguirá siendo una línea verde hasta el fin de los tiempos; si espera una fluctuación observable a simple vista, me temo que tendrá que esperar hasta la extinción del Sol...

—¿Estoy interrumpiendo su trabajo?

—Por eso no se preocupe. Dada la baja precisión que requiere, nos bastará con usar datos básicos del *COBE*. Ajá, ahí lo tiene. A partir de ahora, en caso de producirse una de esas grandes fluctuaciones que espera, los datos se grabarán automáticamente en el disco.

—Me parece que hasta la una no pasará nada.

—¡Vaya precisión! En fin, no importa... De todos modos, hoy hago el turno de noche. ¿Ha cenado ya? Bueno, pues entonces le enseñaré las instalaciones.

Era una noche sin luna. El doctor le señaló las antenas por las que pasaban.

—Impresionantes, ¿verdad? Qué lástima me da que sean como los oídos de un sordo...

—¿Qué quiere decir?

—Desde que se completó la construcción, no ha parado de haber interferencias en las bandas de observación. Empezaron con los servicios de buscapersonas de los ochenta y llegan hasta la actualidad, con todo el embrollo de las redes de comunicación móvil y las antenas de telefonía. Estos telescopios son capaces de llevar a cabo numerosas tareas científicas: monitorizar el cielo, detectar fuentes de radio variables, observar los restos de una supernova... pero no podemos realizarlas con normalidad. Nos hemos quejado a la Comisión Reguladora de Radiotelecomunicaciones en múltiples ocasiones, pero nunca hemos conseguido nada. ¿Cómo vamos a enfrentarnos a una China Mobile, a una China Unicom, a una China Netcom? Sin dinero de por medio, los secretos del universo no importan nada. Menos mal que mi proyecto solo depende de los datos de los satélites, que no tiene nada que ver con estas atracciones turísticas...

—En los últimos años, la comercialización de la investigación básica ha sido bastante exitosa —dijo Wang—, también en la física de altas energías. No sé, quizá deberíamos construir los observatorios lo más alejados posible de las ciudades...

—Vuelve a ser una cuestión de dinero. Ahora mismo, nuestra única opción es hallar los medios técnicos capaces de protegernos de las interferencias. ¡Ojalá pudiéramos seguir contando con la profesora Ye! Su contribución en este campo fue enorme.

La conversación viró entonces hacia la profesora, y Wang pudo al fin conocer, por boca de su antiguo estudiante, su azarosa vida.

Le habló de cómo había presenciado la muerte de su propio padre durante la Revolución Cultural, de la injusta acusación que sufrió en el Cuerpo de Producción y Construcción de Mongolia Interior y de cómo luego había desaparecido del mapa, hasta que en los años noventa regresó a Pekín para impartir clases de Astrofísica en la Universidad de Tsinghua, donde había enseñado su padre, hasta su jubilación.

—En los últimos tiempos, hemos sabido que pasó veinte años en la base de Costa Roja.

—¡¿Costa Roja?! —exclamó Wang, anonadado—. ¿Me está diciendo que la leyenda era cierta?

—En su mayor parte, sí. Uno de los investigadores que desarrollaron el sistema de decodificación para el proyecto Costa Roja emigró a Europa el año pasado y publicó sus memorias. Todos los rumores que circulan tienen su origen en ese libro, y al parecer casi todos son ciertos. Muchos de los implicados aún siguen con vida.

—Pero... ¡es una historia increíble!

—Especialmente teniendo en cuenta la época en que sucedieron los hechos.

Siguieron conversando. El doctor le preguntó acerca del propósito de su singular petición, pero Wang evitó ser claro en su respuesta. Él tampoco quiso presionarlo: su orgullo profesional le impedía mostrar excesivo interés en una petición que claramente iba más allá de sus capacidades.

A continuación, lo llevó a un bar para turistas que abría toda la noche, y allí pasaron un par de horas. Él, cuanto más cervezas bebía, más distendido se mostraba. Wang empezó a inquietarse: pensaba en aquella línea verde en el monitor del laboratorio. Pero hasta casi la una menos diez, el doctor estuvo evitando llevarlo de vuelta al laboratorio.

A esa hora, las luces que habían iluminado las antenas se habían apagado, y estas conformaban una negra estampa bidimensional recortada contra la noche. Parecían una hilera de símbolos abstractos. Todas ellas apuntaban al cielo en el mismo ángulo, como si esperaran algún tipo de suceso. Wang sintió un escalofrío pese a la calidez de esa noche primaveral: aquellas antenas le recordaban los grandes péndulos de *Tres Cuerpos*.

Llegaron al laboratorio justo a la una de la mañana. En cuanto miraron el terminal, vieron que la fluctuación estaba comenzando. La línea plana se convirtió en una onda de picos irregulares; parecía una serpiente roja cuyo cuerpo lleno de sangre se contoneaba con furia tras el fin de la hibernación.

—¡Debe de ser una avería del *COBE!* —exclamó, aterrorizado, el doctor Sha con los ojos fijos en el monitor.

—No es ninguna avería —respondió Wang con tranquilidad. Estaba aprendiendo a contenerse frente a cualquier suceso.

—¡Enseguida lo sabremos! —dijo él, abalanzándose sobre los otros dos terminales y tecleando para hacer aparecer los datos que enviaban la sonda *Wilkinson* y el satélite *Planck*.

Tres idénticos gráficos de ondas bailaban ahora simultáneamente desde ambos monitores. El doctor se apresuró a encender un ordenador portátil al que conectó un cable de red, y luego descolgó el teléfono. Aun cuando solo podía escuchar su parte de la conversación, Wang supo que trataba de contactar con el Observatorio Radioastronómico de Urumqi. Sha no se molestó en explicarle lo que intentaba conseguir. Tenía la vista fija en la ventana del navegador del portátil. Wang escuchó su agitada respiración.

Al cabo de unos minutos, apareció en la pantalla del portátil un gráfico de ondas rojo que se movía en perfecta sincronía con los otros tres.

Tanto los tres satélites, como los aparatos de observaciones basadas en tierra de Urumqi, confirmaban un mismo hecho: el universo parpadeaba.

—¿Podría imprimir el gráfico de ondas? —pidió Wang.

Sha asintió mientras se secaba el sudor de la frente con la mano. Movió el cursor con el ratón y pulsó el botón de impresión. Wang cogió la primera página en cuanto salió de la impresora láser. Usando un lápiz, comenzó a casar las distintas distancias entre los picos del gráfico con la tabla de código morse que llevaba en el bolsillo.

Corto-largo-largo-largo-largo, corto-largo-largo-largo-largo, largo-largo-largo-largo-largo, largo-largo-largo-corto-corto, corto-corto-largo-largo-largo, corto-largo-largo-largo-largo, corto-corto-corto-largo-largo, largo-largo-corto-corto-corto.

«Eso es 1108:21:37», pensó.

Corto-largo-largo-largo-largo, corto-largo-largo-largo-largo, largo-largo-largo-largo-largo, largo-largo-largo-corto-corto, corto-corto-largo-largo-largo, corto-largo-largo-largo-largo, corto-corto-corto-largo-largo, largo-corto-corto-corto-corto.

«Eso es 1108:21:36.»

La cuenta atrás seguía su curso, ahora a escala universal. Habían pasado noventa y dos horas desde que la viera por última vez. Solo quedaban 1.108 horas.

El doctor Sha paseaba con gran nerviosismo de aquí para allá y solo se detenía para mirar las secuencias de números que Wang escribía.

—¿Me puede decir qué ocurre? —preguntó.

—Créame, doctor. Soy incapaz de explicárselo. —Wang retiró la pila de papeles impresos con gráficos de onda. Contemplando las secuencias numéricas, añadió—: No sé... quizá los tres satélites y el observatorio se han averiado al mismo tiempo.

—¡Sabe que eso es imposible!

—¿Y si se tratara de algún tipo de sabotaje?

—¡Tampoco! ¿Alterar simultáneamente los datos de tres satélites, además de un observatorio terrestre? ¡Estaríamos hablando de un saboteador con poderes sobrenaturales!

Wang asintió. Prefería esa hipótesis a la posibilidad de que el universo realmente le estuviera mandando una señal. El doctor se encargó de terminar con sus esperanzas.

—No es algo difícil de confirmar —dijo—. Si de verdad el fondo cósmico de microondas está fluctuando de esta manera, lo veremos con nuestros propios ojos.

—¿Qué insinúa? La longitud de onda del fondo cósmico de microondas es de siete centímetros. Eso son cinco órdenes de magnitud más largos que la longitud de onda de la luz visible. ¿Cómo vamos a observarlo a simple vista?

—Usando gafas de 3K.

—¿Gafas de qué? —preguntó Wang.

—Un artilugio de carácter divulgativo que nos encargó el planetario de la capital —respondió el doctor—. A base de emplear la tecnología de la que disponemos, redujimos el tamaño de aquella enorme antena gracias a la cual Penzias y Wilson descubrieron el fondo cósmico de microondas hasta que cupo dentro de unas gafas. Luego a estas les incorporamos un convertidor que comprimía la radiación detectada en cinco órdenes de magnitud, a fin de convertir en luz roja visible las ondas de siete centímetros. Así es como las gafas de 3K permiten que los visitantes del planetario en horario nocturno sean capaces de observar el fondo cósmico de microondas. Y ahora nos van a servir para ver parpadear al universo.

—¿Y dónde puedo encontrar esas gafas?

—Están todas en el nuevo planetario de la capital. Fabricamos unas veinte.

—Necesito conseguir un par antes de las cinco —dijo Wang.

El doctor Sha descolgó el teléfono, marcó un número y aguardó pacientemente hasta que por fin lo atendieron desde el otro lado de la línea. Tardó varios minutos en convencer a quien fuera, que acababa de despertar, de la necesidad de desplazarse hasta el planetario en plena noche y esperar la llegada de Wang.

Mientras lo acompañaba hasta el coche, El doctor le dijo:

—No voy con usted porque lo que acabo de presenciar me basta para estar seguro de que lo que ocurre es cierto, no necesito mayor confirmación. Sí espero que cuando lo estime oportuno, se tome la molestia de contarme de qué va toda esta historia. Ah, y en caso de que el fenómeno origine cualquier clase de investigación con resultados, tenga por seguro que no me olvidaré de usted.

—El parpadeo se detendrá a las cinco de la mañana —repuso Wang, ya dentro del coche, apoyando el brazo en el hueco de la ventanilla—. Le sugiero que no trate de investigarlo. Créame, no conducirá a nada.

El doctor lo observó. Al rato dijo, asintiendo con la cabeza:

—Entiendo. Últimamente ocurren fenómenos muy extraños en el mundo de la ciencia...

—Eso es —contestó Wang, y guardó silencio para no ahondar más en el asunto.

—¿Nos ha llegado la hora? —preguntó Sha.

—A mí, como mínimo, sí —respondió él, encendiendo el motor.

Una hora más tarde, llegó al nuevo planetario y aparcó. Las luces de la ciudad atravesaban las paredes del enorme edificio de cristal y revelaban su estructura interna. Wang se dijo que si su arquitecto lo había diseñado como metáfora del universo, podía felicitarse de su éxito, pues cuanto más transparente era, más misterioso resultaba. El universo era justamente así: con tal de que la vista le alcanzara, uno podía ver todo lo lejos que quisiera. Sin embargo, cuanto más se adentraba en él, más insondable le resultaba.

De pie ante la puerta, lo esperaba un empleado con aspecto somnoliento, que le entregó un maletín y dijo:

—Aquí dentro tiene cinco pares de gafas de 3K con la batería cargada y listas para usar. Se encienden pulsando el botón de la izquierda, y el dial de la derecha sirve para ajustar el brillo. Si fuera necesario, arriba tengo una docena más. Ahora usted dedíquese a mirar cuanto desee, que yo voy a echarme un rato en aquel cuarto de allí. El doctor Sha tiene que estar mal de la cabeza... —Dicho esto, dio media vuelta y se perdió en la oscuridad del planetario.

Wang abrió el maletín en el asiento trasero de su coche y escogió un par de gafas, que parecían el visor panorámico del casco de un traje virtual. Se las puso y miró alrededor. La ciudad conservaba el mismo aspecto que antes, solo que estaba más oscura. Entonces recordó que las gafas debían encenderse. Al hacerlo, la imagen de la ciudad se transformó instantáneamente en una amalgama de halos resplandecientes. La mayoría brillaba con una intensidad fija, pero algunos parpadeaban o incluso se movían. Wang sabía que, en el centro de cada uno, se hallaba una fuente de radiación en el rango del centímetro, que las gafas se encargaban de reconvertir en luz visible. Dadas sus grandes longitudes de onda originales, resultaba imposible distinguir sus formas.

Levantó la vista y observó que el cielo estaba iluminado por una tenue luz rojiza. Fue así, con ese simple gesto, como por fin se halló observando el fondo cósmico de microondas.

Aquella luz rojiza, último remanente del Big Bang, un ascua todavía caliente de la Creación, llegaba hasta sus ojos tras un viaje de diez mil millones de años. No fue capaz de ver ni una sola estrella. En principio, como la tecnología de las gafas se encargaba de convertir su luz, perceptible por el ojo humano, en invisible, debían de aparecer transformadas en puntos negros. Sin embargo, la difracción causada por la radiación en el rango del centímetro desdibujaba cualquier otro detalle.

En cuanto sus ojos se acostumbraron a las gafas, notó que aquel fondo de luz rojiza temblaba levemente. En realidad, el cielo entero parecía estar produciendo el destello intermitente de una vieja bombilla colgada a la intemperie, y a merced del viento.

De pie bajo aquella luz que provenía del cielo nocturno, Wang sintió que el universo se encogía hasta contenerlo únicamente a él, tan minúsculo como un corazón bañado por la sangre translúcida de aquel brillo rojizo que ocupaba el cielo. Aún hallándose suspendido en mitad de aquel plasma, notó que el pulso —es decir, el temblor de la luz rojiza— era irregular. Eso le hizo sentir una extraña y perversa presencia de dimensiones colosales, que escapaba a la comprensión del intelecto.

Se quitó las gafas y, casi sin fuerzas, fue a sentarse en el suelo, apoyándose contra una de las ruedas de su coche. La estampa nocturna de la ciudad recuperaba ante sus ojos el aspecto habitual que le daba la luz visible. Y, sin embargo, su mirada buscaba frenéticamente algo más. Cerca de la entrada del parque zoológico, halló una hilera de luces de neón. Una de ellas, a punto de fundirse, parpadeaba de forma irregular. Unos metros más allá, vio cómo el viento agitaba las hojas de un pequeño árbol. Algunas de ellas brillaban al devolver el reflejo de un semáforo. A lo lejos, la estrella roja que coronaba la aguja del viejo centro de exposiciones quedaba iluminada por los faros de los coches que pasaban.

Trató de interpretar todos aquellos destellos aleatorios basándose en el código morse, pero fracasó. Luego llegó a plantearse si los pliegues de las banderas que ondeaban a su alrededor, o quizá las ondas del agua de los charcos de la calzada, trataban de enviarle algún mensaje. Empeñado en encontrar señales en cada mínimo detalle de la realidad, sentía con creciente angustia que cada segundo lo acercaba al final de la cuenta atrás.

Tras un tiempo indeterminado, reapareció el trabajador del planetario para preguntarle si ya había terminado. En cuanto vio la cara de Wang, se le quitó el sueño de golpe; comprobó el contenido del maletín, le dedicó una breve mirada aterrorizada y se marchó a toda prisa.

Wang cogió el teléfono móvil y marcó el número de Shen Yufei, quien contestó de inmediato. Quizá también padeciera insomnio.

—¿Qué ocurrirá al final de la cuenta atrás?

—No lo sé —respondió ella antes de colgar.

«¿Qué podrá ser? —se preguntó Wang—. ¿Mi muerte, como le pasó a Yang Dong? ¿O tal vez algún desastre como aquel tsunami que arrasó la zona próxima al océano Índico hace más de una década? Nadie sería capaz de relacionarlo con mi trabajo como investigador en el campo de los nanomateriales. ¿Y si todos los grandes desastres que se han sucedido a lo largo de la historia, incluyendo las dos guerras mundiales, hubieran coincidido con el final de una cuenta atrás fantasma? ¿Es posible que siempre existiera alguien como yo, del que nadie sospechara, sobre quien cayera la responsabilidad última? Tal vez llegue el fin del mundo. Bien mirado, con un universo tan caótico como el de ahora podría ser un alivio...»

Una cosa estaba clara: independientemente de lo que hubiera al final de la cuenta atrás, durante las poco más de mil horas restantes, las posibilidades iban a torturar su mente con la crueldad del mismísimo demonio, hasta sufrir un colapso.

Se metió en el coche, se alejó del planetario y condujo sin rumbo fijo. Aunque aún no había amanecido y las calles estaban relativamente vacías, no se atrevió a ir deprisa. Tenía la sensación de que, cuanto más rápido avanzara, antes concluiría la cuenta atrás.

En cuanto divisó un atisbo de luz en el horizonte, aparcó, se bajó del coche y empezó a deambular por las calles. Su mente solo podía pensar en la cuenta atrás, que avanzaba, impertérrita, superpuesta al fondo cósmico, y rojizo, de microondas.

Wang no sintió el agotamiento hasta que el cielo empezó a clarear, y fue entonces cuando se sentó en un banco. Al levantar la vista y comprobar hasta dónde lo había llevado el subconsciente, sintió un escalofrío.

Estaba al pie de la iglesia de San José, en la zona de Wangfujing.

Las tres bóvedas que coronaban el edificio, apenas iluminadas por la luz del alba, parecían tres dedos gigantes que señalaban algo situado en las profundidades del espacio.

Cuando ya se disponía a marcharse, los cánticos de un himno lo hicieron detenerse. No era domingo, así que el coro debía de estar ensayando. La canción que entonaban se titulaba *Luz celestial, ven a mí*. Al escucharla, Wang volvió a sentir que el universo empequeñecía, lo vio menguar hasta ser reducido al tamaño exacto de la iglesia. El techo quedaba oculto tras la luz intermitente de la radiación de fondo, y él era una hormiga que correteaba por las grietas del suelo. Notó que una enorme mano invisible le acariciaba el corazón para que dejara de temblarle, y volvió a ser un bebé desvalido. En lo más profundo de su mente, aquellos cimientos, que le proporcionaban la firmeza necesaria para seguir aferrándose a la vida, se fundieron como la cera de una vela. Solo entonces se llevó las manos al rostro y empezó a llorar.

Sus lágrimas fueron interrumpidas por una gran carcajada.

—¡Ja, ja, ja! ¡Otro que la palma!

Wang se volvió.

De pie frente a él, exhalando una densa humareda blanca, estaba el comisario Shi Qiang.

10

Da Shi

Shi Qiang se sentó a su lado.

—Tenía el coche justo en mitad del cruce de Wangfujing con Dongdan —dijo, devolviéndole las llaves—. Llego a tardar un minuto más y los agentes de tráfico se lo habrían llevado.

«Da Shi —pensó Wang, llamándolo por su apodo—, si hubiera sabido que me seguía, me habría sentido mucho más tranquilo.»

No se atrevía a verbalizar su alivio por vergüenza. Se llevó a los labios el cigarrillo que le entregó el policía, dejó que se lo encendiera y dio su primera calada en años.

—Bueno, ¿y cómo le van las cosas? —preguntó Shi Qiang—. Lo veo un poco superado por todo, ¿no? Ya le advertí que no iba a dar la talla, pero insistió en hacerse el fuerte...

—Usted no lo entiende... —lo interrumpió Wang, dando varias caladas más.

—Y usted lo entiende demasiado, ese es el problema. Bueno, vayamos a desayunar.

—No tengo hambre.

—¡Pues echemos un trago! Invito yo.

Se metieron en el coche de Da Shi y se dirigieron a un pequeño restaurante cercano. Todavía era pronto, así que el local estaba vacío.

—¡Dos raciones de tripa y una botella de aguardiente! —pidió a voces Da Shi nada más entrar. Lo hizo sin levantar la vista. Debía de ser un cliente habitual.

Wang sintió náuseas en cuanto vio los dos grandes platos de intestinos que les sirvieron. Entonces Da Shi reclamó para él un cuenco de humeante leche de soja con tortitas de trigo. Wang se obligó a probar ambas cosas, pero terminó dejándolo casi todo. Luego pasaron al aguardiente. Sorbo a sorbo, a Wang lo fue embargando un dulce mareo que le soltó la lengua, y empezó a contar todo lo que había vivido en aquellos tres días. En el fondo sospechaba que Da Shi ya estaba al corriente de todo. O quizás incluso sabía más que él mismo.

—¿Me está diciendo que el universo... le guiñaba un ojo? —preguntó incrédulo Da Shi, levantando un instante la cabeza del plato sin dejar de engullir.

—Por así decirlo, sí.

—Venga ya, no me cuente gilipolleces...

—Es en esta misma incredulidad en la que se basa su valentía.

—Otra gilipollez. ¡Vamos, beba!

Tras vaciar unos cuantos vasos más, Wang sintió que todo empezaba a darle vueltas. Lo único fijo ante sus ojos era la imagen del comisario masticando tripa.

—Da Shi —dijo—, ¿usted nunca se ha planteado ninguna cuestión trascendental? De dónde venimos, por ejemplo. O hacia dónde vamos. Cuál es el origen del universo, su destino... Cosas así.

—No.

—¿Nunca?

—Nunca.

—Pero alguna vez se habrá sentido admirado al ver las estrellas. ¿No despiertan su curiosidad?

—De noche nunca miro el cielo.

—¿Cómo es posible? ¿Acaso no hace turnos de noche?

—¡Pues claro, pero si haciendo el turno de noche miro hacia arriba, se escapan los ladrones!

—Qué poco nos parecemos... ¡Salud!

—Para serle sincero —prosiguió Da Shi—, ni aun poniéndome a contemplar las estrellas, se me ocurriría pensar en esas cuestiones. ¡Tengo demasiadas cosas en la cabeza! Que si la hipoteca, que si la universidad de los niños..., por no hablar del montón de casos pendientes que se me acumulan. Yo soy un tío sencillo y sin complicaciones, lo que como por la boca, me sale por el culo. Eso sí, nunca he sabido cómo caerles bien a mis superiores: desde que me echaron del ejército, llevo tantos años dando el callo en el Cuerpo... y mire dónde estoy todavía, sin un solo ascenso. Porque se me da bien lo que hago, que si no, ya hace tiempo que estaría en la calle... ¿Le parecen pocas cosas en las que preocuparme? Lo raro sería que me quedaran fuerzas para filosofar.

—Razón no le falta... ¡Venga, bebamos!

—Ah, pero usted no sabe una cosa. He llegado a formular una ley universal.

—A ver, dígamela —pidió Wang.

—Cuando algo es muy raro, es que hay gato encerrado.

—¿Qué ley es esa?

—Significa que, detrás de aquello que parece no tener explicación, siempre se esconde la mano de alguien —respondió Da Shi.

—Si tuviera un mínimo de conocimientos científicos, sabría que todo lo que me ha pasado es materialmente imposible de provocar, sobre todo lo último: la idea de una fuerza capaz de manipular las cosas a escala universal se sale no solo de los límites de la ciencia, sino de todo lo concebible más allá de ella. ¡Resulta más que sobrenatural! ¡Es... sobrenosequé!

—Se lo vuelvo a repetir: gilipolleces. Si le contara la cantidad de historias raras que he visto y que luego...

—¿Ah, sí? Entonces, aconséjeme. ¿Cuál debe ser mi próximo paso?

—Ayudarme a terminar la botella. Y luego, a dormir.

—De acuerdo.

Sin tener muy claro cómo, Wang consiguió llegar hasta el coche. Una vez dentro, se echó en la parte trasera y se durmió al instante. En esa ocasión no soñó con nada. Tras un tiempo que le pareció breve, abrió los ojos y se sorprendió al ver el sol descendiendo por la parte oeste de la ciudad.

Salió del vehículo. A pesar de la resaca del aguardiente, se sentía francamente bien. Reconoció la muralla de la Ciudad Prohibida. El sol poniente la bañaba con su luz dorada y hacía resplandecer las aguas del foso. El mundo ante sus ojos recuperaba su augusto estoicismo.

Pasó un buen rato disfrutando de aquella placidez tan insólita para él en los últimos tiempos. Luego, un Volkswagen Santana negro de lo más familiar se salió del tráfico y fue a frenar a escasos metros de él. Shi Qiang salió del coche.

—¿Ha dormido bien? —le preguntó a voces.

—Pues sí —respondió Wang—. ¿Cuál es el siguiente paso?

—¿Para quién, para usted? Cenar. Volver a echar un trago. Y después, a dormir otra vez.

—¿Y luego?

—Supongo que mañana tendrá que ir a trabajar, ¿no?

—Pero a la cuenta atrás solo le quedan mil noventa y una horas.

—Al carajo con la cuenta atrás —replicó Da Shi—. Su prioridad es mantener la fortaleza para que no vuelva a encontrármelo hecho un ovillo en cualquier esquina. Después, ya veremos.

—¿Puede contarme algo más sobre lo que está sucediendo?

El comisario lo miró fijamente un buen rato. Luego se echó a reír a carcajadas.

—Le diré lo mismo que le he repetido tantas veces al general Chang: ¡somos náufragos del mismo barco a la deriva! Lo cierto es que no tengo el rango necesario para recibir ningún tipo de información. Hay días que me parece estar viviendo una pesadilla.

—Pero usted sabe más que yo.

—Está bien. Le contaré lo poco que sé —concedió Da Shi, señalándole un banco próximo al foso de la Ciudad Prohibida.

Había anochecido y a sus espaldas el tráfico fluía, incesante, como un río de luces. Sentados cerca del foso, observaron cómo sus sombras crecían y menguaban sobre el agua.

—Verá —comenzó Da Shi—, en el fondo lo que hacemos quienes nos dedicamos a mi profesión es, sencillamente, encontrar el nexo entre muchas cosas sin relación aparente. Luego, si las piezas del puzle se ordenan bien, uno llega a la verdad. Por ejemplo, hace un tiempo se dispararon los crímenes en el mundo de la universidad y de la ciencia. Usted más que nadie conoce la explosión que hubo en plena construcción del acelerador de Liangxiang. Luego fue el asesinato de aquel premio Nobel. Lo más extraño, en ambos casos, era la supuesta falta de móvil: ni cuestiones de dinero, ni de venganza, ni motivaciones políticas..., simple y llana destrucción. Pero eso no es todo; además de los crímenes, están sucediendo muchas más cosas extrañas. Todo el tinglado de Fronteras de la Ciencia, por ejemplo. Los académicos suicidándose a montones. Y la radicalización extrema de los activistas medioambientales, que cuando no están saboteando la construcción de una presa o de una planta nuclear se dedican a crear comunidades experimentales. Y todavía me dejo cosas... ¿Va usted mucho al cine?

—No mucho, la verdad —respondió Wang.

—De un tiempo a esta parte, todos los grandes estrenos tienen la misma estética bucólica. Son películas ambientadas en grandes parajes naturales con protagonistas jóvenes y guapísimos de una época indeterminada, que viven en perfecta comunión con la naturaleza. Parafraseando a los directores, muestran lo hermosa que era la vida antes de que la ciencia desecara la naturaleza. La última que se ha estrenado, *El jardín de los melocotoneros*, es un tostón que aburre a las ovejas, por muchos millones que se gastaran en hacerla. También crearon un certamen de novela de ciencia ficción, con un primer premio dotado con más de cinco millones para el autor que imaginara el futuro más asqueroso. Encima les faltó tiempo para gastarse varios cientos de millones más en adaptar al cine los libros ganadores. Ah, y también están apareciendo muchas sectas raras con líderes millonarios.

—¿Qué tiene que ver eso último con el resto?

—¡Trate de recomponer las piezas del puzle! Yo antes no me dedicaba a estos pasatiempos, pero desde que me transfirieron de la Brigada Anticriminal al Centro de Comandancia de Batalla, forma parte de mi trabajo. Hasta el general Chang quedó impresionado por mi capacidad para atar cabos...

—¿Y cuál es su conclusión?

—Que todo lo que pasa está coordinado desde la sombra por alguien con un único propósito: terminar con cualquier tipo de investigación científica.

—¿Quién es ese alguien? —preguntó Wang.

—No tengo ni idea —respondió Da Shi—. Pero sé que tienen un plan metódico y concienzudo. Primero dañan las infraestructuras científicas, luego matan a los investigadores o bien los torturan psicológicamente hasta que acaban suicidándose... Siempre procuran manipular al máximo sus pensamientos hasta que terminan volviéndose más tontos que la gente corriente.

—Esta última observación es realmente perceptiva —reconoció Wang.

—Al mismo tiempo, tratan de manchar la reputación que tiene la ciencia en la sociedad. Es verdad que siempre ha habido gente que ha realizado acciones en contra de la ciencia, pero nunca de forma coordinada.

—Le creo.

—¡Ja! Eso será ahora. ¿Alguien como yo, que tuvo que hacer formación profesional, resolviendo aquel enigma que traía de cabeza a los más reputados científicos? Al principio, tanto mis superiores como los académicos se reían de mi teoría.

—Si me la hubiese contado a mí, le aseguro que no me habría burlado. ¿Sabe qué es lo que más temen todos esos timadores que se dedican a engañar a la gente con las pseudociencias? —preguntó Wang.

—A los científicos, por supuesto —respondió Da Shi.

—No. Hay muchísimos científicos famosos que caen en el engaño de las pseudociencias; los hay incluso que llegan a dedicarles toda su vida. A quien más temen las pseudociencias es a una clase de personas a las que cuesta mucho engañar: los prestidigitadores. ¡Ya son varios los bulos que han logrado desmontar! Su experiencia como policía le permite estar más preparado para detectar una conspiración a gran escala que cualquier sabiondo de la comunidad científica.

—Pero también es verdad que hay mucha gente más lista que yo —repuso Da Shi—. Hace tiempo que las altas esferas están al corriente de la trama. Al principio, me ridiculizaban porque no me estaba dirigiendo a los interlocutores adecuados. Después acudí al general Chang, que enseguida me transfirió aquí, aunque la verdad es que me tiene de chico de los recados... Bueno, ya está. Ya sabe tanto como yo.

—Una pregunta más —dijo Wang—. ¿Qué tiene que ver el ejército en todo esto?

—A mí también me chocó su presencia, pero al preguntar me dijeron que estábamos en guerra y, por lo tanto, el ejército debía involucrarse por necesidad. Al igual que usted, pensé que me tomaban el pelo, pero no es así: el ejército se halla realmente en estado de máxima alerta. Hay más de veinte Centros de Comandancia de Batalla como el nuestro repartidos por el mundo. A todos los rige una instancia superior, pero me faltan los detalles.

—¿Quién es el enemigo? —preguntó Wang.

—No tengo ni idea —respondió Da Shi—. La OTAN está metida en la sala de mando del Cuartel General del Ejército de Liberación Popular y hay un puñado de oficiales nuestros trabajando en el Pentágono... ¿Cómo coño voy a saber quién es el enemigo?

—Me parece todo tan increíble... ¿Está seguro de lo que dice?

—Varios de mis antiguos compañeros en el ejército han llegado a generales, de manera que algo sí sé.

—¿Y los medios? ¿Por qué no se hacen eco de un asunto tan importante?

—Ah, esa es otra: todos los países se han puesto de acuerdo para tapar el tema, y de momento se están saliendo con la suya. Pero le aseguro que el enemigo es tan formidable que tiene a todos los gobiernos acobardados. Conozco al general Chang desde hace años y no es precisamente alguien que tiemble ante nada ni nadie, así se derrumbe el cielo sobre su cabeza. Pero ahora se le nota que anda preocupado por un desastre de enormes dimensiones. Todos están aterrorizados y no creen en sus posibilidades de victoria.

—La sola idea de que todo esto sea cierto ya resulta aterradora.

—Bueno, pero todo el mundo le teme a algo, incluyendo el enemigo. Y cuanto más poderoso sea, más tendrá que perder si sucumbe a sus miedos.

—¿A quién o a qué cree usted que teme el enemigo? —inquirió Wang.

—A ustedes, los científicos —contestó Da Shi—. Y lo curioso es que cuanto menos práctica es la naturaleza de sus investigaciones, cuanto más se acercan a las teorías más abstractas, como las que investigaba Yang Dong, más miedo les causan. ¡Un pavor mucho mayor que el que usted sintió cuando el universo le guiñó un ojo! Por eso se muestran tan despiadados... Si para conseguir su propósito, bastara con asesinar a todos los científicos del mundo, hace tiempo que lo habrían hecho. Su estrategia más efectiva es otra: atacar sus facultades mentales. Cuando muere un científico, otro lo reemplaza; pero si se vuelve loco, la ciencia se resiente.

—¿O sea, que teme a la ciencia básica?

—Eso, a la ciencia básica.

—Aun así, mis investigaciones son de una índole muy distinta de las de Yang Dong —dijo Wang—. Los nanomateriales no pertenecen al campo de la ciencia básica. Solo se trata de un material extremadamente fuerte... ¿qué amenaza puede suponer para el enemigo?

—Debe de ser un caso especial —repuso Da Shi—. Es cierto que no suelen actuar contra quienes se dedican a la investigación aplicada. Ese material que está usted desarrollando debe de tener algo que los intimida.

—¿Y qué puedo hacer?

—Ir a trabajar. Seguir con sus investigaciones. Esa es la mejor manera de contraatacar. Y deje de preocuparse por la cuenta atrás. Si quiere relajarse después del trabajo, juegue a ese videojuego. Si puede, termínelo.

—¿Se refiere a *Tres Cuerpos*? ¿Cree usted que tiene alguna conexión con todo esto?

—Por supuesto. En el Centro de Comandancia de Batalla, hay varios especialistas que lo investigan en exclusiva. No se trata del típico videojuego. Los pobres incultos como yo somos incapaces de avanzar; está pensado para cerebros privilegiados como el suyo.

—¿Qué más?

—De momento, nada. En cuanto averigüe algo más, se lo haré saber. Procure mantener el móvil encendido. ¡Y sea fuerte! Si vuelve a acojonarse, acuérdese de mi ley universal.

Antes de que Wang tuviera ocasión de darle las gracias, Da Shi se había metido en el coche y arrancaba a toda velocidad.

11

Tres Cuerpos: Mozi y las llamas infernales

Wang llegó a casa tras hacer un alto en el camino para entrar en una tienda de electrónica y comprar un traje de realidad virtual. Su esposa le dijo que sus compañeros de trabajo llevaban todo el día intentando localizarlo.

Encendió el teléfono móvil, escuchó los mensajes y devolvió un par de llamadas. Prometió que iría al trabajo al día siguiente. A la hora de la cena siguió el consejo de Da Shi y bebió bastante alcohol, pero luego, una vez acostado, no pudo conciliar el sueño. En cuanto su mujer se quedó dormida, fue a sentarse frente al ordenador, se puso el traje de realidad virtual y se conectó a *Tres Cuerpos*.

La misma desolada llanura al amanecer.

Wang volvía a estar al pie de la pirámide del rey Zhou. No quedaba el mínimo rastro de la nieve que la había cubierto y los bloques de piedra que la formaban habían sido erosionados. El color de la tierra también era distinto. En la distancia se erigían varios edificios muy altos que, supuso, debían de ser deshidratorios, aunque su diseño era completamente distinto al de la vez anterior.

Todo indicaba que desde entonces habían transcurrido varios siglos.

Bajo la débil luz del alba trató de hallar la entrada, que habían sellado. Por suerte, justo a su lado comenzaban unas largas escaleras talladas en la misma piedra que conducían hasta la cima, pero esta ya no terminaba en punta; estaba allanada. Si antes la pirámide tenía un claro estilo egipcio, ahora parecía azteca.

Al alcanzar la cima, vio que sobre su superficie habían desplegado una especie de observatorio astronómico. En una de las esquinas descubrió un telescopio de varios metros de alto, rodeado por otros más pequeños. En otra vio una serie de instrumentos que parecían unas antiguas esferas armilares chinas. Lo que más le llamó la atención fue la gran esfera de cobre que ocupaba el centro del espacio. De unos dos metros de diámetro y colocada sobre una suerte de máquina, rotaba despacio con la acción de multitud de engranajes. Tanto el sentido como la velocidad de la rotación variaban constantemente. En el suelo, justo debajo de la máquina, había un hueco cuadrado por el cual, gracias a la luz de las antorchas de su interior, distinguió a varias personas. Tenían todo el aspecto de ser esclavos y empujaban con dificultad una rueda horizontal que, por medio de un engranaje, accionaba la máquina de arriba.

En ese momento advirtió que un hombre se acercaba a él. Igual que hizo el rey Wen la primera vez que lo vio, andaba de espaldas a la luz del horizonte, y al principio Wang solo vio un par de ojos brillantes que flotaban en la oscuridad. Era alto y delgado, llevaba una holgada túnica negra y se recogía la cabellera en un descuidado moño del que caían varios mechones.

—Hola —lo saludó el hombre—, soy Mozi.*

—Hola, yo me llamo Navegante.

—¡Ah, sí, ya me acuerdo de ti! —contestó Mozi, entusiasmado—. Tú eras seguidor del rey Wen en la civilización número 137.

—Bueno, es verdad que vine hasta aquí con él, pero nunca creí en sus teorías.

* Filósofo chino (470-391 a. C.), cuya escuela de pensamiento se distanció tanto del taoísmo como del confucianismo. Proponía atajar la anarquía social imperante en su era mediante la cooperación mutuamente beneficiosa entre seres humanos, lo que él llamaba amor universal. *(N. del T.)*

—Tienes razón. —Mozi asintió con gran solemnidad. Luego se acercó y dijo—: Durante los trescientos sesenta y dos años en que has estado ausente, la civilización ha tenido cuatro grandes resurgimientos, pero en todos ellos no ha prosperado por culpa de la alternancia irregular de las eras caóticas y estables. La civilización más breve apenas llegó a la Edad de Piedra, pero la número 139 batió el récord y consiguió alcanzar la era de la máquina de vapor.

—¿Eso significa que la gente de esa civilización fue capaz de identificar las leyes que rigen el movimiento del sol?

—Qué va... —Mozi negó con la cabeza—. Lo suyo fue cuestión de suerte...

—Pero ¿se sigue en el empeño?

—Claro. Permíteme que te muestre los esfuerzos de la civilización anterior a la actual.

Lo condujo hasta el borde de uno de los rincones del observatorio. La tierra que se extendía bajo sus pies parecía hecha de cuero curtido. Mozi dirigió uno de los telescopios pequeños hacia un punto determinado del terreno y le indicó que mirara por el ocular. Wang vio una imagen insólita: un níveo esqueleto de aspecto refinado resplandecía a la luz del sol matutino. Lo más sorprendente era que se mantenía erguido en una pose noble y refinada, con una mano a la altura de la mandíbula, como si acariciara unas barbas desaparecidas hacía ya mucho, y la cabeza ligeramente echada hacia atrás, como interrogando al cielo y la tierra.

—Ese es Confucio —dijo Mozi—. Afirmaba que todo lo que hay en el universo debía someterse, sin excepción, a un orden moral establecido. Creó un sistema de ritos con el que esperaba predecir el movimiento del sol.

—Puedo imaginarme el resultado.

—Pues sí... Calculó cómo el sol podía actuar de forma apropiada y predijo una era estable de cinco años. ¿Y sabes lo que pasó? Que hubo una era estable, pero de apenas un mes.

—¿Y entonces llegó un día en que el sol no volvió a salir?

—No. El sol salió igualmente, pero al llegar a la mitad del cielo, se apagó.

—¿Cómo?

—Sí, fue menguando y volviéndose cada vez menos brillante hasta que de repente se esfumó y vino la noche. ¡El frío era glacial! Confucio estaba allí, de pie, y al instante quedó congelado como una estatua de hielo. Y allí sigue, en el mismo sitio.

—¿Y no quedó nada en el cielo cuando el sol se apagó?

—Una estrella fugaz apareció en el lugar exacto en que había estado. Era como si el alma se le hubiera escapado al morir...

—¿Estás seguro de que el sol se esfumó tan de repente como apareció la estrella fugaz?

—Sí, tan pronto como se desvaneció uno, vino la otra. Puedes consultar los anales históricos. Allí se explica muy claramente.

—De repente... —dijo Wang, pensativo. Tenía una vaga sospecha sobre el secreto del mundo de *Tres Cuerpos*, pero aquella información la echaba por tierra—. ¿Cómo va a ser de repente...? —masculló luego, irritado.

—Estamos en el período de la dinastía Han. No sé a ciencia cierta si se trata de la dinastía Han del Este o la del Oeste...

—¿Cómo has conseguido sobrevivir todo este tiempo?

—Tengo una misión encomendada: observar con precisión el movimiento del sol. Todos esos brujos, metafísicos y taoístas que me precedieron eran un puñado de inútiles. Les pasaba como a los letrados de aquel viejo proverbio, cultos y eruditos pero incapaces de distinguir el trigo del arroz. No valían para el trabajo físico y les faltaban conocimientos prácticos porque se pasaban el día inmersos en su misticismo. ¡Yo soy diferente, yo hago cosas! —añadió, indicando el instrumental repartido por el observatorio.

—¿Crees que con ellos lograrás alcanzar tu objetivo? —preguntó Wang, señalando la esfera de cobre.

—También tengo teorías, pero no son místicas —respondió Mozi—. Derivan de un gran número de observaciones. Por ejemplo, ¿sabes qué es el universo? Una máquina.

—¡Ja! Pues sí que empezamos bien...

—Espera a que te cuente. El universo es una esfera vacía que flota en mitad de un mar de fuego. En su superficie hay muchos agujeros pequeños y uno grande, y a través de ellos se cuela la luz del mar de fuego. Son las estrellas y el sol.

—Un modelo ingenioso —Wang miró la esfera gigante de cobre adivinando su propósito—. Pero tiene un inconveniente: cuando el sol sale y se pone, lo vemos moverse contra un fondo fijo de estrellas. En esta esfera, todos los agujeros mantienen su posición relativa.

—Cierto. Por eso modifiqué mi modelo. Ahora son dos esferas, una dentro de la otra. Nosotros miramos al cielo desde la interior. La esfera exterior tiene un solo agujero grande, y la interior, muchos agujeros pequeños. La luz que entra por el agujero grande rebota y se expande por el espacio entre las dos esferas, inundándolo de luz, para terminar colándose por los agujeros pequeños de la esfera interior. Así es como vemos las estrellas.

—¿Y el sol?

—El sol es el círculo brillante que se proyecta sobre la superficie de la esfera interior cuando la luz entra por el agujero grande de la esfera exterior. Brilla tanto que penetra a través de la esfera interior del mismo modo que la luz de una linterna traspasa una cáscara de huevo. Así es como vemos el sol. La luz dispersada alrededor del círculo es también muy brillante y atraviesa del mismo modo la esfera interior. Por eso durante el día vemos un cielo claro.

—¿Qué fuerza impulsa los movimientos irregulares de las dos esferas?

—La del mar de fuego que hay en el exterior.

—Pero el brillo y el tamaño del sol no son siempre los mismos —objetó Wang—, y en este modelo tuyo de las dos cáscaras, sí. Quizá la intensidad de las llamas del mar de fuego podrá variar, pero no el tamaño de los agujeros.

—No es un modelo tan simple como crees —repuso Mozi—. A medida que el estado del mar de fuego evoluciona, las dos esferas se expanden y se encogen. Esto causa los cambios de brillo y tamaño del sol.

—¿Y qué hay de las estrellas fugaces?

—¿Por qué te interesan tanto? ¡Son un detalle sin importancia, polvo cósmico que flota en el interior de las esferas!

—Al contrario, a mí me parece que tienen una importancia

fundamental. Y otra cosa, ¿cómo explica tu modelo la repentina desaparición del sol en la época de Confucio?

—Una rara ocurrencia —contestó Mozi—. Quizá se debió al paso por el mar de fuego de alguna sombra o nube oscura que cubrió temporalmente el agujero de la esfera exterior.

—Este es el modelo del que hablamos, ¿verdad? —dijo Wang, señalando la gran esfera de cobre.

—Sí, señor, esta es mi réplica del universo. Los complejos engranajes que mueven la esfera simulan el efecto de las fuerzas del mar de fuego. Las leyes que rigen ese movimiento se basan en la distribución de las llamas, y también de las corrientes. Las deduje después de años de observaciones.

—¿Y esta esfera es capaz de expandirse y contraerse?

—¡Claro! Ahora mismo se está contrayendo, pero lo hace muy lentamente.

Wang fijó la vista en la barandilla del borde del observatorio, para tomarla como punto de referencia, y comprobó que Mozi decía la verdad.

—¿Y dentro de esta esfera hay otra?

—Sí. Que se mueve gracias a otra serie de mecanismos.

—¡Qué diseño tan minucioso! —exclamó Wang—. Pero no encuentro el agujero de la esfera exterior...

—Porque no lo hay. Lo que hice al final fue instalar una fuente de luz en su superficie interior. La fabriqué a partir del material luminiscente de cientos de miles de luciérnagas. La luz que emite es fría y la esfera interior está hecha de masilla semitransparente, que no conduce bien el calor; así evitamos una acumulación excesiva de calor y el observador puede pasar más tiempo dentro.

—¿Dentro de la esfera interior hay una persona?

—Sí, un escribano que recopila datos de pie sobre una mesa con ruedas, que mantenemos colocada en el centro. A partir del momento en que el modelo esté adaptado al estado actual del universo, todos sus movimientos serán una simulación precisa del futuro, incluyendo el movimiento del sol, y lo registrado por el escribano me servirá de base para crear un calendario preciso. ¡Se cumplirá el sueño de cientos de civilizaciones anteriores a la nuestra! Y parece que has llegado en el momento justo: de acuerdo con mi modelo de universo, está a punto de comenzar una era estable de cuatro años. Basándose en esa predicción, el emperador Wu de los Han acaba de decretar la rehidratación masiva. ¡Esperemos a que salga el sol!

Mozi desplegó el menú del juego y aumentó ligeramente la velocidad a la que el tiempo transcurría dentro del mismo. Del horizonte emergió un sol rojizo, que comenzó a derretir los lagos y estanques repartidos por el terreno. Estos, hasta entonces diluidos en el paisaje, empezaron a brillar como verdaderos espejos. La tierra parecía estar abriendo una multitud de ojos.

Aunque la gran altura a la que se encontraba le impedía observar con detalle el proceso de rehidratación que se estaba realizando, Wang sí pudo apreciar que a la orilla de los lagos se empezaban a formar grandes aglomeraciones de gente. Parecían hormigas abandonando el nido desordenadamente con la llegada de la primavera. El mundo volvía a renacer.

—¿Por qué no te unes al jolgorio? —le propuso Mozi, señalando hacia la lejanía—. Las mujeres recién rehidratadas andan necesitadas de cariño... ¡A fin de cuentas, aquí arriba ya no pintas nada! ¡Se acabó el juego, he ganado!

—Reconozco el ingenio y la meticulosidad con que está diseñada esta máquina —dijo Wang—, pero de ahí a creer en sus predicciones... ¿Puedo tomar prestado el telescopio?

—Cómo no... —Mozi señaló el aparato.

Wang fue hacia allí, pero a medio camino se detuvo y preguntó:

—¿Cómo puedo usarlo para observar el sol?

—Con este filtro. —Y le entregó un círculo de vidrio negro que extrajo de un baúl.

Wang acopló el filtro al telescopio y apuntó en dirección al sol, que ya alcanzaba una altura considerable en el cielo. Al observarlo, se sintió admirado por la agudeza de Mozi: realmente parecía un agujero por el que pudiera verse un mar de fuego, un indicio de una realidad muchísimo mayor. Sin embargo, en cuanto se fijó mejor en la imagen del telescopio, se dio cuenta de que aquel sol era distinto del que tan bien conocía en la vida real. Tenía un pequeño núcleo; si hubiera sido un ojo, habría dicho que era su pupila. El núcleo, a pesar de su pequeño tamaño, era muy brillante y de aspecto denso. Comparadas con él, las capas que lo rodeaban resultaban mucho menos consistentes, muy etéreas y gaseosas. Ya el hecho de que permitieran ver el núcleo a través de ellas, indicaba que debían de ser transparentes o semitransparentes, y que muy probablemente no emitieran luz, sino que esta provenía del núcleo.

Apartó la vista del telescopio. El grado de detalle de la imagen era admirable, lo cual reafirmaba su sospecha de que, tras unos gráficos aparentemente sencillos, los diseñadores del juego habían escondido ingentes cantidades de información que aguardaban el momento de ser descubiertas. Aquello le llevó a reflexionar acerca de la relevancia de la estructura del sol. Y al cabo de un buen rato cavilando, de repente sintió una ráfaga de entusiasmo. Corrió a mirar el sol de nuevo, pero como el tiempo transcurría más deprisa de lo habitual, ya iba por el oeste y Wang tuvo que reajustar el telescopio antes de proseguir con su observación. Lo siguió hasta que este se perdió detrás del horizonte.

Se hizo de noche. Las estrellas tuvieron su contrapartida en la gran cantidad de hogueras que fueron encendiéndose por todo el territorio. Wang desacopló el filtro del telescopio y siguió observando el cielo. Lo que más le interesaba eran las estrellas fugaces, y enseguida localizó dos. Cuando apenas comenzaba a ver una de ellas, le sorprendió el amanecer. Volvió a instalar el filtro en el telescopio y continuó analizando el sol.

Pasó más de diez días realizando observaciones astronómicas y disfrutando con cada descubrimiento. A Mozi le agradecía que hubiera acelerado el paso del tiempo dentro del juego, pues así los movimientos de los cuerpos celestes eran mucho más creíbles.

En el decimoséptimo día de la era estable, cinco largas horas después de la previsible salida del sol, el mundo seguía cubierto por el manto de la noche. Una multitud de personas se concentraba al pie de la pirámide. La luz de las innumerables antorchas que portaban temblaba a merced del gélido viento.

—Probablemente ya no vuelva a salir el sol, es el final de la civilización 137 —dijo Wang.

Mozi sonrió con expresión de confianza y se acarició la barba.

—No te preocupes, el sol está a punto de salir. La era estable continuará ininterrumpidamente. He conseguido desvelar el misterio de los movimientos de la máquina universal; mis predicciones no pueden ser erróneas.

Entonces, como queriendo confirmar aquellas palabras, el cielo comenzó a clarear con la luz del alba. Las masas que se apiñaban al pie de la pirámide prorrumpieron en vítores.

La luz plateada se intensificó a una velocidad mucho mayor de la habitual. Era como si el sol deseara compensar el tiempo perdido. Muy pronto, su resplandor abarcó la mitad del cielo y, a pesar de que todavía permanecía oculto tras el horizonte, había tanta luz como a mediodía.

Wang vio que una luz cegadora bordeaba el horizonte, que de repente se arqueó hasta convertirse en una curva que iba de un extremo al otro de su campo visual. Pronto constató que lo que veía no era el horizonte, sino el contorno de un sol incomparablemente gigantesco.

Cuando sus ojos se acostumbraron a aquella intensísima luz, el horizonte volvió a su estado habitual, mientras en la lejanía comenzaban a levantarse columnas de humo negro. Resultaban especialmente visibles porque se recortaban contra el brillante disco solar. Un caballo se acercaba a la pirámide procedente del lugar desde donde salía el sol. El polvo de sus cascos trazaba una nítida línea sobre la llanura.

La muchedumbre se apartaba a su paso. Wang oyó que el jinete gritaba:

—¡Deshidrataaaos! ¡Deshidrataaaos!

Lo seguían una multitud de vacas, caballos y otros animales en estampida. Estaban envueltos en llamas y avanzaban como si fuera una manta de fuego que arropaba la tierra.

Para entonces ya había asomado la mitad del gigantesco orbe solar y el cielo quedaba casi totalmente cubierto por él. Daba la sensación de que la tierra se estuviera hundiendo despacio contra una pared de luz. Wang pudo distinguir los elementos que componían la superficie de aquel sol: las olas y los remolinos que poblaban el mar de llamas; las manchas que flotaban de manera errática, como si se tratara de fantasmas; la corona que se extendía perezosamente en el aire, como si fueran innumerables mangas de camisa de color dorado.

Sobre la tierra, tanto quienes habían podido terminar de deshidratarse como los que no, comenzaron a arder y saltar como un aluvión de troncos cayendo en el interior de una enorme estufa. Las llamas que los devoraban eran incluso más brillantes que las ascuas vivas, pero se apagaban en el acto.

Aquel sol gigante siguió elevándose hasta ocupar la totalidad del cielo. Wang levantó la cabeza y de repente sintió que su perspectiva cambiaba: ya no miraba hacia arriba, sino hacia abajo. La superficie del sol se había convertido en una segunda tierra, ígnea e infernal, sobre la que estaba a punto de precipitarse.

El agua de los lagos y los estanques comenzó a evaporarse y por todas partes emanaban blancas nubes de vapor, como si fueran champiñones que primero ascendían, luego se abrían y por fin caían sobre las cenizas de la gente.

—La era estable continuará ininterrumpida... —dijo una voz—. El universo es una máquina... Yo creé esta réplica... La era estable continuará... El universo...

Wang se volvió para ver quién le hablaba. Era Mozi, cuyo cuerpo estaba envuelto en una altísima columna de fuego anaranjado. La piel se le iba arrugando conforme se calcinaba, mientras sus ojos seguían brillando con una luz distinta de la de las llamas que lo devoraban. En las manos, ya carbonizadas, sostenía la nube de cenizas que antes había sido su calendario.

Pero Wang también se estaba quemando. Al levantar las manos a la altura de los ojos, descubrió dos antorchas humeantes.

El sol se desplazó rápidamente hacia el oeste y volvió a verse el cielo. Entonces comenzó a hundirse en el horizonte. Esta vez la tierra pareció ascender respecto a la pared de luz que era el sol. Tras el breve pero espléndido atardecer que siguió, sobrevino la noche. Fue como si dos manos gigantescas cubrieran con un velo oscuro aquel mundo reducido a cenizas.

La tierra emitía el débil resplandor rojizo de un ascua recién sacada de la estufa. Por un instante, Wang vio las estrellas. Luego el humo cubrió el cielo. También la tierra quedó sumida en un caos de oscuridad. Apareció un largo texto en rojo:

> La civilización número 141 sucumbió devorada por las llamas. Había alcanzado el período de la dinastía Han del Este. La semilla de la civilización permanece, y de nuevo progresará a través del impredecible mundo de *Tres Cuerpos*. Le invitamos a volver a conectarse en el futuro.

Wang se quitó el traje de realidad virtual. Solo tras serenarse, se percató de que *Tres Cuerpos,* aunque fingía ser una mera ilusión, estaba dotado de una enorme y profunda sustantividad. Por el contrario, el mundo real que tenía ante sus ojos comenzaba a parecerle tan superficialmente complejo, pero en esencia simple, como aquella pintura llamada *Escena a la orilla del río en el Festival de la Claridad Pura.*

Al día siguiente, Wang fue al Centro de Nanotecnología. Aparte de la confusión que había causado su ausencia injustificada del día anterior, todo marchaba como de costumbre. No tardó en descubrir que trabajar podía llegar a ser el más efectivo de los tranquilizantes: en cuanto se dejó absorber por el trabajo, su ansiedad desapareció. Por eso se aseguró de mantenerse ocupado todo el día y no se marchó hasta que fue de noche.

Por desgracia, en cuanto salió por la puerta del edificio volvió a apoderarse de él esa misma sensación angustiosa de estar viviendo una pesadilla a la que creía haber burlado. Le pareció como si el cielo estrellado fuera una gigantesca lupa, y él, un pobre insecto que no tuviera donde cobijarse.

Con tal de encontrar algo en lo que ocupar la mente, se le ocurrió visitar a Ye Wenjie, la madre de Yang Dong.

La encontró sola en casa, leyendo en el sofá. Debía de tener miopía y presbicia porque, al levantar la vista del libro, se cambió las gafas. Se mostró encantada por la visita y le dijo que tenía mucho mejor aspecto que la vez anterior.

—Es por el ginseng que me regaló —dijo él, sonriente.

La anciana negó con la cabeza.

—Qué va, si no era del bueno... El ginseng silvestre que recogíamos en los alrededores de la base sí que era extraordinario... Ay, perdóname, ya estoy tan vieja que últimamente no hago más que hablar del pasado...

—Me han contado que sufrió mucho durante los años de la Revolución Cultural.

—Seguro que fue Ruishan, ¿verdad? Ah... —La anciana suspiró, moviendo la palma de la mano como si tratara de quitarse una telaraña de delante—. Lo pasado, pasado está. Ruishan me llamó anoche. Sonaba tan acelerado que me costó trabajo entenderlo. Lo único que saqué en claro fue que tuviste algún problema. Déjame que te diga una cosa, Xiao Wang: cuando tengas mis años, te darás cuenta de que todos esos asuntos que ahora te parecen tan importantes, en realidad no lo son en absoluto.

—Gracias. —Wang volvía a sentirse arropado por aquel calor que tanto apreciaba.

Si pese a la fragilidad de su estado mental, no había llegado a derrumbarse por completo, era gracias al apoyo de dos personas: la primera, aquella anciana que, aun después de sufrir lo indecible, había alcanzado la serenidad del agua. La segunda, Shi Qiang, aquel hombre que no le temía a nada porque nada sabía.

—A decir verdad, teniendo en cuenta lo que fue la Revolución Cultural, no me tocó la peor parte, ni mucho menos —prosiguió ella—. Me considero muy afortunada de haber encontrado un lugar donde me acogieron justo cuando pasaba por mi peor momento.

—¿Se refiere a la base de Costa Roja?

La anciana asintió.

—Aquel proyecto fue realmente formidable... —añadió Wang—. ¡Y yo que al principio pensaba que todo era una leyenda inventada!

—De leyenda no tuvo nada. Si quieres, te cuento alguna de mis experiencias...

Aquel ofrecimiento puso en guardia a Wang.

—Profesora Ye, perdóneme, me ha podido la curiosidad. No tiene que contarme nada sobre el tema, si no resulta apropiado...

—¡No, si no pasa nada! Hagamos como si fuera yo la que tuviera ganas de que alguien la escuchara...

—¿Por qué no frecuenta algún centro de jubilados? Seguro que se sentiría más acompañada.

—Muchos de los jubilados que viven en esta zona fueron compañeros de universidad, pero me cuesta relacionarme con ellos. A todos les encanta recordar el pasado; pero, eso sí, contado por ellos. Escucharlo en boca de otra persona les aburre. Tú eres el único a quien le interesa todo lo de Costa Roja.

—Pero... ¿no tiene prohibido hablar de eso?

—Es cierto que sigue siendo un asunto secreto, pero, desde que publicaron aquel libro, hay tanta gente que ha dado su versión que se ha convertido en un secreto a voces... La persona que lo escribió cometió una enorme irresponsabilidad. Sin entrar a valorar las intenciones que pudiera tener a la hora de decidirse, solo por la cantidad de errores objetivos que contiene ya resulta inadmisible. Creo que, como mínimo, deberían dar la oportunidad de subsanarlos.

Así fue como Ye Wenjie empezó a contarle a Wang todo lo ocurrido durante los años que pasó en Costa Roja.

12

Costa Roja II

En un primer momento, recién admitida en la base militar de Costa Roja, Ye Wenjie no tuvo asignado ningún trabajo específico. Apenas le permitían realizar algunas labores técnicas sencillas, y siempre bajo la atenta mirada de un guarda de seguridad.

Ya en segundo año de carrera, cuando conoció al profesor que acabaría dirigiendo su tesis doctoral, este la previno de que, por muy bien que se le diera la teoría, si no se familiarizaba con los métodos experimentales ni desarrollaba su capacidad de observación, nunca avanzaría en el campo de la investigación astrofísica; y en China, menos. Era un punto de vista diametralmente opuesto al de su padre, pero ella tendía a estar de acuerdo con su profesor. Siempre había pensado que a su padre le faltaba sentido práctico. Por influencia de aquel hombre, uno de los pioneros de la radioastronomía en China, acabó especializándose en la materia. Decidió, además, aprender por su cuenta ingeniería eléctrica e informática, que eran la base sobre la que se desarrollaban los experimentos y las observaciones de campo. Más tarde, en los dos años que duraron sus estudios de posgrado, siempre codo con codo con su profesor, se encargó de realizar las pruebas del primer radiotelescopio a pequeña escala del país. La experiencia que llegó a acumular en esa área fue notable.

Y, sin embargo, nunca imaginó que un día todos esos conocimientos iban a servirle en un lugar como la base de Costa Roja.

El primer puesto al que la destinaron fue el Departamento de Transmisión, donde se ocupó del mantenimiento y la reparación de los equipos. En muy poco tiempo, su presencia se hizo indispensable.

Al principio eso le chocó. ¿Por qué ella, si era la única persona en la base que no vestía uniforme? Ella, con la que, debido a su estatus político, todo el mundo procuraba mantener las distancias... Aunque se entregaba en cuerpo y alma al trabajo, y no tenía otra manera de combatir la soledad, aquello no justificaba el modo en que ahora todos dependían de su persona. Al fin y al cabo, se trataba de un proyecto clave para la defensa nacional. Y ¿cómo podía el personal técnico ser tan mediocre como para que alguien que no se había licenciado en ingeniería, ni tenía ninguna experiencia laboral, pudiera suplirlos?

Pronto supo la razón. En realidad, el personal de la base estaba integrado por los mejores técnicos de los que disponía el Segundo Cuerpo de Artillería. Ni aun estudiando el resto de sus días, podría competir con aquellos excelentes ingenieros eléctricos e informáticos. Pero la base estaba en un sitio muy apartado, las condiciones de vida no eran buenas y el trabajo de investigación principal del proyecto Costa Roja ya se había completado; todo lo que quedaba por hacer eran meras tareas de operación y mantenimiento con las que difícilmente lograrían nada relevante. La mayoría de la gente procuraba no destacar en lo que hacía porque era consciente de que, en proyectos del más alto secreto como aquel, en cuanto a uno lo asignaban a un puesto técnico clave, luego era muy difícil que le concedieran el traslado. De ahí que todo el mundo pasara su jornada trabajando por debajo de sus capacidades... aunque tratando, eso sí, de no quedar como unos completos ineptos.

Si su supervisor les mandaba que fueran hacia el este, ellos se afanaban por avanzar hacia el oeste; cuando les pedía negro, se hacían los tontos y le daban blanco. Y lo hacían con la esperanza de sembrar en su mente la siguiente idea: «Esta persona pone mucho empeño, pero sus habilidades y conocimientos son muy limitados. No tiene sentido seguir reteniéndola; aquí solo estorba.» Más de uno había conseguido el traslado de esa forma.

Justamente por aquella situación, y sin proponérselo, Ye Wenjie se convirtió en una técnica clave de la base. Además, la ayudó otra circunstancia sorprendente que no lograba explicarse: en toda Costa Roja (o, como mínimo, en las partes a las que ella tenía acceso) no había rastro de ningún tipo de tecnología avanzada real.

Con el tiempo, mientras seguía trabajando en el Departamento de Transmisión, las restricciones que pesaban sobre ella se fueron relajando, y hasta aquel guarda de seguridad que había sido su sombra terminó desapareciendo. Quedó autorizada para tocar la mayoría de componentes de los sistemas de la base y leer toda la documentación técnica. Naturalmente, seguía teniendo vetado el acceso a ciertas cosas, como los sistemas de control informático, cuya importancia luego supo minimizar. El departamento tenía un total de tres ordenadores, y encima todos eran más antiguos que el DJS130, aquel miniordenador de fabricación china tan de moda en la década de 1970. No podían funcionar más de quince horas seguidas y usaban unas engorrosas memorias de núcleo magnético y cintas de papel perforado. También le resultó chocante la escasa precisión del sistema de puntería de Costa Roja, probablemente menor que la de un cañón de artillería.

Un día, Lei Zhicheng acudió en su busca para hablar. Con el tiempo, en su actitud hacia ella, Yang Weining y él parecían haberse intercambiado sus respectivos papeles: alguien como Yang, que era el técnico de mayor rango de toda la base pero no ostentaba cargo político alguno, carecía de autoridad más allá de lo estrictamente técnico. Aquello lo convertía en un blanco fácil, y por eso no tenía más remedio que andar con pies de plomo incluso al hablar con sus subordinados. Llegó al extremo de tener que asegurarse de saludar con la suficiente cortesía a los centinelas, por miedo a que lo tuvieran por el típico intelectual reticente a la reforma de pensamiento y la colaboración con las masas. Para escapar de su tensión, cada vez que se enfrentaba a algún problema en el trabajo o se sentía frustrado, buscaba cualquier excusa para desahogarse con Ye Wenjie. Sin embargo, Lei Zhicheng rectificó sus malos modos conforme ella fue adquiriendo relevancia en la plantilla. Ahora la trataba con gran amabilidad.

—Wenjie —le dijo Lei aquel día—, después de todo este tiempo ya te habrás familiarizado con el sistema de transmisión. Como sabes, también forma parte del equipamiento ofensivo de Costa Roja; de hecho, es su componente principal. ¿Podrías darme tu opinión sobre el sistema en su conjunto?

Estaban sentados al borde del precipicio de Pico Radar, el rincón más solitario de la base. El abismo que se abría a sus pies no parecía tener fondo. Al principio a Ye Wenjie le daba grima aquel lugar, pero luego empezó a gustarle, y solía visitarlo a solas.

No estaba segura de cómo responder a la pregunta de Lei. Ella se dedicaba exclusivamente a la reparación y el mantenimiento de los equipos, y sabía muy poco sobre Costa Roja, incluyendo la naturaleza de sus operaciones y la identidad de sus objetivos. No estaba autorizada a ello. Ni siquiera le permitían estar presente durante las transmisiones.

Fue a decírselo, pero se detuvo.

—Te ruego que hables sin reservas —le pidió Lei. Sus manos jugueteaban con una brizna de hierba que acababa de arrancar del suelo.

—Es solo un radiotransmisor...

—Efectivamente —asintió él, complacido—, un radiotransmisor. ¿Sabes lo que es un horno microondas?

Ye Wenjie negó con la cabeza.

—Es un juguete de lujo del Occidente capitalista —continuó Lei—. Calienta la comida gracias a la energía generada por la absorción de la radiación. En mi destino anterior, importamos uno para investigar el desgaste que sufrían algunos componentes al exponerlos a altas temperaturas. En los descansos lo usábamos para calentar panecillos hervidos, asar patatas y cosas así. Era muy curioso, la parte interior es la que se calienta primero, cuando la exterior aún está fría. —Se levantó y comenzó a pasearse de un lado a otro. Andaba tan pegado al precipicio que ella se puso nerviosa—. Costa Roja es un horno microondas, y lo que hay que achicharrar son las naves espaciales del enemigo. Solo con aplicar radiación de microondas a una potencia específica (de entre la décima parte de un vatio y un vatio por centímetro cuadrado), somos capaces de inutilizar o destruir los componentes electrónicos de satélites de comunicaciones, radares y sistemas de navegación.

Por fin Ye Wenjie fue capaz de comprenderlo. Costa Roja era, en efecto, un radiotransmisor, pero no uno común y corriente. Lo más sorprendente era su potencia de transmisión, de hasta veinticinco megavatios. No solo sobrepasaba la potencia de las transmisiones de comunicación, sino también las de radar. Funcionaba gracias a varios concentradores gigantes, y era tal la cantidad de electricidad requerida que los circuitos de transmisión tenían un diseño distinto al habitual. Ye Wenjie entendía la necesidad de tanta potencia, pero aún había algo que no le cuadraba.

—Las emisiones del sistema parecen ser moduladas —dijo.

—Así es —confirmó Lei—. Pero se trata de una modulación distinta de la de las comunicaciones de radio. El propósito no es añadir información, sino alternar frecuencias y amplitudes para poder penetrar aquellas barreras que interponga el enemigo. Todo esto sigue en fase experimental, claro.

Ye Wenjie asintió, satisfecha de obtener respuesta a las preguntas que llevaba tiempo formulándose.

—Hace poco lanzaron desde Jiuquan dos satélites de prueba para ver si éramos capaces de interceptarlos —prosiguió él—. Fue un gran éxito: la temperatura en su interior rozó los mil grados, y tanto el instrumental como los equipos fotográficos que viajaban a bordo quedaron completamente destruidos. En futuras guerras, Costa Roja podrá atacar satélites de comunicación y reconocimiento del enemigo como los *KH-8*, que tanto les gustan a los imperialistas americanos, o los *KH-9* que están preparando. Los satélites espía de baja órbita de los revisionistas soviéticos son aún más vulnerables. Llegado el caso, podremos destruir la estación espacial *Salyut* de los revisionistas soviéticos o la *Skylab*, que los imperialistas americanos lanzarán el año que viene.

—¡Comisario político Lei! ¿Qué le estás contando? —gritó de repente alguien detrás de Ye Wenjie.

Era Yang Weining, quien miraba a Lei Zhicheng con cara de pocos amigos.

—Cosas de trabajo —contestó este, y luego se marchó.

Yang miró entonces a Ye Wenjie y se fue detrás de Lei sin mediar palabra, dejándola sola.

«Fue él quien me trajo, pero sigue sin confiar en mí», se lamentó entonces ella amargamente, pensando en Lei.

Aunque en la base gozaba de más autoridad que Yang, y era quien tenía la última palabra en los asuntos importantes, la prisa con que Lei se había marchado indicaba que se sentía culpable por haber hecho algo malo. Aquello convenció a Ye de que la decisión de contarle el auténtico propósito del proyecto Costa Roja había sido personal. Y temió por las posibles consecuencias.

Al observar cómo el cuerpo de Lei se alejaba, una sonrisa de agradecimiento se dibujó en su rostro: que alguien confiara en ella era un sueño impensable. Comparado con Yang, por su franqueza y por su rectitud de soldado, Lei se ajustaba mucho más a la idea que ella tenía de un militar. Yang, en cambio, era el típico intelectual de la época: extremadamente cauto, siempre con miedo de todo y de todos, y únicamente preocupado por protegerse a sí mismo. Ye respetaba su actitud, pero no podía evitar sentir que con ella ensanchaba la profunda brecha que ya los separaba.

Al día siguiente la transfirieron del Departamento de Transmisión. Atribuyendo el cambio a lo sucedido el día anterior, lamentó que la apartasen de la línea de trabajo central de Costa Roja. Sin embargo, luego, al empezar a trabajar en el Departamento de Monitorización, se dio cuenta de que se trataba de todo lo contrario: ahora sí se hallaba en el centro. Aunque ambos departamentos compartían algunos recursos, en su nuevo destino el nivel tecnológico era muy superior. Tenían un radiorreceptor extremadamente sensible y sofisticado. Un máser de onda progresiva basado en rubí se encargaba de ampliar la señal recibida por la gigantesca antena. A fin de minimizar las interferencias, el núcleo del sistema de recepción se mantenía sumergido en helio líquido a una temperatura exacta de –269 °C. Un helicóptero se encargaba periódicamente del suministro.

Gracias a todo aquello, el sistema de recepción era capaz de captar señales extremadamente débiles. Ye no pudo evitar imaginar lo maravilloso que sería que todos esos aparatos se dedicaran a la investigación radioastronómica.

El sistema informático del Departamento de Monitorización era también mucho más grande y complejo que el de Transmisión. La primera vez que Ye entró en la sala de ordenadores se sorprendió no solo de ver el código informático desfilando por pantallas de tubo catódico, sino también de que los operarios usaran el teclado para editarlo. En la universidad, siempre que había necesitado un ordenador, se había visto obligada a escribir primero el código fuente en un papel especial y luego a transferirlo a cinta con una máquina de mecanografiar. Había oído hablar de la entrada de datos mediante teclado, pero hasta entonces no había tenido ocasión de presenciarla.

Terminó de impresionarla la calidad de los programas disponibles. La iniciaron en algo llamado Fortran, que permitía programar empleando un lenguaje muy parecido al humano. Hasta era posible introducir ecuaciones matemáticas directamente en el código, lo cual resultaba varias veces más eficaz que emplear lenguaje de máquina. También había la llamada «base de datos», que permitía almacenar y procesar ingentes cantidades de datos.

Al cabo de dos días, el comisario político Lei fue a verla y tuvieron otra charla, esta vez en la sala de ordenadores, iluminados por la verde luz de las pantallas, y con Yang Weining sentado a escasos metros. No quería formar parte de la conversación, pero tampoco estaba dispuesto a dejarlos solos. Ye se sintió extremadamente incómoda.

—Wenjie, te contaré qué hace el Departamento de Monitorización —anunció Lei—. A grandes rasgos, su misión es estar pendiente de la actividad del enemigo en el espacio, incluyendo la interceptación de las comunicaciones, tanto entre las naves espaciales enemigas y la Tierra, como entre ellas mismas; también debe colaborar con nuestros centros de telemetría, de rastreo y de mando para determinar las órbitas de las naves espaciales enemigas. Finalmente, proporciona datos a los sistemas de combate de la base. En definitiva, aquí es donde están los ojos de Costa Roja.

—Comisario Lei —intervino Yang—, estoy en total desacuerdo con lo que haces. No hay necesidad de contarle nada.

—Comisario Lei —dijo tímidamente Ye, mirando de reojo a Yang—, si no resulta apropiado que yo esté al corriente de esto, será mejor...

—No, Wenjie, no —interrumpió Lei, indicándole que no siguiera. Luego se volvió hacia Yang—. Ingeniero jefe Yang, te lo repito: esto es trabajo. No podemos pretender que Ye Wenjie desarrolle al máximo sus capacidades sin antes hacerla partícipe de la naturaleza de su labor.

Yang se puso de pie.

—Voy a informar a nuestros superiores.

—Estás en tu derecho. Pero no te preocupes, ingeniero... sobre este tema, estoy dispuesto a asumir toda la responsabilidad que me corresponda.

Yang se marchó con gesto airado.

—No le hagas caso, siempre hace esas cosas —dijo Lei con una mueca burlona, sacudiendo la cabeza. Luego se quedó mirando a Ye y, con tono más serio, prosiguió—: Wenjie, te trajimos con un objetivo muy simple. Los sistemas de monitorización de Costa Roja sufrían frecuentes interferencias causadas por la radiación electromagnética de las manchas y fulguraciones solares. Cuando, por casualidad, dimos con tu artículo, vimos que habías investigado la actividad solar muy a fondo. Además, de entre todos los académicos chinos, tú fuiste la que creó el modelo predictivo que resultó más acertado, así que se nos ocurrió pedirte que nos ayudaras a solucionar el problema.

»Después, una vez viniste y nos demostraste tu enorme capacidad de trabajo, decidimos confiarte más y mayores responsabilidades. Mi idea fue asignarte en primer lugar el Departamento de Transmisión y más tarde el de Monitorización, para que así te hicieras una idea más global del trabajo que realizamos en Costa Roja. Como has visto, al plan nunca le han faltado detractores. Pero yo confío en ti, Wenjie. Tenlo muy claro: hasta la fecha, cada vez que se te ha encargado algo ha sido por decisión mía. Espero que en el futuro sigas esforzándote como hasta ahora y te ganes la confianza de la organización en su conjunto.

Le puso la mano sobre el hombro. Ye sintió la fuerza y el afecto que a través de ella le brindaba.

—¿Sabes lo que me gustaría, Wenjie? Que llegara el día en el que pueda llamarte «camarada Ye».

Dicho esto, se puso firme de un salto, dio media vuelta y se marchó a paso ligero.

A ella se le llenaron los ojos de lágrimas. De pronto, el código que discurría por las pantallas se convirtió en unas llamas. Era la primera vez que lloraba desde la muerte de su padre.

En cuanto intentó familiarizarse con su nuevo trabajo en el Departamento de Monitorización, Ye Wenjie comprendió que no iba a resultar tan sencillo como la vez anterior. Sus conocimientos de informática habían quedado tan obsoletos que tuvo que empezar desde cero. Aunque el comisario político Lei confiaba en ella, las restricciones que le imponían eran muy severas; por ejemplo, se le permitía leer el código fuente, pero no podía tocar la base de datos. Para los asuntos rutinarios, quedaba bajo la supervisión de Yang Weining, quien se volvió aún más desagradable con ella y estallaba a la mínima de cambio. Lei tuvo que reprenderlo varias veces, sin éxito. En cuanto la veía, se apoderaba de él una inexplicable ansiedad.

Al cabo de unos días, Ye Wenjie empezó a constatar que el proyecto Costa Roja era mucho más complejo de lo que había imaginado.

En una ocasión, el sistema de monitorización interceptó una transmisión que, al ser descifrada por el ordenador, resultó ser un puñado de fotografías de satélite borrosas. Tras mandarlas al Departamento de Cartografía y Topografía para ser analizadas, descubrieron que cada una correspondía a un objetivo militar clave de China, entre ellos el puerto militar de Qingdao y varias grandes fábricas del Tercer Frente.* Otro análisis posterior reveló que las imágenes procedían del sistema de reconocimiento estadounidense *KH-9*.

* El llamado Movimiento del Tercer Frente fue un programa secreto de industrialización masiva que impulsó la construcción de fábricas en aquellas zonas del interior de China más remotas, y por tanto menos susceptibles de ser atacadas. *(N. del T.)*

El primer *KH-9* acababa de ser lanzado. Si bien la mayor parte de la inteligencia que recopilaba era en soporte de película recuperable, también se utilizaba para probar la más avanzada técnica de transmisión de imágenes digitales. Dada la falta de madurez de esta tecnología, el satélite transmitía a baja frecuencia, lo cual aumentaba suficiente su rango de recepción como para ser interceptado por Costa Roja. También, al tratarse solo de una prueba, la encriptación no era demasiado compleja, así que consiguieron descifrarla.

Indudablemente, el *KH-9* constituía un importante objetivo de monitorización, ya que ofrecía una oportunidad única para recabar información acerca de los sistemas de reconocimiento por satélite estadounidenses. Sin embargo, al tercer día Yang Weining ordenó un cambio en la frecuencia, y la dirección de la monitorización y aquel objetivo se abandonaron. A Ye le pareció una decisión inexplicable.

Aún hizo otro descubrimiento que la dejó sin palabras: a pesar de que ahora trabajaba en el Departamento de Monitorización, de vez en cuando seguían llamándola del de Transmisión. Una vez, estando allí, reparó sin querer en las frecuencias designadas para las transmisiones 304, 318 y 325: las tres estaban por debajo del rango de microondas y, por lo tanto, era imposible que causaran efecto calorífico alguno en su objetivo.

Un día, de repente, un oficial vino a informarle de que se requería su presencia en la oficina administrativa principal de la base. Por el tono en que se dirigió a ella, Ye se dijo que algo iba mal.

Al entrar en la oficina, presenció una escena que ya comenzaba a resultarle familiar: se habían reunido todos los oficiales de alto rango de la base. También había otros dos militares que, si bien no había visto nunca, tenían todo el aspecto de ocupar una posición destacada en la cadena de mando.

Las frías miradas de todos se centraron en ella. Sin embargo, aquel instinto, que había adquirido después de vivir tantas desgracias, al momento le dijo que no era ella quien se hallaba en un aprieto, que a lo sumo iba a ser una víctima colateral. En un rincón vio a Lei Zhicheng. Tenía la mirada ausente.

«Al final tendrá que pagar por la confianza que ha depositado en mí», pensó. De inmediato decidió hacer todo lo posible por salvarlo. Iba a asumir cualquier culpa, incluso mentiría en caso de que fuera necesario.

Para su sorpresa, fue precisamente Lei Zhicheng quien habló primero. Y lo que dijo fue inesperado.

—Ye Wenjie, antes que nada quiero aclarar que me opongo a lo que está a punto de hacerse. La decisión, consultada con nuestros superiores, ha sido tomada por el ingeniero jefe Yang, y en él recae, a partir de ahora, toda la responsabilidad. —Miró a Yang Weining, quien asintió con solemnidad, antes de proseguir—: Desde hace unos días, a insistencia del ingeniero jefe Yang, dos enviados del Departamento Político del Ejército han estado investigando tu situación laboral. —Señaló a los dos oficiales que Ye no conocía—. Su informe ha sido favorable, y por eso ahora, con el objetivo de explotar al máximo tus capacidades, hemos decidido revelarte la verdadera naturaleza de la misión de Costa Roja.

Ye tardó unos instantes en comprenderlo: Lei Zhicheng la había engañado.

—Espero que sepas apreciar la oportunidad que se te brinda y te esfuerces al máximo en redimirte —añadió—. A partir de ahora debes actuar con absoluta rectitud y ejemplaridad: cualquier comportamiento reaccionario será castigado con la mayor severidad.

Aquel Lei Zhicheng que la miraba tan duramente era una persona muy distinta a la que ella creía conocer.

—¿Entendido? Bien. Ahora te dejaré con el ingeniero jefe Yang.

Todos los demás se fueron con él, dejando solos a Yang y Ye.

—Si no quieres aceptar, todavía estás a tiempo —dijo él.

Ye Wenjie era consciente de la trascendencia de aquellas palabras. Por fin comprendía el nerviosismo que Yang había mostrado ante su presencia durante los últimos días. Para desarrollar al máximo sus capacidades, necesitaba conocer la verdad sobre el proyecto Costa Roja, pero eso implicaba renunciar a la esperanza de salir de Pico Radar. Si aceptaba, pasaría allí el resto de sus días.

—Acepto —dijo con voz suave pero firme.

Aquella tarde de principios de verano, con el viento silbando entre la gigantesca antena parabólica y el rumor de los bosques del Gran Khingan en la lejanía, Yang Weining le reveló a Ye Wenjie la auténtica naturaleza del proyecto Costa Roja.

Era una historia fabulosa e incluso más increíble que cualquiera de las mentiras de Lei Zhicheng.

13

Costa Roja III

SELECCIÓN DE DOCUMENTOS RELACIONADOS CON EL PROYECTO COSTA ROJA

Los siguientes documentos fueron desclasificados tres años después de que Ye Wenjie le contara a Wang Miao la historia oculta de Costa Roja.

I

Una cuestión frecuentemente ignorada por las tendencias en investigación científica fundamental de todo el mundo

(Fecha de publicación original: XX/XX/196X)

[Resumen] En base a los antecedentes históricos de las eras moderna y contemporánea, podemos afirmar que existen dos modos principales en los que los resultados de la investigación científica fundamental llegan a traducirse en aplicaciones prácticas: el modo gradualista y el modo rupturista.

En el modo gradualista, los resultados fundamentales teóricos se aplican a la tecnología de manera gradual, y es la acumulación de pequeños avances la que termina provocando un salto tecnológico cualitativo. El desarrollo de la tecnología espacial constituye un ejemplo reciente.

En el modo rupturista, los resultados fundamentales teóricos se aplican a la tecnología rápidamente, dando lugar a un salto tecnológico cualitativo. Uno de sus ejemplos recientes es la aparición de las armas nucleares. Hasta la década de los cuarenta, muchos físicos destacados seguían pensando que nunca sería posible liberar la energía del átomo. Las armas nucleares aparecieron muy poco después.

Hablamos de salto tecnológico cualitativo cuando la ciencia fundamental se traduce en una cantidad de tecnología aplicada extremadamente grande en un período de tiempo muy breve. En la actualidad, tanto la OTAN como el Pacto de Varsovia invierten una gran cantidad de recursos en investigación fundamental, por lo que existe la posibilidad de que se produzca un salto tecnológico cualitativo en cualquier momento. Este hecho representa una seria amenaza para nuestra estrategia.

El presente artículo sostiene que actualmente debemos focalizarnos en el desarrollo tecnológico gradualista, y que no prestamos suficiente atención a la posibilidad de rápidos saltos tecnológicos cualitativos. Si queremos partir de una posición ventajosa, debemos establecer principios y estrategias que nos permitan responder con la máxima celeridad cuando se produzca un salto tecnológico cualitativo.

Campos en los que resulta más probable que se den saltos tecnológicos cualitativos:

Física: **[censurado]**

Biología: **[censurado]**

Informática: **[censurado]**

Búsqueda de inteligencia extraterrestre: De todos los campos, este es el que tiene más probabilidades de ver un salto tecnológico cualitativo. En caso de que realmente se produjera, su impacto sería mayor que el de los saltos combinados en los otros tres campos.

[Texto completo] [censurado]

[Instrucciones] Distribúyase entre el personal adecuado para su discusión. Su punto de vista no será compartido por todos, pero eso no es motivo para apresurarse a calificar a su autor. La clave está en pensar a largo plazo. Hay camaradas que, bien por el clima político actual o bien por su arrogancia, no consiguen ver más allá de sus narices, y esto no es bueno. Los puntos ciegos estratégicos constituyen un peligro letal.

Desde mi punto de vista, de los cuatro campos en los que resulta más probable que se produzca un salto tecnológico cualitativo, el último es al que hemos dedicado menos atención. Merece la pena que lo analicemos en profundidad.

Firma: XXX

Fecha: XX/XX/196X

II

Informe sobre el estudio de la posibilidad de un salto tecnológico cualitativo derivado de la búsqueda de inteligencia extraterrestre

1. Tendencias actuales en investigación a nivel internacional **[resumen]**

(1) Estados Unidos y demás miembros de la OTAN: La búsqueda de inteligencia extraterrestre goza de credibilidad entre la población y cuenta con el apoyo generalizado de la comunidad científica.

Proyecto Ozma: En 1960, el Observatorio Radioastronómico de Green Bank, en Virginia Occidental, buscó signos de inteligencia extraterrestre con un radiotelescopio de veintiséis metros de diámetro. El proyecto examinó las estrellas Tau Ceti y Epsilon Eridani durante doscientas horas en una frecuencia cercana a los 1.420 gigahercios. El proyecto Ozma II, con más objetivos y una banda de frecuencia más amplia, está previsto para 1972.

Sondas: Las sondas *Pioneer 10* y *Pioneer 11*, transportando sendas placas de metal con información sobre la civilización en la Tierra, serán lanzadas en 1972. Las sondas *Voyager 1* y *Voyager 2*, transportando sendas grabaciones en un disco de metal, serán lanzadas en 1977.

Observatorio de Arecibo, Puerto Rico: Construido en 1963, tiene una importancia capital en la búsqueda de inteligencia extraterrestre. Su área de observación efectiva es de ocho hectáreas, mayor que la suma de las de los demás radiotelescopios del mundo. En combinación con su sistema informático, es capaz de monitorizar 65.000 canales de manera simultánea y de realizar transmisiones de ultrapotencia.

(2) Unión Soviética: A pesar de la escasez de fuentes de inteligencia, tenemos indicios de que se están realizando grandes inversiones en este campo. Su investigación parece, asimismo, más sistemática y a más largo plazo que la de los países de la OTAN. Según la información proporcionada por ciertos canales aislados, se planea construir un sistema de radiotelescopios de apertura sintética para interferometría de línea base muy larga, a escala global. Una vez completado, será el instrumento de exploración del espacio exterior más potente del mundo.

2. Análisis preliminar de los posibles modelos sociales de civilizaciones extraterrestres, en base a una concepción materialista de la historia **[censurado]**

3. Análisis preliminar de la posible influencia de civilizaciones extraterrestres en las tendencias sociales y políticas de la humanidad **[censurado]**

4. Análisis preliminar de la posible influencia del contacto con civilizaciones extraterrestres en los patrones de comportamiento internacionales actuales

(1) Contacto unidireccional (recepción de mensajes enviados por inteligencia extraterrestre): **[censurado]**

(2) Contacto bidireccional (intercambio de mensajes con inteligencia extraterrestre y contacto directo): **[censurado]**

5. Peligros y consecuencias del establecimiento, por parte de las superpotencias, de un primer contacto con inteligencia extraterrestre y su monopolización

(1) Análisis de las consecuencias del establecimiento de un primer contacto con inteligencia extraterrestre por parte de los imperialistas americanos y la OTAN: **[todavía bajo secreto]**

(2) Análisis de las consecuencias del establecimiento de un primer contacto con inteligencia extraterrestre por parte de los revisionistas soviéticos y el Pacto de Varsovia: **[todavía bajo secreto]**

[Instrucciones] Incorpórese a la lista de lecturas obligatorias. Otros han enviado ya sus mensajes al espacio. Es peligroso que los extraterrestres cuenten solo con sus voces; nosotros también debemos hacernos oír para que tengan una visión global de la sociedad humana. No es posible llegar a la verdad escuchando únicamente a una de las partes. Hay que activarlo cuanto antes.

Firma: XXX

Fecha: XX/XX/196X

III

Informe sobre las investigaciones de la fase inicial del proyecto Costa Roja

(XX/XX/196X)

ALTO SECRETO

Número de copias: 2

Documento que se resume: Número XXXXXX. Reenviado a la Comisión de Ciencia, Tecnología e Industria para la Defensa Nacional, a la Academia de las Ciencias China y a la Comisión de Planificación Central del Departamento de Defensa Nacional. Distribuido en la Conferencia XXXXXX. Parcialmente distribuido en la Conferencia XXXXXX.

Número de serie del asunto: 3.760

Nombre en código: Costa Roja

1. Objetivo **[resumen]**

Investigar la posible existencia de vida extraterrestre y, en caso de hallarla, tratar de establecer contacto de cara a un futuro intercambio.

2. Estudio teórico del Proyecto Costa Roja

(1) Búsqueda y monitorización

Rango de frecuencia de la monitorización: entre 1.000 y 40.000 megahercios.

Canales de monitorización: 15.000.

Frecuencias clave a monitorizar:

Frecuencia del átomo del hidrógeno a 1.420 megahercios.

Frecuencia de la radiación del radical hidroxilo a 1.667 megahercios.

Frecuencia de la radiación de la molécula del agua a 22.000 megahercios.

Rango de la monitorización de objetivos: Una esfera con la Tierra como centro de un radio de 1.000 años luz, que abarque una cantidad aproximada de veinte millones de estrellas. Véase la lista de objetivos del Apéndice 1.

(2) Transmisión del mensaje

Frecuencias de transmisión: 2.800 megahercios, 12.000 megahercios y 22.000 megahercios.

Potencia de la transmisión: entre 10 y 25 megavatios.

Objetivos de la transmisión: Una esfera con la Tierra como centro de un radio de 200 años luz que abarque una cantidad aproximada de cien mil estrellas. Véase la lista de objetivos del Apéndice 2.

(3) Desarrollo del sistema de códigos autointeligible de Costa Roja

Principio rector: Partir de las leyes universales básicas de las matemáticas y la física para construir un código lingüístico elemental que pueda ser entendido por cualquier civilización conocedora del álgebra, de la geometría euclidiana y de las leyes de la mecánica clásica (física no relativista).

Servirse de dicho código y de imágenes de baja resolución para llegar a conformar un sistema lingüístico completo. Lenguas compatibles: chino y esperanto.

La cantidad total de información del sistema será de 680 KB y los tiempos de transmisión en los canales de 2.800 megahercios, 12.000 megahercios y 22.000 megahercios serán, respectivamente, 1.183 minutos, 224 minutos y 132 minutos.

3. Implementación del plan

(1) Diseño preliminar del sistema de monitorización y búsqueda de Costa Roja **[todavía bajo secreto]**

(2) Diseño preliminar del sistema de transmisión de Costa Roja **[todavía bajo secreto]**

(3) Plan preliminar para la selección de emplazamiento de la base de Costa Roja **[censurado]**

(4) Consideraciones preliminares en torno a la creación de la fuerza Costa Roja dentro del Segundo Cuerpo de Artillería **[todavía bajo secreto]**

4. Contenido del mensaje transmitido por Costa Roja **[resumen]**

Información general sobre la Tierra (3,1 KB)
Información general sobre la vida en la Tierra (4,4 KB)
Información general sobre la sociedad humana (4,6 KB)
Resumen de la historia mundial (5,4 KB)

Contenido total: 17,5 KB

El mensaje será enviado en su totalidad inmediatamente después de la transmisión del sistema de códigos autointeligible. Los tiempos de transmisión en los canales de 2.800 megahercios, 12.000 megahercios y 22.000 megahercios serán, respectivamente, 31 minutos, 7,5 minutos y 3,5 minutos.

El mensaje será concienzudamente revisado por un panel multidisciplinar, a fin de asegurar que no se están revelando las coordenadas de la Tierra en relación con la Vía Láctea.

De los tres canales de transmisión, los de 12.000 megahercios y 22.000 megahercios, de mayor frecuencia, deberían ser minimizados a fin de reducir la posibilidad de que la fuente de transmisión sea determinada.

IV

Mensaje a las civilizaciones extraterrestres
PRIMER BORRADOR **[texto íntegro]**
¡Atención, sociedades receptoras de este mensaje! ¡Somos un

país valedor de la justicia revolucionaria en la Tierra! Es posible que antes hayáis recibido otros mensajes procedentes de esta misma dirección, pero eran de una superpotencia imperialista de la Tierra. Esa superpotencia está luchando contra otra superpotencia por el control del mundo porque quiere hacer que la humanidad retroceda en la historia. Esperamos que no creáis sus mentiras. ¡Poneos del lado de la justicia, poneos del lado de la Revolución!

[Instrucciones] ¡Con empapelar de propaganda calles y avenidas de medio mundo debería bastarnos, no hace falta enviar esta mierda al espacio! A partir de este momento la dirección al mando de la Revolución Cultural queda desligada de toda relación con Costa Roja. Un mensaje tan importante como este debe ser redactado con el mayor de los cuidados. Lo ideal sería crear un comité especial que elabore un nuevo borrador, y que este sea discutido y aprobado en una reunión del Politburó.

Firma: XXX

Fecha: XX/XX/196X

SEGUNDO BORRADOR **[censurado]**

TERCER BORRADOR **[censurado]**

CUARTO BORRADOR **[texto íntegro]**

¡Saludos, habitantes de otro mundo!

Con este mensaje tratamos de ofrecer una visión general de la civilización en la Tierra. Gracias a su gran esfuerzo y creatividad, la raza humana ha construido una esplendorosa civilización que hoy fructifica en una *pléyade* de culturas diversas. También hemos comenzado a entender las leyes que gobiernan el mundo natural y los ciclos de desarrollo de las sociedades humanas. Valoramos todos estos logros.

Sin embargo, nuestro mundo dista mucho de ser perfecto. El odio, los prejuicios y la guerra siguen existiendo. También, debido a contradicciones entre las relaciones y las fuerzas de producción, la distribución de la riqueza es desigual y gran parte de la humanidad vive en la miseria.

Las sociedades humanas trabajan sin descanso para resolver las dificultades a las que se ven enfrentadas, y se esfuerzan en crear un futuro mejor para la civilización de la Tierra. El país emisor de este mensaje está involucrado en dicha tarea. Estamos entregados a la construcción de una sociedad ideal en la que se respeten al máximo el trabajo y la valía de cada miembro de la raza humana, y se satisfagan las necesidades materiales y espirituales de todos, para así contribuir a que la civilización de la Tierra sea más perfecta.

Con la mejor de las intenciones, ansiamos establecer contacto con otras sociedades civilizadas y poder colaborar para crear una mejor vida en este vasto universo.

V

Políticas y estrategias relacionadas

1. Consideración de las políticas y estrategias a seguir a partir de la recepción de un mensaje proveniente de inteligencia extraterrestre **[censurado]**

2. Consideración de las políticas y estrategias a seguir a partir del contacto con inteligencia extraterrestre **[censurado]**

[Instrucciones] De vez en cuando conviene hacer un hueco en nuestras apretadas agendas y analizar asuntos que no son tan urgentes. Este proyecto nos ha servido para plantearnos interrogantes que hasta ahora nunca habíamos considerado. Si bien es cierto que no podremos darles respuesta hasta haber alcanzado un nuevo y más elevado plano de conciencia, el mero hecho de que haya llamado nuestra atención justifica por sí solo la razón de ser de Costa Roja. Ojalá existan realmente otras inteligencias y sociedades. No habría punto de vista más neutral que el suyo a la hora de juzgar la historia y distinguir a nobles de villanos.

Firma: XXX

Fecha: XX/XX/196X

14

Costa Roja IV

—Profesora Ye —dijo Wang cuando esta hubo terminado su relato—, permítame que le haga una pregunta: si en esa época la búsqueda de inteligencia extraterrestre era una investigación marginal, ¿a qué se debían las altas medidas de seguridad bajo las que operaba el proyecto Costa Roja?

—Esa pregunta se formuló al principio del proyecto y quedó siempre sin respuesta. Pero a estas alturas tú ya debes de intuirlo: fuera quien fuese la persona que lo decidió, debe admirarnos su clarividencia.

—Ciertamente —asintió Wang—, se adelantó mucho a su tiempo.

Apenas hacía dos años que la cuestión de cómo y en qué grado podrían verse afectadas las sociedades humanas, en caso de producirse un contacto con inteligencia extraterrestre, había comenzado a ser investigada de manera sistemática, y fue a raíz de los sorprendentes resultados de las investigaciones cuando pasó a ser del máximo interés.

Echando por tierra las esperanzas más románticas e ingenuas, los académicos concluyeron que, al contrario de lo que pensaba una optimista mayoría, no era buena idea que la raza humana en su conjunto entrara en contacto con extraterrestres. Según ellos, su impacto dividiría a la sociedad; más que resolverlos, exacerbaría los conflictos ya existentes entre culturas diferentes. En resumen, en caso de producirse el contacto, la magnificación de las divisiones internas entre la civilización de la Tierra conduciría a un desastre seguro.

Sorprendentemente, el impacto sería siempre el mismo, ya fuera unidireccional o bidireccional, y con independencia de lo avanzada que estuviera la civilización alienígena. Esa era la teoría del contacto como símbolo, formulada por el sociólogo Bill Mathers, de la corporación RAND, en su libro *El telón de acero de cien mil años luz: Sociología de la búsqueda de inteligencia extraterrestre*. Mathers creía que el contacto con una civilización alienígena no supondría más que un hecho simbólico y que, fuera cual fuese su naturaleza, actuaría de simple catalizador y provocaría siempre el mismo efecto.

Aun suponiendo que el contacto se redujera a una mera confirmación de la existencia de vida extraterrestre —lo que Mathers llamaba «contacto básico»—, con su impacto en la psique colectiva marcaría enormemente el progreso de la humanidad. Además, en caso de que el contacto fuese monopolizado por un país o una fuerza política, su efecto sería equiparable al de hallarse en condiciones de superioridad económica o militar.

—¿Qué fue del proyecto Costa Roja?

—Te lo puedes figurar...

Wang volvió a asentir. No se le escapaba que, si hubiera tenido éxito, el mundo sería muy diferente. De todos modos, tratando de consolar a la anciana, dijo:

—Es demasiado pronto para saber si tuvo éxito. A las ondas de radio que se enviaron todavía les queda mucho universo por recorrer.

Ye Wenjie negó con la cabeza.

—Cuanto más lejos llegan las señales —dijo—, más débiles se vuelven y menos probable resulta que alguna civilización extraterrestre las reciba. A menos que ellos estén apuntando en nuestra dirección con algún tipo de instrumental altamente sensible, claro está... pero, en general, se ha calculado que para que fueran capaces de detectar nuestras señales, deberíamos emitirlas a una potencia equivalente a la energía liberada por una estrella de tamaño medio.

»El astrofísico soviético Nikolái Kardashov propuso la división de las civilizaciones en tres grandes grupos, basados en la cantidad de energía de la que disponen. Una civilización de tipo 1 sería capaz de aprovechar la totalidad de la energía disponible en la Tierra, que, según su estimación, era de entre 10^{15} y 10^{16} vatios. Una civilización de tipo 2 utilizaría una cantidad de energía equivalente a la emitida por una estrella de tamaño medio, aproximadamente 10^{26} vatios. Por último, una civilización de tipo 3 accedería a toda la potencia disponible en una galaxia, unos 10^{36} vatios. En la actualidad, la civilización de la Tierra sigue sin poder considerarse de tipo 1; todavía se encuentra a un nivel de 0,7 en la escala de Kardashov. Las transmisiones de Costa Roja apenas llegaron a usar una diezmilmillonésima parte de la energía disponible en la Tierra. ¿Quién iba a oír nuestra llamada, si era más débil que el zumbido de un mosquito en la inmensidad de la noche?

—Pero si de verdad existieran civilizaciones de tipo 2 y 3, nosotros seríamos capaces de oírlos a ellos.

—Durante los veinte años en los que Costa Roja se mantuvo operativa, no oímos el más mínimo susurro.

—Al final resultará que tanto esfuerzo invertido en Costa Roja y en el SETI de la NASA, solo habrá servido para confirmar que somos la única forma de vida inteligente del universo...

Ye Wenjie exhaló un breve suspiro.

—Teóricamente, es posible que nunca haya una respuesta definitiva al respecto. Sin embargo, mi intuición, y la de todos quienes pasaron por Costa Roja, es que así es.

—De todos modos, es una pena que Costa Roja fuera desmantelada. Una vez construida, deberían haberla mantenido en funcionamiento. Su cometido era formidable...

—Sufrió un declive gradual. A principios de los ochenta fue ampliamente renovada. Ante todo se actualizaron los sistemas de transmisión, que fue automatizado, y el de monitorización, al que se le incorporaron dos miniordenadores IBM. Aquello aumentó enormemente la capacidad de procesamiento de datos e hizo posible monitorizar cuarenta mil canales a la vez.

»Sin embargo, a medida que se vio lo difícil que era buscar

vida extraterrestre inteligente, los de arriba perdieron el interés. El primer cambio fue rebajar el nivel de seguridad de la base, que desde siempre se había considerado innecesariamente alto. La compañía se redujo a un escuadrón y más tarde se quedó en un grupo de cinco o seis guardas. También después de esa renovación, y a pesar de que administrativamente Costa Roja seguía perteneciendo al Segundo Cuerpo de Artillería, todas las investigaciones quedaron al cargo del Instituto Astronómico de la Academia de las Ciencias China, que empezó a destinar recursos a proyectos que nada tenían que ver con la búsqueda de inteligencia extraterrestre ni el ejército.

—La mayoría de sus logros científicos datan de esa época.

—Al principio Costa Roja asumió varios proyectos de investigación radioastronómica porque en ese momento teníamos el radiotelescopio más grande del país. Más tarde, se construyeron otros observatorios radioastronómicos, y nosotros nos reorientamos hacia la observación y el análisis de la actividad electromagnética solar. Para eso se añadió un telescopio solar. El modelo matemático que elaboramos era uno de los más punteros en la época y tuvo muchas aplicaciones prácticas. Gracias a estos resultados, la gran cantidad de dinero invertida en Costa Roja se vio medianamente recompensada. En realidad, casi todo el mérito es del comisario político Lei. Eso sí, él actuaba buscando el beneficio propio: se dio cuenta de que, como agente político de un puesto técnico, no tenía futuro. Antes de entrar en el ejército había estudiado Astrofísica, así que quiso volver a dedicarse a ello. Gracias a su iniciativa, comenzamos a investigar proyectos que no tenían ninguna relación con la búsqueda de inteligencia extraterrestre.

—Dudo de que, después de tanto tiempo, pudiera volver tan fácilmente a la Astrofísica. En aquel tiempo, a usted aún no la habían rehabilitado políticamente... ¿Es que empezó a atribuirse todos los descubrimientos que usted hacía?

Ye Wenjie esbozó una sonrisa magnánima.

—Si no hubiera sido por Lei, la base de Costa Roja se habría desmantelado mucho antes. Después de que ordenaran su reconversión para uso civil, el ejército la tenía casi abandonada.

Más tarde, la Academia de las Ciencias China fue incapaz de seguir apoyándonos económicamente y Costa Roja tuvo que cerrar.

Ye Wenjie no entró en detalles sobre su vida privada y Wang tampoco osó preguntar. Solo sabía que, cuatro años después de su ingreso en la base, se casó con Yang Weining. Todo ocurrió de forma natural, sin dramatismos. Más tarde, tanto Yang Weining como Lei Zhicheng murieron en un aciago accidente. Yang Dong nació poco después. Madre e hija siguieron en Costa Roja hasta los años ochenta, cuando se desmanteló la base, momento en que Ye volvió a la que fue su universidad para ser profesora de Astrofísica. Allí dio clases hasta su jubilación. Wang sabía todo esto por Sha Ruishan.

—La búsqueda de inteligencia extraterrestre es una disciplina muy peculiar... Influye muchísimo en la forma de ver el mundo de quien se dedica a ella. —Ye Wenjie hablaba con la cadencia de quien cuenta un cuento a un niño—. Nunca olvidaré las silenciosas noches que pasé escuchando en los auriculares el murmullo sin vida del universo. Era débil pero constante, y parecía más eterno que las propias estrellas. A veces, me recordaba a los interminables vientos invernales de las montañas del Gran Khingan y hasta llegaba a temblar de frío. La sensación de soledad era indescriptible.

»De vez en cuando, al terminar el turno de noche, contemplaba el cielo estrellado y me parecía ver un desierto luminoso. Entonces me sentía tan desamparada como una pobre niña a la que hubieran abandonado en mitad del desierto y pensaba en lo que hemos dicho antes: que la vida en la Tierra no es más que una casualidad entre casualidades, que el universo es un palacio vacío y la humanidad la única, minúscula hormiga que lo habita. Durante toda mi madurez, estas ideas me provocaron sentimientos contradictorios: tan pronto pensaba que la vida era un bien preciado y todo me parecía importante, como me decía que la humanidad era insignificante y nada valía la pena. Esa contradicción me acompañó un día tras otro, hasta que de repente me hice vieja.

Wang quiso consolar a aquella mujer que había dedicado toda su vida a tan noble como ingrata labor, pero no supo qué añadir.

Sus últimas palabras lo habían sumido en ese mismo estado de melancolía del que él ahora pretendía sacarla. Al final solo atinó a decir:

—Profesora Ye, ¿qué día quiere que la acompañe a visitar lo que queda de la base Costa Roja?

La anciana negó con la cabeza.

—Xiao Wang, yo no soy como tú. Ya tengo una edad y mi salud no es la de antes. No puedo permitirme hacer planes de ningún tipo. Cada día que vivo es un día que gano...

Él supo que volvía a pensar en su hija.

15

Tres Cuerpos: Copérnico, fútbol a escala universal y el día trisolar

Tras su visita a Ye Wenjie, Wang se sintió extremadamente ansioso. Los sucesos de los dos días anteriores y el relato de lo ocurrido en Costa Roja, dos hechos en principio inconexos, se mezclaron en su mente y causaron que, de la noche a la mañana, el mundo le resultara irreconocible.

Una vez en casa, a fin de intentar sacarse de la cabeza aquella sensación, encendió el ordenador, se puso el traje de realidad virtual y se conectó por tercera vez a *Tres Cuerpos*. Surtió efecto: cuando apareció la pantalla de inicio ya era otro, infundido de un gran entusiasmo. A diferencia de las dos ocasiones anteriores, ahora entraba con el claro propósito de desentrañar el enigmático mundo de ese videojuego.

Creó un nuevo identificador de usuario más acorde con sus intenciones: «Copérnico.»

Una vez conectado, Wang se vio de nuevo sobre la misma llanura desierta de las anteriores ocasiones, solo frente al extraño amanecer del mundo de *Tres Cuerpos*.

Una pirámide gigantesca se erigía en el este. Enseguida comprendió que era distinta de la del rey Zhou de los Shang y de la de Mozi. Su ápice, puntiagudo, era de estilo gótico y se clavaba en el cielo matinal. Recordaba a la iglesia de San José de Wangfujing, pero, puesta al lado de ella, esta habría resultado tan pequeña como una mera puerta de entrada. En la distancia vio muchos edificios que debían de ser deshidratorios, solo que ahora también eran de aquel mismo estilo gótico y terminaban en largas torres de aguja. Parecían aguijones que hubieran brotado del suelo.

A un lado de la pirámide halló un hueco por el que asomaban unas luces. Se adentró en él y dio con un pasadizo en el que había estatuas que representaban a los dioses del Olimpo, enarbolando antorchas. Todas se encontraban ennegrecidas por el humo. Cuando por fin llegó a la gran sala, le pareció aún más oscura que el túnel. Solo estaba iluminada por dos candelabros de plata que había prendidos sobre una interminable mesa de mármol.

A su alrededor se sentaban varios hombres de rasgos europeos. La tenue luz solo permitía distinguir el perfil de sus caras. Sin embargo, aunque los ojos quedaban sepultados en las profundidades de sus cuencas, Wang sintió que todos ellos lo traspasaban con la mirada. Iban vestidos con ropajes medievales, pero al acercarse comprobó que un par de ellos llevaban simples túnicas parecidas a los quitones griegos. A un extremo de la mesa se sentaba un hombre alto y delgado. La corona de oro que lucía en la cabeza era el único objeto que brillaba en la estancia, además de los candelabros. A la débil luz de las velas, Wang vio, no sin cierta dificultad, que la túnica de aquel hombre tenía un color distinto al del resto: era roja.

Llegó a la conclusión de que el juego mostraba un mundo diferente a cada jugador. El programa debía de haber elegido aquel, ambientado en la Alta Edad Media, basándose en su nuevo identificador de usuario.

—Llegas tarde, la reunión ha empezado hace ya mucho —le dijo el hombre de la corona y la túnica roja—. Soy el papa Gregorio XIII.

Wang trató de hacer memoria y ubicar aquel nombre en lo poco que sabía de historia europea, con tal de deducir cuán avanzada era aquella nueva civilización. Luego recordó lo anacrónicas que podían ser las referencias históricas en el mundo de *Tres Cuerpos* y decidió que no tenía sentido esforzarse.

—Soy Aristóteles —anunció uno de los hombres que vestían quitón, con una larga cabellera de rizos blancos—. Tú te has cambiado el *nick*, pero igualmente sé quién eres. En las dos civilizaciones anteriores viajaste a Oriente.

—Es verdad —asintió Wang—, allí presencié la destrucción de dos civilizaciones, una a causa del frío extremo y la otra por efecto de un sol abrasador. También fui testigo de los grandes esfuerzos que los pensadores orientales dedicaron a desentrañar las leyes que rigen el movimiento del sol.

—¡Ja! —exclamó desde la sombra un hombre incluso más delgado que el papa. Lucía barba de chivo—. Los pensadores orientales pretendían llegar a conocer los secretos del movimiento del sol mediante meditación, epifanías o incluso sueños. ¡Vaya ridiculez!

—Es Galileo Galilei —aclaró Aristóteles—. Aboga por comprender el mundo mediante la observación y la experimentación. Como pensador es poco imaginativo, pero sus resultados merecen nuestra atención.

—Mozi también hacía experimentos —afirmó Wang.

Galileo resopló.

—Su manera de pensar seguía siendo oriental —dijo—. No era más que un místico disfrazado de científico. En lugar de tomarse en serio los datos de sus propias observaciones, prefirió construir su modelo basándose en la especulación subjetiva. ¡Ridículo! Me da pena por sus aparejos tan sofisticados... Nosotros somos diferentes: partiendo de un gran número de datos observacionales, hacemos deducciones estrictamente lógicas, que nos sirven para crear nuestro modelo del universo. Después, para ponerlo a prueba, repetimos las fases de experimentación y observación.

—Es lo correcto —repuso Wang—. Esa es justamente mi manera de proceder.

—No me lo digas: tú también has traído un calendario... —apostilló el papa en tono de burla.

—No, lo que traigo no es ningún calendario, sino un modelo del universo basado en datos observacionales. Eso sí: debo advertiros de que, aunque es fiel a la realidad, todavía está por ver que pueda usarse para conocer la ruta exacta del sol y crear un calendario. Pero es un primer paso necesario.

Unos pocos aplausos dispersos retumbaron por las paredes de la gran sala. Eran de Galileo.

—Excelente, querido Copérnico, excelente. Ese pragmatismo tuyo que tan bien encaja en el pensamiento científico es el que deberían tener muchos académicos. Solo por eso, tu teoría ya es digna de ser escuchada.

—Adelante, pues —dijo el papa, asintiendo con la cabeza en dirección a Wang, quien se dirigió al extremo opuesto de la mesa.

Una vez allí, tras darse unos minutos para serenarse, afirmó:

—De hecho, es muy simple: la razón por la que el movimiento del sol no parece regular es que nuestro mundo tiene, en realidad, tres soles. Al estar mutuamente influidos por la fuerza de sus respectivas atracciones gravitacionales, se mueven de forma impredecible. Cuando nuestro planeta orbita alrededor de uno se produce una era estable. Sin embargo, en cuanto los otros dos soles, o uno solo de ellos, se sitúa a cierto radio de distancia, su fuerza gravitacional arranca a nuestro planeta de la órbita en que se encontraba, y pasa un período, no determinado, flotando sin rumbo entre los campos gravitacionales de los tres soles, produciéndose una era caótica. Cuando finalmente nuestro planeta comienza a orbitar en torno a uno de los soles, comienza una nueva era estable. Podríamos decir que se trata de una especie de fútbol a escala universal donde los jugadores son los tres soles y, nuestro planeta, la pelota.

Una carcajada irónica resonó en la oscuridad.

—A la hoguera con él —dijo el papa, impasible.

Como torpes robots, los dos soldados apostados en la puerta comenzaron a mover sus pesadas armaduras en dirección a Wang.

—¡Que lo quemen! —exclamó Galileo, muy decepcionado—. Tenía puestas mis esperanzas en ti, pero no eres más que otro charlatán...

—Esta clase de gente es un fastidio —apostilló Aristóteles.

—¡Al menos dejadme terminar! —exclamó Wang, al tiempo que se zafaba de los soldados.

—¿Acaso has visto tres soles, o sabes de alguien que los haya visto? —preguntó Galileo.

—¡Todos los hemos visto!

—¿Ah, sí? Y aparte del sol que vemos en las eras caóticas y estables, ¿dónde están los otros dos?

—Hay que partir de la base de que el sol que vemos en un momento determinado no tiene por qué ser el mismo que vimos la vez anterior, sino, sencillamente, uno de los tres soles. Los otros dos, cuando están lejos, parecen estrellas fugaces.

—Te falta la mínima formación científica —se lamentó Galileo, sacudiendo la cabeza—. El sol debe moverse de forma continua respecto a un punto, no puede dar saltos en el espacio. De acuerdo con tu hipótesis, debería poder observarse una tercera situación: que el sol encogiese a partir del tamaño en que suele aparecer hasta quedar convertido en estrella fugaz. ¡Pero nunca hemos visto tal cosa!

—Tú, que sí tienes formación científica, sin duda conoces cuál es la estructura del sol.

—Se trata de uno de mis mayores descubrimientos... —se jactó Galileo—. El sol se compone de un núcleo denso e incandescente y una capa exterior gaseosa, dispersa pero expansiva.

—Ciertamente —concedió Wang—, pero parece que aún no has descubierto la interacción óptica especial que se da entre la capa gaseosa del sol y la atmósfera de nuestro planeta. Es un fenómeno parecido al de la polarización o al de la interferencia destructiva, que hace que, cuando observamos el sol desde dentro de nuestra atmósfera a cierta distancia, su capa gaseosa se vuelva de repente invisible. Todo lo que vemos es su brillante núcleo, de forma que el sol aparenta ser de ese tamaño: una estrella fugaz. Es un fenómeno que lleva confundiendo a los investigadores de todas las civilizaciones, y por eso hasta ahora no se ha descubierto la existencia de los tres soles. Supongo que ahora ya entiendes por qué la aparición de tres estrellas fugaces conlleva un largo período de frío extremo: porque los tres soles están alejados.

Se hizo el más completo silencio. Todo el mundo reflexionaba.

Aristóteles fue el primero en hablar.

—Careces de la mínima formación lógica —dijo—. Es verdad que a veces se ven tres estrellas fugaces juntas y que su avistamiento viene siempre acompañado de destructivos períodos de frío extremo. Sin embargo, de acuerdo con tu teoría, en algún momento deberíamos haber visto en el cielo tres soles de tamaño normal, pero nunca se ha dado el caso. ¡Ningún registro histórico de ninguna civilización anterior deja constancia de nada semejante!

—¡Un momento! —intervino por primera vez un hombre tocado con un extraño sombrero en punta y con una barba larga y retorcida—. Creo que sí ha de haber constancia en los registros históricos... Hubo.... hubo una civilización que vio dos soles y fue destruida de inmediato por el calor combinado... Bueno, la entrada era muy vaga. Ah, y... soy Leonardo da Vinci.

—¡Estamos hablando de tres soles, no de dos! —gritó, exasperado, Galileo.

—Sí han aparecido —afirmó Wang—. Y hubo quien los vio. Pero quienes presenciaron tamaña maravilla apenas tuvieron unos segundos más de vida antes de perecer y, por lo tanto, les fue imposible dejar constancia de ello. Un día trisolar es una de las catástrofes más terribles que pueden darse en el mundo de *Tres Cuerpos:* la superficie del planeta se vuelve incandescente en segundos y el calor es capaz de fundir la roca. Después de la destrucción causada por un día trisolar, deben pasar millones de años antes de que reaparezcan la vida y la civilización. Ese es otro de los motivos por los que no hay registros históricos que hablen de ello.

Se produjo otro profundo silencio. Todos los presentes miraban al papa.

—A la hoguera con él —dijo este, con una sonrisa de oreja a oreja que a Wang le resultó familiar: era la sonrisa del rey Zhou de los Shang.

La gran sala estalló en júbilo. Galileo y los demás corrieron alegremente a traer una estaca de un rincón y, tras desatar de ella un cuerpo calcinado, la fijaron en posición vertical. Otros corrieron a apilar leña en torno a su base. Solo Leonardo da Vinci obviaba tanto alboroto. Permanecía sentado a la mesa, pensativo, y realizaba cálculos con la ayuda de un lápiz.

—Giordano Bruno —dijo Aristóteles, señalándole a Wang el cuerpo carbonizado—. Otro que vino a decir tonterías antes que tú.

—Quemadlo a fuego lento —ordenó el papa con voz débil.

Los soldados comenzaron a atar a Wang a la estaca usando cuerda de asbestos.

—¡No eres más que un programa! —gritó Wang, señalando al papa con la mano que le quedaba libre—. ¡Y el resto, si no sois programas, sois imbéciles! ¡Volveré a conectarme!

—No podrás. Desaparecerás para siempre del mundo de *Tres Cuerpos* —alardeó Galileo.

—¡Eso me confirma que eres un programa! Cualquier persona normal sabe cómo funciona internet. Como mucho el juego habrá registrado mi dirección MAC; con solo cambiar de ordenador, crearé otro usuario. ¡Cuando vuelva, anunciaré quién soy!

—El sistema ha escaneado tu retina a través del traje de realidad virtual —dijo Leonardo da Vinci, levantando un instante la cabeza antes de volver a sus cálculos.

Un terror indescriptible se apoderó de Wang Miao.

—¡No me hagáis esto! ¡Soltadme! ¡Digo la verdad!

—Si es así, no te quemarás. El juego premia a quienes escogen la dirección correcta. —Aristóteles exhibió una sonrisa desquiciada. Acto seguido sacó un encendedor Zippo de la túnica y, con un enrevesado gesto, lo encendió.

Justo cuando estaba a punto de prender fuego a la hoguera, una brillante luz roja irrumpió desde el túnel de entrada e inundó la gran sala. La acompañaron una enorme sensación de calor y una gran humareda, de la que surgió un hombre a caballo.

El cuerpo del animal ardía como una bola de fuego y el jinete, vestido con una armadura al rojo vivo, dejaba a su paso un rastro de humo blanco.

—¡Es el fin del mundo! ¡Es el fin del mundo! ¡Deshidrataos! —gritaba, al tiempo que su montura caía al suelo, reducida a cenizas, y él salía despedido.

Rodó unos metros hasta el pie de la hoguera, donde dejó de moverse, pero continuó despidiendo humo. De los huecos de su armadura se desparramaron dos grandes charcos, que parecían unas enormes alas de fuego.

Todos los presentes comenzaron a desfilar hacia el túnel de entrada y a perderse en la luz roja procedente del exterior. Wang empleó todas sus fuerzas para liberarse de las cuerdas y, esquivando al jinete en llamas y lo que quedaba de su caballo, corrió a adentrarse también él en el túnel.

Fuera, la tierra brillaba con el fulgor del hierro calentado en la forja. Unos riachuelos de lava serpenteaban sobre su oscura superficie y formaban una maraña de fuego que se perdía en el horizonte. Un gran número de delgadas columnas ígneas manaban en dirección al cielo: eran los deshidratorios en llamas. Los cuerpos deshidratados de su interior conferían al fuego un brillo azulado.

No muy lejos de donde se encontraba, Wang vio una docena de hogueras del mismo color. A través de las llamas, distinguió las facciones de quienes acababan de escapar de la pirámide: el papa Gregorio, Galileo, Aristóteles, Leonardo... sus cuerpos y sus rostros se deformaban poco a poco, pero todos centraban su mirada en él. Entonces, señalando al cielo con los brazos en la misma pose exacta, comenzaron a cantar:

—¡Día tri... so... laaar...!

Wang miró hacia arriba y vio tres soles gigantescos. Giraban lentamente en torno a un eje invisible, como un inmenso ventilador de tres aspas despidiendo un viento funesto sobre el mundo. Ocupaban el cielo casi en su totalidad, pero, a medida que se desplazaban hacia el oeste, fueron hundiéndose en el horizonte. Ya casi desaparecido, aquel ventilador gigante siguió girando y, de vez en cuando, una de sus incandescentes aspas volvía a emerger y regalaba a aquel mundo desolado otro breve amanecer seguido de otro corto atardecer. Con cada fugaz anochecer la tierra resplandecía en un tono rojizo. Instantes después, quedaba completamente inundada por la luz cegadora del amanecer que seguía.

Aun después de que los tres soles desaparecieran por completo, las gruesas nubes creadas por el agua evaporada siguieron reflejando su luz, y el cielo continuó ardiendo con una belleza infernal. Más tarde, conforme morían los últimos destellos de aquella luz destructora, las nubes fueron ensombreciéndose, y sobre ellas apareció escrito en letras gigantescas:

> La civilización número 138 fue destruida por un día trisolar, habiendo alcanzado la Edad Media. Mucho tiempo después, la vida y la civilización volverán a surgir y progresar en el impredecible mundo de *Tres Cuerpos*. Sin embargo, en esta ocasión Copérnico reveló la estructura básica del universo, y la civilización dio su primer gran salto hacia delante. El juego pasa a la segunda fase. Le invitamos a volver a conectarse en el futuro.

16

El problema de los tres cuerpos

El teléfono comenzó a sonar justo cuando Wang se desconectaba del juego.

Era Shi Qiang. Le pedía que acudiera urgentemente a su oficina en el Departamento de Investigación Criminal.

Echó un vistazo al reloj: eran las tres de la mañana.

Lo primero que vio al llegar a la caótica oficina de Da Shi fue una densa nube de humo de tabaco. Una joven policía, sentada tras un escritorio, se abanicaba con un cuaderno. Da Shi hizo las presentaciones: se llamaba Xu Bingbing y era una especialista en informática del Departamento de Seguridad de la Información.

Para su sorpresa, Wang aún halló a una tercera persona presente: Wei Cheng, el marido de Shen Yufei. Iba despeinado y parecía más distraído incluso de lo habitual. Cuando levantó la cabeza para mirar a Wang, no dio muestras de reconocerlo.

—Perdone que le moleste a estas horas —le dijo Da Shi a Wang—. Por suerte, no parece que estuviera durmiendo, je, je... Tengo un asunto entre manos, del que aún no he informado al Centro de Comandancia de Batalla, y necesito su consejo. —Se volvió hacia Wei Cheng y añadió—: Venga, cuéntele.

—Pues nada, que mi vida corre peligro... —repuso Wei Cheng, sin perder su expresión distraída.

—¡Pero hombre, empiece por el principio!

—Ah. Sí, claro, cómo no. No me va a costar nada, ¿eh? Ya tenía ganas de hablar con alguien... —dijo Wei Cheng. Luego miró a Xu Bingbing y le preguntó—: ¿No vas a tomar notas ni nada?

—Por el momento no hará falta —respondió Da Shi, siempre rápido—. ¿Dice que no tenía nadie con quien charlar?

—No, no era eso, sino que me daba pereza hablar. Siempre he sido muy perezoso...

LA HISTORIA DE WEI CHENG

Soy una persona tremendamente perezosa; lo soy desde que era niño. Cuando vivía en el internado, nunca lavaba los platos ni me hacía la cama. No había nada que consiguiera despertar en mí el mínimo interés. No solo me daba pereza estudiar, sino que hasta me daba pereza jugar. Me dedicaba a ver desfilar un día tras otro, sin metas ni ilusiones.

A pesar de eso, yo era muy consciente de poseer una serie de talentos de los que el resto de la gente carecía. Por ejemplo, si me dibujaban una línea, era capaz de trazar otra que la dividiera en perfecta proporción áurea de 1,618. Mis compañeros me decían que iba para carpintero, pero a mí me parecía que ese don era algo más, alguna clase de intuición especial relacionada con los números y las formas. Eso sí, mis notas en Matemáticas eran igual de desastrosas que las de las demás asignaturas. En los exámenes me limitaba a escribir los números que se me ocurrían. Me daba pereza desarrollar mis respuestas. Aunque entre un ochenta y un noventa por ciento de las veces acertaba, aun así perdía puntos.

En segundo de bachillerato mi profesor de Matemáticas se fijó en mí. Por aquel entonces, muchos docentes de instituto tenían currículums académicos excepcionales; la Revolución Cultural obligó a muchas personas brillantes a refugiarse en la enseñanza media. Mi profesor era una de ellas.

Un día me pidió que me quedara después de clase. Escribió en la pizarra cerca de una docena de secuencias de números, y me dijo que le diera la fórmula de sumación de cada una. Casi inmediatamente, escribí las fórmulas de algunas. Las otras, a simple vista, supe que eran divergentes.

Entonces mi profesor cogió un libro, *Las aventuras completas de Sherlock Holmes*, y lo abrió por una de las historias, creo que era «Estudio en escarlata». En una escena Watson le llama la atención a Holmes acerca de un mensajero sin uniforme, y Holmes responde: «¿Se refiere al sargento de infantería de marina retirado?» Cuando Watson le pregunta, extrañado, cómo ha llegado a esa deducción, a Holmes le cuesta bastante exponer su razonamiento —se había fijado en las manos del hombre, en los movimientos que hacía, esa clase de cosas—. Le dice a Watson que es normal, que a mucha gente le cuesta explicar cómo sabe que dos y dos son cuatro.

Mi profesor cerró el libro y me dijo:

—A ti te pasa lo mismo. Tu derivación es tan rápida e intuitiva que no tienes ni idea de cómo has llegado a la respuesta. —Y luego añadió—: Cuando ves una serie de números, ¿qué sientes? Te pregunto específicamente por sensaciones.

Yo le dije:

—Toda combinación de números me parece una forma geométrica tridimensional. Por supuesto, no podría describirle las formas de los números, pero realmente se me aparecen como formas.

—¿Y qué ves al mirar una figura geométrica? —me preguntó entonces.

—Justo lo contrario —respondí—. En mi mente no hay figuras geométricas, todo se convierte en números. Es como cuando miras de cerca una foto del periódico, que todo son puntitos...

El profesor me dijo:

—Realmente tienes un don natural para las matemáticas, pero... —Añadió unos cuantos peros más, mientras caminaba de un lado para el otro, pensativo, como si yo fuese un problema para el que no tuviera solución—. Pero la gente como tú no sabe apreciar el don que tiene. —Después de pensar un poco más, pareció darse por vencido y añadió—: Mira, ¿por qué no te apuntas a la olimpiada matemática del distrito, que se celebra el mes que viene? Eso sí: no pienso prepararte; con alguien como tú, sería una pérdida de tiempo. Solo acuérdate de incluir tus derivaciones al dar cada respuesta.

Así que me presenté a la olimpiada. Más tarde, de la del distrito pasé a la nacional, hasta terminar en una competición internacional que se celebró en Budapest. En cada ocasión me hice con el primer premio. Al volver, me aceptaron en el Departamento de Matemáticas de una universidad muy prestigiosa sin necesidad de hacer examen de ingreso...

No les estaré aburriendo con todo esto, ¿no? Bueno, menos mal, porque es importante para entender lo que viene ahora. Aquel profesor mío tenía razón: no valoraba mi propio talento. Licenciaturas, másters, posgrados... fui pasando por cada fase de mis estudios sin aplicarme demasiado. Luego, cuando me llegó la hora de incorporarme al mundo real, me di cuenta de lo inútil que era. Exceptuando las matemáticas, no sabía nada de nada. Las complejidades de las relaciones personales se me escapaban sin poder remediarlo. Tampoco es que pusiera mucho empeño: sabía que cuanto más me involucraba, peor me iba. Al final, me fui de profesor adjunto a una universidad, aunque tampoco duré mucho. No me tomaba en serio lo de enseñar. Solía escribir «Fácil de probar» en la pizarra, pero luego mis estudiantes sudaban la gota gorda para encontrar las soluciones a los problemas por su cuenta. En la primera evaluación docente, me quedé sin trabajo.

Para entonces ya estaba harto de todo, de modo que hice la maleta y me fui a un monasterio budista perdido en el sur de China.

Oh, no; no fui para hacerme monje, qué va. Me daba pereza... Lo que buscaba era un lugar tranquilo donde pasar una larga temporada. El abad, un viejo amigo de mi padre, era un hombre muy culto que, al llegar a la madurez, decidió hacerse monje. Según contaba mi padre, dado el nivel intelectual que había alcanzado, esa decisión era el siguiente paso lógico.

El abad me acogió encantado. Yo le dije:

—Vengo buscando un sitio tranquilo en el que pasar el resto de mi vida sin pensar.

A lo que él contestó:

—Este sitio es todo menos tranquilo. Es una zona turística. Los peregrinos no paran de ir y venir. La verdadera paz se encuentra en las grandes ciudades, pero, para obtenerla, uno debe vaciarse.

—¡Pero si yo ya estoy vacío! —repliqué—. No ansío fama ni fortuna; muchos monjes de su templo son más mundanos que yo.

El abad negó con la cabeza.

—El vacío no es la nada —dijo—. Es una forma de existencia. Debes usar ese vacío existencial para llenarte a ti mismo.

Sus palabras calaron hondo en mí. Más tarde, al reflexionar sobre ellas, me di cuenta de que, más que a la antigua filosofía budista, se ajustaban a las teorías más modernas de la física. El abad me dijo también que no pensaba discutir de budismo conmigo. Sus motivos eran los mismos que los que había alegado mi profesor de instituto: con alguien como yo, habría sido una pérdida de tiempo.

En mi primera noche en el templo, acurrucado en el cuartucho que me asignaron, no conseguí dormir. No había imaginado que mi refugio del mundanal ruido iba a ser tan incómodo... Tenía la manta y la sábana empapadas por la húmeda niebla de las montañas, y la cama era dura como el ladrillo. Tratando de conciliar el sueño, decidí seguir el consejo del abad y llenarme de vacío.

En mi mente, el primer vacío que creé fue la infinidad del espacio. No contenía nada, ni siquiera luz. Pronto vi que aquel universo desierto no me traería la paz; por el contrario, lo que hacía era llenarme de ansiedad, de la misma clase de desesperación que sufre alguien cuando se está ahogando y trata de agarrarse a cualquier cosa.

Decidí crearme una esfera dentro de aquel espacio infinito. No era muy grande, pero estaba dotada de masa. A pesar de su presencia, mi inquietud siguió sin mejorar. La esfera se limitaba a flotar justo en el centro del vacío. (Digo «justo en el centro», pero, en realidad, en la infinidad del espacio cualquier punto puede ser el centro.) El universo no contenía nada con lo que ella pudiera interactuar y, del mismo modo, nada podía interactuar con ella. Sencillamente, flotaba de forma indefinida sin moverse ni cambiar. Una perfecta interpretación de la muerte.

Después creé una segunda esfera de masa idéntica a la primera. Las superficies de ambas eran reflectantes, de modo que en cada una de ellas podía verse la imagen de la otra, la única existencia en el universo además de ella misma. Aquello no me ayudó a mejorar mi ánimo: al carecer de movimiento inicial, pues yo no les había dado impulso, las esferas serían atraídas por sus respectivas fuerzas gravitacionales y permanecerían juntas e inmóviles. De nuevo, un símbolo de muerte. Aun en el caso de darles un impulso inicial que no las hiciera colisionar, seguirían girando, una sobre la otra, bajo la influencia de la gravedad. Sin importar cuáles fueran las condiciones iniciales, siempre terminarían estabilizándose y manteniéndose eternamente en su estado, sin cambios: la danza de la muerte.

Entonces introduje una tercera esfera. Para mi sorpresa, la cosa cambió por completo. Ya les he dicho que, en las profundidades de mi mente, cualquier forma geométrica se transforma en números, ¿verdad? Todos los universos anteriores (sin esferas, con una, con dos) habían aparecido ante mí en forma de ecuaciones: ya fueran una o varias, siempre eran dispersas, como un par o tres de solitarias hojas flotando en el viento otoñal. Aquella tercera esfera, en cambio, despertó una actividad frenética: las tres esferas, dotadas de impulso inicial, comenzaron a interactuar en una especie de danza enrevesada que nunca se repetía. Las ecuaciones que describían sus movimientos se sucedían como las gotas de una lluvia copiosa e interminable.

En esas, me quedé dormido. Las tres esferas continuaron danzando en mis sueños sin coreografía definida, y sin que se les viera repetir un paso. Sin embargo, en lo más profundo de mi mente, tenía muy claro que aquella danza sí poseía ritmo, solo que el lapso de repetición era increíblemente largo. ¡Aquello me maravilló! Enseguida deseé poder describir el período entero o, como mínimo, parte de él.

Al día siguiente, seguí pensando en aquellas tres esferas danzando en mitad de la nada. Nunca me había sentido tan interesado por algo. Llegó un momento en que uno de los monjes le preguntó al abad si yo tenía problemas mentales. El abad, entre carcajadas, le dijo: «No te preocupes por él: ha encontrado el vacío...» Y sí, lo había encontrado. Por fin iba a sentirme en paz en medio de la gran ciudad. Incluso en mitad del bullicio más insoportable, mi mente conseguiría mantener la calma.

Por primera vez, fui capaz de disfrutar con las matemáticas. Me sentía como un libertino que siempre hubiese ido de flor en flor, y de un día para otro se hubiera enamorado locamente.

Los principios físicos detrás del problema de los tres cuerpos* eran muy simples; yo veía claro que, en realidad, se trataba de un problema eminentemente matemático.

—¿No le suena Poincaré?** —lo interrumpió Wang.

* Determinar cómo se moverían tres cuerpos mutuamente influidos por sus respectivas atracciones gravitacionales es un problema tradicional de la mecánica clásica, que surge de forma natural en el estudio de la mecánica celeste. *(N. del A.)*

** Henri Poincaré (1854-1912), matemático francés, descubrió que la más mínima perturbación de las condiciones iniciales comportaría enormes cambios en su evolución, algo propio de lo que ahora conocemos como comportamiento caótico. También demostró que el problema de los tres cuerpos no podía ser resuelto con las matemáticas. *(N. del T.)*

En esa época todavía no lo conocía. Ya sé que, para alguien que se dedica a las matemáticas, no conocer a un maestro como Poincaré es poco menos que pecado mortal, pero qué quiere que le diga: yo no adoraba a maestros ni tenía la mínima intención de convertirme en uno, de modo que ignoraba su trabajo. Pero es que, aun habiéndolo conocido, igualmente me habría dedicado a investigar el problema de los tres cuerpos. El consenso general dice que él probó que no podía resolverse, pero, desde mi punto de vista, eso es una malinterpretación: únicamente probó la gran susceptibilidad del problema a las condiciones iniciales, y que no podía ser resuelto con integrales. Susceptibilidad no es lo mismo que total indeterminación, solo implica que la solución contiene un número mayor de formas diferentes, nada más. Lo que hace falta es un nuevo algoritmo.

A mí, lo primero que se me ocurrió fue... ¿Ha oído hablar del método Montecarlo? Sí, ese algoritmo informático usado para calcular el área de formas irregulares. Lo que hace el *software* es colocar la figura en cuestión dentro de otra figura de área conocida, por ejemplo un círculo, para acto seguido comenzar a acribillarla de forma aleatoria con montones de pelotitas de goma; eso sí, sin disparar nunca hacia un mismo punto. Después de un número determinado de disparos, la proporción de pelotas que caen dentro de la forma irregular, comparada con el número total de pelotas disparadas sobre el círculo, da lugar al área de la forma. Por supuesto, cuanto más pequeñas son las pelotitas, más exacto es el resultado.

A pesar de su simpleza, este método demuestra cómo, matemáticamente, la fuerza bruta aleatoria puede superar a la lógica más precisa. Adoptar este enfoque numérico para hacer uso de la cantidad, a fin de obtener calidad, es, justamente, mi estrategia para solucionar el problema de los tres cuerpos. Me dedico a estudiar el sistema en cada fase. En cada momento individual, los vectores de movimiento de las esferas pueden combinarse de infinitas formas. Yo trato cada combinación como si fuera una forma de vida. La clave está en establecer lo siguiente: qué combinación considerar «sana» o «beneficiosa» y qué combinación etiquetar como «dañina» o «perjudicial». A las combinaciones del primer tipo se les debe otorgar ventaja de supervivencia, mientras que el segundo tipo hay que desfavorecerlo. La última conversación superviviente es la predicción correcta de la siguiente configuración del sistema, el próximo instante en el tiempo.

—Un algoritmo evolutivo —comentó Wang.

—He hecho bien en invitarlo —dijo Shi Qiang, complacido, y asintió con la cabeza.

Efectivamente. Yo no aprendí el término hasta mucho después. La característica distintiva de este algoritmo es que requiere una capacidad de procesamiento ultragrande. Para el problema de los tres cuerpos, los ordenadores de los que hoy disponemos no bastan.

En el templo no tenía ni calculadora; tuve que ir al economato a pedirles un lápiz y un libro de contabilidad en blanco. Con eso comencé a construir el modelo matemático; una tarea nada sencilla. Enseguida llené una docena de libros como ese. Los monjes a cargo del economato se enfadaban conmigo, pero, al tratarse de una orden directa del abad, no tenían más remedio que seguir proporcionándome lápices y libros. Escondía los cálculos finalizados debajo de la almohada y me deshacía de las notas, quemándolas en el incensario del patio.

Un día, a media tarde, una joven se coló inesperadamente en mi celda. Era la primera vez que una mujer entraba allí. En la mano sostenía unos cuantos papeles quemados en los bordes: las notas que yo acababa de arrojar al fuego.

—Me han dicho que estos papeles son tuyos. ¿Estás estudiando el problema de los tres cuerpos? —me preguntó con gran interés. Detrás de los cristales de sus gafas, los ojos le ardían en deseos de saber más.

Aquella mujer me dejó atónito. Las matemáticas que yo usaba en mis cálculos no eran las convencionales y, además, todas mis derivaciones contenían elipsis considerables. El hecho de que hubiera deducido el objeto de mi estudio a partir de aquellas notas demostraba no solo su enorme talento para las matemáticas, sino que, al igual que yo, estaba implicada en la búsqueda de una solución al problema de los tres cuerpos.

Yo no tenía una opinión excesivamente favorable ni de los turistas ni de los peregrinos que visitaban el lugar. Los primeros no paraban de hacer fotos, ignorando por completo lo que se encontraban delante, y los segundos, mucho más pobres, parecían sumidos en un mismo estado de atontamiento, como si se les hubiese dormido el intelecto. Ella, en cambio, era distinta. Tenía pinta de intelectual. Luego supe que había venido con un grupo de turistas japoneses.

Sin darme tiempo a responder, añadió:

—Tu enfoque es brillante... Llevábamos mucho tiempo buscando un método como este, que pudiera convertir la dificultad del problema en una mera cuestión de capacidad de cómputo. Pero necesitaremos un ordenador increíblemente potente, claro...

Yo le fui sincero:

—Ni con todos los ordenadores del mundo tendríamos bastante.

—Aun así, necesitas un entorno de investigación adecuado. Aquí no tienes nada ni remotamente parecido. Yo puedo garantizarte acceso a un supercomputador y hasta conseguirte un miniordenador. Mañana a primera hora nos iremos de aquí juntos.

La mujer, claro está, era Shen Yufei. Ya entonces tenía el mismo tono seco y autoritario de ahora; aunque, eso sí, era más atractiva. Siempre he sido una persona apática por naturaleza, y mi interés por las mujeres era menor que el de los monjes que me rodeaban. Sin embargo, ella, tan alejada como estaba de los cánones convencionales de la femineidad, fue una historia completamente diferente. Me atrajo. Y como tampoco tenía nada mejor que hacer, acepté su propuesta de inmediato.

Luego, por la noche, no conseguí pegar ojo. Decidí echarme una camisa por encima de los hombros y salir al patio. Desde lejos distinguí a Shen Yufei envuelta en la penumbra de la gran sala del templo. Estaba arrodillada frente a la estatua de Buda y llevaba en las manos dos grandes manojos de varitas de incienso prendidas. Todos sus movimientos parecían llenos de gran fe y devoción. Yo me aproximé sin hacer ruido. Justo cuando alcanzaba la puerta, oí que susurraba una plegaria: «Buda, por favor, ayuda a mi Señor a alejarse del mar de la amargura.» Creí haberla entendido mal, pero entonces volvió a recitar la misma plegaria: «Buda, por favor, ayuda a mi Señor a alejarse del mar de la amargura.»

Yo no entiendo de religiones ni me interesan, pero aun así me pareció una plegaria extrañísima.

—¡Pero ¿qué estás diciendo?! —le espeté.

Ella me ignoró por completo. Mantuvo los ojos entornados y las manos juntas, sosteniendo el incienso delante del pecho, como si observase a su plegaria elevarse con el humo hasta donde estaba el Buda. Al cabo de un buen rato, cuando por fin abrió los ojos, se volvió hacia mí y, sin apenas mirarme, dijo:

—Acuéstate ya, que mañana tenemos que madrugar.

—Ese «Señor» que has mencionado, ¿tiene algo que ver con el budismo?

—No.

—¿Entonces...?

Sin dejarme añadir palabra, se marchó a toda prisa y ya no pude preguntarle nada. Entonces repetí mentalmente la plegaria una y otra vez hasta que se me hizo todavía más extraña. Al final terminé asustándome de veras, de modo que corrí a la celda del abad y llamé a su puerta.

—¿Es normal que alguien le rece a Buda para pedirle que ayude a otro dios? —le pregunté, antes de contarle lo que había presenciado.

El abad guardó silencio mientras observaba el libro que tenía en las manos. No estaba pensando en lo que acababa de contarle, sino leyendo. Finalmente, me dijo:

—Por favor, déjame solo un rato. Necesito tiempo para pensar.

Di media vuelta y salí de allí, plenamente consciente de su inusual petición: el abad era una persona muy leída y le resultaba extremadamente fácil contestar a cualquier pregunta sobre cultura, historia o religión, sin dudar siquiera un segundo. Me quedé al otro lado de la puerta. Estuve esperando el tiempo que tardé en fumarme un cigarrillo, y luego el abad me hizo pasar.

—Creo que solo existe una posibilidad —dijo con expresión seria.

—¿Cuál? ¿De qué se trata? ¿Hay alguna religión cuyo dios pida a sus feligreses que para salvarse recen a los dioses de otras religiones?

—Su «Señor» existe de verdad.

Aquella respuesta hizo que me sintiera confuso.

—Entonces... ¿Buda no existe? —Tan pronto como la pregunta salió de mis labios, me di cuenta de lo irrespetuosa que era. Pedí disculpas.

El abad negó suavemente con la mano.

—Ya te dije que no podíamos hablar de budismo. La existencia del Buda es una clase de existencia más allá de tu entendimiento. En cambio, el «Señor» del que ella habla existe de una forma comprensible para ti... Eso es cuanto tengo que decir. Lo único que puedo añadir es desaconsejarte que te marches con ella.

—¿Por qué?

—No es más que una impresión, pero tengo la corazonada de que anda metida en asuntos turbios que ni tú ni yo somos capaces de imaginar.

Abandoné la celda del abad y crucé el templo en dirección a la mía. Era una noche de luna llena. Cuando alcé la vista para mirarla, me pareció ver un gigantesco ojo gris que me observaba. Su luz era de una frialdad espeluznante.

Al día siguiente, tal y como estaba previsto, me marché del templo con Shen Yufei. Al fin y al cabo, tampoco podía pasarme el resto de mi vida allí metido. Nunca llegué a imaginar que, en los años que siguieron, llevaría una vida tan maravillosa. Shen Yufei hizo honor a su palabra y me consiguió un miniordenador portátil, un entorno agradable donde dedicarme a mis investigaciones... Incluso tuve varias ocasiones de viajar al extranjero para poder usar supercomputadoras; no a tiempo compartido, no, sino disponiendo de todo el aparato para mí solo. Era evidente que Shen Yufei manejaba grandes cantidades de dinero, aunque yo ignoraba su procedencia. Luego nos casamos. No fue un asunto en el que hubiera demasiado amor ni demasiada pasión de por medio, sino una mera cuestión de comodidad. Los dos teníamos ambiciones que cumplir, sencillamente. A mí estos años me han pasado volando. En su casa vivo rodeado de las mayores comodidades, y siempre me tratan a cuerpo de rey; así puedo dedicar la mayor parte del tiempo a resolver el problema de los tres cuerpos. Ella nunca se entromete en mis asuntos, y en el garaje tengo a mi disposición un coche que puedo usar siempre que quiera. Estoy completamente seguro de que, incluso si decidiera llevarme a otra mujer a casa, a ella no le importaría. Lo único que le interesan son mis investigaciones: uno de los pocos momentos del día en que nos dirigimos la palabra es cuando hablamos del problema de los tres cuerpos.

—¿Sabe a qué más dedica ella el tiempo? —preguntó Da Shi.

—A nada que no sea Fronteras de la Ciencia. La mantiene ocupada todo el día. En casa nunca para de entrar y salir gente...

—¿Y a usted nunca ha tratado de hacerlo miembro?

—No, nunca. De hecho, ni siquiera menciona la organización en mi presencia, pero es que a mí tampoco podría importarme menos... Yo soy así, me cuesta horrores preocuparme de las cosas. Ella es consciente de esto; suele preguntarme qué pintaría un haragán como yo en el grupo, que interferiría en mi labor investigadora.

—¿Ya ha hecho algún progreso? —preguntó Wang.

—Comparado con el estado oficial de la cuestión, mi progreso puede considerarse todo un logro. Hace unos años, los profesores Richard Montgomery, de la Universidad de California, y Alain Chenciner, de la Universidad de París Diderot, descubrieron una solución estable y periódica para el problema: en ciertas condiciones iniciales apropiadas, los tres cuerpos se perseguirán siguiendo una curva fija con forma de ocho. Después de aquello, todo el mundo se puso a buscar configuraciones estables del mismo estilo. Por el momento han encontrado unas tres o cuatro, y cada una de ellas ha sido recibida a bombo y platillo.

»Mi algoritmo evolutivo lleva descubiertas más de un centenar de configuraciones estables. Si me sentara a dibujar sus órbitas, tendría para llenar toda una galería de arte posmoderno. Pero ese no es mi objetivo. La auténtica solución al problema de los tres cuerpos es construir un modelo matemático que, partiendo de cualquier configuración inicial con vectores conocidos, sea capaz de predecir todos los siguientes movimientos del sistema de tres cuerpos. Y esto es lo que Shen Yufei también desea.

»Pero ayer la paz de mi existencia llegó a su fin. Estoy metido en un lío tremendo.

—¿Se refiere al crimen que ha venido a denunciar?

—Sí. Anoche me llamó un hombre y me dijo que si no abandonaba mi investigación, me matarían.

—¿Quién era?

—No lo sé.

—¿Tiene el teléfono?

—No lo sé... Llamaba desde un número protegido.

—¿No recuerda ningún otro detalle?

—Ahora mismo... no sé...

Da Shi se echó a reír y arrojó la colilla a un cenicero.

—¡Tanta historia por una amenaza que no llega a media frase!

—Si yo no lo hubiera puesto en antecedentes, ¿habría comprendido la importancia de la llamada? Además, no se preocupe, que no me habría molestado en venir hasta aquí solamente por eso. ¿Recuerda lo perezoso que soy? Aún hay otro asunto: yo estaba acostado en plena noche, no sé si hoy o ayer, justo pasaba de la vigilia al sueño, cuando de pronto noté algo frío en la cara. Entonces abrí los ojos y vi a Shen Yufei. Casi me muero del espanto...

—¿Qué tiene de espantoso ver a su mujer en plena noche?

—Me miraba de una forma que nunca le había visto. La luz que entraba por la ventana le daba un halo fantasmagórico, y llevaba algo en la mano... ¡una pistola! Me apuntó directamente a la boca y me dijo que si no seguía trabajando en el problema de los tres cuerpos, me mataría.

—¡Ah! Eso ya es otra cosa —exclamó satisfecho Da Shi, y encendió otro cigarrillo.

—¿Le parece divertido? No tengo adonde ir, ¿entiende? Por eso he venido.

—Repítanos exactamente lo que le dijo.

—Dijo: «Si consigues solucionar el problema de los tres cuerpos, serás el salvador del mundo. Pero si lo dejas ahora, estarás cometiendo un gran pecado. Si existe alguien dispuesto a hacer lo que sea, o bien para salvar a la humanidad o bien para destruirla, tu hipotética contribución o tu pecado serían el doble que el suyo.»

Da Shi exhaló una espesa nube de humo. Luego observó a Wei Cheng durante tanto tiempo que hizo que este se sintiera incómodo. Entonces cogió un lápiz y una libreta del montón de objetos desperdigados sobre su escritorio y le dijo:

—Usted quería que tomáramos notas, ¿verdad? Bien. Repítame lo que acaba de decir.

Wei Cheng obedeció.

—Es una frase verdaderamente intrigante —intervino Wang—. ¿Qué querría decir con eso de «el doble»? Y ¿por qué exactamente el doble?

—Parece que la cosa es seria, ¿verdad? —le preguntó Wei Cheng a Da Shi, pestañeando nerviosamente—. En cuanto llegué, el oficial de guardia me mandó de inmediato a verlo. Parece que llevan tiempo siguiéndonos la pista.

Da Shi asintió y dijo:

—Permítame hacerle una pregunta más: ¿cree que el arma que empuñaba su esposa era real? —Al ver que Wei Cheng no sabía qué responder, añadió—: ¿Notó olor a aceite?

—¡Sí! ¡Es verdad, olía a aceite!

—¡Por fin algo sólido! —exclamó Da Shi, levantándose de la silla de un salto—. Una posible posesión ilegal de armas de fuego es suficiente para hacer un registro. El papeleo lo dejaremos para mañana, ahora no tenemos tiempo que perder, ¡vamos! —Miró a Wang y le dijo—: Segundo favor de la noche: acompáñenos, necesito su pericia. —A continuación se dirigió a la agente de policía, que hasta ese momento no había hablado—. ¡Bingbing! Ahora mismo, con solo dos oficiales de guardia, no tengo hombres suficientes. Ya sé que en tu departamento no estáis acostumbrados al trabajo de campo, pero tienes que venir con nosotros.

Deseosa de salir de aquella estancia enrarecida, la joven asintió y se puso en marcha.

Además de a Da Shi y Xu Bingbing, el equipo que realizaría el registro incluía a Wang Miao, Wei Cheng y dos oficiales del Departamento de Investigación Criminal. Distribuidos en dos coches de policía, aún en la oscuridad previa al amanecer, los seis se desplazaron hasta la mansión que Shen Yufei tenía en las afueras de la ciudad.

Wang viajaba en el asiento trasero de uno de los coches junto a Xu Bingbing. Nada más arrancar, esta le susurró:

—Profesor Wang, goza usted de muy buena reputación entre quienes juegan a *Tres Cuerpos*...

Para Wang supuso una grata sorpresa que en el mundo real alguien le mencionara el juego. Al instante, se sintió mucho más próximo a aquella mujer de uniforme.

—¡Ah! ¿Tú también juegas?

—No, pero me encargo de monitorizarlo y de hacer los seguimientos. Un trabajo desagradecido donde los haya...

—¿Qué hay detrás del juego? —se apresuró a preguntar

Wang, con visible entusiasmo—. Realmente me gustaría saberlo...

Aun bajo la tenue luz que entraba por la ventanilla, Wang vislumbró la sonrisa enigmática de la joven.

—Y a nosotros también... pero todos sus servidores están fuera del país, y tanto el sistema como su cortafuegos son extremadamente seguros; no es fácil encontrar algún agujero por el que penetrar en ellos. Por el momento, lo único que sabemos a ciencia cierta es que no se trata de una operación con ánimo de lucro. También que la calidad del *software* es inusualmente alta, y más inusual todavía es la cantidad de información que alberga. Es que ni siquiera parece un juego...

—¿Y no habéis detectado... —Wang trataba de elegir bien las palabras que usaba— ningún indicio sobrenatural?

—No, nada parecido. Son muchas las personas repartidas por el mundo que contribuyen al desarrollo del juego. Su método de colaboración es similar al de las iniciativas de código abierto, como la que creó el sistema operativo Linux, pero con una diferencia: sus herramientas de desarrollo son extremadamente avanzadas. Y en cuanto al contenido del juego en sí, quién sabe de dónde demonios lo sacarán... algo de sobrenatural, como usted ha dicho, sí parece tener, pero aquí debemos recurrir de nuevo a la famosa ley de nuestro capitán: todo esto tiene que ser obra de alguien. Nuestras investigaciones están dando fruto, y pronto dispondremos de resultados concretos.

La manera casi recitada en que pronunció la última frase, evidenció su falta de práctica a la hora de mentir. A Wang le quedó claro que no le había contado todo lo que sabía.

—Resulta que sí hay gente que se toma en serio su ley de pacotilla... —le dijo Wang a Da Shi, que iba sentado al volante.

Llegaron a la casa antes de que el sol empezara a despuntar. Solo una de las habitaciones de la planta superior tenía la luz encendida, el resto permanecía a oscuras.

Justo cuando Wang salía del coche, oyó varios ruidos procedentes de aquel piso; parecía como si alguien estuviera golpeando las paredes. Da Shi, que también acababa de bajarse, adoptó de inmediato una actitud de alerta. Abrió la verja del patio de una patada y corrió hacia la casa con una agilidad impropia de alguien de su complexión. Sus tres compañeros lo siguieron.

Wang y Wei Cheng entraron después que él, a cierta distancia. Cuando, ya en el piso de arriba, se disponían a irrumpir en la habitación que tenía la luz encendida, vieron que estaban pisando un enorme charco de sangre. Justo en el centro de la habitación, Shen Yufei yacía muerta, con dos heridas de bala en el pecho. Un tercer disparo le había atravesado la ceja izquierda, tiñéndole la cara de rojo. A su lado, sobre una mancha oscura, había una pistola.

En el momento en que Wang iba a entrar, topó con Da Shi y uno de los agentes, que corrieron a meterse en la habitación a oscuras de enfrente. A través de su ventana, que estaba abierta, se oyó el sonido de un coche arrancando.

El otro agente permanecía de pie junto a Shen Yufei, hablando por teléfono y, varios metros más allá, Xu Bingbing observaba la escena con espanto. Probablemente, igual que le pasaba a Wang, era la primera vez que presenciaba algo parecido.

Da Shi reapareció unos instantes después, colocándose la pistola en el cinto, y le dijo al policía que estaba al teléfono:

—Un Volkswagen Santana negro con un solo ocupante de sexo masculino, no he podido ver la matrícula; que bloqueen todos los accesos al quinto anillo. ¡Mierda! Este se nos escapa... —Echó un vistazo alrededor y vio las marcas de los disparos en la pared. Entonces, dirigiendo la vista a los casquillos que había en el suelo, añadió—: El hombre efectuó cinco disparos, de los cuales tres dieron en el blanco; ella disparó en dos ocasiones, sin acertar en ninguna.

Acto seguido, se acuclilló para examinar el cuerpo junto con el otro policía. Xu Bingbing se mantuvo alejada, mirando tímidamente a Wei Cheng. Da Shi también lo observó.

Su rostro reflejaba cierta emoción, quizás incluso pena, aunque lograba mantener su desangelada inexpresividad, e incluso aparentaba mucha más calma que Wang.

—No parece demasiado alterado... —le dijo Da Shi—. ¿Es consciente de que probablemente venían a matarlo a usted?

—¿Qué quiere? —repuso Wei Cheng, esbozando una sonrisa desdichada—. Incluso ahora, ella siempre ha sido un misterio para mí. A pesar de las veces que le dije que tratara de llevar una vida más sencilla, que pensara en el consejo que me dio el abad del monasterio aquella noche... Pero, en fin, ahora ya...

Da Shi se incorporó y fue hacia él. Encendió un cigarrillo y le dijo:

—Creo que aún tiene cosas que contarnos.

—Algunas... pero me da pereza.

—¡Hombre, le agradeceré que haga el esfuerzo!

Wei Cheng pensó un instante.

—Bueno —dijo por fin—, pues hoy... no, ayer por la tarde discutió con un hombre en el salón. Era Pan Han; ya sabe, el famoso ecologista... Ya lo habían hecho en otras ocasiones, pero siempre en japonés, como si tuvieran miedo de que los escuchase. Ayer, en cambio, parecía que les daba igual y hablaron en chino, pero apenas entendí un par de frases.

—Trate de contárnoslo tal y como lo oyó.

—Está bien. Pan Han dijo: «Aunque parezcamos compañeros de viaje, en realidad somos enemigos», a lo que Shen contestó: «Sí, lo somos, porque tratas de usar el poder de nuestro Señor contra la raza humana.» Entonces él le dijo: «Tu interpretación no es del todo errónea. Yo quiero que nuestro Señor venga a este mundo para castigar a quienes se lo merecen desde hace tanto tiempo, y tú te esfuerzas en impedir su llegada, así que nuestras posturas son irreconciliables. ¡Si no cejas en tu empeño, te obligaremos!» Shen le espetó: «¡No sé en qué estaría pensando el comandante el día en que se le ocurrió permitir que os unierais a la Organización!» A lo que Pan Han dijo: «Hablando del comandante, ¿podemos saber de una vez de qué lado está? ¿Del de los adventistas o del de los redencionistas? ¿Quiere la condena de la humanidad o su salvación?» Esto último quedó sin respuesta durante unos instantes, y después ya dejaron de discutir de forma tan acalorada. No pude oír nada más.

—¿Recuerda si la voz de aquel hombre que lo amenazó al teléfono le resultó familiar?

—Me está preguntando si sonaba como Pan Han, ¿verdad? No lo sé... hablaba muy bajo, no sabría decirle.

De pronto se oyeron las sirenas de varios coches patrulla. Al cabo de unos instantes, un nutrido grupo de policías con guantes blancos, y equipados con cámaras, irrumpió en la planta superior y la casa comenzó a hervir de actividad.

Da Shi le dio permiso a Wang para que se marchase a casa a descansar. Sin embargo, en lugar de irse, él se metió en la habitación del servidor para hablar con Wei Cheng.

—¿Podría facilitarme el modelo de su algoritmo evolutivo para el problema de los tres cuerpos? Me gustaría poder... mostrárselo a unas personas. Sé que es una petición inesperada, y si no es posible no pasa nada.

Wei Cheng fue a buscar un CD y se lo entregó.

—Aquí dentro está todo: tanto el modelo entero como la documentación adicional. Hágame un favor y publíquelo con su nombre. Sería una gran ayuda.

—¡Oh, no, de ninguna manera!

Señalándole el CD que tenía en la mano, Wei dijo:

—Profesor Wang, ya la primera vez que vino a esta casa me fijé en usted y vi que era una persona honesta con un gran sentido de la responsabilidad. Por ese motivo, le aconsejo que se mantenga alejado de todo esto. El mundo está a punto de cambiar. Todos deberíamos tratar de pasar el resto de nuestros días de la manera más plácida posible. Lograrlo sería el mayor de los éxitos, porque ya no tiene sentido preocuparse por nada.

—Parece que sabe mucho más de lo que antes ha insinuado.

—Me pasaba el día junto a ella... Lo raro sería que no tuviera mis sospechas.

—¿Y por qué no las comparte con la policía?

—Bah, son todos unos inútiles —dijo Wei Cheng con una mueca de desprecio—. Además, a estas alturas, ni aunque el mismísimo Dios bajara a la tierra serviría de nada. La raza humana ha llegado a un punto en el que no existe cielo ni más allá capaz de responder a sus plegarias.

Wei Cheng estaba de pie frente a una ventana que daba al este. Al otro lado del cristal, tras la lejana silueta de los edificios, el cielo comenzaba a iluminarse. Por alguna razón, a Wang aquella luz le recordó la del extraño amanecer que encontraba cada vez que se conectaba a *Tres Cuerpos*.

—En realidad, mi indiferencia no es más que una pose —confesó Wei Cheng—. Llevo ya varias noches sin pegar ojo. Por la mañana, cuando veo salir el sol, me parece como si anocheciera. —Fijó la mirada en Wang. Tras una larga pausa, añadió—: Y todo es porque Dios, ese Señor del que ella hablaba, ya no puede protegerse ni a sí mismo.

17

Tres Cuerpos: Newton, Von Neumann, Qin Shi Huang y la sizigia trisolar

El inicio de la segunda fase de *Tres Cuerpos* era casi idéntico al de la primera: seguía siendo un extraño y gélido amanecer y seguía habiendo una enorme pirámide, nuevamente de estilo egipcio.

Wang oyó un lejano tintineo. Era tan débil que resaltaba el silencio que imperaba en aquella fría alborada. Al buscar su procedencia, vio a dos siluetas oscuras, al pie de la pirámide, que emitían destellos: se trataba de un duelo a espada.

Logró distinguirlas en cuanto sus ojos se acostumbraron a la tenue luz del alba. La forma de la pirámide apuntaba a que se encontraban en algún lugar de la particular versión de Oriente de *Tres Cuerpos*, aunque los espadachines vestían al estilo europeo del siglo XVI o XVII.

El más bajo de los dos se agachó para esquivar los ataques de su oponente. Lo hizo con tal brusquedad que el peluquín cano que llevaba terminó en el suelo. Unos cuantos embates más tarde, de detrás de una esquina de la pirámide apareció un hombre que echó a correr hacia ellos. Trataba de detenerlos, pero estos se atacaban con tanta furia que no se atrevía a acercarse.

—¡Basta ya, par de insensatos! —les gritó—. ¿Dónde está nuestro sentido de la responsabilidad? Además, si la civilización no tiene futuro, ¿qué valdrá ese minuto de gloria que os disputáis?

Los espadachines, concentrados en el duelo, hicieron caso omiso. De pronto, el más alto profirió un agudo grito de dolor y su espada cayó el suelo. Se llevó la mano libre al brazo herido, dio media vuelta y echó a correr. Su oponente lo persiguió unos cuantos pasos, pero por fin desistió.

—¡Sinvergüenza! —exclamó, escupiendo y agachándose para recoger el peluquín. Entonces, al ver a Wang, señaló con la espada a su contrincante en fuga y añadió—: ¡El muy canalla ha tenido la osadía de afirmar que fue él quien inventó el cálculo!

Tras recolocarse el peluquín, se llevó la mano al pecho y le hizo una reverencia.

—Isaac Newton, a tu servicio —dijo.

—¡Oh! Entonces, ¿el que se ha ido corriendo era Leibniz?

—El mismo; un hombre deleznable. En realidad, debería darme igual que intente pasar a la historia con esa mentira, puesto que a mí me sobran los honores y el reconocimiento... Al establecer las tres leyes de la mecánica, me convertí en el más grande después de Dios. Del movimiento de los planetas a la división celular, todo se rige por estas tres grandes leyes. Ahora, con la poderosa herramienta matemática que es el cálculo, dilucidar cuál es la ruta del movimiento de los tres soles es solo cuestión de tiempo.

—No será tan simple —intervino el hombre que había tratado de impedir el duelo—. ¿Sabes la cantidad de cálculos que se necesitarán? He echado un vistazo a las ecuaciones diferenciales que tú enumeraste, y no creo que sea factible una solución analítica, solo una numérica. El problema es que se requiere tal número de cálculos que, incluso poniendo a trabajar sin descanso a todos los matemáticos del planeta, llegaría el fin del mundo y aún no habrían sido capaces de terminarlos. Bueno, también es cierto que, como no consigamos dilucidar cuanto antes los movimientos de los tres soles, el fin del mundo estará más cerca que lejos...

También él saludó a Wang con una reverencia, aunque esta fue un poco más moderna.

—John von Neumann —se presentó.

—¿Acaso no hemos venido hasta el Lejano Oriente justamente para resolver el problema de cómo calcular las ecuaciones? —preguntó Newton, volviéndose hacia Wang—. Norbert Wiener y ese fracasado que acaba de irse corriendo viajaban con nosotros. Cerca de Madagascar nos asaltaron unos piratas y Wiener se quedó allí luchando con ellos para que el resto pudiéramos escapar. Tuvo una muerte heroica...

—¿Por qué era necesario venir hasta aquí para fabricar una computadora? —preguntó Wang a Von Neumann.

Newton y Von Neumann se miraron perplejos.

—¿Computadora? —preguntó este último—. ¿Una máquina de computar? ¿Existe tal cosa?

—¿No lo sabéis? ¿Y qué pensabais usar entonces para completar ese gigantesco número de operaciones?

Von Neumann se quedó mirando a Wang muy extrañado, como si no entendiera lo que acababa de preguntarle.

—¿Que qué íbamos a usar? ¡Pues personas! ¿Qué otra cosa o ser existe en este mundo que sea capaz de realizar cálculos?

—Pero si tú mismo acabas de decir que ni todos los científicos del mundo serían capaces de completar esa tarea...

—No tienen por qué ser matemáticos; usaremos gente normal, trabajadores corrientes. ¡Pero necesitamos muchos, como mínimo treinta millones! Es la estrategia matemática de la marea humana...

—¿Gente normal? ¿Treinta millones? —dijo Wang, incrédulo—. Si no me falla la memoria, en esta época el noventa por ciento de la población es analfabeta. ¿De dónde pensáis sacar a treinta millones que sepan cálculo?

—¿Es que no conoces aquel chiste sobre el ejército sichuanés? —le preguntó Von Neumann mientras sacaba un puro, le arrancaba un extremo con los dientes y lo encendía—. Algunos cadetes eran tan obtusos que se confundían hasta con el «izquierda, derecha; izquierda, derecha...». El instructor les ordenó que se pusieran una alpargata de esparto en el pie izquierdo y un zapato de tela en el derecho. Así, cada vez que quería que marcharan, no tenía más que cambiar al dialecto sichuanés: «esparto, tela; esparto, tela...».* Esa es la clase de soldado que necesitamos. Eso sí: nos hacen falta treinta millones.

* En el dialecto de Sichuan, las palabras «esparto» y «tela» suenan de forma parecida a, respectivamente, las palabras que significan «izquierda» y «derecha» en chino mandarín. *(N. del T.)*

Gracias a aquel chiste tan moderno, Wang comprendió que no hablaba con un programa, sino con una persona real, que además probablemente era de origen chino.

—Me cuesta trabajo imaginarme un ejército tan grandioso... —dijo Wang, negando con la cabeza.

—Por eso hemos venido a ver a Qin Shi Huang* —apostilló Newton, señalando la pirámide.

—¿Aún reina? —se extrañó Wang. Luego echó un vistazo alrededor.

Efectivamente, las lanzas y las corazas de cuero de los soldados que custodiaban la entrada a la pirámide eran las características de la dinastía Qin. Los anacronismos de *Tres Cuerpos* habían dejado de sorprenderlo.

—El mundo entero estará pronto bajo su control —dijo Von Neumann—. Tiene un ejército de más de treinta millones de soldados con el que se dispone a conquistar Europa. Vengan, vayamos a verlo. —Luego se dirigió a Newton—: ¡Deja la espada!

Newton obedeció y los tres se internaron en la pirámide. Justo antes de acceder a la gran sala, un guardia les impidió el paso e insistió en que primero se desnudaran. Newton se opuso categóricamente.

—¡Somos científicos de renombre, a nadie de nuestro nivel se le ocurriría llevar armas escondidas!

Ninguna de las partes de aquella disputa parecía dispuesta a ceder. Por suerte, desde la gran sala se oyó una grave voz masculina, que dijo:

—Es aquel extranjero que descubrió las tres leyes de la mecánica, ¿verdad? ¡Déjalo pasar, y a sus acompañantes también!

Entraron. Qin Shi Huang recorría el centro de la gran sala de arriba abajo. Arrastraba por el suelo no solo los bajos de su túnica, sino también su legendaria espada. Cuando se volvió para mirarlos, Wang advirtió que tenía los mismos ojos que el rey Zhou de los Shang y el papa Gregorio.

* Qin Shi Huang (260-210 a. C.), rey de los Qin y fundador del primer imperio unificado de la historia de China, a quien, por tal motivo, también se le conoce como Primer Emperador. *(N. del T.)*

—Conozco el propósito de vuestra visita —les dijo—. Sois europeos, ¿por qué no acudís a Julio César? Su imperio es inmenso, no creo que le resultara difícil cederos treinta millones de hombres...

—Gran Emperador, ¿conocéis el tipo de ejército del César? ¿Estáis al corriente de las condiciones en que se halla aquel imperio? Hasta el río que fluye por la magnífica Ciudad Eterna está emponzoñado, ¿y sabéis por qué?

—¿Por la producción industrial militar?

—No, Gran Emperador, por los constantes vómitos de los romanos. Cuando un noble se sienta a comer en uno de esos grandes festines, debajo de la mesa tiene ya preparada la camilla para que luego, cuando no logre moverse de tanto comer, su esclavo se lo lleve a casa arrastrando. ¡El pozo de desenfreno en que ha caído el imperio es tan profundo, que son incapaces de salir de él por sí mismos! Aun cuando Julio César pudiera reunir un ejército de treinta millones de hombres, no tendrían la capacidad ni las fuerzas para realizar el gran cálculo que se pretende...

—Estoy al corriente de la situación —replicó Qin Shi Huang—, pero Julio César ya está reforzando su ejército. La sabiduría de los occidentales es verdaderamente temible; no digo que seáis más inteligentes que nosotros, pero lo cierto es que siempre habéis tenido la perspicacia necesaria para elegir el camino correcto. Copérnico, sin ir más lejos, supo ver que existían tres soles. Y luego estás tú, que formulaste tus tres leyes. ¡Realmente extraordinario! Aquí, en Oriente, por ahora vamos a la zaga. Invadiría Europa, pero no tengo la capacidad necesaria: ni mi flota es lo bastante poderosa ni puedo mantener abiertas las líneas de abastecimiento durante el tiempo suficiente para realizar un ataque por tierra.

—¡Precisamente por eso nuestro imperio debe continuar progresando, oh, Gran Emperador! —se apresuró a intervenir Von Neumann—. Si lográis prever los movimientos de los soles, podréis sacar el máximo partido de cada era estable y minimizaréis los daños de cada era caótica. Así, nuestro progreso será mucho más rápido que el de Europa. Creednos: nosotros somos hombres de ciencia; lo que buscamos es poder usar las tres leyes de la mecánica y el cálculo para predecir correctamente los movimientos de los soles. Nos da igual quién conquiste el mundo...

—Es evidente que necesito predecir los movimientos de los tres soles, pero, antes de pedirme treinta millones de hombres, como mínimo deberíais demostrarme cómo se realizarán esos cálculos...

—¡Gran Emperador, si tenéis la bondad de concederme tres soldados, os lo demostraré ahora mismo! —dijo Von Neumann, visiblemente entusiasmado.

—¿Por qué solamente tres? —inquirió el soberano, dedicándole una mirada de desconfianza—. Puedo concederte tres mil con la misma facilidad...

—Su Majestad, hace unos instantes mencionabais que Oriente sigue a la zaga en cuanto a pensamiento científico. Esto se debe a que todavía no os habéis dado cuenta de que todo en el universo, incluidas las realidades más complejas, está a su vez formado por multiplicidades de los elementos más simples. Creedme, tres soldados son todo lo que necesito.

Qin Shi Huang hizo un gesto con la mano e inmediatamente acudieron tres soldados. Eran muy jóvenes y, al igual que todos sus iguales, parecían robots obedeciendo órdenes.

—Ignoro vuestros nombres —dijo Von Neumann, posando una mano sobre el hombro de dos de ellos—, pero como vais a encargaros de las señales de entrada, os llamaré *Input 1* e *Input 2*. —A continuación se dirigió al tercer soldado—: Tú serás responsable de la señal de salida, así que te llamaré *Output*.

Dicho esto, se ocupó personalmente de colocar en posición a cada uno de ellos.

—Formad un triángulo —les indicó—. Así, muy bien: *Output* es el ápice, e *Input 1* e *Input 2* los extremos de la base.

—En lugar de gastar tanto tiempo, ¿por qué no les has dicho directamente que se pusieran en formación de ataque triangular? —intervino el emperador, mirando a Von Neumann con desdén.

Newton se acercó con seis banderines que había sacado de alguna parte, tres blancos y tres negros. Von Neumann los distribuyó entre los soldados de forma que cada uno de ellos sostenía uno blanco con una mano y uno negro con la otra.

—El color blanco hará las veces de cero, y el negro, de uno —les explicó—. Muy bien. Ahora, prestadme atención. *Output*, vuélvete y mira a *Input 1* e *Input 2*. Cuando ambos levanten el banderín negro, tú también lo harás. En los demás casos, levantarás el banderín blanco.

—Me parece que deberías haber elegido otro color —apuntó el emperador—. El blanco es símbolo de rendición...

Von Neumann, absorto en su entusiasmo, ignoró el comentario y siguió dando instrucciones.

—¡Comienza la operación! *Input 1* e *Input 2*, podéis levantar el banderín que queráis: ¡arriba! Muy bien, eso es. Otra vez... ¡Arriba! Una vez más... ¡Arriba!

Input 1 e *Input 2* levantaron los banderines en tres ocasiones: la primera vez la combinación fue negro-negro; la segunda, blanco-negro, y la tercera, negro-blanco. *Output* reaccionó correctamente cada vez y levantó el banderín negro en una ocasión, y el blanco, en dos.

—¡Excelente! Habéis actuado con gran precisión. Alteza, vuestros soldados son brillantes.

—Muy idiotas tendrían que ser para no poder hacer eso... Pero, dime, ¿qué es lo que han hecho? —quiso saber el emperador, intrigado.

—Estos tres soldados forman un componente computacional —respondió Von Neumann—. Se trata de un tipo de puerta, específicamente una puerta AND. —Hizo una pausa para darle tiempo al emperador a asimilar el concepto.

—Me aburro. ¡Sigamos!

Von Neumann volvió a dirigirse a los tres soldados.

—Ahora formaremos otro componente —dijo—. *Output:* tanto si *Input 1* levanta el banderín negro como si lo hace *Input 2*, tú también levantarás el banderín negro. Hay tres situaciones en las que esto puede darse: negro-negro, blanco-negro y negro-blanco. Solo debes levantar el banderín blanco en el caso de que la combinación sea blanco-blanco, ¿entendido? Perfecto, sabía que eras un chico despierto. Atento, porque eres la clave para el correcto funcionamiento de la puerta. ¡Esfuérzate y el emperador te recompensará! Comienza la operación. ¡Arriba!

Bien. ¡Arriba otra vez! ¡Arriba una vez más! Excelente. Alteza, este tipo de componente se conoce como puerta OR.

Después de aquello, Von Neumann instruyó a los soldados para que formaran una puerta NAND, una puerta NOR, una puerta OR-exclusiva, una puerta NOR-exclusiva y una puerta triestado. Al final, recurriendo tan solo a dos soldados, formó el tipo de puerta más simple, una puerta NOT, en la que *Output* levantaba sistemáticamente el banderín del color opuesto al que levantaba su compañero.

—Gran Emperador, con esta última puerta han quedado demostrados todos los componentes. ¿Verdad que son sencillos? Cualquier trío de soldados puede aprender en apenas una hora de entrenamiento.

—¿Y no tienen que saber nada más?

—No. Lo que queremos es formar diez millones de puertas como estas y hacer que funcionen dentro de un sistema. Ese sistema será el que realice los cálculos necesarios y solucione las ecuaciones diferenciales para predecir los movimientos de los soles. Podríamos llamarlo..., no sé...

—Computadora —apuntó Wang.

—¡Está muy bien, sí! —Von Neumann levantó el pulgar en señal de aprobación—. Computadora..., qué buen nombre. ¡El sistema entero será una gran máquina de computar, la máquina más compleja de la historia de la humanidad!

El juego aceleró el paso del tiempo y transcurrieron tres meses.

Qin Shi Huang, Newton, Von Neumann y Wang se encontraban ahora en la cúspide de la pirámide, sobre una plataforma similar a aquella en la que Wang había conocido a Mozi. Sobre ella había dispuestos varios instrumentos astronómicos, algunos de reciente diseño europeo. La vista que se extendía bajo sus pies no podía ser más espectacular: una imponente falange de treinta millones de soldados Qin en perfecta formación. Debían de ocupar una extensión de más de cinco kilómetros cuadrados. Iluminados por el sol del amanecer, permanecían completamente inmóviles; era una gigantesca alfombra de treinta millones de guerreros de terracota.

Una bandada de pájaros sobrevoló de pronto la falange, y al

presentir la amenaza de muerte, huyó despavorida en todas direcciones.

Wang calculó que, dispuestos en una formación similar, los habitantes de toda la Tierra ocuparían una superficie similar a la del distrito Huangpu de Shanghai. Portentosa como era aquella imagen, al mismo tiempo revelaba la fragilidad de la civilización.

—Majestad Imperial —dijo Von Neumann—, vuestro ejército no tiene parangón en el mundo: ha completado un entrenamiento bastante complejo en un lapso de tiempo asombrosamente corto.

Qin Shi Huang acariciaba, satisfecho, la empuñadura de su espada.

—Es complejo en su conjunto, pero la tarea individual de cada soldado es simple —afirmó—. Comparado con el entrenamiento al que fueron sometidos para aniquilar a la falange macedonia, esto no ha sido nada...

—Y hay que agradecerle a Dios por regalarnos dos largas eras estables consecutivas en las que poder entrenarlos —apuntó Newton.

—Mi ejército nunca se detiene; tampoco durante las eras caóticas. Seguirán haciendo vuestros cálculos pase lo que pase —prometió Qin Shi Huang, observando la falange con visible orgullo.

—En tal caso, Majestad... ¿queréis dar la orden? —sugirió Von Neumann con voz temblorosa a causa de la emoción.

El emperador asintió con la cabeza. Un guardia acudió de inmediato, levantó la empuñadura de su espada y comenzó a andar hacia atrás. La hoja de aquella espada era tan larga que el emperador era incapaz de desenvainarla por sí mismo. Cuando el guardia se arrodilló y le presentó la espada con las dos manos, Qin Shi Huang la empuñó y, levantándola en dirección a los cielos, gritó:

—¡Formación de computadora!

Al instante, los enormes calderos de bronce colocados en cada una de las esquinas de la plataforma comenzaron a prender simultáneamente. Un gran número de soldados repartidos por la superficie de la cara de la pirámide, frente a la falange, repitió la orden al unísono:

—¡Formación de computadora!

Sobre el terreno, los colores de la falange cambiaban y se desplazaban a toda velocidad; comenzaron a dibujarse complicados diagramas de circuitos que terminaron cubriéndola por completo. Diez minutos más tarde, aquel ejército se había convertido en una placa base de treinta y seis kilómetros cuadrados.

—Majestad, hemos bautizado a la computadora con el nombre de Qin I —explicó Von Neumann, señalando el gigantesco circuito humano—. Allí, en el centro, está la unidad de procesamiento central o CPU, el componente fundamental. Lo forman vuestras cinco mejores divisiones de soldados. En este diagrama están ubicados el sumador, el agregador, la memoria de pila y demás partes que la forman. Toda esa zona de aspecto tan uniforme que hay alrededor de la CPU es la memoria. Cuando diseñamos esta parte, vimos enseguida que nos faltarían hombres. Por fortuna, las labores desempeñadas por estos componentes son tan simples que pudimos adiestrar a los soldados de forma que sostuvieran más banderines de colores. Ahora cada hombre es capaz de completar el trabajo que antes requería veinte; gracias a ello, logramos ampliar la capacidad de la memoria y cumplir con los requerimientos del sistema operativo Qin 1.0.

»Ah, ¿y veis ese espacio libre que atraviesa la formación, donde está apostada la caballería ligera a la espera de órdenes? Es el sistema de bus; se encarga de transmitir información entre los distintos componentes del sistema. La arquitectura de bus es una gran invención, pues permite añadir nuevos componentes de forma rápida y sencilla, lo cual ayuda a tener siempre el *hardware* actualizado. Si os fijáis un poco más allá, quizá con la ayuda de un telescopio, veréis la unidad de almacenamiento externa. A sugerencia de Copérnico, hemos decidido llamarla disco duro, y está formado por tres millones de soldados seleccionados entre los mejor formados. ¿Verdad que ahora os alegráis de no haberlos enterrado vivos, como hicisteis con todos aquellos eruditos confucianos? Cada soldado tiene un lápiz y un cuaderno para anotar los resultados de las operaciones. El grueso de su trabajo consiste, como es natural, en hacer de memoria virtual y almacenar resultados intermedios, tarea que los convierte en un grave cuello de botella para la velocidad de computación. Por último, la parte más próxima a nosotros es la pantalla, donde visualizaremos en tiempo real los parámetros y el progreso de los cálculos.

Tras aquella larga explicación, Von Neumann y Newton fueron en busca de un pesado rollo de papel de arroz, casi tan grande como una persona, que comenzaron a desplegar ante Qin Shi Huang. Wang sintió un nudo en la garganta al recordar la historia de cómo, en cierta ocasión, alguien había conseguido entrar una daga en el palacio del emperador, con la intención de matar al soberano, camuflada precisamente en un rollo como aquel. Para su alivio, enseguida comprobó que, desenrollado por completo, no escondía ninguna amenaza. Lo que contenía eran símbolos inofensivos, cada uno del tamaño de la cabeza de una mosca y tan poco espaciados entre sí que, al intentar leerlos, Wang sintió el mismo aturdimiento que la masiva formación humana que se desplegaba sobre el terreno.

—Majestad, este es el sistema operativo Qin 1.0 que hemos desarrollado —anunció Von Neumann—. El programa encargado de hacer los cálculos funcionará sobre él. Lo de ahí abajo es el *hardware.* —Señaló la computadora de formación humana—. Y lo que hay escrito en este papel es el *software*. La relación entre uno y otro es comparable a la del *guqin** y la partitura.

A continuación, de nuevo ayudado por Newton, desplegó otro rollo de papel tan grande como el anterior.

—Alteza, este *software* tratará de resolver las ecuaciones diferenciales de las que tanto dependemos mediante métodos numéricos. Nosotros nos limitaremos a introducir los vectores de movimiento de cada uno de los tres soles en un momento concreto, datos que obtendremos mediante la observación astronómica, y el programa será capaz de predecir sus movimientos en cualquier momento del futuro. Lo primero que calcularemos

* Instrumento chino de siete cuerdas de la misma familia que la cítara. *(N. del T.)*

son las posiciones de los soles en los próximos dos años. La distancia entre cada valor que obtengamos será de entre cien y ciento veinte horas.

Qin Shi Huang asintió.

—Adelante.

Von Neumann alzó las manos por encima de la cabeza y anunció con solemnidad:

—¡Por orden del emperador, enciéndase la computadora! ¡Autocomprobación del sistema!

Una hilera de soldados apostados en mitad de la cara frontal de la pirámide telegrafió la orden usando el lenguaje de las banderas. De inmediato, unas luces intermitentes inundaron aquella placa base formada por treinta millones de hombres; era el efecto de cientos de banderines agitándose a la vez. Sobre la formación más próxima a la pirámide, que hacía de pantalla, avanzaba con lentitud una barra de progreso formada por innumerables banderines verdes. A su lado apareció la cifra del porcentaje completado de la autocomprobación. Diez minutos más tarde, el proceso llegaba a su fin.

—¡Autocomprobación finalizada! ¡Iníciese la secuencia de arranque! ¡Cárguese el sistema operativo!

Abajo, en el bus principal que atravesaba la formación entera, la caballería ligera se echó al galope. El carril quedó instantáneamente transformado en un turbulento río que fluía y se dispersaba allá por donde pasaba, infiltrándose en todas las subformaciones modulares. Muy pronto, la marea de banderines blancos y negros empezó a generar unas grandes olas que cubrieron por completo la placa base.

La zona central, donde se ubicaba la CPU, registraba la actividad más frenética: allí todo corría como la pólvora. Sin embargo, como si esa pólvora se hubiera agotado de repente, los movimientos en la CPU comenzaron a ralentizarse cada vez más hasta que cesaron por completo.

Partiendo de la CPU, la paralización empezó a extenderse en todas direcciones, como si fuera la superficie del mar congelándose. Al final, toda la placa base permaneció inmóvil a excepción de unos pocos componentes sueltos, que brillaban monótonamente en un bucle infinito. En el medio de la pantalla apareció una luz roja.

—¡Bloqueo del sistema! —gritó un oficial encargado de la señal. Enseguida se halló la causa de la avería: un error de operación en una de las puertas del registrador de estado de la CPU.

—¡Reiníciese el sistema! —ordenó Von Neumann, muy seguro de que aquello era una minucia.

—¡Un momento! —intervino Newton para detener al oficial. Luego, con una sonrisa maléfica, se dirigió a Qin Shi Huang—: Majestad, si lo que queréis es mejorar la estabilidad del sistema, debería realizar ciertas tareas de mantenimiento en los componentes que no funcionan...

Blandiendo su espada, el emperador vociferó:

—¡Reemplácese el componente defectuoso y decapítese a todos los soldados que formaron aquella puerta! ¡En el futuro se actuará del mismo modo ante cualquier nuevo error!

Von Neumann miró a Newton horrorizado. Un grupo de jinetes con las espadas en alto irrumpió en el interior de la placa base. Una vez hubieron «reparado» el componente defectuoso, volvió a darse la orden de reiniciar y todo marchó con normalidad. Veinte minutos más tarde, la computadora de formación humana de Von Neumann funcionaba con el sistema operativo Qin 1.0.

—¡Ejecútese el programa de computación de órbitas solares Tres Cuerpos 1.0! —gritaba Newton con todas sus fuerzas—. ¡Iníciese el módulo de computación principal! ¡Cárguese el módulo de cálculo diferencial! ¡Cárguese el módulo de análisis de elementos finitos! ¡Cárguese el módulo de métodos espectrales! ¡Introdúzcanse los parámetros de las condiciones iniciales! ¡Iníciense los cálculos!

—Resulta muy curioso —afirmó Qin Shi Huang, señalando en dirección a aquel portentoso espectáculo—. El comportamiento de cada individuo no puede ser más simple, pero su combinación es capaz de originar realidades extraordinariamente complejas. Los europeos dicen de mí que soy un tirano y me acusan de haber acabado con toda forma de creatividad, pero lo cierto es que un gran número de hombres sometidos al yugo de la disciplina son capaces de engendrar sabiduría al actuar como una sola voluntad.

—Gran Emperador, no se trata de sabiduría, sino de la simple operación mecánica de un aparato —intervino Newton, con una sonrisa obsequiosa—. Todos esos humildes siervos son meros ceros a la izquierda. Para alcanzar un valor adicional, necesitan que al frente se les añada ese uno que representan los grandes líderes como Su Majestad...

—¡Qué filosofía tan repugnante! —exclamó Von Neumann, mirando a Newton con expresión reprobatoria—. Si al final los resultados computados de acuerdo con sus modelos teórico y matemático no concuerdan con la realidad, tanto tú como yo terminaremos siendo incluso menos que un cero a la izquierda...

—Ciertamente. ¡De vosotros no quedará nada! —sentenció Qin Shi Huang antes de dar media vuelta y abandonar la escena.

El tiempo transcurrió con rapidez.

La computadora de formación humana llevaba operando un año y cuatro meses. Descontando el lapso dedicado a realizar ajustes de programación, el tiempo de procesamiento real ascendía a un año y dos meses, aunque hubo dos ocasiones en que las condiciones climáticas adversas de las dos eras caóticas obligaron a detenerlo. Sin embargo, como la computadora almacenaba los datos inmediatamente antes de cada apagado, los paros no supusieron ningún problema: en cuanto volvían a encenderla, esta retomaba los cálculos en el punto donde los había dejado.

Para cuando Qin Shi Huang y los científicos europeos volvieron a subir a la pirámide, la primera fase de los cálculos se había completado con éxito y los resultados describían con suma precisión cuáles serían las órbitas de los tres soles en los dos años siguientes.

Era un gélido amanecer. Las antorchas que, esa noche, habían mantenido iluminada la placa base apenas humeaban. Tras haber realizado el cálculo final, Qin I se hallaba en estado de espera. Ahora el violento oleaje que había agitado la superficie de la placa base se reducía a unas cuantas ondas extendiéndose lentamente sobre ella.

Von Neumann y Newton le entregaron a Qin Shi Huang el rollo con los resultados de la computación.

—Gran Emperador, en realidad estos cálculos se completaron hace tres días —explicó Newton—. Si hemos esperado hasta hoy para presentároslos, es porque revelan que esta eterna noche de invierno en que vivimos está a punto de finalizar. ¡Preparaos para recibir el primer amanecer de una era estable que se prolongará durante más de un año! En base a los parámetros orbitales, disfrutaremos de un agradable clima moderado. ¡Os ruego que reviváis vuestro imperio, que ordenéis la rehidratación generalizada!

—Mi imperio lleva sin deshidratarse desde que comenzaron los cálculos... —replicó, molesto, Qin Shi Huang al tiempo que le arrebataba el rollo con los cálculos—. He destinado casi todos los recursos disponibles a mantener la computadora en funcionamiento, y ahora ya no nos quedan ni reservas de provisiones. ¡No son pocas las personas que han muerto de hambre, frío o calor a causa de este invento!

El emperador señalaba a la lejanía con el rollo. A la tenue luz del alba vieron cómo decenas de líneas blancas surgían de cada uno de los bordes de la placa madre, expandiéndose en todas las direcciones para después perderse tras el horizonte. Eran rutas de abastecimiento procedentes de todos los rincones del imperio.

—Gran Emperador, llegará el día en que se diga que estos sacrificios han valido la pena —afirmó Von Neumann—. En cuanto consigamos establecer cuáles son las órbitas de los soles, el reino de Qin progresará como jamás se ha visto en la historia.

—Según los cálculos, el sol está a punto de salir. ¡Oh, Gran Emperador, preparaos para vuestro momento de gloria!

Como queriendo apoyar aquellas palabras de Newton, un primer destello asomó tras el horizonte, bañando de una fastuosa luz dorada tanto la pirámide como la computadora de formación humana. En el interior de la placa base se sucedían los vítores.

En ese momento, un hombre de mediana edad corrió hacia

ellos. Llegó tan cansado que al inclinarse le faltó la respiración. Se trataba del ministro de Astronomía del emperador.

—¡Los cálculos se equivocaban, oh, Gran Señor! —gimoteaba—. ¡El mayor de los desastres se cierne sobre nosotros!

—¿Qué tonterías estás diciendo? —bramó Newton, furioso, y sin esperar a que el emperador se pronunciara, le propinó una patada—. ¿Acaso no ves que el sol está saliendo por el punto exacto que predijeron nuestros precisos cálculos?

—Pero... —musitó el ministro, reuniendo las pocas fuerzas que le quedaban para incorporarse y señalar el sol—. ¿Cuántos soles ves?

Todos miraron en aquella dirección, confusos.

—Señor ministro, ¿es posible que alguien como tú, que recibió una educación de estilo occidental y un doctorado por la Universidad de Cambridge, no sepa ni contar? —intervino Von Neumann—. Ahora mismo, en el cielo, no hay más que un sol. Un sol que, por cierto, nos brinda una temperatura de lo más agradable...

—¡No! ¡Hay tres! —bramó el ministro, rompiendo a llorar desconsoladamente—. Los otros dos se ocultan detrás del primero...

Todos volvieron a mirar hacia el sol, aún sin comprender lo que trataba de decir el ministro.

—El Observatorio Imperial acaba de confirmar que nos encontramos ante el rarísimo fenómeno llamado sizigia trisolar —continuó el ministro—. ¡Los tres soles se encuentran posicionados en perfecta línea recta, y además se mueven alrededor de nuestro planeta a la misma velocidad angular! ¡De ahí que mantengamos nuestras posiciones relativas: ellos en un extremo de la línea y nosotros en el otro!

—¿Estás seguro de que la observación es fiable? —preguntó Newton, agarrando al hombre por el cuello.

—¡Por supuesto! La llevaron a cabo los astrónomos occidentales del Observatorio Imperial, Kepler y Herschel incluidos. Cuentan con el telescopio más grande del mundo, traído de Europa.

Newton soltó al ministro. Wang vio que, a pesar del sudor

y de su palidez, la expresión de este era de absoluta satisfacción.

—¡Oh, Gran Emperador! Sin duda, estamos ante uno de los signos más auspiciosos que existen —exclamó el ministro, mientras hacía el tradicional gesto congratulatorio chino de cubrirse con la mano el puño izquierdo a la altura del pecho—. Ahora que los tres soles orbitan alrededor de nuestro planeta, vuestro imperio se halla justo en el centro del universo. Esa debe de ser la forma que Dios ha escogido para recompensar nuestros esfuerzos. Permitidme que compruebe de nuevo los cálculos... ¡Os lo demostraré!

Dicho esto, y tras advertir que los demás no salían de su confusión, aprovechó para escabullirse. Más tarde, otros reportarían que sir Isaac había robado un caballo para marcharse con él hacia paradero desconocido.

Wang dijo después de un tenso silencio:

—Majestad, desenvainad la espada.

—¿Para qué? —protestó Qin Shi Huang, algo consternado por el atrevimiento de Wang. Aun así, le indicó al soldado que tenía más cerca que tirara de la empuñadura.

—Movedla, por favor —pidió Wang.

El emperador levantó la espada en alto. Cuando trató de darle un par de vaivenes, su sorpresa fue mayúscula.

—¿Cómo puede ser tan ligera?

—Y eso que el traje virtual es incapaz de simular de manera realista la disminución de la gravedad. De lo contrario, todos nos sentiríamos mucho más ligeros...

—¡Mirad allí abajo! ¡Mirad los caballos y la gente!

Se oyó un grito de terror y todos corrieron a mirar hacia abajo. Una columna de caballería avanzaba cerca del pie de la pirámide. Más que al galope, los caballos parecían ir volando: flotaban largas distancias antes de volver a posar sobre el suelo uno solo de sus cuatro cascos. También había varios hombres corriendo; con cada zancada avanzaban una docena de metros. En la cúspide de la pirámide, un soldado probó a dar un salto y, sin esfuerzo alguno, alcanzó una altura de unos tres metros.

—¿Qué está ocurriendo? —preguntó Qin Shi Huang sin quitar la vista del soldado, que volvía al suelo muy lentamente.

—Gran Emperador, en este momento los tres soles se encuentran en posición vertical respecto a nuestro planeta, y por eso sentimos la suma de sus fuerzas gravitacionales —trató de explicar el ministro de Astronomía. Sin embargo, enseguida notó que estaba flotando en posición horizontal. Todos los demás también flotaban en ángulos más o menos distintos. Movían las extremidades con torpeza, como si cayeran al agua sin saber nadar, al tiempo que trataban de estabilizarse y no chocar con nadie.

En el suelo que habían abandonado, comenzó a dibujarse una grieta parecida a una telaraña. Sus fisuras fueron creciendo por momentos hasta que, en medio de grandes estruendos, la pirámide comenzó a caer y disgregarse en los mismos bloques de piedra que la habían formado. Por entre aquellos gigantescos cubos en lento descenso, Wang presenció la desintegración de la gran sala: tanto el gran caldero donde habían cocinado a Fu Xi como la estaca a la que lo habían atado terminaron flotando a la deriva.

El sol alcanzó su cenit. Todo lo que en ese momento flotaba —desde la gente a los grandes bloques de piedra, pasando por los instrumentos astronómicos y hasta los calderos de bronce— comenzó a elevarse lentamente para luego acelerar.

Buscando con la mirada la computadora de formación humana, Wang topó con una imagen aterradora: los treinta millones de hombres que habían integrado la placa base se alejaban del planeta flotando en espiral, como si una colonia de hormigas fuera succionada por una aspiradora. A su paso, sobre el suelo, dejaban la marca indeleble de los diagramas de circuitos. Algún día aquellos enrevesados símbolos de tan complicadas formas, que solo cobraban sentido al ser observados a vista de pájaro, serían el resto arqueológico que más quebraderos de cabeza causaría a una de las futuras civilizaciones de *Tres Cuerpos*.

Wang levantó la vista y advirtió que el cielo estaba cubierto por un manto de extrañas nubes moteadas, hechas de polvo, piedras, restos humanos y otros materiales. El sol brillaba tras ellas. Además, vio que en la lejanía surgía una especie de cadena montañosa con picos, transparentes como el cristal, que cambiaban de forma y centelleaban: era el agua de los océanos, que también estaba siendo atraída hacia el espacio.

Todo cuanto existía en el mundo de *Tres Cuerpos* se elevaba en dirección al sol.

Wang se dio cuenta entonces de que Von Neumann y Qin Shi Huang flotaban a su alrededor. El primero, al pasar cerca del emperador, trató de decirle algo, pero no se oyó sonido alguno. Por suerte, aparecieron varias líneas de subtítulos:

> ¡Tengo la solución: elementos electrónicos! Podemos usarlos para crear circuitos y puertas, que combinaremos para formar una nueva computadora varias veces más rápida, que ocupe un espacio mucho menor. Estimo una envergadura similar a la de un pequeño edificio... Majestad Imperial, ¿me estáis escuchando?

Qin Shi Huang descargó todo el peso de su espada contra Von Neumann. Este, al ver que por su lado pasaba un bloque de piedra, aprovechó para impulsarlo de un puntapié en dirección al emperador, y acto seguido corrió a resguardarse. En cuanto la enorme espada rozó la piedra, saltaron chispas. Al final, la hoja terminó partiéndose en dos. Justo a continuación, el bloque de piedra colisionó con otro, aplastando a Qin Shi Huang. Fragmentos de piedra, carne y hueso se desperdigaron en todas direcciones. Era una imagen espeluznante.

Curiosamente, Wang no oyó el ruido producido por el choque de aquellas dos grandes piedras. En torno a él reinaba el silencio, pues al haber desaparecido la atmósfera, también lo había hecho el sonido.

Conforme pasaban flotando, el vacío hacía que la sangre de los cuerpos hirviera y los órganos internos brotaran de sus bocas, convertidos en extrañas masas amorfas rodeadas de nubes cristalinas, y formadas por el líquido que habían exudado.

También debido a la desaparición de la atmósfera, el cielo era ahora del negro más intenso. Todo cuanto había llegado flotando hasta el espacio procedente del mundo de *Tres Cuerpos* reflejaba la luz del sol e iba acumulándose en la forma de una nube resplandeciente. Más tarde, esta se transformó en un vórtice gigante que fue dando vueltas hasta alcanzar su destino final: el sol.

Wang empezó a notar que el sol cambiaba de forma. Enseguida comprendió que lo que en realidad estaba viendo eran los otros dos soles asomando por detrás del primero. Desde su perspectiva, los tres astros superpuestos adoptaban la forma de un ojo enorme y brillante que flotaba en mitad del universo.

En ese momento, precisamente frente a los tres soles en sizigia, apareció sobreimpresionado un largo texto:

> La civilización número 184 fue destruida por las atracciones gravitacionales superpuestas de una sizigia trisolar. Había alcanzado la revolución científica y la revolución industrial.
>
> En esta ocasión, Newton consiguió establecer la mecánica clásica no relativista. Al mismo tiempo, con la invención del cálculo y del modelo computacional de Von Neumann, se sentaron las bases para el análisis del movimiento de los tres cuerpos.
>
> Después de un largo período, la vida y la civilización progresarán a través del impredecible mundo de *Tres Cuerpos*. Le invitamos a volver a conectarse en el futuro.

Justo cuando Wang se desconectaba del juego, recibió la llamada de un desconocido.

—¡Hola! —dijo una carismática voz masculina al otro lado de la línea—. Antes que nada, gracias por habernos facilitado un número real. Soy administrador del sistema de *Tres Cuerpos*.

Wang se sintió a la vez tenso e ilusionado.

—¿Podría decirme su edad, nivel de estudios, lugar de trabajo actual y el puesto que desempeña? —añadió la voz—. Al registrarse, dejó estos campos en blanco.

—¿Qué tienen que ver esos datos con el juego? —preguntó Wang.

—A partir del nivel que usted ha alcanzado, se requiere esa información. Si no nos la facilita, su acceso a *Tres Cuerpos* será vetado para siempre.

Wang le proporcionó los datos.

—Muy bien, profesor Wang. Cumple los requisitos necesarios para continuar jugando.

—Gracias. ¿Puedo hacerle un par de preguntas?

—No. Pero mañana hay un encuentro de jugadores de *Tres Cuerpos* al que puede asistir...

Acto seguido, el administrador le dio una dirección.

18

El encuentro

El lugar escogido para el encuentro de jugadores de *Tres Cuerpos* fue una discreta cafetería apartada del bullicio. Wang siempre había creído que esa clase de eventos se celebraban en grandes espacios porque eran masivos, pero ese día no había más que siete asistentes, él incluido. Además, como era también su caso, ninguno respondía al perfil de aficionado a los videojuegos: solo dos eran relativamente jóvenes. Otros tres, entre ellos una mujer, rondaban la mediana edad. Por último, había un anciano de unos setenta años.

Wang imaginó que en cuanto se conocieran se pondrían a hablar del juego con entusiasmo. Pero no fue así. El impacto psicológico que el extraño y profundo contenido de *Tres Cuerpos* había producido en todos ellos les impedía, incluso a él, mencionarlo. Se limitaron a presentarse someramente. El anciano extrajo una pipa de un bolsillo de la chaqueta, la llenó de tabaco y empezó a fumar mientras admiraba los cuadros que colgaban en la pared. El resto aguardó, sentado y en silencio, a que se presentara el organizador del encuentro. Todos habían llegado temprano.

De aquellas seis personas, Wang conocía a dos: el anciano era un filósofo famoso por haber aunado, en sus enseñanzas, la filosofía oriental con conceptos de la ciencia moderna. La mujer, vestida de forma muy extravagante, era una conocida novelista. A pesar de su peculiar estilo vanguardista, tenía una legión de devotos lectores; a todos ellos les daba igual empezar sus libros por cualquier página.

De los dos hombres de mediana edad, uno era el vicepresidente de una de las empresas de *software* más importantes de China, algo difícil de imaginar por su aspecto informal. El otro era un alto ejecutivo de la corporación eléctrica estatal. En cuanto a los jóvenes, uno era periodista de un gran medio de comunicación, y el otro, un doctorando en Ciencias. Al verlos allí reunidos, Wang concluyó que la mayoría de jugadores de *Tres Cuerpos* debían de ser intelectuales.

En cuanto por fin apareció el organizador del encuentro, Wang sintió palpitaciones: era Pan Han, el principal sospechoso por el asesinato de Shen Yufei. Muy discretamente, asegurándose de que nadie lo viera, comenzó a teclear un SMS dirigido a Shi Qiang.

—¡Bueno, qué pronto habéis llegado todos! —exclamó un sonriente Pan Han.

Se mostraba tan distendido que uno habría dicho que en su mundo no existían las preocupaciones. Si bien solía presentarse ante los medios con un aspecto muy desaliñado, casi de mendigo, ese día llevaba un traje impecable y unos relucientes zapatos de piel.

—Sois todos tal y como me imaginaba: ¡cerebros privilegiados donde los haya! *Tres Cuerpos* se ideó justamente para personas como vosotros; el público general es incapaz de apreciar su profundidad y su contexto. Para disfrutarlo a fondo, se requiere un intelecto superior al de la media.

Wang logró mandar el SMS:

Localizado Pan Han. Cafetería Yunhe, distrito Xicheng.

Pan Han prosiguió:

—Tengo ante mí reunidos a los jugadores más destacados de *Tres Cuerpos*, con las puntuaciones más altas y la mayor dedicación. Estoy seguro de que el videojuego ya forma parte de vuestra vida.

—Es mi vida —apostilló el doctorando.

—Yo lo descubrí por casualidad en el ordenador de mi nieto

—intervino el anciano filósofo, apartando la pipa de los labios—. El chiquillo lo abandonó a las pocas partidas porque le parecía demasiado complicado. A mí, en cambio, me atrajo justamente por eso. Es un mundo diseñado con una lógica férrea; a ratos lo encuentro extraño y terrible, y a ratos increíblemente hermoso. Son tantos los detalles que se esconden detrás de su aparente sencillez, que es normal que nos tenga fascinados...

Varios de los presentes, Wang incluido, asintieron con la cabeza. En ese momento recibió la respuesta de Da Shi:

> Nosotros también lo habíamos localizado. Calma. Trate de hacerse el fanático, pero sin pasarse, no sea que lo descubran.

—Sí —intervino la escritora, asintiendo con vehemencia—; desde el punto de vista narrativo, *Tres Cuerpos* supone un verdadero salto cualitativo. ¡La manera en que cuenta el ascenso y la caída de doscientas tres civilizaciones llega a alcanzar cotas realmente épicas!

A Wang le extrañó la cifra: él apenas había llegado a contabilizar ciento ochenta y cuatro civilizaciones. Así que aquello confirmaba su sospecha de que *Tres Cuerpos* progresaba de forma distinta con cada jugador, quizás incluso ofrecía mundos diferentes.

—Yo últimamente estoy un poco harto del mundo real, la verdad —intervino el periodista—. *Tres Cuerpos* se ha convertido en mi segunda realidad.

—¿De verdad? —dijo Pan Han, visiblemente interesado.

—A mí también me pasa —intervino el vicepresidente de la empresa de *software*—. Comparada con *Tres Cuerpos*, la vida real es ahora vulgar y anodina.

—Qué pena que solo sea un juego... —se lamentó el ejecutivo de la corporación eléctrica.

—Muy bien —musitó Pan Han mientras asentía con la cabeza.

Wang vio que los ojos le brillaban con ávida excitación. Entonces le dijo:

—Tengo una pregunta que estoy seguro de que todos comparten.

—Sé cuál es, pero házmela de todos modos.

—¿*Tres Cuerpos*... es solo un juego?

Los demás jugadores asintieron. Estaba claro que también se lo preguntaban.

Pan Han se puso de pie y, con gran solemnidad, afirmó:

—El universo de *Tres Cuerpos*, llamado Trisolaris, existe en realidad.

—¿Y dónde está? —preguntaron varias voces a destiempo.

Pan Han volvió a sentarse. Después de guardar un largo silencio, dijo:

—Hay preguntas que puedo responder y hay otras que no. Ahora bien: si Trisolaris está realmente en vuestro destino, llegará el día en que todas vuestras preguntas serán contestadas.

—Pero... entonces, ¿el juego es una representación más o menos fiel de Trisolaris? —preguntó el periodista.

—En primer lugar, la habilidad que tienen los trisolarianos para deshidratarse es real. A fin de adaptarse a un entorno natural impredecible, y evitar condiciones extremas que no permiten la vida, son capaces de expeler voluntariamente toda el agua de su cuerpo para convertirse en objetos secos y fibrosos.

—¿Y qué aspecto tienen los trisolarianos?

—Lo ignoro —admitió Pan Han, negando con la cabeza—. En cada ciclo de civilización, adoptan una apariencia distinta. Lo que el juego sí refleja es algo que realmente existió en Trisolaris: la computadora de formación trisolariana.

—¡Ja! Pues a mí eso me parece lo menos realista de todo... —exclamó el vicepresidente de la empresa de *software*—. Hice una pequeña prueba con un centenar de empleados y... ¡aunque la idea funcionó, una computadora formada por personas siempre sería más lenta que una persona calculando a mano!

Pan Han esbozó una misteriosa sonrisa.

—No te falta razón —dijo—. Pero ahora supón que los treinta millones de soldados que conforman la computadora fueran capaces de subir y bajar las banderas negra y blanca cientos de miles de veces por segundo, y que los soldados de caballería de luz del bus principal corrieran a una velocidad varias veces superior a la del sonido. ¿Verdad que el resultado sería diferente?

»Antes me preguntabais por el aspecto de los trisolarianos. Pues bien, hay indicios de que los cuerpos de aquellos que formaron la computadora estaban recubiertos de una capa brillante surgida como fruto de la evolución, en respuesta a las condiciones lumínicas extremas. Esa capa, de aspecto similar a un espejo, podía deformarse hasta adoptar cualquier forma, y era capaz de comunicarse con la de los demás por medio de la concentración de luz en determinados puntos del cuerpo. Esta especie de lenguaje a la velocidad de la luz podía transmitir de manera ultrarrápida, y supuso la fundación de la computadora humana trisolariana. Es cierto que aún se trataba de una máquina en su mayor parte ineficiente, pero aun así ya lograba completar cálculos demasiado complicados para realizarlos a mano. Y esa fue la primera forma con que la computadora apareció en la historia de Trisolaris. Más tarde pasó de estar integrada por personas a ser mecánica, y luego, finalmente, digital.

Pan Han se levantó y comenzó a pasearse por detrás de los asistentes.

—Todo lo que puedo deciros en este momento es que, como juego, *Tres Cuerpos* toma prestada la historia de la humanidad y la usa como trasfondo sobre el cual desplegar su narrativa, que es la del desarrollo de Trisolaris. La intención es proporcionar a los jugadores un entorno que les resulte familiar. Lo cierto es que Trisolaris es muy diferente del mundo que aparece en el juego, pero, eso sí, la existencia de tres soles es totalmente verídica: conforman la base de ese mundo.

—La creación de este juego debe de haber sido muy laboriosa —especuló el vicepresidente de la empresa de *software*—, pero no parece pensado para ganar dinero...

—El objetivo de *Tres Cuerpos* no puede ser más sencillo —dijo Pan Han—: conseguir reunir a camaradas como vosotros.

—¿«Camaradas»? —preguntó Wang, arrepintiéndose de inmediato. Temía haber sonado demasiado brusco.

Pan Han volvió a guardar silencio. Después de medir su mirada con la de cada uno de los presentes, preguntó con voz suave:

—¿Cómo os sentiríais si os dijera que la civilización trisolariana se dispone a venir a nuestro mundo?

—Yo me alegraría —respondió el periodista, atreviéndose a romper el silencio—. Con todo lo que llevo visto en mis años de profesión, he perdido la fe en la raza humana. Nuestra sociedad es incapaz de mejorar por sí misma, necesitamos la intervención de una fuerza exterior.

—¡Totalmente de acuerdo! —gritó la escritora. Temblaba de excitación, como si hubiera estado aguardando el momento de desahogarse—. ¡La raza humana es monstruosa! Me he pasado la primera mitad de mi vida revelando su fealdad con el escalpelo de la literatura, pero ya estoy harta... Espero el día en que la civilización trisolariana desembarque en este mundo y traiga consigo la verdadera belleza...

Pan Han no dijo nada, pero un brillo de excitación volvió a aparecer en sus ojos.

—Discutamos el asunto con más profundidad —intervino el anciano filósofo, blandiendo la pipa, ya apagada. Tenía un semblante grave—. Dígame, ¿qué opinión le merecen los aztecas?

—Un pueblo cruel y sanguinario —contestó la escritora—. Pirámides manchadas de sangre e iluminadas por antorchas en el corazón de una selva oscura; esa es la imagen que me viene a la mente.

—Está bien —asintió el filósofo—. Ahora trate de imaginar lo siguiente: sin la intervención de los conquistadores españoles, ¿cuál habría sido la influencia de aquel pueblo en la historia de la humanidad?

—Se equivoca usted de medio a medio —intervino el vicepresidente de la empresa de *software*—. Los conquistadores que invadieron las Américas no eran más que asesinos y ladrones.

—Aun suponiendo que lo fueran, como mínimo impidieron que la civilización azteca siguiera creciendo y se expandiera desmesuradamente hasta convertir todo el continente americano en un gran imperio tan cruel como sanguinario. En ese caso, tanto la democracia como la civilización, tal y como la entendemos en la actualidad, hubieran surgido mucho más tarde, o incluso nunca. Y ahí está la clave: sea cual sea la civilización trisolariana, su llegada siempre supondrá una buena noticia para la humanidad, que es una enferma terminal.

—¿No se le olvida un pequeño detalle? ¡Los aztecas fueron aniquilados por los invasores españoles! —exclamó el ejecutivo de la corporación eléctrica, mirando a los presentes con gesto indignado—. Esta clase de ideas son muy peligrosas.

—¡Querrá decir profundas! —apuntó el doctorando, levantando el dedo. Luego asintió vigorosamente en dirección al filósofo—. Yo pienso igual que usted, pero no encontraba la manera de expresarlo. ¡Bravo!

Tras unos instantes de silencio, Pan Han se volvió hacia Wang.

—Los demás ya han dado su opinión. ¿Tú qué dices?

—Yo estoy con ellos —respondió Wang, señalando al periodista y al filósofo. Quería dar una respuesta lo más sucinta posible por temor a meter la pata.

—Muy bien —dijo Pan Han. Y dirigiéndose al vicepresidente de la empresa de *software* y al ejecutivo de la corporación eléctrica, añadió—: Vosotros dos dejáis de ser bienvenidos en esta reunión y acabáis de perder las credenciales para jugar en *Tres Cuerpos*. Vuestros identificadores de usuario serán eliminados. Haced el favor de marcharos, gracias.

Los dos hombres se incorporaron tímidamente, mirándose el uno al otro. Luego echaron un vistazo alrededor y, confusos, terminaron yéndose.

Una a una, Pan Han estrechó las manos de los cinco jugadores restantes. Luego les dijo con gran solemnidad:

—A partir de ahora, somos camaradas.

19

Tres Cuerpos: Einstein, el monumento al péndulo y el Gran Desgarramiento

La quinta vez que Wang se conectó a *Tres Cuerpos* amanecía como de costumbre, pero el mundo presentaba un aspecto irreconocible.

La gran pirámide había sido destruida por la sizigia trisolar y, en su lugar, se erigía ahora un imponente edificio, gris y de estilo moderno, que Wang reconoció: era el Cuartel General de las Naciones Unidas.

A lo lejos, repartidas en todas direcciones, había muchas más construcciones, igualmente altas, con aspecto de deshidratorios. Estaban completamente recubiertas de espejos u otro tipo de material reflectante. A la luz del alba, parecía que de la tierra hubiesen brotado unas gigantescas plantas de cristal.

Wang oyó un violín interpretando una pieza de Mozart. Aunque sonaba poco ensayada, la melodía tenía un encanto especial: el dulce recreo de quien toca para sí mismo. Procedía de un viejo vagabundo de pelo cano y alborotado, sentado al pie de las escaleras del edificio de las Naciones Unidas. Tenía delante un apolillado sombrero de copa con unas cuantas monedas dentro.

De pronto, Wang vio que el sol aparecía a gran velocidad. Por alguna extraña razón, lo hacía desde el extremo opuesto a donde nacía el amanecer y, además, todo cuanto había a su alrededor permanecía a oscuras. Era muy grande: solo había asomado la mitad y ya ocupaba la tercera parte del horizonte.

A Wang se le aceleró el corazón, consciente de que un sol de ese tamaño no podía augurar nada bueno. Sin embargo, cuando miró en torno a él vio que el viejo violinista seguía tocando tranquilamente en su sitio. La melena plateada le brillaba.

Aquel sol también era plateado. Además, proyectaba sobre la tierra una luz blanquecina, que no provocó en Wang ninguna sensación de calidez. Observando de frente la superficie de aquel disco gris, que ya había emergido por completo, distinguió unas cuantas líneas que le recordaron la textura de la madera. Eran formaciones montañosas.

Fue entonces cuando advirtió que el disco no emitía luz alguna, sino que, sencillamente, reflejaba la del verdadero sol, aún oculto tras el horizonte en el extremo opuesto del cielo. Y comprendió que lo que había aparecido ante él no era ningún sol, sino una gigantesca luna.

Se desplazaba con rapidez, pero no tanta como para que el ojo humano fuera incapaz de detectar su movimiento. Fue transformándose por el camino: primero pasó de llena a menguante; más tarde, a creciente.

Con la dulce melodía de violín aún flotando en la fría atmósfera matinal, Wang se admiró del espléndido espectáculo que el universo le ofrecía. Se sentía embriagado por tanta belleza.

La gigantesca luna creciente comenzó a descender por la parte del cielo donde amanecía, y al instante se volvió muchísimo más brillante. Cuando ya apenas le asomaban los cuernos por detrás del horizonte, Wang imaginó un enorme toro que corría a embestir al sol.

—Amigo Copérnico, siéntate un rato a descansar los pies —le sugirió el anciano del violín después de que la luna hubiera desaparecido por completo—; así disfrutas un rato de Mozart y, de paso, yo me gano unas monedas para el almuerzo...

—Perdona si me confundo, pero ¿no eres...? —dijo Wang, observando su rostro cubierto de arrugas. Eran largas y de suaves curvas, como diseñadas para crear cierta armonía.

—No, no te confundes: soy Albert Einstein. Un pobre hombre lleno de fe en Dios, a pesar de haber sido abandonado por Él.

—¿Qué era aquella luna? Es la primera vez que la veo...

—Ya se ha enfriado.

—¿El qué?

—La luna. Cuando yo era pequeño todavía ardía, y al llegar a lo más alto podía verse un punto rojo en mitad del cielo. Ahora, en cambio... ya se ha enfriado... ¿Es que no has oído hablar del Gran Desgarramiento?

—Pues no... ¿Qué es eso?

—Mejor no lo mencionemos —respondió Einstein, exhalando un amargo suspiro y negando con pesar—. ¡Olvidemos el pasado! Mi pasado, el de todas las civilizaciones anteriores, el del universo... Todo es demasiado doloroso de rememorar.

—¿Se puede saber qué te ha ocurrido para volverte así? —preguntó Wang al tiempo que se sacaba unas monedas del bolsillo y las depositaba en el sombrero.

—Gracias, Copérnico. Ojalá Dios no te abandone..., aunque yo en tu caso no me haría demasiadas ilusiones al respecto, la verdad. A mí, ese modelo que tú, Newton y los demás creasteis en Oriente, con ayuda de la computadora de formación humana, me pareció que estaba muy cerca de ser el correcto. Lástima que, para Newton y los demás, su pequeño error de cálculo se tradujera en un cataclismo insalvable. Mira, siempre he pensado que, de no haberlo hecho yo, tarde o temprano habría sido otro el que descubriera la relatividad especial. En el caso de la relatividad general, en cambio... A Newton se le pasó por alto el modo en que la curva en el espacio-tiempo, inducida por la gravedad, afectaba a la órbita planetaria, un fenómeno descrito en la relatividad general. El error causado por no tener en cuenta ese detalle fue mínimo, pero su impacto en los resultados de los cálculos tuvo consecuencias letales.

»En realidad, con solo añadir a las ecuaciones clásicas un factor de corrección que tuviera en cuenta la curvatura espaciotiempo, el modelo ya fue válido, pero eso requirió una capacidad de procesamiento mucho mayor que la que vosotros teníais en Oriente. En cambio, para una computadora de esta era, no supone ningún problema.

—Ah, y ¿ha habido observaciones astronómicas que confirmen los resultados de los cálculos?

—En ese caso, ¿crees que tendría que verme como me veo? ¡Ay! Ya solo por lo épicamente hermoso que sería, debería tener razón yo, y no el universo; lo que ocurre es que Dios me ha abandonado, y con Él el mundo entero. Ya no soy bienvenido en ningún sitio... Princeton me ha retirado la plaza de profesor. En la Unesco no me quieren ni de asesor científico, un puesto que yo antes no habría aceptado ni aunque me lo hubieran pedido de rodillas. ¡Si hasta consideré ser presidente de Israel! Pero al poco de proponérmelo cambiaron de idea; me dijeron que era un fraude.

Einstein volvió a colocarse el violín al hombro y retomó la melodía por el punto en que la había dejado. Wang, tras pasar un buen rato escuchando, enfiló las escaleras del edificio.

—Dentro no hay nadie —le advirtió Einstein, sin dejar de tocar—. Todos los miembros de la asamblea están en la parte de atrás, asistiendo a la ceremonia de iniciación del péndulo.

Al rodear el edificio, Wang topó con la asombrosa imagen de un gigantesco péndulo que parecía unir el cielo y la tierra. En realidad, lo había visto antes asomando por detrás de la construcción, pero no supo qué era.

Recordaba a los péndulos que encontró la primera vez que se conectó al juego, cuando, en el período de los Reinos Combatientes, Fu Xi trató de hipnotizar con ellos al Dios del sol. Lo que diferenciaba a ese de ahora era que lo habían modernizado: los dos pilares que lo sostenían, tan altos como la torre Eiffel, eran de metal. También la masa pendular parecía metálica, aunque tenía forma aerodinámica y una brillante superficie galvanoplástica. La cuerda, sin duda hecha de algún material ultrarresistente, era tan fina que resultaba invisible y la masa parecía suspendida en el aire entre ambas torres.

Al pie del péndulo se reunía una multitud de personas elegantemente vestidas. Wang supuso que eran los líderes mundiales que habían acudido a la asamblea general. Cuchicheaban en pequeños grupos y parecía que estuvieran esperando algo.

—¡Pero si es Copérnico, el hombre que sobrevivió a cinco eras! —anunció alguien.

Todos acudieron a darle la bienvenida.

—Viste en persona los péndulos del período de los Reinos

Combatientes, ¿no es así? —le preguntó un hombre de tez oscura y sonrisa amistosa mientras estrechaba su mano. Luego, cuando se lo presentaron, resultó ser el secretario general de las Naciones Unidas.

—Pues sí, tuve ocasión de verlos —repuso Wang—. ¿Por qué han vuelto a construir uno?

—Es un monumento a Trisolaris. También una tumba —contestó el secretario general, observando el péndulo, que desde allí parecía tan grande como un submarino.

—¿Una tumba? ¿De quién?

—La tumba de una aspiración. De un empeño que pervivió durante casi doscientas civilizaciones: el de tratar de solucionar el problema de los tres cuerpos y determinar el patrón de movimiento de los soles.

—¿Ahora ya han desistido?

—Sí. Desde este mismo día, queda completamente enterrado.

Wang dudó un instante antes de sacarse un montón de folios de un bolsillo de la chaqueta: era el modelo matemático de Wei Cheng.

—Verás, yo... justamente venía por esto. Traigo un modelo matemático para resolver el problema de los tres cuerpos. Tengo indicios para creer que funcionará.

Tan pronto como oyeron aquello, todos los que lo rodeaban perdieron el interés, se volvieron y formaron los mismos grupos de antes para seguir cuchicheando. Wang observó que algunos se alejaban negando con la cabeza, visiblemente molestos, mientras otros sonreían.

—Por respeto a tu reputación, le pediré a mi asesor científico que le eche un vistazo —le dijo el secretario general, tomando el documento de sus manos para, sin ni siquiera mirarlo, entregárselo a un muchacho alto y con gafas que había a su lado—. Pero permíteme que te diga una cosa: en el fondo, que todos se hayan marchado de esa manera sin añadir nada más ya es una deferencia; si otro hubiera dicho lo mismo que tú, todavía estarían burlándose de él.

El asesor científico hojeó el documento.

—Un algoritmo evolutivo —dijo con moderada admiración—. ¡Copérnico, eres un genio! Todos los que han creado esta clase de algoritmos lo son, porque requiere al mismo tiempo talento matemático e imaginación.

—¿Insinúas que no soy el primero en crear un modelo matemático?

—No lo eres en absoluto. ¡Tenemos varias docenas de modelos similares! La mitad de ellos, por cierto, más elaborados que el tuyo... Todos fueron implementados y puestos a prueba en un esfuerzo de computación masiva, que se convirtió en el principal acontecimiento de este mundo durante los últimos dos siglos. Todo el mundo aguardaba los resultados como si del juicio final se tratara.

—¿Y cuáles fueron?

—Quedó demostrado, más allá de cualquier duda, que el problema de los tres cuerpos no tiene solución.

Wang subió la vista hacia el enorme péndulo. La masa, aún suspendida en mitad del aire, brillaba con la luz del amanecer. Su desigual superficie reflejaba cuanto había a su alrededor, como si se tratara del ojo del mundo.

Justo en aquel lugar, pero en una época remota de la que lo separaban varias civilizaciones, Wang había recorrido junto al rey Wen, de camino al palacio del rey Zhou, un bosque entero de péndulos similares. Con aquella coincidencia que lo devolvía al mismo punto del que había partido, la historia parecía trazar un círculo completo.

—Es justo como imaginábamos desde hace tiempo —prosiguió el asesor científico—. El sistema que plantea el problema es de tipo caótico, y la más mínima perturbación tiene efectos que pueden magnificarse casi infinitamente. Sus patrones de movimiento son imposibles de predecir matemáticamente.

Wang sintió que todas sus ideas y conocimientos científicos se esfumaban de su mente para dar paso a una gran confusión.

—Si hasta un sistema tan sencillo como el del problema de los tres cuerpos resulta ser un caos impredecible, ¿qué esperanza tendremos de descubrir las leyes del complicado e insondable universo? —se preguntó en voz alta.

—Dios es un jugador sinvergüenza, ¡y nos ha abandonado! —exclamó de pronto Einstein, llegado no se sabía cuándo y zarandeando el violín en el aire.

El secretario general asintió con pesar.

—Efectivamente, Dios es un jugador. Y la única esperanza que le queda a la civilización trisolariana es sentarse a la mesa frente a él y hacer una apuesta decidida.

En esos momentos, la luna gigante volvía a surgir desde la parte más oscura del horizonte. Cuando su formidable imagen plateada se reflejó en la superficie de la masa del péndulo, la luz tembló misteriosamente durante unos instantes. Era como si la masa y la luna hubieran sentido una enigmática empatía.

—Esta civilización parece haberse desarrollado hasta un estadio muy avanzado —observó Wang.

—Así es; hemos conseguido dominar la energía del átomo y alcanzar la era de la información —respondió el secretario general, sin mostrarse particularmente orgulloso de aquellos logros.

—Entonces, sigue habiendo esperanza —dijo Wang—. Incluso si realmente es imposible determinar el patrón de movimiento de los soles, la civilización puede seguir progresando hasta alcanzar un estadio en el que sea capaz de protegerse de las devastadoras catástrofes de las eras caóticas y sobrevivirlas.

—Hubo un tiempo en que la gente pensaba como tú. Justamente era esa idea la que alentaba el esfuerzo y la tenacidad con que cada nueva civilización trisolariana volvía a intentarlo, pero la luna se encargó de despertarnos de nuestra ingenuidad... —El secretario general señaló con el dedo a la luna gigante, que seguía elevándose—. Imagino que será la primera vez que ves esta luna. En realidad, al ser su tamaño el equivalente a una cuarta parte del de nuestro planeta, no se considera luna, sino la otra mitad del planeta binario en que nos convertimos a consecuencia del Gran Desgarramiento.

—¿El Gran Desgarramiento?

—El desastre que destruyó a la civilización anterior a la nuestra. Y mira que, en comparación con lo ocurrido en civilizaciones anteriores, ellos tuvieron un amplio margen de aviso... Según los registros que han perdurado, los astrónomos de la civilización 191 detectaron con mucha antelación una estrella fugaz congelada.

Wang se estremeció. Una estrella fugaz congelada era el peor de los presagios en aquel mundo. Cuando una estrella fugaz —es decir, un sol distante— parecía detenerse en el cielo, significaba que los vectores de movimiento del sol y del planeta estaban alineados, y debido a tres posibles causas: la primera, que el sol y el planeta se movieran a la misma velocidad y en la misma dirección; la segunda, que el sol y el planeta se alejaran el uno del otro, y la tercera, que el sol y el planeta se acercaran el uno al otro. Antes de la civilización 191, esta última posibilidad se consideraba puramente teórica, un desastre que jamás había sucedido, pero aun así conseguía inspirar tal terror en la psique colectiva que el término «estrella fugaz congelada» era sinónimo de gran desastre desde hacía muchas generaciones.

—¡Pero es que luego fueron tres las estrellas fugaces que se congelaron al mismo tiempo! —prosiguió el secretario general—. Indefensa, la mayoría de la gente se quedó petrificada mirando las estrellas, esos tres soles que se precipitaban sobre su mundo. Al cabo de unos días, uno de ellos alcanzó la distancia a partir de la cual la capa exterior gaseosa se vuelve visible y, de repente, en mitad de la noche, pasó de ser estrella fugaz a sol brillante. Los otros dos aparecían y desaparecían a intervalos de treinta minutos; no se trataba de un día trisolar cualquiera. Para cuando la tercera estrella fugaz se convirtió en sol, el primer sol ya había dejado atrás nuestro planeta, pasando muy cerca de él. Los otros dos soles lo hicieron a distancias todavía más cortas, que sobrepasaban el límite de Roche,* de modo que la combinación de fuerzas de marea ejercidas por los tres soles sobre Trisolaris superaron la autoatracción gravitacional de aquel. El primer sol hizo temblar la estructura geológica más profunda del planeta, el segundo le causó una grieta inmensa

* El astrónomo francés Édouard Roche (1820-1883) fue el primero en calcular la distancia mínima que deben mantener dos cuerpos celestes para que el más pequeño no termine desintegrado a causa de las fuerzas de marea que el otro genera. *(N. del A.)*

que llegaba hasta su núcleo y el tercero acabó de partirlo en dos.

»Esa era la mitad más pequeña. —El secretario general señaló con el dedo la gigantesca luna—. Todavía quedan ruinas de la civilización 191 en su superficie, pero es un mundo sin vida. Fue el desastre más terrible en toda la historia de Trisolaris. Después de que el planeta se partiera en dos, cada una de las mitades, de forma irregular, se transformó en una esfera perfecta por acción de su autogravedad. El denso material incandescente del núcleo emanó a la superficie y los océanos se llenaron de lava humeante. Los continentes flotaban a la deriva sobre el magma como si fueran icebergs, y conforme chocaban entre ellos su superficie se volvía tan dúctil como la del océano. Aparecían numerosas y descomunales cadenas montañosas de miles de metros de altura que al cabo de una hora volvían a desaparecer.

»Durante un tiempo, las dos mitades siguieron conectadas por una especie de río espacial alimentado por corrientes de lava fundida. Al enfriarse, aquella lava quedó convertida en un gran anillo que rodeaba las mitades, pero las perturbaciones de estas causaron su desintegración y comenzó una lluvia de piedras gigantes que duró varios siglos. ¿Te imaginas semejante infierno? Provocó la mayor destrucción ecológica de la historia. Todos los seres vivos que habitaban el que ahora es nuestro planeta compañero se extinguieron, y aquí, en el planeta madre, también tuvimos que vivir en un erial. Por fin, un día la semilla de la vida volvió a germinar y, conforme la geología del planeta se estabilizaba, una vez más la evolución se abrió camino en océanos y continentes hasta que, por centésima nonagésima segunda vez, reapareció la civilización. El proceso había durado noventa millones de años.

»Lo cierto es que Trisolaris tuvo la peor suerte con el lugar que le tocó ocupar en el universo... ¿Qué crees que pasará la próxima vez que aparezca una estrella fugaz congelada, o la siguiente? Existe la posibilidad real de que un día, en lugar de que los soles pasen rozándonos, nos hundamos en el mar de fuego de alguno de ellos. Es más: concediéndole el tiempo necesario, esa posibilidad terminará sucediendo irremediablemente...

»Antes todo esto eran meras especulaciones inquietantes,

pero un reciente descubrimiento astronómico se ha encargado de echar por tierra todas las esperanzas que pudiéramos albergar con respecto al futuro de Trisolaris. El propósito original de los investigadores era reconstruir la historia de la formación de las estrellas y los planetas de nuestro sistema estelar a partir de los vestigios que quedan de ellos. Sin embargo, la casualidad quiso que terminaran descubriendo que, en su pasado más remoto, el sistema estelar trisolariano constaba de doce planetas, de los que solo queda uno, el nuestro. Eso solo se explica con que los otros once planetas fueron aniquilados por los soles. Nuestro mundo es el último superviviente de una gran cacería a escala interplanetaria que sigue en marcha, y el hecho de que haya tenido ciento noventa y dos reencarnaciones se debe a una mera cuestión de suerte... Pero es que la cosa no queda ahí: por si fuera poco, otros estudios recientes han detectado signos de respiración en los tres astros.

—¿Cómo? ¿Me estás diciendo que los soles respiran?

—Es una forma de hablar... Tú descubriste la capa exterior gaseosa que recubre los soles, pero lo que no sabías es que esa capa se expande y se contrae a lo largo de ciclos que duran eones. Como una especie de respiración. Cuando se expande, llega a hacerse hasta doce veces más grande, aumentando tanto el diámetro del sol que lo convierte en una suerte de guante de béisbol que todo lo atrapa para atraerlo a su órbita. En cuanto un planeta pasa lo suficientemente cerca de uno de los soles, es atraído de inmediato y entra en su capa gaseosa, donde la fricción causa su desaceleración y finalmente, como si fuera un meteorito, cae al mar de fuego arrastrando una larga y ardiente cola.

»Según los resultados del estudio, en la larga historia del sistema estelar trisolariano, cada vez que las capas gaseosas de los soles se han expandido, uno o dos planetas han terminado desapareciendo. Todos y cada uno de aquellos once planetas hermanos del nuestro sucumbieron en un mar de fuego durante épocas de máxima expansión de las capas gaseosas. Por fortuna, ahora mismo las capas de los tres soles se hallan en estado de contracción (de lo contrario nuestro planeta se habría estrellado contra alguno de ellos la última vez que pasaron cerca), pero los científicos prevén que dentro de mil años comenzarán a expandirse de nuevo.

—No podemos seguir viviendo en este condenado lugar —apostilló Einstein, inclinado sobre su violín.

—Cierto. No podemos continuar de esta manera —convino el secretario general—. El único camino que nos queda es jugarnos la supervivencia en una apuesta con el universo.

—¿Qué apuesta? —preguntó Wang.

—Abandonar el sistema estelar trisolariano y adentrarnos en el vasto mar de estrellas de la galaxia en busca de un nuevo mundo al que emigrar.

Alertado por el rítmico chirrido que empezó a oírse, Wang miró hacia el péndulo y vio que la masa estaba siendo levantada por un finísimo cable que a su vez pendía de una grúa. Mientras la masa se aproximaba a la altura del cielo desde la que iban a liberarla, detrás de ella, y en dirección opuesta, descendía la gigantesca luna en cuarto menguante.

El secretario general anunció con solemnidad:

—Accionad el péndulo.

La grúa liberó el cable, unido al péndulo, y la masa se desplomó al vacío, primero lentamente, y más tarde acelerando hasta alcanzar su velocidad máxima en la parte inferior del limpio arco que trazó. A su paso cortaba el viento con un profundo rugido. Cada vez que dejaba de oírse, significaba que el péndulo se encontraba en el punto más alto del extremo opuesto del arco y que al cabo de unos instantes iniciaría su rápido regreso.

Wang sintió que la gran fuerza generada por el péndulo hacía temblar el suelo bajo sus pies. A diferencia de lo que ocurría con los péndulos del mundo real, el período de este no era estable, sino que cambiaba constantemente. Aquello se debía a la también cambiante atracción gravitacional de la gigantesca luna: cuando se hallaba cerca de aquel punto del planeta, su gravedad neutralizaba en parte la de este y el péndulo perdía peso. En cambio, cuando se hallaba al otro extremo del planeta, su gravedad se sumaba a la del mismo y hacía aumentar el peso del péndulo casi hasta el nivel que habría tenido antes del Gran Desgarramiento.

Mientras admiraba los majestuosos vaivenes de aquel monumento trisolariano al péndulo, Wang se preguntó si representaba el ansia de hallar orden o más bien la rendición ante el caos. También le pareció ver en él la metáfora de un gigantesco puño de metal que iba a pasarse la eternidad propinando ganchos contra el universo cruel, entonando silenciosamente el grito de batalla de la indómita civilización trisolariana.

Los ojos se le llenaron de lágrimas cuando de repente vio aparecer un texto sobreimpresionado:

> Cuatrocientos cincuenta años más tarde, la civilización número 192 sucumbió a las voraces llamas de dos soles gemelos que aparecieron simultáneamente. Para entonces, había alcanzado la era atómica y la era de la información.
>
> La civilización número 192 supuso un hito en la historia de Trisolaris, pues finalmente pudo probarse que el problema de los tres cuerpos no tiene solución, finalizando así el empeño de ciento noventa y un ciclos. El camino hacia el progreso de futuras civilizaciones quedaba, de esta forma, despejado. Ahora el objetivo de *Tres Cuerpos* se convierte en otro: poner rumbo a las estrellas en busca de un nuevo hogar.
>
> Le invitamos a volver a conectarse en el futuro.

Igual que en las ocasiones anteriores, Wang se sintió exhausto al desconectarse del juego. Sin embargo, esta vez apenas descansó media hora antes de entrar de nuevo.

Ahora le sorprendió ver un fondo completamente negro sobre el que flotaba el siguiente texto:

> AVISO URGENTE: Los servidores de *Tres Cuerpos* se cerrarán en breve. Por el momento, y hasta que el cierre sea efectivo, los usuarios pueden seguir conectándose libremente. *Tres Cuerpos* pasa directamente a la escena final.

20

Tres Cuerpos: Expedición

Otro gélido amanecer descubrió un paisaje desolador. No había rastro de ninguna pirámide o del Cuartel General de las Naciones Unidas, ni tampoco del monumento al péndulo; solo un desierto oscuro que se extendía hasta perderse en el horizonte, la misma imagen que Wang había visto la primera vez que se había conectado.

Sin embargo, muy pronto se dio cuenta de su error: lo que había tomado por rocas diseminadas a lo largo y ancho del desierto eran en realidad cabezas.

La tierra estaba sembrada de gente.

Desde la pequeña colina en la que él se encontraba, no era capaz de distinguir dónde terminaba aquel denso manto de individuos. Según calculó, únicamente en el territorio que alcanzaba a ver, debían de ser cientos de millones. Probablemente, toda la población del planeta estaba allí metida.

El silencio que guardaban aquellos cientos de millones de individuos creaba una insólita atmósfera de angustia. Wang se preguntó qué estarían esperando. Luego reparó en que todos miraban en dirección al cielo. Cuando él levantó la vista, también advirtió que este había sufrido una transformación fabulosa: las estrellas se alineaban formando un cuadrado perfecto. Enseguida se dio cuenta de que se mantenían fijas en su posición y, por tanto, debían de estar orbitando en perfecta sincronía con el planeta, mientras que el mar de estrellas de la Vía Láctea, mucho más lejano y oscurecido al fondo, sí se movía aparentemente.

Las estrellas de la formación que ocupaban el extremo más próximo al amanecer eran también las más brillantes. La luz plateada que emitían proyectaba su sombra en el terreno. A medida que uno se alejaba de aquel extremo, el brillo disminuía. Wang contó alrededor de una treintena de estrellas por cada eje de la formación, lo cual representaba una cifra total de más de mil estrellas.

La lentitud con que aquella formación tan evidentemente artificial avanzaba, como un todo por encima del vasto océano de estrellas que era el universo, parecía una solemne exhibición de poder.

De pronto, un hombre que estaba de pie al lado de Wang le tocó el brazo con suavidad y susurró:

—Gran Copérnico, ¿por qué te presentas tan tarde? Ya han pasado tres civilizaciones, has perdido grandes cosas...

—¿Qué es aquello? —preguntó Wang, señalando hacia la formación de estrellas en el cielo.

—Es la gran flota interestelar trisolariana, a punto de iniciar su expedición.

—¿La civilización trisolariana ya ha conseguido desarrollar la capacidad de hacer viajes interestelares?

—Sí —respondió el hombre—. Todas esas magníficas naves alcanzan una décima parte de la velocidad de la luz.

—No me cabe duda de que se trata de un gran logro, pero que yo sepa esa velocidad es insuficiente para un vuelo interestelar.

—Todo viaje comienza con un primer paso —repuso el hombre—. La clave está en encontrar un objetivo adecuado.

—¿Cuál es el destino de la flota?

—Una estrella con planetas que se encuentra a cuatro años luz de distancia. La más cercana al sistema trisolariano.

Wang se mostró muy sorprendido.

—La estrella más cercana a nosotros también se encuentra justamente a cuatro años luz de distancia.

—¿A quién te refieres con ese «nosotros»?

—A la Tierra.

—Bueno, eso no tiene nada de raro. En la mayoría de regiones de la Vía Láctea, la distribución de las estrellas es bastante uniforme; se debe a la influencia de la gravedad sobre los cúmulos de estrellas. La distancia que separa a la mayoría de ellas es de entre tres y seis años luz.

Comenzaron a oírse gritos de júbilo. Wang miró de nuevo hacia arriba y vio que todas las estrellas de la formación se estaban volviendo cada vez más brillantes. La causa era la luz que emitían las propias naves. Muy pronto iluminaron más que el amanecer y las mil estrellas pasaron a ser mil soles, que bañaron a Trisolaris con su gloriosa luz. La gente comenzó a sacar los brazos a la superficie para celebrarlo, y enseguida se creó un interminable bosque de alegría.

La flota trisolariana comenzó a acelerar, desplazándose por el cielo majestuosamente a medida que pasaba sobre la luna gigante, que despuntaba e irradiaba un brillo azulado sobre sus montañas y llanuras.

Luego los gritos de celebración fueron apagándose, y los trisolarianos observaron en completo silencio cómo la que era su última esperanza se encogía más y más hasta perderse de vista. Iban a morir sin saber nada más de ella, pero con la ilusión de que, al cabo de cuatro o cinco siglos, sus descendientes conocerían el descubrimiento de un nuevo mundo y comenzaría una nueva vida para su civilización.

Wang los acompañó en aquel silencio; vio primero que la falange de mil estrellas se encogía hasta adquirir el tamaño de una sola, y luego que esa única estrella desaparecía en el cielo del oeste.

Entonces apareció el siguiente texto:

La expedición trisolariana con rumbo al nuevo mundo ha dado comienzo. En estos momentos la flota se halla en pleno vuelo.

Tres Cuerpos termina aquí. Cuando regrese al mundo real, si sigue siendo fiel a lo que prometió, diríjase a la dirección que le enviaremos por correo electrónico para asistir al encuentro que celebrará la Organización Terrícola-trisolariana.

TERCERA PARTE

EL OCASO DE LA HUMANIDAD

21

Los terrícolas rebeldes

Aquel nuevo encuentro tuvo muchísimos más asistentes que el de los jugadores de *Tres Cuerpos*. Se reunieron en la cafetería de empleados de una antigua planta química que pronto iba a ser demolida. A pesar de su deterioro, las instalaciones eran muy espaciosas. Wang calculó que en total habría unas trescientas personas, muchas de ellas conocidas porque eran famosas o pertenecían a las élites del mundo de la ciencia, la literatura, la política y otros estamentos.

Lo primero que atrajo su atención al entrar en la cafetería fue el peculiar artefacto ubicado justo en el centro. Consistía en tres esferas plateadas algo menores que una bola de bolos, que flotaban y se perseguían alrededor de una base de metal, cosa que le hizo suponer que era levitación magnética. Las órbitas de las tres eran completamente aleatorias: tenía ante sus ojos una versión real del problema de los tres cuerpos.

De entre todos los presentes, él era el único que mostraba interés por aquella interpretación artística del problema. Todas las demás miradas se centraban en Pan Han, de pie sobre una mesa algo desvencijada.

—¿Fuiste tú el que asesinó a la camarada Shen Yufei? —le preguntó sin rodeos un hombre.

—Sí, fui yo —contestó Pan Han, impávido—. Si nuestra Organización tiene que verse en una crisis como la que atraviesa, es justamente por culpa de traidores como ella, que han conseguido infiltrarse en el seno de los adventistas.

—¿Y a ti quién te ha dado el derecho de matar a otro ser humano?

—Actué guiado por mi sentido de responsabilidad para con la Organización.

—¿Por tu sentido de la responsabilidad? ¡Será guiado por tu malicia egoísta de siempre!

—¿Qué quieres decir con eso? ¡Explícate!

—¡Explica tú los logros específicos alcanzados por la rama de Medio Ambiente bajo tu dirección! Vuestro cometido es instrumentalizar los problemas medioambientales para lograr que la población aborrezca la ciencia y la industrialización modernas... Pero tú, ¿a qué te has dedicado? ¡A aprovecharte de la tecnología y de las predicciones de nuestro Señor para obtener fama y riqueza!

—¿Te crees que me gusta ser popular? Si a mis ojos la raza humana es escoria, ¡¿qué me importará la opinión de nadie?! Haciéndome famoso era la única manera de llegar a influir en el pensamiento de la gente y manipular sus ideas...

—¡Tú siempre reservándote el trabajo fácil! Conseguiríamos lo mismo empleando ecologistas de verdad, que además son más sinceros y apasionados que tú. Bastaría una mínima tutela para que ellos mismos se encargasen de realizar grandes acciones, que luego nosotros podríamos explotar sin tener que ensuciarnos las manos. La rama de Medio Ambiente debería verter veneno en los embalses, liberar residuos tóxicos de alguna planta química... ¿Habéis hecho algo de todo eso? ¿Verdad que no?

—Hemos diseñado un sinfín de planes y programas, pero quien nos dirige los vetó uno a uno. En realidad, hizo bien, porque acciones tan radicales como esas habrían sido precipitadas, como mínimo hasta hace poco. Acordaos de la catástrofe que intentó crear la rama de Biología y Medicina de nuestro destacamento en Europa, fomentando el abuso de antibióticos. ¡Se detectó al momento! Con esa acción temeraria estuvieron a punto de llamar la atención sobre nosotros.

—¿Y matar a una persona no llama la atención?

—¡Escuchadme, camaradas! Tarde o temprano habría llegado el momento. Sois perfectamente conscientes de que los gobiernos de todo el mundo están preparándose en secreto para la guerra. En Europa y Estados Unidos han comenzado a investigarnos, y en cuanto esa investigación se extienda dentro de nuestras fronteras, está claro que los redencionistas se pondrán del lado del gobierno. ¡Extirparlos de la Organización debe ser nuestra máxima prioridad!

—Tú no eres quién para establecer cuáles son nuestras prioridades.

—Las decide quien nos dirige, naturalmente que sí... ¡Pero desde ya mismo os aseguro, camaradas, y puedo demostrar mi afirmación, que también forma parte de los adventistas!

—¡Eso es un disparate! Todos conocemos el alcance de su poder. ¡Si es cierto lo que dices, hace tiempo que habría expurgado a los redencionistas!

—Quizá sabe algo que nosotros ignoramos, y por eso nos ha reunido hoy.

En ese momento, un renombrado científico ganador del Premio Turing se subió a la mesa y acaparó la atención de todos.

—¡Decidme, camaradas! —gritó, haciendo aspavientos con los brazos en alto—. ¿Qué es lo que debemos hacer ahora?

—¡Empezar una revolución global!

—¿No sería eso un suicidio?

—¡Viva el espíritu de Trisolaris! ¡Perduraremos como la hierba que vuelve a crecer después de cada incendio!

—Una rebelión supondría revelar nuestra existencia al mundo, pero tal vez vaya siendo hora de darnos a conocer. Estoy seguro de que, con el plan de acción adecuado, muchos se nos sumarían... —intervino Pan Han, y logró arrancar algunos aplausos.

—¡Ya están aquí! —anunció alguien de pronto, y de inmediato el gentío se apartó formando un pasillo.

En cuanto Wang vio de quién se trataba, fue presa de un vértigo angustioso que hizo palidecer el mundo ante sus ojos. Lo veía todo en blanco y negro, a excepción de aquella figura que entraba en escena.

Rodeada de jóvenes escoltas, el máximo líder del Ejército Rebelde Terrícola-trisolariano, Ye Wenjie, avanzaba entre los presentes con paso firme.

Al llegar al centro del espacio que le habían abierto, levantó un puño huesudo y, haciendo gala de una fuerza y una determinación que a Wang le costaba concebir que tuviera, gritó:

—¡Abajo con la tiranía humana!

La gente respondió en el acto con otra consigna, claramente ensayada:

—¡El mundo pertenece a Trisolaris!

—Hola, camaradas —dijo Ye, retomando su dulce tono habitual y confirmando a Wang que en efecto se trataba de ella—. Llevábamos una temporada sin vernos porque no me encuentro demasiado bien de salud, pero dados los últimos acontecimientos, y sabiendo lo estresados que estáis todos, me he dicho que debía venir.

—¡Cuídese mucho, comandante! —gritó una voz, secundada al momento por varias más. La sinceridad de todos resultaba patente.

—Antes de ponernos a discutir temas de mayor importancia, me gustaría solucionar un asunto. Pan Han —llamó Ye Wenjie, con los ojos clavados en la mesa.

—Aquí estoy, comandante —respondió cortésmente el aludido, saliendo de entre la concurrencia en la que había intentado esconderse. Aunque procuraba mostrarse sereno, el terror que sentía era evidente. La comandante no había usado el término «camarada» al referirse a él, lo cual era mala señal.

—Has cometido una grave violación de las normas de la Organización —dijo ella, aún sin mirarlo, con el tono de quien reprende a un niño travieso.

—¡Comandante, la Organización se enfrenta a una crisis en la que se juega su misma supervivencia! ¡Si no tomamos medidas drásticas y la limpiamos de traidores y enemigos infiltrados, lo perderemos todo!

Ye Wenjie lo miró al fin. Aunque sus ojos parecían llenos de afecto, a Pan Han se le cortó la respiración unos instantes.

—Que todo se pierda es precisamente el fin último de la Organización Terrícola-trisolariana —dijo Ye—. Y me refiero a todo lo que ahora está relacionado con la especie humana, nosotros incluidos.

—¡Eso que dice la convierte en adventista! —exclamó Pan Han—. Declárelo públicamente, comandante; sería muy importante para nosotros, ¿no es así, camaradas? ¡Importantísimo! —Por más que gritaba y gesticulaba, no consiguió ninguna reacción.

—A ti no te corresponde hacer esa clase de peticiones —replicó Ye muy lentamente, enfatizando cada sílaba como si temiera que ese niño al que aleccionaba no la entendiera—. Has cometido una violación grave de nuestro código de conducta. Si tienes algo que alegar en tu descargo, ahora es el momento. De lo contrario, tendrás que asumir la responsabilidad.

—¡Yo fui para liquidar al marido, Wei Cheng, el genio matemático! La decisión fue tomada por el camarada Evans y ratificada unánimemente por el Comité. Como consiga crear un modelo matemático capaz de dar una solución completa al problema de los tres cuerpos, nuestro Señor no vendrá y todos los grandes planes que tiene Trisolaris para la Tierra se irán al traste. Yo solo disparé contra Shen Yufei después de que ella lo hiciera contra mí. ¡Actué en defensa propia!

—Te creemos. A fin de cuentas, no es nada crucial. Espero que en adelante podamos seguir confiando en ti... ¿Podrías repetir aquella petición que me hacías hace unos instantes?

Pan Han se quedó sin palabras. Aquella amnistía no lo aliviaba en absoluto.

—Le... pedía... que declare abiertamente su condición de adventista. Al fin y al cabo, sus ideales coinciden con los preceptos inspiradores de los adventistas...

—Recuérdame cuáles son esos preceptos.

—La sociedad humana ha alcanzado un punto en el que ya no es capaz de valerse por sí misma, ni para solucionar sus problemas ni para poner freno a la locura que la domina. Por esa razón, nos vemos obligados a pedirle a nuestro Señor que acuda a este mundo y, con su poder, nos transforme y nos tutele a fin de asegurar la creación de una nueva y perfecta civilización humana.

—¿Son los adventistas firmes defensores de esto?

—¡Por supuesto! No haga caso de los rumores que circulan.

—¡No son rumores! —interrumpió a gritos un hombre mientras se abría paso hasta ellos—. Mi nombre es Rafael y soy israelí. Hace tres años, mi hijo de catorce años murió en un accidente de tráfico y yo decidí donar uno de sus riñones a una niña palestina que lo necesitaba. Con ese gesto quise simbolizar mi deseo de que algún día nuestros respectivos pueblos sean capaces de convivir en paz y armonía, un ideal por el que entonces estaba dispuesto a dar mi vida. Fueron muchísimas las personas, tanto israelíes como palestinas, que se sumaron en mi empeño, pero no sirvió de nada: la Tierra siguió atrapada en el círculo vicioso de siempre, ese en el que ataques y venganzas se pagan con más ataques y venganzas.

»Aquello consiguió que perdiese la fe en la raza humana y fue el motivo por el que me uní a la Organización Terrícola-trisolariana. La desesperación me hizo cambiar de pacifista a extremista. Probablemente a causa de la gran cantidad de dinero que doné a la Organización, los adventistas me admitieron en sus círculos más íntimos y conseguí enterarme de muchas cosas. ¡Escúchenme bien, los adventistas tienen un objetivo secreto! Y es el siguiente: la especie humana es maligna por naturaleza y ha cometido contra la Tierra crímenes imperdonables por los que debe pagar. El fin último de los adventistas es pedirle a nuestro Señor que haga caer su castigo divino sobre la humanidad y la destruya por completo.

—¡Hace tiempo que la auténtica motivación de los adventistas es un secreto a voces! —vociferó uno de los presentes.

—Quizá —dijo el israelí—. Pero ¿acaso no pensaban que se trata de una postura hacia la que fueron evolucionando con el tiempo? ¡Nada más lejos de la realidad! Ese ha sido el objetivo de los adventistas desde el primer momento. Es el sueño de la vida de Mike Evans, el cerebro que los dirige. Evans consiguió engañarnos a todos, incluyendo a nuestra comandante, pero lo cierto es que lleva desde el principio trabajando para ese propósito. Fue ella quien convirtió a los adventistas en ese grupo de psicópatas que odian a la raza humana y esos extremistas verdes entre los que impera el miedo.

—Yo no supe las verdaderas intenciones de Evans hasta hace poco —dijo Ye—. Encima, cuando me enteré, queriendo salvaguardar la unidad de la Organización, aún traté de resolver las diferencias. Pero ciertas acciones cometidas por los adventistas lo impiden.

—¡Comandante —imploró Pan Han—, los adventistas somos parte integral de la Organización! ¡Sin nosotros no hay Movimiento Terrícola-trisolariano!

—Pero ese no es motivo para monopolizar las comunicaciones con nuestro Señor.

—Fuimos nosotros quienes construimos la segunda base de Costa Roja. Es lógico que también nos correspondiera estar al cargo de su funcionamiento.

—Una circunstancia que los adventistas aprovechasteis para traicionar a la Organización de la forma más imperdonable —objetó Ye—. Comenzasteis a interceptar los mensajes procedentes de nuestro Señor y los retuvisteis casi todos. Además, lo poco que compartíais con la Organización estaba manipulado... Y no solo eso: utilizasteis la segunda base de Costa Roja para enviar una gran cantidad de información a nuestro Señor sin el consentimiento de la Organización.

Se hizo el silencio en la cafetería. Wang sintió que aquella invisible pero gigantesca presencia le oprimía el pecho. Pan Han permanecía mudo; su expresión se había serenado y mostraba la resignación expectante de quien se sabe al fin descubierto.

—Tenemos sobradas pruebas de la traición cometida por los adventistas —prosiguió Ye—. La camarada Shen Yufei era solo uno de los testigos con los que contamos. A pesar de pertenecer al núcleo duro de los adventistas, en el fondo de su corazón siguió siendo redencionista hasta el final. Vosotros no os disteis cuenta de eso hasta más tarde, cuando ya sabía demasiado. En el momento que Evans te envió, quería que mataras no a una, sino a dos personas.

Pan Han echó un rápido vistazo alrededor. Ye advirtió el gesto y entendió que trataba de sopesar la situación.

—Como puedes ver —dijo—, la gran mayoría de los camaradas aquí presentes pertenece a la facción redencionista. También confío en que los pocos adventistas que nos acompañan sabrán ponerse del lado de la Organización, pero para hombres como Evans y como tú ya no hay redención posible. Si queremos proteger el programa y los ideales de la Organización, es preciso que resolvamos el problema de los adventistas de una vez.

Todos seguían callados. De pronto, una de las chicas del grupo de escoltas de Ye Wenjie esbozó una sonrisa y dio un paso al frente. Esbelta y bien parecida, se acercó lentamente a Pan Han.

A Pan se le ensombreció el rostro en el acto. Con un solo gesto ágil, introdujo la mano en el bolsillo de la chaqueta, pero la chica era aún más rápida y, antes de que nadie atinase a reaccionar, lo sujetó por detrás, con un brazo enroscado alrededor del cuello, como una enredadera, y la otra mano presionándole el cráneo con firmeza. A continuación, aplicando en el ángulo exacto una fuerza insólita para alguien de su complexión, le retorció el cuello con una facilidad que solo podía ser fruto de la práctica. El nítido crujido de las cervicales resonó en medio del silencio.

Ella apartó las manos de inmediato, como si aquella cabeza quemara, y Pan Han se desplomó en el suelo. El arma que había matado a Shen Yufei fue a parar debajo de la mesa. Mientras el cuerpo de Pan Han seguía sufriendo espasmos violentos, su cabeza, con los ojos abiertos y la lengua fuera, permaneció totalmente quieta, como si nunca le hubiera pertenecido. Varios hombres acudieron para llevárselo a rastras. La sangre que le manaba de la boca fue dejando un extenso reguero en el suelo.

A continuación, Ye Wenjie miró a Wang.

—¡Xiao Wang! Tú también estás aquí. ¿Qué tal todo? —Le dedicó una sonrisa afable y acto seguido, dirigiéndose a los demás, añadió—: Este es el profesor Wang, miembro de la Academia de las Ciencias China y amigo mío. Se dedica a la investigación de nanomateriales, precisamente la primera tecnología que nuestro Señor quiere ver erradicada de la faz de la Tierra.

Nadie se dignó mirarlo. Él, por su parte, carecía de fuerzas para decir nada. Instintivamente, trató de apoyarse en el brazo del hombre que tenía al lado para no caer, pero este se apartó.

—Xiao Wang —continuó Ye—, déjame que siga contándote la historia de Costa Roja a partir de donde la dejamos. También los camaradas presentes pueden escucharla, no será una pérdida de tiempo. Un momento tan extraordinario como el actual supone una excelente ocasión de rememorar la historia de nuestra Organización.

—¿La historia de Costa Roja...? —preguntó Wang, boquiabierto—. Pero ¿es que no había terminado de contármela?

Ye Wenjie avanzó hasta el pie de la maqueta del problema de los tres cuerpos tan lentamente como si la estuviera hipnotizando el movimiento de las esferas plateadas. La luz del sol poniente se colaba a través de una ventana rota y caía sobre ellas, que a su vez, siempre en constante persecución, iluminaban el rostro de la comandante rebelde, encendiéndolo de la misma forma intermitente en que lo habrían hecho las ascuas de una hoguera.

—No había terminado —respondió Ye—. Apenas estaba empezando.

22

Costa Roja V

Desde el momento en que ingresó en Costa Roja, a Ye Wenjie ya no se le pasó por la cabeza vivir en otro lugar. En cuanto le contaron la verdadera naturaleza del proyecto —una información desconocida incluso por mandos intermedios—, cortó de raíz toda relación con el exterior y se entregó por completo a su trabajo. Después, convertida ya en una pieza clave del equipo técnico, comenzó a trabajar en temas de investigación cada vez más importantes.

Aunque el comisario político Lei recelaba de la confianza que Yang Weining depositaba siempre en ella, nunca tuvo ningún problema a la hora de asignarle trabajos relevantes. El delicado estatus de Ye le impedía ostentar derecho alguno sobre los resultados de sus propias investigaciones. Lei, por su parte, además de tener un cargo político, también había estudiado, algo raro en la época, y se trataba del único en toda la base que también era astrofísico. Ello propició que Lei comenzara a firmar con su nombre los artículos que Ye escribía, se atribuyera el crédito de todos los logros de esta y presumiese de ser uno de esos raros oficiales militares que tan ejemplarmente aunaban el celo revolucionario con la competencia técnica.

El motivo original por el que Ye había sido reclutada fue un artículo suyo publicado en la *Revista de Astrofísica* cuando aún cursaba estudios de posgrado, el cual incluía una propuesta de modelo matemático del Sol. Comparado, por ejemplo, con la

Tierra, el Sol constituía un sistema físico mucho menos complejo, compuesto principalmente por dos elementos: hidrógeno y helio. Además, sus procesos físicos podían ser violentos pero siempre bastante simples: básicamente, la fusión de hidrógeno en helio. Teniendo todo eso en cuenta, era muy probable que un modelo matemático fuese capaz de describirlo exhaustivamente.

El artículo profundizaba muy poco, pero Lei y Yang vieron en él una esperanza para solucionar un problema que afectaba al sistema de monitorización de Costa Roja de forma recurrente: las interferencias solares.

Cuando la Tierra, un satélite artificial y el Sol se alineaban, este último, siendo, como era, una enorme fuente de radiación electromagnética, ofuscaba la señal emitida por el satélite en dirección a la Tierra. Se trataba de un problema que incluso en pleno siglo XXI seguía sin resolverse del todo.

En el caso de Costa Roja, la fuente de la interferencia seguía siendo el Sol, pero las fuentes de transmisión a las que afectaba no orbitaban alrededor de la Tierra, sino que se hallaban en el espacio exterior; por eso las interferencias sufridas eran más frecuentes y también más graves que las que solían afectar a los satélites de comunicaciones. Por si fuera poco, como para su construcción se había contado con un presupuesto mucho menor que el inicialmente previsto, Costa Roja solo disponía de una antena, que los sistemas de transmisión y de monitorización debían usar por turnos. La consecuente reducción del número de horas disponibles para la monitorización agravaba el problema que suponían las interferencias.

La idea que Yang y Lei tenían para eliminarlas era simple: tratar de determinar el espectro de frecuencia y las características de la radiación solar en el rango monitorizado, a fin de poder filtrarla digitalmente.

En una época como aquella, con tanto ignorante liderando sobre quienes realmente sabían, que ambos tuvieran formación técnica podía considerarse una gran suerte. Sin embargo, ni Yang era especialista en astrofísica ni Lei, que en su día había escogido el camino de la política en detrimento de su carrera científica, tenía conocimientos lo bastante especializados. Ignoraban que la radiación electromagnética del Sol es solo estable dentro de un rango muy limitado que va desde la región casi-ultravioleta a medio-infrarroja (incluyendo, por lo tanto, la luz visible), pero que en otras es sumamente impredecible.

Para no crear falsas expectativas, en su primer informe Ye se encargó de dejar claro que, durante períodos de intensa actividad solar —como cuando se producían manchas, llamaradas o eyecciones de masa coronal—, era imposible eliminar las interferencias. Así, desde el principio, sus investigaciones solo se centraron en aquella radiación que se daba dentro de los rangos de frecuencia monitorizados por Costa Roja durante períodos de actividad solar normal.

La base no resultó ser un mal entorno para la investigación: la biblioteca recibía periódicamente abundante material bibliográfico en lenguas extranjeras relacionado con la materia, así como revistas científicas europeas y estadounidenses, algo difícil en aquellos años. También tenía autorización para usar la línea telefónica militar y contactar con los dos grupos de la Academia de las Ciencias China que investigaban el Sol, de quienes luego recibía por fax sus datos observacionales.

A pesar de todo, al cabo de seis largos meses de estudio, Ye Wenjie seguía sin hallar un solo indicio alentador. Lo primero que descubrió, muy al principio, fue que, dentro de los rangos de frecuencia monitorizados por Costa Roja, la radiación solar fluctuaba de forma impredecible. Después, analizando grandes cantidades de datos observacionales, reparó en un fenómeno que le llamó poderosamente la atención: a veces, durante una fluctuación de radiación repentina, la superficie del Sol se mantenía inalterada. Cualquier tipo de radiación originada desde dentro del Sol, ya fuera de onda corta o de microondas, habría sido absorbida por cientos de miles de kilómetros de material solar antes de alcanzar el exterior, con lo cual la radiación tenía forzosamente que haber sido causada por alguna clase de actividad en la superficie que habría sido observable en el momento de producirse la fluctuación. ¿Por qué, entonces, no se registraban perturbaciones? ¿Qué era lo que causaba aquellos cambios repentinos en un rango de frecuencia tan concreto? Cuanto más vueltas le daba, más misterioso le parecía.

Vencida por las circunstancias, terminó decidiendo abandonar. Redactó un último informe en el que reconocía su incapacidad para resolver el problema. No esperaba que fuera recibido con demasiados aspavientos, pues ya eran varios los investigadores de distintas universidades y de la Academia de las Ciencias China que habían fracasado tras ser consultados por el ejército. Sin embargo, Yang, confiando en su extraordinario talento, se empeñó en que lo intentaran una vez más. Lei accedió enseguida por un motivo muy simple: quería poner su firma en ese artículo. Un tema tan teórico como aquel era ideal para cimentar su reputación. Con la tormenta de la Revolución Cultural amainando, el perfil que se esperaba de un dirigente del Partido comenzaba a ser distinto y había una gran demanda de hombres como él, «políticamente maduros» y que, además, poseyeran una sólida trayectoria académica. Ante tan prometedor futuro, le daba igual que el problema de las interferencias solares se resolviera.

Ye nunca llegó a entregar aquel informe. Se le ocurrió que si detenía esa investigación, la biblioteca dejaría de recibir todo aquel material sobre astrofísica que tanto apreciaba, de modo que decidió seguir investigando de forma oficial mientras en realidad se dedicaba a perfeccionar su modelo matemático del Sol.

Una noche, como de costumbre, ella era la única que quedaba en la fría sala de lectura de la biblioteca de la base. Acababa de terminar un complicado y tedioso cálculo matricial y tenía frente a ella, esparcidos sobre la mesa, un sinfín de documentos y revistas abiertas. Tras echarse aliento sobre las manos para calentárselas, cogió el último número de la *Revista de Astrofísica* para distraerse un rato. Al hojearlo, le llamó la atención una breve nota acerca de Júpiter:

> En el artículo «Una nueva y poderosa fuente de radiación en el sistema solar» de nuestro número anterior, el doctor Harry Peterson del Observatorio Astronómico de Mount

Wilson publicaba una serie de datos obtenidos de forma accidental mientras se hallaba observando la precesión de Júpiter el 12 de junio y el 2 de julio del presente año, fechas en las que detectó fuertes emisiones de ondas de radio electromagnéticas de 81 y 76 segundos de duración respectivamente. Entre otros parámetros, los datos incluían los rangos de frecuencia de la radiación. Asimismo, Peterson describía brevemente ciertos cambios que observó en la Gran Mancha Roja durante las emisiones de onda de radio, descubrimiento que despertó un gran interés en la comunidad astronómica. En este número publicamos un artículo de G. McKenzie en el que sostiene que el fenómeno es un claro signo de que en el núcleo de Júpiter ha dado comienzo un proceso de fusión. En el próximo número publicaremos un artículo de Inoue Kumoseki en el que su autor atribuye las emisiones de onda de radio a un mecanismo más complicado, el movimiento de las capas de hidrógeno metálico, y da una descripción matemática completa.

Ye recordaba perfectamente aquellas dos fechas que mencionaban. En ambas, el sistema de monitorización de Costa Roja había recibido fuertes interferencias procedentes del Sol. Cuando consultó el dietario comprobó que la memoria no le fallaba. Sin embargo, entre la hora en que Costa Roja recibió las interferencias solares y la hora en que el estallido de ondas de radio jovianas alcanzó la Tierra, había una diferencia de dieciséis minutos y cuarenta y dos segundos.

«¡Esos dieciséis minutos y cuarenta y dos segundos son clave!», pensó. Tratando de mantener la compostura, fue a pedirle a la bibliotecaria que obtuviera del Observatorio Nacional las efemérides de Júpiter y la Tierra en esas dos fechas.

Dibujó en la pizarra un gran triángulo en cuyos vértices colocó a la Tierra, al Sol y a Júpiter. En cada uno de los lados escribió sus respectivas distancias. Seguidamente, junto a la Tierra anotó las dos horas de llegada. Partiendo de la distancia que separaba a Júpiter de la Tierra, le fue fácil calcular el tiempo que el estallido de ondas había pasado viajando entre ambos. Después calculó el tiempo que habría tardado en ir desde Júpiter hasta el Sol, y a continuación el que habría tardado en ir desde el Sol hasta la Tierra.

La diferencia entre ambos era de exactamente dieciséis minutos y cuarenta y dos segundos.

Trató de encontrar una explicación teórica consultando su modelo matemático del Sol. Su mirada fue inmediatamente atraída por la descripción de un fenómeno en la zona de radiación solar que ella llamaba «espejos energéticos».

Hasta la fecha se sabía que la energía producida por reacción dentro del núcleo solar se emitía primero en forma de rayos gamma de alta energía. Cuando la zona de radiación (la parte interior del Sol que rodea su núcleo) absorbía esos fotones de alta energía, volvía a emitirlos con un nivel de energía ligeramente menor. Este proceso de absorción y reemisión se repetía sucesivamente durante un período muy largo (un fotón podía tardar mil años en abandonar el Sol), en que los rayos gamma se convertían primero en rayos X, luego en rayos ultravioletas extremos, más tarde en rayos ultravioletas y, finalmente, en luz visible y otras formas de radiación.

Hasta ahí llegaba lo comúnmente sabido sobre el Sol. El modelo matemático de Ye iba un paso más allá: concluía que las diferentes frecuencias por las que pasaba la radiación correspondían a zonas distintas claramente delimitadas por fronteras que subdividían la zona de radiación. Además, cada vez que la radiación atravesaba una de esas fronteras, su frecuencia disminuía de forma abrupta, contradiciendo la noción tradicional según la cual la frecuencia de la radiación bajaba gradualmente conforme esta se abría paso hacia el exterior. Asimismo, sus cálculos demostraban que aquellas fronteras cuasimembranosas que flotaban suspendidas en el océano de plasma del Sol reflejaban la radiación de más baja frecuencia, y por eso dio en bautizarlas «espejos energéticos».

Su estudio pormenorizado había revelado que tenían increíbles propiedades. Una de las más fascinantes era lo que Ye llamaba «ganancia de reflectividad», un fenómeno que quizá podía guardar relación con aquellos repentinos picos de radiación electromagnética, cuyo origen seguía sin explicarse. Sin embargo, era tan insólito y difícil de confirmar que ni siquiera ella misma terminaba de creerse que fuera real, y hasta el momento se había decantado por atribuirlo a algún tipo de error en los endiablados cálculos.

Ahora, en cambio, empezaba a ver claro que sus conjeturas sobre la ganancia de reflectividad eran correctas: los espejos energéticos no solo reflejaban la radiación de baja frecuencia, sino que la amplificaban.

Todas aquellas misteriosas fluctuaciones que había observado eran la amplificación por parte de un espejo energético solar de radiación procedente del espacio. Por eso no iban acompañadas de perturbaciones en la superficie del Sol.

Muy probablemente, las ondas de radio jovianas habían sido reemitidas por el Sol como si este fuera un espejo, aunque amplificadas cien millones de veces. Y la Tierra había recibido ambas emisiones —la primera antes de la amplificación, la segunda después— separadas por un intervalo de dieciséis minutos y cuarenta y dos segundos.

El Sol era un amplificador de ondas de radio gigante.

No obstante, eso planteaba otra pregunta: si el Sol recibía radiación electromagnética constantemente, incluyendo ondas de radio emitidas por la Tierra, ¿por qué solo amplificaba algunas de las ondas? La respuesta era simple: aparte de que los espejos energéticos eran selectivos en cuanto a las frecuencias que reflejaban, la razón principal era el efecto escudo de la zona de convección solar. Esa zona, en constante ebullición, formaba la capa líquida más exterior del Sol y estaba situada por encima de la zona de radiación. Cualquier onda de radio procedente del espacio debía penetrarla antes de alcanzar los espejos energéticos situados en la zona de radiación, y poder ser reflejada y amplificada. Además, para conseguirlo, debía superar un determinado umbral de potencia, que la gran mayoría de ondas de radio de la Tierra no alcanzaba... pero sí el estallido de ondas jovianas, así como la potencia de transmisión máxima de Costa Roja.

El problema de las interferencias solares seguía sin solucionarse, pero se abría una nueva y apasionante posibilidad: que la humanidad llegara a usar el Sol a modo de superantena para enviar ondas de radio al universo. Tales ondas serían enviadas con toda la potencia de aquel, cientos de millones de veces mayor que la potencia de transmisión total de la Tierra.

La civilización terrestre estaría en condiciones de transmitir al mismo nivel que una civilización de tipo 2 en la escala de Kardashov.

El paso siguiente era comparar las gráficas de onda de las interferencias del Sol con las emisiones provenientes de Júpiter. Si coincidían, la hipótesis de Ye estaría un paso más cerca de ser confirmada.

Presentó una petición formal para contactar con Harry Peterson y obtener las gráficas de onda de las dos emisiones jovianas. Se trataba de un asunto extremadamente complicado, pues había que hallar los canales de comunicación adecuados y enfrentarse a montañas de burocracia. Además, corría el riesgo de que al mínimo error la acusaran de espionaje, de modo que a partir de entonces todo cuanto podía intentar por esa vía ya estaba hecho, y no le quedaba más remedio que sentarse a esperar.

Sin embargo, existía otro camino mucho más directo de probar su hipótesis: Costa Roja era capaz de transmitir ondas de radio directamente hacia el Sol a una potencia que excediera el umbral requerido para acceder a los espejos energéticos.

Ye pidió autorización para ello, aunque aduciendo otros motivos. No se atrevió a confesar sus verdaderas intenciones porque eran demasiado audaces e inverosímiles, y con toda seguridad le habrían denegado el permiso. Alegó que quería hacer un experimento relacionado con sus investigaciones sobre el Sol: usar el sistema de transmisión de Costa Roja a modo de radar de exploración solar a fin de analizar sus ecos, y así obtener información sobre la radiación solar.

No era nada fácil engañar a Lei y a Yang, pero el experimento tenía precedentes reales en la investigación solar occidental y, de hecho, resultaba técnicamente más sencillo que las exploraciones mediante radar de planetas telúricos que ya se estaban realizando.

—Ye Wenjie, te estás volviendo a extralimitar —le dijo el comisario político Lei—. Tu trabajo debe centrarse en lo teórico, no hace falta que te compliques más...

—¡Pero existe la posibilidad de que hagamos un gran descubrimiento! Solo esta vez —imploró ella—. ¿De acuerdo?

—Comisario Lei —intervino entonces Yang—, quizá deberíamos intentarlo, aunque solo fuera una vez. A nivel operacional no parece demasiado complicado. Recibir los ecos de la transmisión tomaría a lo sumo...

—... Poco más de diez minutos —dijo Lei, terminando la frase con expresión de fastidio.

—¡Tiempo de sobra para transicionar del modo de transmisión al de monitorización!

Lei negó con la cabeza.

—Sé muy bien que es técnica y operacionalmente posible, pero... ¡Ay, ingeniero, tú y tu falta de perspicacia! ¿Cómo es posible que no te hayas parado a pensar en el simbolismo de...? ¡Queréis disparar al Sol rojo en el centro de nuestros corazones!*

Yang y Ye enmudecieron al instante, estupefactos no porque pensasen que la objeción era ridícula, sino por todo lo contrario: estaban sobrecogidos por no haber caído en la cuenta ellos mismos. En aquellos años, la obsesión por encontrarle simbolismo político a todo había alcanzado cotas grotescas. Algunos miembros de la Guardia Roja habían llegado a proponer que, al marchar en formación, solo se permitiera girar hacia la izquierda, y que el significado de las luces de los semáforos se invirtiera de forma que no fuera el verde, sino el rojo de la Revolución, el que permitiera seguir avanzando (el siempre diplomático primer ministro Zhou Enlai se encargó de disuadirlos). En una esquina del billete de un yuan había dibujado un grupo de campesinos, y el que llevaba una pala figuraba por encima del que empuñaba una hoz, lo cual se interpretó como un deseo velado por parte del dibujante de erradicar el régimen comunista, y desató una brutal persecución en su contra. A un hombre que tenía un re-

* Uno de los diversos epítetos que comparaban a Mao Zedong con el Sol. *(N. del T.)*

trato del Gran Timonel colgado en la pared de su casa se le ocurrió añadirle un marco de su creación, y por ello pasó casi diez años en prisión...

Lei se veía obligado a revisar minuciosamente todos los escritos que Ye le entregaba en busca de cualquier referencia al Sol que tuviera la mínima posibilidad de ser malinterpretada. Términos como «manchas solares»* eran tabú y no podían publicarse.

Un experimento como aquel, que apuntaba al Sol, podía tener mil interpretaciones positivas. No obstante, si alguien veía en él el menor indicio de ofensa al Gran Líder, las consecuencias serían desastrosas para todos ellos. Los argumentos de Lei para no permitirlo eran incontestables.

Pese a ello, Ye siguió sin renunciar, pues aún le quedaba una oportunidad para conseguir su propósito sin arriesgar demasiado.

El equipo transmisor de Costa Roja era ultrapotente, pero todos sus componentes habían sido fabricados durante la Revolución Cultural. La consecuente falta de calidad de los mismos causaba un gran número de averías, y hacía necesario que cada quince transmisiones tuviera que desmontarse y revisarse el equipo entero. Después realizaba una transmisión de prueba, a la que asistían muy pocas personas, y tanto los objetivos como los demás parámetros se elegían al azar.

Una vez, en horario de trabajo, Ye fue asignada a una de esas transmisiones de prueba. Como en tales ocasiones solían omitirse muchos pasos, solo había cinco personas además de ella: tres estaban muy poco cualificadas y se limitaban a seguir órdenes sin saber apenas nada sobre el funcionamiento del equipo. Las otras dos eran un técnico y un ingeniero, ambos demasiado cansados, tras dos días de trabajo, para estar atentos.

Lo primero que hizo Ye fue ajustar la potencia de la transmisión de prueba a la máxima permitida por las capacidades del sistema de Costa Roja, y así exceder el umbral requerido. Segui-

* El término en chino significa literalmente «manchas negras en el Sol», siendo el negro el color de los contrarrevolucionarios. *(N. del T.)*

damente, ajustó la frecuencia al valor en el que tenía más posibilidades de ser amplificada por los espejos energéticos y, después, con el pretexto de poner a prueba los componentes mecánicos de la antena, la apuntó al Sol poniente e inició la transmisión. El contenido fue el habitual.

Era una despejada tarde de otoño de 1971. En el futuro, siempre que la rememorara, no recordaría ninguna emoción en particular a excepción del nerviosismo con que ansiaba que la transmisión finalizase. En primer lugar, temía que sus colegas la descubrieran. Aunque había preparado varias excusas con que escudarse, seguía siendo muy difícil justificar el uso de la máxima potencia en una transmisión de prueba, porque causaba un desgaste innecesario en los componentes. En segundo lugar, el equipo de posicionamiento del sistema de transmisión de Costa Roja no estaba diseñado para apuntar al Sol de forma directa. Ye sintió cómo la lente se iba calentando por momentos. Si terminaba quemándose, se habría metido en un buen lío.

Como el Sol se estaba poniendo, tuvo que seguirlo de forma manual. La antena de Costa Roja se dedicaba a imitar la lenta trayectoria del astro rey como lo habría hecho un girasol gigantesco. Para cuando el piloto rojo que indicaba el final de la transmisión se hubo encendido, Ye estaba bañada en sudor.

Miró alrededor. Ante el panel de control, los tres operadores estaban apagando el equipo pieza por pieza, tal y como indicaban las instrucciones del manual. El ingeniero se encontraba en un rincón de la sala bebiendo un vaso de agua y el técnico dormitaba en su silla. Los historiadores tratarían de embellecer el relato, pero la realidad de aquel momento fue completamente mundana y sin magia.

Con la transmisión completada, Ye salió disparada de la sala de control y corrió hasta la oficina de Yang Weining.

—¡Rápido! —dijo al entrar, casi sin aliento—. ¡Dile a la estación base que empiece a monitorizar el canal de los doce mil megahercios!

—¿Qué estamos recibiendo? —quiso saber Yang, sobresaltado al verla entrar sudorosa y con el pelo pegado a la cara.

Comparada con el sistema de monitorización de Costa Roja,

la radio convencional de la estación base, que empleaban para comunicarse con el exterior, resultaba un mero juguete.

—Puede que recibamos algo y puede que no —respondió Ye—. ¡No hay tiempo para cambiar los sistemas al modo de monitorización!

Generalmente, se requerían más de diez minutos para pasar de un modo al otro; ahora que estaba siendo revisado, varios módulos del sistema de monitorización se hallaban desmontados y era imposible recomponerlo a tiempo.

Yang Weining la miró de arriba abajo. Al cabo de un instante cogió el teléfono y ordenó a la Oficina de Comunicaciones que hicieran lo que ella había dicho.

—Para que una radio con tan baja sensibilidad pueda recogerla, los extraterrestres tienen que estar enviándonos la señal desde la Luna... —bromeó él.

—Viene del Sol —apuntó Ye Wenjie.

Al otro lado de la ventana, un Sol rojo como la sangre terminaba de desaparecer por detrás de las montañas.

—¿Has usado los sistemas de Costa Roja para enviar una señal al Sol? —susurró Yang, visiblemente nervioso.

Ye asintió con la cabeza.

—No se lo cuentes a nadie —pidió—. Esto no volverá a repetirse nunca. ¡Nunca! —Miró hacia la puerta para asegurarse de que seguía cerrada y asintió nuevamente.

—¿Y todo para qué? —dijo Yang—. Con lo débil que será el eco, estará muy por debajo de la sensibilidad de una radio convencional...

—No... Si estoy en lo cierto, recibiremos un eco extremadamente fuerte. ¡Siempre que la potencia de transmisión exceda cierto umbral, el Sol será capaz de amplificar la señal cien millones de veces!

Yang la miró con extrañeza y ella no dijo nada más. Aguardaron en silencio durante un largo rato.

Él escuchó la respiración y el latido del corazón de Ye, y en ese momento sintió cómo volvían los sentimientos que llevaba años reprimiendo. Solo tuvo fuerzas para contenerse y esperar.

Veinte minutos más tarde, Yang cogió el teléfono, llamó a la Oficina de Comunicaciones e intercambió un par de frases.

—No han recibido nada —dijo mientras colgaba.

Ye exhaló un largo suspiro. Luego, con gesto amargo, asintió.

—El que sí ha respondido es aquel astrónomo norteamericano —dijo Yang, enseñándole un grueso sobre cubierto de sellos y precintos aduaneros.

Ye lo abrió y leyó la carta de Harry Peterson en diagonal. En ella le contaba que nunca había imaginado que pudiera tener colegas en China que se dedicaran al estudio del electromagnetismo planetario, y que estaba ansioso por colaborar e intercambiar más información. En la carta adjuntaba dos grandes bloques de folios: fotocopias de los gráficos de ondas del estallido de ondas de Júpiter completos. Habría que juntarlas.

Tomó las docenas de fotocopias y comenzó a alinearlas sobre el suelo en dos grandes columnas. Cuando iba por la mitad, se detuvo: estaba tan familiarizada con los gráficos de onda de las interferencias solares que a simple vista advirtió que no coincidían con aquellos.

Acto seguido, comenzó a recoger las fotocopias del suelo. Yang se agachó para ayudarla. Al acercarle los papeles que había recogido, vio que esa mujer a la que tanto amaba, sonreía. Pero era una sonrisa tan amargamente triste que le rompió el corazón.

—¿Qué te ocurre? —le susurró, sin darse cuenta de que era la primera vez en su vida que le hablaba con aquella confianza.

—Nada —contestó ella, volviendo a sonreír—. Es solo... Es como si me hubieran despertado de un sueño. —Cogió las fotocopias y el sobre, y salió de la oficina.

Cuando llegó a su habitación, buscó la fiambrera y se fue a la cantina. A esa hora, en que solo quedaban panecillos hervidos y verdura encurtida, los malhumorados trabajadores le dijeron que tenían que cerrar, así que se fue, fiambrera en mano, a comerse los panecillos fríos al pie del acantilado.

Para entonces el sol ya se había puesto. Las montañas del Gran Khingan eran un borrón tan gris como la vida de Ye

Wenjie. Cuando uno vivía sumido en aquel gris desesperante, los sueños podían parecer especialmente vívidos y coloridos. Pero de los sueños, más pronto que tarde, uno siempre terminaba despertando. Eran como el sol, que al día siguiente siempre volvía a salir, pero nunca traía nuevas esperanzas.

De pronto, tuvo la amarga certeza de que el resto de su vida iba a ser un interminable y anodino desierto gris. Con lágrimas en los ojos, se forzó a volver a sonreír y continuó masticando panecillos.

Ignoraba que, en ese momento, el primer mensaje de la civilización terrestre que iba a oírse en el espacio se extendía por el universo a la velocidad de la luz tras haber partido del Sol; era una onda de radio con toda la potencia de una estrella que, como una ola majestuosa, rebasaba ya la órbita de Júpiter.

E ignoraba también que justo entonces, en la frecuencia de los 12.000 megahercios, el Sol era la estrella más brillante de toda la Vía Láctea.

23

Costa Roja VI

Los ocho años que siguieron fueron los más apacibles en la vida de Ye Wenjie. El horror de la Revolución Cultural fue alejándose y por fin pudo permitirse respirar más tranquila. Tras completar con éxito las fases de prueba y de ajuste, el proyecto Costa Roja empezaba a acomodarse a la que sería su rutina de funcionamiento habitual, y cada vez quedaban menos problemas técnicos por resolver. Tanto su trabajo como su vida comenzaban a cobrar cierto aire de normalidad.

Sin embargo, con el regreso a la calma afloraron en ella emociones férreamente reprimidas durante años a causa del miedo. Ahí empezó su verdadero martirio. Toda clase de recuerdos turbadores resurgieron de entre sus cenizas para volver a atormentarla con fuego renovado.

Quizás el tiempo debería haberse encargado de cicatrizar sus heridas en mayor o menor grado. Así ocurría en el caso de otros muchos que, como ella, habían padecido las calamidades de aquel período. De hecho, pensando en el destino de algunos, incluso podía considerarse afortunada. Sin embargo, la suya era una mente científica que se negaba a olvidar y, en lugar de ello, prefirió dedicarse a analizar con fría racionalidad el odio y la locura que la habían hostigado.

En realidad, llevaba reflexionando sobre la maldad humana desde que leyó *Primavera silenciosa*, de Rachel Carson. Ahora, a través de Yang Weining, con quien empezaba a tener un vínculo más cercano, y con el pretexto de reunir una biblioteca de consulta, estaba adquiriendo numerosos clásicos de la filosofía y la historia en lenguas extranjeras, que devoraba con pasión. La sangrienta historia de la humanidad le resultaba tan aterradora como fascinante, y las agudas reflexiones de los filósofos clásicos la ayudaban a desentrañar los aspectos más oscuros, pero también fundamentales, de la naturaleza humana.

El alcance de la desquiciada irracionalidad del hombre llegaba incluso hasta Pico Radar, aquel oasis suyo tan alejado de todo. Ye había descubierto que el bosque que se hallaba al pie del precipicio estaba siendo arrasado por quienes en su día fueron sus compañeros. A diario veía aparecer nuevas parcelas de tierra desnuda; parecía como si a las montañas del Gran Khingan les estuvieran arrancando la piel. Más tarde, cuando las parcelas se extendieron y comenzaron a conectarse hasta que formaron un todo, fueron los pocos árboles supervivientes los que resultaron anómalos. Además, los fuegos que se encendían en los campos desnudos, como parte de las técnicas de tala y quema, convirtieron Pico Radar en un refugio para los pájaros, que huían de las llamas con las alas chamuscadas. Sus chillidos se oían por toda la base.

A nivel global, la locura de la raza humana alcanzó su cenit histórico. La guerra fría estaba en su apogeo. Los misiles nucleares con capacidad de destruir la Tierra diez veces esperaban a que les llegara el turno, en silos repartidos por dos continentes o en las entrañas de submarinos fantasmales que patrullaban el fondo de los mares. Un solo sumergible de la clase Lafayette o Yankee almacenaba suficientes para destruir cientos de ciudades y matar a cientos de millones de personas. Pero la gente normal seguía con su vida como si nada ocurriera.

Como astrofísica, Ye se oponía con firmeza a las armas nucleares. Para ella, un poder de esa magnitud debía pertenecer únicamente a las estrellas. Lo argumentaba siendo plenamente consciente de que en el universo existían fuerzas aún más terribles: agujeros negros, antimateria y muchas otras realidades de una fuerza tal que, comparada con ellas, una bomba termonuclear parecía la llama de una vela. Estaba convencida de que el mismo día en que el hombre llegase a dominar alguna de aquellas otras fuerzas, el mundo se desvanecería. Frente a la locura, la racionalidad no tenía nada que hacer.

A los cuatro años de su ingreso en Costa Roja, Ye Wenjie se casó con Yang Weining.

Él la amaba de verdad. Por su amor renunció a su futuro. A medida que la fase más encarnizada de la Revolución Cultural fue quedando atrás, el clima político se había vuelto relativamente pacífico. Yang no fue perseguido por casarse con ella. Sin embargo, el hecho de haber elegido a una mujer sobre la que en su día había pesado la grave acusación de ser contrarrevolucionaria, le granjeó la etiqueta de «políticamente inmaduro» y terminó costándole el puesto de ingeniero jefe. La única razón por la que ambos pudieron seguir viviendo en la base en calidad de simples técnicos fue porque todo el mundo dependía de sus conocimientos acerca de todo.

Para ella, aceptar la propuesta de matrimonio fue principalmente un acto de gratitud: de no haber sido porque él se empeñó en llevarla a aquel refugio alejado de los tumultos del mundo, justo cuando pasaba por su peor momento, Ye seguramente no seguiría con vida. Yang era un hombre de gran talento y amplia cultura que no le desagradaba, pero hacía tanto tiempo que su corazón había quedado reducido a un montón de cenizas, que la llama del amor difícilmente volvería a encenderse.

Sus reflexiones acerca de la naturaleza humana y la pérdida de motivación en el proyecto Costa Roja la hicieron caer en una nueva crisis espiritual. En su día Ye había sido una idealista dispuesta a poner su talento al servicio de un gran objetivo, pero ahora se daba cuenta de que todo lo que había hecho no había tenido sentido. Y que tampoco el futuro le iba a dar la oportunidad de hacer algo que valiera la pena. Conforme este estado mental persistía, comenzó a sentirse ajena al mundo, como si no perteneciera a él. Le parecía estar vagando en terreno hostil. Irónicamente, después de haber formado un hogar, su alma no tenía adonde ir.

En una ocasión, Ye estaba haciendo el turno de noche. Momentos como ese eran los de mayor soledad. En el profundo silencio de la medianoche, el universo se revelaba a quien estuviera escuchando como una vasta desolación. Lo más tedioso para ella era ver las ondas que serpenteaban lentamente a lo largo del visor, una manifestación visual del ruido vacío de significado que el puesto de escucha recogía del espacio. Sentía que esa onda interminable era una visualización abstracta del universo: un extremo conectado con el interminable pasado y el otro con el interminable futuro; en medio, nada más que subidas y bajadas aleatorias fruto del puro azar —sin vida, sin seguir un patrón, los picos y los valles a diferentes alturas como granos de arena desiguales, toda la curva como un desierto unidimensional hecho de todos los granos de arena alineados (solitario, desolado, tan largo que resultaba intolerable). Uno podía seguirlo y avanzar o retroceder tanto como quisiera, pero nunca encontraría el final.

Aquel día, sin embargo, Ye advirtió algo extraño al observar la onda en el visor. Discernir a simple vista si una onda contenía o no información resultaba difícil incluso para un experto, pero ella estaba tan familiarizada con el ruido del universo que al instante supo ver que esa que tenía delante poseía algo más: su fina curva serpenteante parecía dotada de alma. Tuvo la certeza de que alguna clase de inteligencia modulaba aquella señal de radio.

Corrió a ponerse ante otro monitor para consultar el grado de inteligibilidad que el ordenador había asignado a la señal: AAAAA. Ninguna de las señales de radio recibidas a lo largo de la historia de Costa Roja había pasado de la C. La A significaba que la probabilidad de que la transmisión contuviera información inteligente superaba el noventa por ciento. Que la máquina hubiera asignado a aquel mensaje una A quintuplicada era un hecho completamente extraordinario, pues significaba que estaba codificado con el sistema de codificación autointeligible de Costa Roja.

Puso en marcha el sistema de descodificación de Costa Roja. Aquel *software* trataba de descifrar señales con una inteligibilidad de B o superior. En el tiempo que llevaba el proyecto Costa Roja, no había sido usado en situación real ni siquiera una vez.

De acuerdo con los datos obtenidos en las pruebas, el proceso de descodificación de una transmisión que se creyera portadora de un mensaje podía requerir desde varios días hasta incluso unos meses, y, por si fuera poco, el resultado casi siempre era un fracaso. Sin embargo, en cuanto el programa abrió el archivo que contenía la transmisión original, apareció una ventana indicando que se había completado la descodificación.

Ye Wenjie abrió el archivo resultante y, por primera vez en la historia, un humano pudo leer un mensaje procedente de otro mundo. Su contenido escapaba a lo que cualquiera pudiese haber imaginado. Se trataba de un aviso repetido tres veces:

> ¡No contestéis!
> ¡No contestéis!
> ¡No contestéis!

Todavía agitada por la excitación, y también algo confusa, Ye hizo que la máquina descifrara un segundo mensaje:

> Este mundo ha recibido vuestro mensaje.
>
> Se dirige a vosotros un pacifista que lo habita. Para vuestra civilización, es una suerte que yo haya sido el primero en leer vuestro mensaje. Os lo advierto:
>
> ¡No contestéis!
> ¡No contestéis!
> ¡No contestéis!
>
> Sois una entre diez millones de estrellas que hay en la misma dirección. Siempre que no respondáis, este mundo seguirá siendo incapaz de determinar vuestra ubicación. Si lo hacéis, estaréis revelando vuestras coordenadas ¡y vuestro mundo será invadido!
>
> ¡No contestéis!
> ¡No contestéis!
> ¡No contestéis!

A medida que leía aquel texto verde que parpadeaba en la pantalla, se dio cuenta de que había dejado de pensar con claridad. Aturdida por la emoción, solo fue capaz de concluir lo siguiente: apenas habían pasado nueve años desde que envió su mensaje al Sol; luego, su fuente de origen debía de estar a cuatro años luz de distancia. Así que la única posibilidad era que procediese del sistema estelar más próximo a la Tierra: Alfa Centauro.

El universo no era un desierto desolado; no estaba vacío. ¡El universo estaba lleno de vida! Los humanos estaban demasiado ocupados dirigiendo su mirada al extremo opuesto del vasto universo para darse cuenta de que la vida inteligente se hallaba en las estrellas más cercanas.

Volvió a fijar la atención en la onda que aparecía en la pantalla: la información seguía fluyendo desde el universo hasta la antena de Costa Roja. Abrió otra interfaz y procedió a descifrar en tiempo real. Los mensajes comenzaron a aparecer de inmediato.

A lo largo de las cuatro horas que siguieron, Ye descubrió la existencia de Trisolaris, conoció la civilización que renacía una y otra vez, y comprendió su plan para migrar a otra estrella.

A las cuatro de la mañana, la transmisión procedente de Alfa Centauro llegó a su fin. El descodificador seguía funcionando, aunque inútilmente: ya solo daba una retahíla de galimatías.

Una vez más, el ruido del universo era lo único que alcanzaba a oírse en Costa Roja.

Sin embargo, Ye sabía que lo que acababa de vivir no era un sueño.

El Sol era realmente una antena amplificadora. Entonces, ¿por qué no había recibido ningún eco en el experimento que había realizado hacía algo más de ocho años? Y ¿por qué los gráficos de onda del estallido de ondas de Júpiter no concordaban con los de la radiación recibida minutos después desde el Sol? Más tarde hallaría varias explicaciones posibles. En el caso de su primer interrogante, una de las posibilidades era que la Oficina de Comunicaciones de la base fuese incapaz de recibir ondas de radio a aquella frecuencia. Otra, que quizá la oficina sí hubiera recibido el eco pero lo hubiese descartado al comprobar que sonaba como ruido. En cuanto a su segundo interrogante, era posible que cuando el Sol amplificó las ondas de radio les hubiera añadido otra, muy probablemente periódica, que el sistema de descifrado extraterrestre podría filtrar con facilidad, pero que a ella, a simple vista, le hizo creer que los gráficos de onda de Júpiter y del Sol eran totalmente distintos.

Años más tarde, tras abandonar Costa Roja, llegaría a confirmar esta última sospecha. Pero había sido una onda sinusoidal.

Escudriñó con la mirada hacia todas las direcciones. En la sala había otras tres personas. Dos de ellas charlaban en un rincón, y la tercera roncaba delante de un terminal. En la sección de análisis de datos del sistema de monitorización, solo los dos monitores ante los que ella estaba podían mostrar el grado de inteligibilidad de la señal y acceder al sistema de descodificación.

Actuando con sigilo para pasar inadvertida, pero también con rapidez, envió todos los mensajes recibidos a un directorio invisible con encriptación múltiple. A continuación copió un segmento de ruido recibido el año anterior, en el lugar de la transmisión recibida en las últimas cinco horas, a fin de suplantar esta última.

Finalmente, desde la terminal, colocó un breve mensaje en el búfer de transmisión de Costa Roja.

Se levantó y abandonó la sala de control de monitorización principal. Fuera, un viento poderoso y gélido rozaba sus mejillas encendidas. El amanecer comenzaba a iluminar el cielo hacia el este. Siguió el camino empedrado que conducía a la sala de control de transmisión principal. Por encima de ella se erigía, silenciosa, la antena de Costa Roja; parecía la palma de una gigantesca mano que se abriera al universo. La luz del alba convertía al guarda de la puerta en una mera silueta. Como de costumbre, no prestó atención a Ye.

La sala de control de transmisión principal estaba mucho menos iluminada que la de control de monitorización principal. Después de abrirse paso entre varias filas de equipamiento informático, estuvo frente al panel de control. Accionó con rapidez alrededor de una docena de interruptores y el sistema comenzó a calentar. Los dos hombres que hacían guardia al lado del panel la miraron con expresión somnolienta. Uno de ellos observó el reloj de la pared y se dispuso a seguir durmiendo. El otro se dedicó a hojear un periódico visiblemente manoseado. Ye solía probar el equipo antes de cada transmisión. A pesar de haberse presentado con demasiada antelación —la transmisión no estaba prevista hasta tres horas más tarde—, calentar un poco antes tampoco era tan raro.

La que vino a continuación fue la media hora más larga de su vida. Durante ese tiempo ajustó la frecuencia de transmisión a un valor óptimo para su posterior amplificación por parte de los espejos solares, y aumentó la potencia de transmisión a su nivel máximo. Seguidamente, mirando a través del visor del sistema de posicionamiento óptico, observó que el Sol comenzaba a asomar tras la línea del horizonte, activó el sistema de posicionamiento de la antena y poco a poco la alineó con aquel. Al girar, la gigantesca antena hizo temblar la sala de control principal. Aquello provocó que uno de los hombres de guardia se volviera hacia ella. Pero no dijo nada.

El Sol se encontraba completamente por encima del horizonte. El punto de mira del sistema de posicionamiento de Costa Roja apuntaba a su borde superior, a fin de compensar el tiempo que tardaría la onda de radio en viajar hasta él. El sistema de transmisión estaba listo.

El botón de transmisión era un rectángulo similar a la tecla «espacio» de un ordenador, salvo que era rojo.

Los dedos de Ye estaban a punto de rozarlo.

El destino de toda la raza humana pendía en ese momento de aquellos finos dedos.

Sin el menor titubeo, Ye presionó el botón.

—¿Qué haces? —le preguntó uno de los hombres de guardia, aún medio adormilado.

Ella sonrió sin decir nada mientras presionaba un botón amarillo para que la transmisión se detuviera. Acto seguido movió la antena para que apuntase a otro sitio, se puso de pie y se marchó.

El hombre miró el reloj. Era la hora en que terminaba su turno. Cogió el dietario con intención de dejar constancia de que Ye había estado usando el sistema de transmisión. Al fin y al cabo, se trataba de algo fuera de lo normal. Sin embargo, al comprobar la cinta vio que apenas había transmitido durante tres segundos. Volvió a dejar el dietario en la mesa y, bostezando, se caló la gorra y salió de allí.

El mensaje que en aquellos momentos volaba de camino al Sol, decía:

> ¡Venid!
>
> Yo os ayudaré a conquistar este mundo.
>
> Nuestra civilización ya no es capaz de resolver sus problemas por sí misma. Necesitamos la intervención de vuestra fuerza.

El Sol, que acababa de nacer, deslumbraba a Ye Wenjie, quien, no muy lejos de la puerta de la sala de control principal, sintió que le fallaban las fuerzas y se desplomó sobre la hierba.

Despertó tumbada en una camilla del dispensario de la base. Yang Weining estaba a su lado en una silla, con la misma preocupación que aquella vez a bordo del helicóptero. Cuando el médico hizo acto de presencia, le aconsejó que se tomara las cosas con más calma.

Las mujeres en su estado debían descansar.

24

Rebelión

Ye Wenjie acababa de concluir su relato. A juzgar por el silencio reinante en la cafetería abandonada, muchos de los presentes debían de haberlo escuchado por primera vez. Profundamente cautivado por la historia, Wang, quien por un instante pareció olvidar la gravedad de su situación, no pudo evitar preguntar:

—¿Cómo consiguió la Organización crecer hasta su tamaño actual?

—Para responder es preciso que empiece contándote cómo conocí a Mike Evans —dijo Ye—, pero todos los camaradas aquí presentes ya conocen esa historia, de modo que no perderemos el tiempo con ella. Te la explicaré más tarde, en privado. Claro que tener o no esa oportunidad dependerá de ti, Xiao Wang... Ahora, ¿hablamos de tu nanomaterial?

—Ese «Señor» al que se refieren todos..., ¿por qué teme tanto los nanomateriales?

—Porque podrían permitir a los humanos escapar del influjo de la gravedad y construir en el espacio infraestructuras a gran escala.

—¿Como un ascensor espacial? —aventuró Wang.

—Sí. La producción en masa de nanomateriales ultrarresistentes representaría un enorme avance tecnológico. Abriría la puerta a la construcción de un ascensor que fuera desde la superficie terrestre hasta un punto geoestacionario en el espacio. Aunque para nuestro Señor no sea más que una pequeña invención, para los humanos supondría un salto tecnológico significativo, que facilitaría el acceso al espacio cercano a la Tierra, con la consiguiente posibilidad de construir allí estructuras defensivas a gran escala. Por eso es la primera tecnología que debe ser erradicada.

—¿Qué hay al final de la cuenta atrás? —preguntó Wang, temeroso de oír la respuesta.

Ye sonrió.

—No lo sé.

—¿No se dan cuenta de que tratar de detenerme tiene muy poco sentido? —dijo Wang, exasperado—. ¡Esto no es investigación pura, siempre habrá alguien que coja el testigo basándose en lo que llevamos descubierto!

—Es verdad. No tiene mucho sentido. Habría resultado mucho más efectivo confundir las mentes de los investigadores. Pero, como señalabas, no pudimos detener el progreso a tiempo. Al fin y al cabo, lo tuyo es investigación aplicada. Nuestra técnica es mucho más exitosa en el caso de la investigación fundamental...

—Hablando de investigación fundamental..., ¿cómo murió su hija?

La pregunta hizo enmudecer a Ye unos instantes. Wang advirtió que se le ensombrecía ligeramente la mirada. Sin embargo, Ye retomó el hilo de inmediato.

—En realidad, comparado con nuestro Señor, cuyo poder no tiene rival, cuanto realicemos nosotros carecerá de sentido. Solamente hacemos lo que podemos.

En el preciso momento en que terminó de pronunciar aquellas palabras, se oyeron varios ruidos y la puerta de la cafetería se abrió de par en par. Un grupo de soldados con metralletas irrumpió en la gran sala. Wang reparó en que no eran de la policía armada, sino militares. Discretamente, se desplegaron por el perímetro de la estancia y rodearon a los rebeldes. El comisario Shi Qiang fue el último en entrar. Llevaba la chaqueta desabrochada y sostenía el arma por el cañón, de manera que la empuñadura parecía la cabeza de un martillo. Miró con gesto amenazador en todas las direcciones y luego se abalanzó hacia delante, hizo un rápido ademán y se oyó un golpe seco, el de un objeto de metal impactando contra un cráneo. Un miembro del Movimiento Terrícola-trisolariano cayó al suelo junto al arma que había intentado sacar. Varios de los soldados dispararon al techo, del que empezó a caer polvo y escombros. Alguien agarró a Wang y lo puso a salvo de los rebeldes tras una fila de soldados.

—¡Quiero ahora mismo todas las armas sobre la mesa! ¡Al próximo que trate de hacerse el valiente, le pego un tiro! —gritó Da Shi, y acto seguido señaló la hilera de metralletas que había detrás de él—. ¿Ninguno de vosotros teme morir? ¡Nosotros tampoco! Y vaya por delante esto: en vuestro caso ya no se aplican las leyes y procedimientos policiales habituales, ni siquiera las leyes humanitarias de guerra. ¡Desde el momento en que decidisteis hacer de la raza humana vuestro enemigo, todo vale!

A pesar de la relativa conmoción, no cundió el pánico. Ye permanecía impasible. De pronto, tres de los rebeldes, dos hombres y la chica que le había retorcido el cuello a Pan Han, echaron a correr en dirección a la escultura del problema de los tres cuerpos. Cada uno de ellos cogió una de las esferas y la sujetó con firmeza ante su pecho.

A continuación la chica sostuvo en alto con ambas manos la brillante esfera, como si se dispusiera a hacer una exhibición gimnástica, y, sonriendo, dijo:

—Agentes, tenemos en nuestras manos tres bombas nucleares de un kilotón y medio. No son demasiado grandes, nos gustan los juguetes pequeños. Este es el detonador.

Todo el mundo contuvo la respiración. Shi Qiang fue la excepción. Devolvió la pistola a la cartuchera que llevaba bajo la chaqueta y juntó las manos con calma.

—¡Nuestra exigencia es simple: dejen que nuestro comandante se marche! Después, jugaremos a lo que quieran. —El tono de la chica dejaba bien a las claras que no le tenía miedo a nada.

—No es necesario. Compartiré el destino de mis camaradas —anunció Ye, segura de sí misma.

—¿Podemos confiar en que no intentan engañarnos? —preguntó en voz baja Shi Qiang al agente que tenía a su lado, experto en explosivos.

El agente arrojó una bolsa de plástico a los pies de los tres miembros del Movimiento que sostenían las esferas. Uno de los hombres la cogió y extrajo de ella una balanza de muelle. Entendiendo lo que debía hacer, colocó su esfera en la bolsa y colgó esta de la balanza, que sostenía en alto. El indicador comenzó a subir y se detuvo a mitad de la escala. La chica soltó una risita que provocó una sonrisa en el experto en explosivos. El hombre tiró la esfera al suelo. Entonces fue el turno de su compañero, cuya esfera terminó rodando por el suelo.

La chica volvió a reír mientras cogía la bolsa y metía en ella su esfera. En cuanto la pesó, el indicador subió disparado hasta alcanzar el valor máximo.

Al experto en explosivos la sonrisa se le congeló en el acto.

—Esa puede ser de verdad —dijo.

Da Shi se mantuvo impasible.

—Estamos seguros de que contiene elementos pesados, material fisible. Lo que no sabemos es si el mecanismo de detonación funciona.

Los soldados centraron la luz de las linternas de sus cascos en la chica, quien, como si estuviera orgullosa de sostener en las manos el poder destructivo de un kilotón y medio, les dedicó una espléndida sonrisa. Parecía una actriz recibiendo una ovación bajo los focos.

—Tengo una idea —le susurró al oído el experto en explosivos—: dispara a la esfera.

—¿No estallará?

—Los explosivos convencionales de la capa exterior sí, pero será una explosión dispersada, que no causará la clase de compresión del material fisible del interior que requiere una explosión nuclear.

Da Shi permaneció en silencio con la vista fija en aquella chica nuclear.

—¿Y un francotirador? —sugirió el experto.

Da Shi negó con la cabeza de forma casi imperceptible.

—No hay ángulo desde donde disparar —dijo—. Además, esta es muy lista. En cuanto la tuvieran en el punto de mira lo sabría.

Da Shi dio un paso hacia delante, apartó a la gente y se puso delante de la chica.

—¡Alto! —le advirtió ella, mirándolo con determinación. Tenía el pulgar sobre el detonador y había dejado de sonreír.

—Tranquila... —dijo Da Shi, a una distancia de unos siete metros—. Solo quiero decirte una cosa. Seguro que te interesa —añadió al tiempo que extraía un sobre del bolsillo interior de la chaqueta—. Hemos localizado a tu madre.

La expresión de la chica se suavizó. Sus ojos se transformaron en una ventana abierta a su alma.

Da Shi avanzó dos pasos más. Ahora estaba a menos de cinco metros de la chica. Esta elevó la bomba y lo miró en actitud amenazadora, pero ya se había distraído. Uno de sus compañeros se abalanzó sobre Da Shi para tratar de arrebatarle el sobre. Aprovechando que este bloqueaba la vista de la chica, Da Shi sacó su pistola en un ademán ágil. Ella solo vio un flash cerca de la oreja del hombre que trataba de quitarle la carta a Da Shi antes de que explotase la bomba que llevaba en las manos.

Tras una sorda explosión, Wang no vio nada más que oscuridad. Alguien lo sacó a empujones de la cafetería. Por la puerta surgía un denso humo amarillo y desde el interior llegaba una cacofonía de gritos y disparos. De vez en cuando salía gente corriendo.

Cuando Wang intentó volver dentro, el experto en explosivos lo detuvo.

—¡Qué hace, hombre! ¡Hay radiación!

En cuanto por fin terminó el revuelo, una docena de rebeldes yacía sin vida en el suelo. Las más de doscientas personas restantes, incluyendo a Ye Wenjie, fueron puestas bajo arresto.

La bomba había destrozado a la chica y el hombre que había tratado de arrebatarle la carta a Da Shi estaba herido de gravedad. Justamente por haberse interpuesto entre la chica y Da Shi, las heridas del policía eran leves. Sin embargo, al igual que el resto de los presentes en la cafetería en el momento de la explosión, él también había quedado expuesto a una enorme cantidad de radiación.

Wang observaba a Da Shi desde el exterior de la ambulancia

en la que este se encontraba. Tenía varias heridas en la cabeza, una de las cuales seguía sangrando. La enfermera que lo curaba llevaba, encima del uniforme, un traje protector transparente. Solo podían hablar a través del móvil.

—¿Quién era la madre de aquella chica? —le preguntó Wang.

—¿De qué coño voy a conocer yo a la madre? —exclamó Da Shi entre risas—. Sencillamente he tenido la corazonada de que una chica así debía de llevar tiempo sin ver a la suya... Me dedico a esto desde hace veinte años; en ese tiempo uno aprende a conocer a la gente.

—Estará contento —dijo Wang—. Al final ha ganado usted; detrás de todo esto sí había la mano de alguien... —Se obligó a esbozar una sonrisa. Confió en que Da Shi pudiera verlo desde la ambulancia.

—De eso nada —contestó Da Shi, negando con la cabeza mientras sonreía—, el que ha ganado es usted. ¡A mí nunca se me ocurrió que esta mierda iba a ir de extraterrestres!

25

Las muertes de Lei Zhicheng y Yang Weining

INTERROGADOR: ¿Nombre?

YE WENJIE: Ye Wenjie.

INTERROGADOR: ¿Mes y año de nacimiento?

YE: Junio de 1943.

INTERROGADOR: ¿Ocupación?

YE: Profesora de Astrofísica en la Universidad de Tsinghua. Jubilada desde 2004.

INTERROGADOR: En deferencia a su estado de salud, se le permite pedir que hagamos una pausa en cualquier momento.

YE: Gracias, no será necesario.

INTERROGADOR: La investigación en la que vamos a centrarnos hoy es una investigación criminal al uso, y no tocaremos temas más sensibles. Nos gustaría zanjar la cuestión lo antes posible, de modo que le pido que coopere.

YE: Sé a lo que se refiere. Cooperaré.

INTERROGADOR: Según nuestros informes, es usted sospechosa de haber cometido un doble asesinato durante la época en que trabajó en Costa Roja.

YE: Maté a dos personas, sí.

INTERROGADOR: ¿Cuándo, exactamente?

YE: La tarde del 21 de octubre de 1979.

INTERROGADOR: ¿Quiénes eran las víctimas?

YE: El comisario político de la base, Lei Zhicheng, y mi marido, Yang Weining, ingeniero jefe de la base.

INTERROGADOR: Explíqueme qué la llevó a asesinarlos.

YE: Pues... ¿Debo suponer que está al corriente de cuáles eran las circunstancias?

INTERROGADOR: De los detalles más relevantes. Pero no se preocupe, si me surge alguna duda, ya se la plantearé.

YE: Está bien. El mismo día en que recibí un mensaje de procedencia extraterrestre y lo respondí, supe también que no era la única persona que conocía los hechos. Lei también se había enterado.

Lei era el típico alto cargo fruto de su época y había desarrollado un olfato que lo mantenía un paso por delante de las potenciales jugarretas políticas. Por usar la terminología de aquellos años, se tomaba la lucha de clases demasiado en serio. A escondidas de la mayoría del personal técnico de Costa Roja, mantenía abierto en el ordenador principal un programa informático que se dedicaba a leer constantemente la información de los búferes de transmisión y de recepción, para luego volcarla en un archivo encriptado oculto. De esa manera disponía de una copia de seguridad de toda la actividad de Costa Roja. Así fue como descubrió mi mensaje.

La misma tarde del día en que lo envié en dirección al Sol naciente, poco después de enterarme de que estaba embarazada, Lei me llamó a su oficina. En cuanto entré, vi que en la pantalla del ordenador aparecía el mensaje de Trisolaris que yo había recibido la noche anterior.

—Han pasado ocho horas desde que recibiste el primer mensaje. En lugar de informar de ello, lo que has hecho es eliminar el mensaje original y quizás hasta esconder una copia. ¿Me equivoco?

Yo mantenía la vista fija en el suelo, sin decir nada.

—Sé muy bien lo que te proponías hacer a continuación —prosiguió—: contestar. ¡Si no llego a descubrirte a tiempo, la humanidad entera podría haber perecido por tu culpa! No estoy diciendo que tengamos nada que temer de una invasión interestelar... ¡Incluso asumiendo lo peor, en caso de que eso ocurriera, el invasor extraterrestre se hundirá en el océano de la justa guerra del pueblo!

Entonces comprendí que él aún no sabía que yo ya había contestado. Al colocar mi respuesta en el búfer de transmisión usé una interfaz de archivo distinta de la habitual, y por eso pasó inadvertida a su programa espía.

—Ye Wenjie, siempre supe que eras capaz de hacer algo así..., que es tal el odio que te consume desde lo que te pasó durante la Gran Revolución Cultural Proletaria, que a la mínima oportunidad que se te presentara de vengarte la aprovecharías. ¿Eres consciente de las consecuencias de tus actos?

¿Cómo no iba a serlo? Asentí.

Lei guardó silencio durante unos instantes. Lo que añadió a continuación me cogió por sorpresa:

—Ye Wenjie, no siento la menor lástima por ti. Siempre fuiste un enemigo de clase que ve en el pueblo a su adversario. Pero lo que de ningún modo consentiré es que en tu caída arrastres contigo a un viejo compañero de filas como Yang, y mucho menos a su hijo. Porque estás embarazada, ¿no?

Aquellas palabras, lejos de expresar una amenaza, no eran más que la constatación de un hecho: en aquellos años, acciones como las mías podían, en caso de salir a la luz, acarrear consecuencias nefastas para mi marido tanto si hubiera estado implicado como si no. También para la criatura que aún no había llegado al mundo.

Lei moderó el tono de voz y añadió:

—Ahora mismo, de este asunto solo estamos al corriente tú y yo. Lo que vamos a hacer es minimizar el impacto de tus acciones. Actúa como si nada hubiera ocurrido y no menciones a nadie ni una sola palabra al respecto, ni siquiera a Yang. Del resto no tienes que preocuparte, yo me encargaré. Coopera y evitarás tu ruina.

De inmediato comprendí el motivo de tanta abnegación: andaba tras el título de único descubridor de inteligencia extraterrestre. Realmente era una oportunidad extraordinaria de poner su nombre en los libros de historia...

Le di mi palabra de que actuaría como había sugerido y me dejó marchar. Al salir por la puerta ya lo tenía todo pensado.

Cogí una pequeña llave inglesa y me dirigí a la sala del módulo de procesamiento del receptor. Nadie se sorprendió de verme allí porque parte de mi trabajo incluía inspeccionar las instalaciones. Fui directa al tornillo que fijaba el cable a tierra y lo aflojé. La interferencia del receptor se disparó al momento y la resistencia a tierra pasó de 0,6 ohms a 5 ohms. El técnico de guardia no tardó ni un segundo en atribuirlo a un problema con el cable a tierra, porque se trataba de un fallo muy frecuente, pero el pobre ni se imaginó que la avería se hallaba en su extremo: el cable estaba bien sujeto, nadie lo tocaba nunca y, además, yo le dije que acababa de inspeccionarlo.

La composición geológica del suelo de Pico Radar tenía una característica muy inusual: una capa superior de arcilla de más de diez metros de grosor. La escasa conductividad de ese material había dado muchos quebraderos de cabeza, porque si no se soterraba el cable a la profundidad suficiente, la resistencia a tierra era demasiado alta para que funcionara. Al mismo tiempo, tampoco podían enterrarlo a muchos metros, pues el fuerte efecto corrosivo de la arcilla siempre terminaba degradando el tramo central. Al final, la solución fue pasar el cable de forma que siguiera el borde del acantilado y enterrarlo una vez que sobrepasaba el nivel de la capa de arcilla. A pesar de ello, la puesta a tierra no terminaba de ser estable y había ocasiones en que la resistencia resultaba excesiva. Siempre que ocurría eso, la parte del cable afectada era la que se internaba en el acantilado, y había que bajar a arreglarla atado con cuerdas.

Después de que el técnico de guardia informara al personal de mantenimiento, un soldado se acercó al borde del precipicio, fijó una cuerda a un poste de hierro que había allí y descendió atado a ella. Al cabo de media hora, empapado de sudor, subió de nuevo e informó de que no había encontrado anomalía alguna. Si seguían sin dar con el origen del problema habría que aplazar la siguiente sesión de monitorización, de modo que no les quedó otro remedio que informar a Comandancia. Yo me senté a esperar al lado del poste y la cuerda. Muy pronto vi que el soldado volvía con Lei Zhicheng.

Siendo justos, hay que reconocer la gran dedicación con que

Lei se volcaba en su trabajo y el celo con que se adhería a aquella máxima que alentaba a los cargos políticos de la época a «ser uno con la masa y estar siempre en primera línea de batalla». Y si lo que hacía era teatro, en todo caso su interpretación era digna de aplauso: trabajo difícil y peligroso que surgía en la base, trabajo para el que se ofrecía voluntario. Una de las tareas de las que se encargaba más a menudo era precisamente la reparación del cable, tan arriesgada como laboriosa. A pesar de que no se trataba de un trabajo que exigiese una gran pericia técnica, sí era conveniente tener experiencia, pues la avería podía deberse a muchas y muy diversas causas. Todos los soldados voluntarios responsables de mantenimiento eran nuevos, lo cual me hizo suponer que lo más probable era que Lei se encargara personalmente.

Al llegar se ciñó el arnés y comenzó a descender por la cuerda como si yo no existiera. Me inventé una excusa para librarme del soldado que había venido con él y, cuando al fin me quedé sola, extraje una pequeña sierra del bolsillo de mi abrigo. Su hoja estaba hecha con los fragmentos de la hoja de una sierra de mayor longitud cortada en tres trozos apilados, lo cual aseguraba que no parecería que el corte había sido hecho con una herramienta.

Justo en ese momento llegó Yang Weining, mi marido.

Después de que yo le contara el cuento de la avería, miró hacia el acantilado y me dijo que para inspeccionar el terminal de tierra era preciso cavar, y a Lei le iba a costar demasiado trabajo conseguirlo él solo. Con la intención de ayudarlo, empezó a colocarse el arnés que había dejado aquel otro soldado. Le rogué que cogiese otra cuerda, pero se negó; me contó que la que usaba Lei era lo bastante gruesa para soportar el peso de ambos. Ante mi insistencia, me pidió que fuese a buscarle otra, pero para cuando volví con ella el muy tozudo ya había bajado... Entonces asomé la cabeza y vi que estaban volviendo a subir. Lei iba delante.

Nunca volvería a tener una oportunidad como aquella. De modo que saqué la sierra y corté la cuerda.

INTERROGADOR: No puedo evitar formularle una pregunta que no haré constar en la transcripción: ¿Qué sintió en aquel momento?

YE: Únicamente calma. La verdad es que actué sin sentir nada. Por fin había encontrado un ideal al que consagrarme y me daba igual el precio que yo o cualquier otro tuviéramos que pagar. Al mismo tiempo, siendo consciente de que al final la humanidad entera terminaría pagando con su vida, aquello no podía parecerme más que un preámbulo insignificante...

INTERROGADOR: Ya veo. Prosiga, por favor.

YE: Oí un par o tres de gritos de desconcierto y, luego, el sonido de los cuerpos al estrellarse contra la roca. Al cabo de un rato, vi que el riachuelo que nacía al fondo se había teñido de rojo. Y ya no me pida que le cuente más cosas sobre aquel día...

INTERROGADOR: De acuerdo. Aquí está la transcripción. Léala con detenimiento y, en caso de que no contenga errores, haga el favor de firmarla.

26

Nadie se arrepiente

Las muertes de Lei y de Yang fueron tratadas de accidentes. En la base todo el mundo veía a Yang y a Ye como un matrimonio bien avenido y sin problemas, de modo que no se llegó a sospechar de ella. Un nuevo comisario político fue asignado a la base, y muy pronto todo volvió a su rutina.

Más tarde, conforme la vida que se gestaba en su vientre se desarrollaba, Ye notó que el mundo alrededor cambiaba.

Un día, uno de los guardas de la entrada fue en su busca. Cuando entró en la garita y vio quién la estaba esperando, quedó extrañada: eran tres jóvenes, dos chicas y un chico, que no llegarían a los dieciséis años, enfundados en abrigos viejos y con sombreros de piel de perro. Saltaba a la vista que se trataba de lugareños.

El guarda le explicó que procedían de la aldea de Qijiatun. Al parecer, se habían enterado de que en Pico Radar había gente muy instruida y querían hacerles algunas consultas relativas a sus estudios. A Ye le sorprendió que se hubieran atrevido a subir hasta allí, pues era una zona militar de acceso restringido y los centinelas estaban autorizados a disparar después de efectuar un solo aviso. Uno de los guardas le explicó que el nivel de seguridad de la base había sido rebajado y que los habitantes de la zona eran libres de subir hasta Pico Radar siempre que se mantuvieran alejados de ella. El día anterior habían recibido la visita de varios campesinos que vendían verduras.

El chico le mostró a Ye un manoseado libro de física, y ella reparó en que tenía las manos tan agrietadas como la corteza de un árbol. En un cerrado acento del noreste, el muchacho le planteó una pregunta muy simple: según el libro, todo cuerpo en caída libre aceleraba de forma constante pero siempre acabaría alcanzando una velocidad terminal. Llevaban dándole vueltas al tema varias noches y seguían sin comprender por qué.

—¿Habéis subido hasta aquí solo para preguntar eso?

—¡Es para la selectividad, profesora Ye! —respondió, entusiasmada, una de las chicas.

—¿La selectividad?

—¡Sí, el examen de ingreso a la universidad! Solo podrán entrar los que saquen mejores notas.

—¿Ya no funciona por recomendación?

—¡Ya no! ¡Todo el mundo puede presentarse, hasta los hijos de familias de las cinco categorías!*

Ye se mostró asombrada. No sabía qué pensar de aquel cambio. Al cabo de un rato, cayó en la cuenta de que los jóvenes seguían con los libros abiertos aguardando su respuesta, y se apresuró a explicarles que aquel fenómeno que les traía de cabeza se producía cuando la fuerza de la resistencia del aire se igualaba con la fuerza de la gravedad. Luego añadió que, en el futuro, podían ir a consultarle cualquier otra duda que les surgiera.

Tres días más tarde, fueron a verla siete jóvenes: los tres que ya habían acudido en busca de su ayuda y cuatro más, procedentes de aldeas todavía más lejanas. La tercera vez fueron quince de un pueblecito de la provincia, acompañados por un maestro de instituto. Debido a la escasez de profesores, este se veía obligado a enseñar Matemáticas, Física y Química, y quería plantearle ciertas dudas acerca de la metodología. El hombre pasaba de la cincuentena y tenía la cara muy arrugada, pero aun así se mostraba intimidado por Ye y constantemente se le caían cosas al suelo. Al marcharse, Ye oyó que les decía a los estudian-

* Categorías políticas en que se clasificaba a los enemigos de la Revolución: terratenientes, granjeros ricos, contrarrevolucionarios, «malos elementos» y derechistas. *(N. del T.)*

tes: «¡Chicos, acabamos de estar con una científica extraordinaria!»

Después de aquello, cada pocos días acudían estudiantes a pedir su ayuda. En ocasiones eran tantos que no cabían en la garita. Entonces, previo permiso de los responsables de la seguridad de la base, los guardas los escoltaban hasta la cafetería, donde Ye había instalado una pequeña pizarra para impartirles clase.

En la víspera del Año Nuevo chino de 1979, Ye Wenjie terminó su turno cuando ya había anochecido. La mayoría de los trabajadores de la base disfrutaban ya del puente de tres días, y Ye volvió a su habitación rodeada del más absoluto silencio. Aquel era el hogar que había compartido con Yang Weining, pero ahora estaba vacío. Su única compañía era el hijo que llevaba en el vientre. Fuera, el gélido viento de las montañas del Gran Khingan transportaba el eco lejano de los petardos del festejo en Qijiatun. La sensación de soledad comenzó a oprimirla con la fuerza de un puño gigantesco, hasta el punto de parecerle que encogía y se hacía tan pequeña e insignificante que iba a desaparecer... hasta que alguien llamó a la puerta.

Lo primero que vio al abrirla fue el guarda y, tras él, el fuego de varias antorchas. Las enarbolaban un grupo de jóvenes con los rostros enrojecidos por el frío y témpanos de hielo colgándoles del ala del sombrero. Entraron en la habitación acompañados de una gélida ráfaga de viento. Dos muchachos, especialmente ateridos porque vestían ropa mucho más ligera, estaban tiritando. Habían usado sus abrigos para envolver el regalo que le traían: una gran olla llena hasta los topes de deliciosos raviolis chinos de cerdo y col. Aún humeaban.

Aquel año, ocho meses después de que mandara el mensaje en dirección al Sol, Ye Wenjie se puso de parto. Debido a que el bebé se encontraba mal colocado y a que Ye estaba débil, la enfermería de la base no quiso hacerse cargo del alumbramiento y la enviaron al hospital más cercano.

Para Wenjie, aquel fue uno de los períodos más difíciles de su vida. A causa de los enormes dolores que sufrió y de la cantidad de sangre que llegó a perder, entró en coma. Lo único que alcanzaba a ver, entre la neblina en que quedó sumida, fueron tres rabiosos soles que orbitaban alrededor de ella asediándola de forma cruel. Ese estado se prolongó durante tanto tiempo que temió que el fuego de los soles la atormentase hasta el fin de sus días como castigo a la traición suprema que había cometido. La idea le hizo sentir pánico; no por ella, sino por su bebé: ¿Seguía dentro de ella? ¿O ya había nacido e iba a acompañarla en su sufrimiento?

Al cabo de cierto tiempo que no supo cuantificar, los tres soles comenzaron a alejarse. De repente, una vez que alcanzaron cierta distancia, se encogieron para transformarse en unas cristalinas estrellas fugaces. El aire en torno a Ye se enfrió, los dolores remitieron y, finalmente, despertó.

Girando el cuello con gran esfuerzo, vio por fin el minúsculo, húmedo y sonrosado rostro de su hija.

El doctor le dijo que había sufrido graves hemorragias y que decenas de campesinos de la aldea de Qijiatun habían donado sangre para ella. Muchos eran familiares de aquellos niños a los que había dado clase, pero otros no tenían ningún tipo de conexión con ella, sencillamente habían oído hablar de su bondad. Sin la ayuda de todos ellos, probablemente habría muerto.

Tras el nacimiento de su hija, Ye Wenjie no supo cómo organizarse, pues aún estaba demasiado débil como para cuidar de la niña por sí misma y carecía de familiares próximos que pudieran ayudarla. Por fortuna, justo entonces una pareja de ancianos de Qijiatun acudió a la base y se ofreció a acogerla junto con su hija. El marido había sido en su día cazador y también había recolectado hierbas medicinales, pero, desde la tala masiva de árboles que devastó la zona, se dedicaba a la agricultura. Sin embargo, todo el mundo seguía llamándolo «Qi *el Cazador*». La pareja tenía dos hijos y dos hijas. Las hijas llevaban casadas desde hacía tiempo y residían en casa de sus respectivas familias políticas; uno de los hijos era soldado. Únicamente el hijo mayor seguía viviendo con ellos, junto con su esposa, que también acababa de dar a luz.

Ye seguía sin haber sido rehabilitada políticamente, de modo que los dirigentes de la base no estaban seguros de cómo proceder. Sin embargo, al final aquella fue la única solución viable, y permitieron que la pareja se llevara a Ye a la aldea. Pasaron a recogerla por el hospital en un trineo.

Así fue como Ye terminó conviviendo durante medio año con aquella familia de campesinos de las montañas del Gran Khingan. A causa de lo débil que se encontraba, no producía leche, y Yang Dong tuvo que ser amamantada por las aldeanas. La que le daba el pecho más a menudo era Feng, la nuera de Qi *el Cazador*, una mujer con la recia constitución de las mujeres del noreste de China. Comía gachas de sorgo a diario y sus generosos pechos se mantenían llenos de leche a pesar de que amamantaba a dos criaturas. Muchas otras mujeres acudían a ayudarla encantadas. Les caía bien y siempre decían que la niña tenía cara de ser tan lista como la madre.

Poco a poco, la cabaña de Qi *el Cazador* se convirtió en el punto de reunión de todas las mujeres de la aldea. Niñas y mayores, casadas o solteras, todas acudían a verla en cuanto tenían un rato libre. Mostraban una gran curiosidad hacia ella y la admiraban. Por su parte, Ye se sorprendió al descubrir lo a gusto que se sentía en compañía de aquellas mujeres. Terminó perdiendo la cuenta de los días que pasó sentada en el patio con ellas, rodeadas de sus respectivos hijos y con un perezoso perro negro que siempre dormía la siesta echado a sus pies. Le llamaba poderosamente la atención el placer con que fumaban en pipa, echando el humo con parsimonia y llenando el ambiente de un halo plateado tan brillante como el rubio vello que cubría sus brazos. Una vez le dejaron echar una calada y casi se desmaya. La anécdota las hizo reír durante días.

Con los hombres hablaba más bien poco. Andaban todo el día enfrascados en algún tema que se le escapaba, pero, por lo que había logrado deducir, debía de ser algún plan para ganar dinero plantando ginseng, aprovechando que el gobierno parecía haber relajado las normas que regulaban su producción. Todos la trataban con deferencia y eran sumamente educados. Al principio, Ye no le dio importancia, pero cuando empezó a ver las salvajes palizas que propinaban a sus mujeres, y la sonrojante vulgaridad con que luego flirteaban con las viudas, empezó a apreciar su respeto. Cada pocos días, alguno acudía a casa de Qi para ofrecer una liebre o un faisán que hubiera cazado. También le llevaban a Yang Dong pintorescos juguetes hechos con sus propias manos.

En el futuro recordaría aquellos meses como si perteneciesen a otra persona, como fragmentos de una vida ajena que hubieran caído en sus manos igual que una pluma transportada por el viento. En su mente terminaron consolidándose en una serie de pinturas clásicas. No al estilo chino, sino al de los óleos europeos. En las pinturas chinas abundaban los espacios en blanco, pero en Qijiatun la vida no tenía pausas, sino que, tal y como ocurría con los óleos europeos, rebosaba de ricos y coloridos detalles, de calidez e intensidad: aquellas grandes camas provistas de calefacción llamadas *kang*, con sus mullidos colchones de paja, las pipas de cobre rebosando de tabaco Mohe o tabaco cantonés, las espesas gachas y el aguardiente de sesenta y cinco grados que elaboraban con sorgo..., todo ello en el marco de una vida tan apacible y sencilla como lo era el discurrir del pequeño arroyo cercano a la aldea.

Las noches fueron especialmente memorables. Como el hijo del Cazador estaba en la ciudad vendiendo setas —era el primero de muchos aldeanos que más tarde se aventurarían lejos del hogar para tratar de ganarse mejor la vida—, Ye compartía habitación con la esposa de este, Feng. La electricidad aún no había llegado a la aldea, de modo que las dos pasaban las noches acurrucadas a la luz de la lámpara de queroseno. Ye, que se dedicaba a leer mientras Feng bordaba, siempre se acercaba demasiado a la lámpara y terminaba con el flequillo chamuscado, lo cual las hacía mirarse y sonreír. A Feng nunca le pasaba, pues tenía una vista de lince y podía bordar incluso a la débil luz de las ascuas del carbón. Los dos bebés, que aún no habían alcanzado los seis meses de vida, se dedicaban a dormir plácidamente sobre el *kang*. A Ye le encantaba verlos así. Su respiración lenta y acompasada era el único sonido en la cabaña.

Aunque al principio le había costado conciliar el sueño en el *kang* y sentía que se abrasaba, había acabado por acostumbrarse. Solía soñar que también ella era un bebé que dormía en el cálido regazo de alguien. Un alguien que no era su padre, ni su madre, ni su difunto marido. Un alguien distinto, al que no conocía. Aquella sensación era tan hermosa y tan real que a veces al despertar se le llenaban los ojos de lágrimas.

Una noche, apartó la vista del libro y observó que Feng bordaba un zapato de tela, que sostenía por encima de la rodilla para verlo mejor a la luz de la lámpara. Al advertir que la miraba, Feng le preguntó:

—Hermana, ¿por qué crees que no se nos caen encima las estrellas?

Ye siguió contemplando a Feng. La lámpara de queroseno resultaba ser una artista magnífica que, sirviéndose de una sobria paleta de colores, convertía a Feng en una brillante pintura. Vestida con su camisón tradicional y con la pelliza sobre los hombros, dejaba entrever un brazo tan robusto como señorial. El brillo de la lámpara la dibujaba con vívidos tonos y dejaba en penumbra al resto de la habitación. Si uno se fijaba de cerca, aún podía distinguir la presencia de una luz roja: las ascuas del brasero del suelo. Fuera, al otro lado de los cristales, el frío dibujaba complicadas cenefas azules.

—¿Temes que las estrellas te caigan encima? —inquirió divertida, y con voz suave.

Feng sonrió, negando tímidamente con la cabeza.

—¿Cómo me va a dar miedo? Con lo pequeñas que son...

En lugar de darle la respuesta de una astrofísica, Ye se limitó a decir:

—Están muy muy lejos. No pueden caernos encima.

Feng se dio por satisfecha con aquello y volvió a su labor. En cambio, Ye fue incapaz de volver a concentrarse. Cerró el libro, se tendió sobre la cálida superficie del *kang* y cerró los ojos. En su imaginación, el universo en torno a aquella minúscula cabaña desapareció del mismo modo que la mayor parte de la habitación quedaba oscurecida en la penumbra que rodeaba la lámpara de queroseno. Entonces reemplazó al universo real por el que Feng imaginaba. El cielo nocturno era una bóveda oscura lo bastante grande para cubrir el mundo entero. En su interior se incrustaba una multitud de estrellas de cristal que brillaban con luz plateada, pero ninguna de ellas era mayor que aquel viejo espejo oval que había sobre la mesa. El mundo era plano y se extendía en todas las direcciones hasta que se unía con la bóveda celeste. Su superficie estaba cubierta de montañas como las del Gran Khingan y de bosques en los que se ocultaban una miríada de aldeas como la de Qijiatun... Aquel mundo de juguete la confortaba, y poco a poco fue pasando de su imaginación a sus sueños.

Fue en aquella cabaña perdida en las montañas del Gran Khingan donde algo comenzó a cambiar en el interior de Ye Wenjie. Las negras profundidades de la tundra congelada de su corazón comenzaron a deshelarse. Apareció una pequeña laguna de aguas cristalinas.

Ye Wenjie por fin se llevó a Yang Dong de regreso a Costa Roja. Transcurrieron dos años en los que la ansiedad se alternaba con la calma, hasta que un día recibió una notificación informándole de que tanto ella como su padre habían sido rehabilitados políticamente. Poco después le llegó una carta de su universidad, invitándola a volver lo antes posible. Iba acompañada de una suma de dinero: los honorarios que se le debían a su padre. Por fin sus superiores iban a poder llamarla «camarada» en las reuniones.

Encajó todos aquellos cambios sin sentir ninguna ilusión. El mundo exterior había dejado de interesarle hacía tiempo y prefería la tranquilidad de Costa Roja. Sin embargo, pensando en la educación de su hija, terminó por abandonar aquel lugar del que una vez creyó que nunca saldría, y volvió a su *alma mater.*

Tras abandonar aquellas frías montañas, Ye creyó que la primavera la rodeaba dondequiera que fuese. También el invierno de la Revolución Cultural había cesado y todo renacía. A pesar de que el desastre era reciente y la gente seguía lamiéndose las heridas, la sensación de renacimiento saltaba a la vista. Las universidades se llenaron de estudiantes con hijos, las librerías agotaban las tiradas de los clásicos literarios, la innovación tecnológica volvía a ser el foco de las industrias, la investigación científica gozaba ahora de un halo sagrado; la ciencia y la tecnología eran las únicas llaves que abrían la puerta al futuro, y todo el mundo se acercaba a la ciencia con la fe y el candor de un niño de primaria: sus esfuerzos eran pueriles, pero sinceros. En la I Conferencia Nacional sobre Ciencia, Guo Moruo, presidente de la Academia de las Ciencias China, proclamó el inicio de una nueva primavera para la ciencia.

Ye Wenjie no podía dejar de preguntarse si todo aquello supondría el fin de la locura. ¿Realmente estaba asistiendo a la restitución de la racionalidad, del regreso de la ciencia a la posición que merecía?

Nunca volvió a recibir comunicación alguna desde Trisolaris. Sabía que la respuesta de aquel mundo a su mensaje llegaría como muy pronto en ocho años, pero tras abandonar Costa Roja ya no tenía modo de recibirla.

Aquel contacto suponía un hecho de la máxima trascendencia para la humanidad, y ella sola había sido su artífice. Ye había conseguido ese hito sin ayuda de nadie y ni siquiera podía celebrarlo. Dichas circunstancias contribuían a que aún le pareciera más irreal, y la sensación fue creciendo con el tiempo. ¿Y si todo había sido una ilusión? ¿Y si solo había soñado que el Sol era capaz de amplificar las señales de radio? ¿Realmente lo había usado a modo de antena para enviar un mensaje al universo? ¿De verdad había recibido una respuesta procedente de las estrellas? Aquel sangriento amanecer en que había traicionado a la raza humana, ¿había sido real? Y aquellos asesinatos...

Ye trató de olvidarlo todo centrándose en su trabajo. Estuvo a punto de conseguirlo: a partir de entonces, un extraño instinto autoprotector le impidió rememorar el pasado, y pareció borrar el recuerdo de aquel mensaje de una civilización extraterrestre que una vez había recibido. Sus días comenzaron a transcurrir con plácida normalidad.

Poco después de volver a su *alma mater*, Ye llevó a Dong Dong a ver a su abuela, Shao Lin. A Shao el colapso nervioso sufrido a raíz de la muerte del marido le duró muy poco, y pronto volvió a navegar en las procelosas aguas de la política. Todos sus esfuerzos por subirse al carro ideológico de cada momento, y cantar los eslóganes que hicieran falta, habían terminado dando fruto: durante la fase de «vuelta a las aulas para proseguir con la Revolución»* fue restituida como profesora. Su siguiente movimiento fue inesperado. Eligió casarse con un alto cargo del Ministerio de Educación que estaba siendo perseguido cuando aún lo tenían viviendo en uno de los llamados «corrales».** En realidad, ella había actuado pensando a largo plazo: supo ver que el caos reinante en la sociedad no podía durar mucho más, que aquellos jóvenes revolucionarios que atacaban cuanto se cruzaba en su camino no tenían la experiencia necesaria para llevar las riendas de un país y, por lo tanto, tarde o temprano los altos cargos que eran perseguidos volverían a sus puestos.

Su intuición resultó ganadora. Su nuevo marido fue reinstituido a su trabajo antes incluso de que la Revolución Cultural terminara oficialmente. Después, tras la Tercera Sesión Plenaria del XI Comité Central del Partido Comunista Chino, que inauguró una nueva era de apertura y reformas, fue ascendido a viceministro. Aprovechando aquella circunstancia, así como el hecho de que la intelectualidad volvía a estar bien vista, Shao Lin comenzó a ascender de posición. Después de hacerse miembro de la Academia de las Ciencias China, tuvo el olfato de abandonar su antigua universidad para pasar a ser vicerrectora y finalmente rectora de otra universidad de igual prestigio.

Ye Wenjie vio, en aquella nueva versión de su madre, la ima-

* A finales de 1967, tras un largo período de inactividad, el gobierno de Pekín decretó la reanudación de las clases en escuelas, institutos y universidades en un intento de frenar el exacerbado fanatismo de los guardias rojos. *(N. del T.)*

** Por ese nombre se conocían los recintos dentro de las fábricas, escuelas o demás unidades de trabajo en las que se recluía a los sospechosos de ser contrarrevolucionarios. *(N. del T.)*

gen de una intelectual hecha a sí misma que había logrado conservarse, y en la que ni siquiera se adivinaba la más mínima secuela de la persecución sufrida. Encantada de recibirlas, Shao Lin se mostró muy interesada por los detalles de la vida que habían llevado hasta entonces, se deshizo en alabanzas de lo bonita y despierta que era su nieta, e instruyó a la cocinera en el modo exacto de cocinar los platos preferidos de su hija. Todo sucedió con tan esmerada atención, con tal control del detalle y con tal mesurada cercanía, que Ye no pudo evitar sentir que las separaba un muro invisible. Madre e hija se esforzaron en no tocar temas sensibles. Ninguna mencionó, ni siquiera una vez, al padre de Wenjie, Ye Zhetai.

Después de cenar, Shao Lin y su nuevo marido acompañaron a Ye y a Dong Dong hasta la calle para despedirlas. Cuando él dijo que quería hablar de un asunto con Ye, Shao Lin se despidió y regresó al piso.

El viceministro cambió de expresión de inmediato, como si le hubiera faltado tiempo para quitarse su máscara amable.

—Eres libre de traernos a la niña siempre que quieras —dijo—, pero con una condición: no vengas a remover la mierda del pasado. Tu madre no es culpable de lo que pasó, sino una víctima más. Si tu padre terminó como terminó fue por aferrarse a sus creencias de manera malsana; él mismo se buscó la ruina sin pensar en quién arrastraba consigo, y os hizo sufrir lo indecible tanto a ti como a tu madre.

—¿Quién se ha creído usted que es para hablar así de mi padre? —espetó Ye, furiosa—. Ese es un tema que atañe a mi madre y a mí; a usted no le incumbe.

—En eso tienes toda la razón —replicó él con frialdad—. A mí me trae sin cuidado. Solo soy el mensajero...

Ye miró hacia los pisos superiores de aquel edificio reservado a los altos cargos y vio que su madre los observaba por entre los visillos de la ventana.

Sin mediar palabra, se agachó, cogió en brazos a Dong Dong y se marchó de allí para no regresar nunca.

Después de buscar y buscar a las cuatro guardias rojas que mataron a su padre, Ye pudo localizar a tres. Las tres habían regresado a la ciudad tras una larga temporada en el campo para ser reeducadas, y no tenían empleo. Al conseguir sus direcciones, Ye les escribió sendas cartas citándolas el mismo día y a la misma hora en el recinto deportivo donde su padre había muerto.

Solo quería hablar. Ya no podía moverla ningún deseo de venganza hacia ellas, pues, desde aquella mañana en que había usado los sistemas de Costa Roja para contestar el mensaje de Trisolaris, había consumado la mayor de las venganzas contra la raza humana entera, incluyendo a las asesinas de su padre. Lo que quería era escucharlas arrepentirse, ver que asomaba en ellas el mínimo vestigio de humanidad.

La tarde señalada, después de clase, Ye fue a esperarlas al patio de la universidad. No albergaba demasiadas esperanzas, estaba casi segura de que no acudirían a la cita; pero al llegar la hora las tres hicieron acto de presencia.

Las reconoció desde lejos porque seguían vistiendo de color verde militar, un atuendo que para entonces había caído en desuso. Cuando las tuvo cerca, cayó en la cuenta de que muy probablemente llevaban los mismos uniformes que en aquella infame sesión de castigo: a fuerza de lavarlos habían quedado descoloridos y, además, estaban cubiertos de parches y remiendos. Aparte de la vestimenta, ninguna de aquellas mujeres, ya en la treintena, guardaba parecido alguno con las tres aguerridas guardias rojas que una vez habían sido. Saltaba a la vista que no solo habían perdido la juventud, sino mucho más. La primera impresión de Ye fue que, aunque en su día habían parecido estar hechas de un mismo molde, ahora eran totalmente distintas: una se había quedado en los huesos y el uniforme le iba muy holgado. Torcía la espalda y su pelo, ralo, poseía un tono amarillento. Otra, en cambio, había engordado tanto que ya no conseguía abotonarse ni la chaqueta ni el pantalón. Iba muy despeinada y tenía el rostro quemado por el sol, como si las penalidades de la vida le hubieran robado hasta el último rasgo de delicadeza o femineidad que pudiera haber tenido, envolviéndola en rudeza y apatía. La tercera aún conservaba cierto aire juvenil, pero una de las mangas de su uniforme se agitaba al viento cuando caminaba: había perdido un brazo.

Las tres guardias rojas se plantaron frente a Ye, dispuestas en el mismo orden en que una vez se habían encarado a su padre. Si con ello trataban de recuperar su tan largamente olvidada actitud de superioridad, fue un intento vano, pues la demoníaca energía que las había guiado en su día brillaba por su ausencia. La más delgada la miraba con unos mezquinos ojillos de rata, el rostro de la más gruesa carecía de toda expresividad y la manca tenía la mirada perdida en el cielo.

—Creías que no íbamos a presentarnos, ¿eh? —le dijo la más gruesa en tono desafiante.

—He pensado que debíamos vernos, y así poder poner punto y final al pasado —repuso Ye.

—Lo pasado, pasado está, ¿no? —zanjó la más delgada. Su voz estridente la hacía sonar asustada.

—Me refería a que aclaráramos las cosas para poder mirar al pasado con cierta paz.

—¡Ah! Esperas que te pidamos perdón, ¿no es eso? —preguntó la más gruesa en tono de burla.

—¿No te parece indicado?

—¿Y a nosotras quién nos va a pedir perdón? —intervino la manca por primera vez.

—De las cuatro, tres firmamos aquel primer cartel del instituto adscrito a la Tsinghua* —prosiguió la más gruesa—. De ahí pasamos a alistarnos a las marchas revolucionarias, de las que luego volvimos para participar en las grandes concentraciones de Tiananmen. Vivimos todas y cada una de las guerras entre facciones, asistimos a la creación y la destrucción de tres Cuarteles Generales, formamos parte del Comité de Acción Conjunta, de los piquetes armados, de la comuna de la Nueva Uni-

* Cartel mural aparecido el 29 de mayo de 1966 en una pared del instituto adscrito a la Universidad de Tsinghua, en el que se instaba a los estudiantes a participar de forma más activa en la Revolución. Firmado por un centenar de estudiantes, incluye la primera mención al concepto de Guardia Roja de la que se tiene noticia, y por ello se considera su documento fundacional. *(N. del A.)*

versidad de Pekín, del equipo de combate Bandera Roja; nos hartamos de cantar a pleno pulmón *El este es rojo*... ¿Qué episodio de la historia de la Guardia Roja no habremos vivido?

—Durante la guerra de los Cien Días de Tsinghua,* dos de nosotras íbamos con los revolucionarios de las montañas Jinggang y las otras dos con la facción del 14 de Abril. Yo, tratando de atacar un tanque con una granada, tropecé y terminé con el brazo triturado —dijo la manca—. Solo tenía quince años...

—¡Y luego nos mandaron al campo, a reeducarnos! —exclamó la más gruesa, alzando los brazos para retomar la palabra—. Dos de nosotras fuimos a parar a Shaanxi y las otras dos a Henan, siempre a los rincones más pobres y más apartados. Al principio, aún conservábamos la ilusión, pero qué poco nos duró el idealismo... Cada noche, rendidas después de pasar el día trabajando la tierra, sin fuerzas ni para lavarnos la ropa, y acostadas en aquellas chozas de paja con el aullido constante de los lobos de fondo, nos iba quedando más claro que no solo no íbamos a salir nunca de aquellas aldeas dejadas de la mano de Dios, sino que no le importábamos a nadie.

—A veces, estando allí —añadió la tercera mujer, aún con la mirada perdida—, me encontraba a algún camarada de la Guardia Roja o a algún viejo enemigo con las mismas ropas raídas, cubiertas del mismo polvo y de las mismas boñigas de vaca, y los dos nos quedábamos mirándonos el uno al otro, sin nada que decir.

—La que le arreó a tu padre el golpe final —prosiguió la más gruesa—, Tang Hongjing, murió ahogada en el río Amarillo. Hubo un desbordamiento, y a algunas de las ovejas del equipo de producción se las llevó la corriente. El secretario local del Partido nos reunió y nos dijo: «¡Es hora de poner a prueba vuestra entereza!» Total, que Hongjing y otras tres estudiantes se metieron en el río para tratar de salvar a las ovejas del demo-

* Uno de los enfrentamientos entre facciones de la Guardia Roja más encarnizados. Tuvo lugar en el seno de la Universidad de Tsinghua entre el 23 de abril y el 27 de julio de 1968, y se saldó con dieciocho muertos y más de mil heridos de diversa gravedad. *(N. del A.)*

nio... Acababa de empezar la primavera y la superficie del río aún estaba cubierta por una fina capa de hielo. Las cuatro murieron, nadie supo si ahogadas o de frío. Cuando vi sus cadáveres me... me... ¡No puedo seguir, joder!

La tullida prosiguió por ella.

—Las subieron a la camioneta de la unidad, amontonadas como si fueran leña encima de una montaña de coles y patatas, junto a... las ovejas muertas...

Ella también se derrumbó.

Con lágrimas en los ojos, la guardia más delgada exhaló un hondo suspiro y dijo:

—Ahora estamos de vuelta en la capital, pero ¿para qué? Seguimos sin tener nada. A todos los que hemos vuelto a la ciudad después de ser reeducados nos cuesta horrores encontrar trabajo, y sin trabajo no hay dinero. Ni futuro...

—¿Crees que a la larga alguien se acordará de nosotras, ni de ti, ni de lo que pasamos? —inquirió con rabia la más gruesa, señalando a Ye—. ¡Estamos en una nueva era, dicen! ¿Sabes lo que eso significa? ¡Que ya han empezado a olvidarse! ¡Nos espera el más completo olvido!

Las tres guardias se marcharon y Ye se quedó sola en el patio exactamente igual que aquella aciaga tarde, hacía ya más de una década, observando el cadáver de su padre. Las palabras de la última de ellas resonaban en su cabeza: la gente había empezado a olvidarse. Les esperaba el más completo olvido.

El sol poniente proyectaba una sombra alargada de su esbelta figura. La tímida esperanza en la humanidad que había asomado en su alma en los últimos tiempos se había desvanecido con la misma rapidez con que aquel sol habría evaporado una gota de rocío y, con ella, también cualquier rastro de culpa por la máxima traición cometida al responder aquel mensaje extraterrestre.

En adelante, conducir a una civilización superior hasta el mundo de los humanos sería su más firme y claro propósito.

27

Evans

Medio año después de regresar a su *alma mater*, Ye Wenjie asumió la dirección de un ambicioso proyecto: el diseño de un gran observatorio radioastronómico. Acompañada de una gran comitiva, comenzó a viajar por todo el país en busca del mejor emplazamiento. En aquella primera fase, las consideraciones fueron de tipo técnico; a diferencia de la astronomía tradicional, la radioastronomía no solía verse afectada por las condiciones atmosféricas, pero, en cambio, sí requería las mínimas interferencias electromagnéticas posibles. Tras recorrer muchos kilómetros, escogieron una remota área del noroeste.

Las colinas de aquella zona eran de *loess* chino, un tipo de limo amarillento, y estaban casi desnudas de vegetación. Las grietas que la erosión había provocado en su superficie parecían las arrugas de la frente de un anciano. Un día, después de seleccionar varias ubicaciones posibles, la expedición de Ye se hallaba descansando en una aldea cuyos habitantes, en su mayoría, seguían viviendo en tradicionales casas cueva. El delegado del equipo de producción de la aldea, reconociendo en ella a alguien instruido, quiso saber si hablaba «la lengua de los extranjeros». Cuando esta le preguntó a su vez cuál de ellas, el hombre contestó que lo ignoraba, pero que si de verdad hablaba una, haría que alguien llamara a Bethune, porque tenía que comentar con él un asunto.

—¿Norman Bethune?* —preguntó Ye, muy sorprendida.

—Je, je, como no sabemos su nombre auténtico, lo llamamos así...

—¿También es médico?

—No, él se dedica a plantar árboles detrás de aquellas montañas... Pronto hará tres años que vino.

—¿Y para qué los planta?

—Para criar pájaros, dice. Intenta salvar una especie que, según él, está a punto de extinguirse.

Ye y sus colegas sintieron tal curiosidad por aquel hombre que le preguntaron al delegado dónde podían encontrarlo, y él, tras recorrer con ellos un sendero hasta la cima de una colina, les señaló un lugar. Al instante, Ye quedó deslumbrada: ante sus ojos, en medio de la aridez, se extendía una ladera cubierta por un bosque frondoso. Era la verde pincelada de un restaurador sobre un lienzo amarillento.

No les fue difícil encontrar a aquel extranjero. Sin embargo —aparte del pelo rubio, los ojos verdes y los vaqueros—, su apariencia no difería demasiado de quienes habían vivido siempre en aquellas tierras. Incluso la tonalidad de su bronceado era la misma. No mostró un gran interés por ellos. Se limitó a presentarse como Mike Evans, sin mencionar su nacionalidad, aunque su acento dejaba a las claras que era estadounidense.

Vivía en una sencilla cabaña de dos habitaciones, repleta de utensilios para plantar árboles: palas, azadas, sierras de podar... todos muy toscos, pues eran de fabricación local. Una fina capa del polvo del noroeste cubría los pocos enseres de su cocina y su maltrecha cama. Sobre ella había apilados una gran cantidad de libros, la mayoría sobre biología. Entre ellos, Ye reconoció *Liberación animal*, de Peter Singer. Los únicos signos de modernidad en toda la cabaña eran una pequeña radio conectada a una batería externa y un telescopio.

* Henry Norman Bethune (1890-1939), médico canadiense que colaboró con el ejército comunista durante la segunda guerra sino-japonesa. El ensayo que Mao Zedong le dedicó a modo de homenaje póstumo lo convirtió en una figura icónica del humanitarismo en toda China, y uno de los pocos nombres extranjeros conocidos en la época. *(N. del T.)*

Evans se disculpó por no poder ofrecerles niguna bebida. Según dijo, hacía ya un tiempo que se le había terminado el café y, aunque sí tenía agua, tan solo disponía de un vaso.

—¿Y qué es lo que le trae hasta aquí? —preguntó uno de los colegas de Ye.

—¡Salvar vidas!

—¿Salvar a los locales? Bueno, es cierto que las condiciones no son...

—¡Siempre igual! —exclamó Evans de pronto, muy exaltado—. ¿Acaso solo cuentan las vidas humanas? ¿Tan difícil es imaginar que me dedique a salvar a otras especies? Los humanos no necesitan que los salven, ¡viven mucho mejor de lo que merecen!

—Nos han dicho que trata de salvar un pájaro en concreto...

—Así es —respondió Evans, recuperando la compostura—. Una especie de golondrina. El nombre científico es muy largo de pronunciar. Cada primavera, siguiendo la misma ruta migratoria que sus antecesores, emprenden una travesía hacia el sur. Este es el único lugar donde anidan, pero con la creciente desaparición de los bosques, cada año les cuesta más. Cuando descubrí su existencia, apenas quedaban diez mil ejemplares. De haber seguido así, en cinco años se habrían extinguido. Los árboles que llevo plantados sirven de hábitat a algunos de ellos, pero no son suficientes, especialmente ahora que la población está aumentando. Debo plantar muchos más árboles para expandir este edén.

Evans los hizo mirar a través del telescopio. Con su ayuda, al cabo de un largo rato consiguieron avistar unas aves minúsculas que volaban a toda velocidad entre los árboles.

—No son muy vistosos, los pobres, ¿verdad? Pero no todas las especies en peligro de extinción tienen por qué ser tan adorables como el panda gigante. Cada día se extingue alguna especie en este planeta precisamente porque su aspecto no despierta la compasión del hombre.

—¿Todos estos árboles los ha plantado usted?

—La mayoría. Al principio contrataba a algunos locales para que me ayudasen, pero enseguida tuve que priorizar el dinero:

solo con los plantones y la irrigación ya se me va lo suyo... ¿Saben? Mi padre es multimillonario, el presidente de una petrolera internacional. Ya no quiere seguir dándome dinero... ni yo lo aceptaría —dijo Evans, que comenzaba a sincerarse—. Cuando yo tenía doce años, un petrolero de treinta mil toneladas de la compañía de mi padre se hundió en la costa atlántica y vertió más de veinte mil toneladas de crudo en el océano. Casualmente, mi familia y yo estábamos veraneando en la casa que teníamos en una localidad costera, no muy lejos de allí. ¿Saben qué fue lo primero que hizo mi padre al enterarse de la noticia? Ponerse a pensar en maneras de evadir la responsabilidad de su compañía.

»Esa misma tarde fui a ver el infernal paisaje en que había quedado convertida la costa. El mar estaba teñido de negro y el oleaje, bajo aquella pegajosa capa de petróleo, era muy débil. También la playa estaba cubierta de una película negra. Yo y muchos otros voluntarios nos dedicamos a buscar aves que siguieran con vida. Las pobres, tratando inútilmente de zafarse del increíble peso de aquel mejunje, parecían estatuas hechas de asfalto, y sus ojos, la única prueba de que eran seres vivos. Desde entonces, la visión de aquellos ojos me ha perseguido. Tratamos de usar detergente para deshacernos del crudo, pero era extremadamente difícil; se había pegado a sus plumas, y si frotabas con demasiada fuerza corrías el riesgo de arrancárselas... Al atardecer, la mayoría de esas aves había muerto. Sentado en la playa negra, agotado y cubierto de petróleo de pies a cabeza, vi que el sol se hundía tras la oscuridad del mar y sentí que estaba presenciando el fin del mundo.

»Mi padre había llegado al lugar y, sin que me diera cuenta, se acercó a mí por detrás. Me preguntó si aún recordaba "aquel esqueleto de dinosaurio". Se refería a un pequeño esqueleto que habían encontrado cuando su empresa realizaba unas prospecciones petrolíferas. Él se había gastado una enorme suma de dinero para comprarlo e instalarlo en los jardines de la mansión de mi abuelo. "Mike", me dijo entonces, "¿recuerdas la vez que te conté cómo se extinguieron los dinosaurios? Un asteroide chocó contra la Tierra y el mundo se convirtió en un mar de fuego, tras lo cual quedó inmerso en un largo período de oscuridad y frío... Poco después, una noche despertaste llorando, muy asustado, y nos dijiste que habías soñado que vivías en aquel período. Déjame que te cuente ahora lo que entonces callé: si de verdad vivieras en el período Cretáceo, serías afortunado. El mundo actual es más aterrador, pues las especies se extinguen a un ritmo mucho mayor. ¡Comparada con el Cretáceo Posterior, la nuestra es la era de las extinciones masivas! Por eso, hijo mío, lo que has visto no es más que un episodio insignificante de un proceso mucho más grande. Podemos permitirnos vivir sin aves marinas, pero no vivir sin petróleo. ¿Te imaginas la vida sin él? Ese Ferrari que te regalé por tu cumpleaños, y que prometí que conducirías cuando cumplieras quince años, no podría salir del garaje. Sería un amasijo de metal completamente inservible. Si ahora mismo nos dijeras que te apetece ver al abuelo, te subiríamos a mi jet privado y cruzarías el océano en menos de doce horas. Sin petróleo, tendrías que pasar un mes encerrado en un barco de vela... Las reglas del juego de la civilización son estas: la prioridad es garantizar la supervivencia de la raza humana, y su confort. Todo lo demás... es secundario".

»Mi padre tenía muchas esperanzas puestas en mí, pero no salí como esperaba. Desde aquel día, los ojos de aquellas aves ahogadas me siguieron allá donde fuera, marcándome para el resto de mi vida. Cuando cumplí trece años mi padre me preguntó a qué quería dedicarme cuando fuera mayor, y yo respondí que a "salvar vidas". Mi ideal no era demasiado ambicioso: con tal de recuperar una sola especie al borde de la extinción, me habría conformado. Daba igual que fuese un pájaro poco vistoso, una mariposa de tonos apagados o un humilde escarabajo. Terminé estudiando biología y especializándome en el estudio de aves e insectos. Desde mi punto de vista, mi ideal es digno de ser perseguido... ¿Por qué tiene que ser menos importante salvar un ave o un insecto que salvar a la especie humana? Uno de los preceptos del comunismo panespecie es, precisamente, que toda vida es igual de valiosa.

—¿Uno de los preceptos de qué? —preguntó Ye, temiendo haber oído mal.

—Del comunismo panespecie. Se trata de una ideología que me he inventado o, si se quiere, de una fe. Se basa en la idea de que todas las especies del planeta tienen el mismo derecho a la vida.

—Pero esa es una forma de pensar muy utópica... —señaló Ye—. También las frutas y las verduras que cosechamos son organismos vivos. Si el hombre quiere sobrevivir, ese tipo de igualdad es insostenible.

—Algo parecido debían de pensar los propietarios de esclavos para justificarse —objetó Evans— . Y no se olvide de la tecnología: llegará el día en que seamos capaces de manufacturar comida. Deberíamos sentar las bases ideológicas que apoyen esa posibilidad mucho antes de que sea factible. En realidad, el comunismo panespecie no es más que una ampliación de la Declaración de los Derechos Humanos. La Revolución francesa tuvo lugar hace ya doscientos años, y desde entonces no hemos dado ningún paso importante. Es una muestra más del cinismo egoísta de la raza humana.

—¿Cuánto tiempo piensa quedarse aquí? —preguntó Ye.

—Pues no lo sé. La verdad es que la profesión de salvador podría tomarme toda la vida. Es un sentimiento tan bello... Pero, bueno, no espero que sean capaces de entenderlo...

A partir de entonces Evans perdió el interés. Les dijo que tenía que volver al trabajo, cogió la pala y se marchó. Al despedirse volvió a mirar a Ye, como si notara algo especial en ella.

En el camino de regreso, uno de los colegas de Ye recitó un fragmento de *En memoria de Norman Bethune:**

—«Una persona noble y pura, una persona de integridad moral y por encima de intereses vulgares.» ¡Ah! —suspiró—. Realmente existen personas que llevan vidas así...

Varios de los integrantes de la comitiva se sumaron a ese sentimiento. Ye, casi hablando para sí misma, dijo:

—Si existieran más hombres como él, todo habría sido distinto...

* Durante la Revolución Cultural, la lectura de este ensayo de Mao Zedong fue obligatoria. *(N. del T.)*

Al no saber nadie a qué se refería, la conversación viró hacia el trabajo.

—A mí me parece que este sitio tampoco vale, nuestros superiores no lo aprobarán...

—¿Y por qué no, si de todos los que hemos visto es el que tiene mejor entorno electromagnético?

—¿Qué hay del entorno humano? No os centréis únicamente en lo técnico, camaradas, considerad la pobreza de la zona. Cuanto más pobre la aldea, más zorros los aldeanos... Seguro que ya andan soñando con la gallina de los huevos de oro que sería el observatorio... Una vez instalado, no tardarían en saltar chispas entre los científicos y la gente.

Al final la ubicación fue descartada por aquella razón.

Durante los siguientes tres años, Ye no volvió a tener noticias de Evans, pero de pronto una primavera recibió una postal suya con una sola línea: «Ayúdeme. Ya no sé cómo seguir viviendo.» Ye se subió de inmediato a un tren, en el que pasó un día y una noche; después cogió un autobús que, tras muchas e interminables horas, la condujo a aquella aldea perdida en las montañas del noroeste de China. En cuanto subió a lo alto de la colina reconoció el bosque. Aunque parecía más denso y grande, pues los árboles habían crecido, las nuevas zonas por las que podía extenderse estaban siendo taladas.

La tala se producía a una velocidad infernal. Los árboles caían constantemente desde todas las direcciones y el bosque se iba reduciendo como una hoja de morera que fuese pasto de unos hambrientos gusanos de seda. A ese ritmo, muy pronto desaparecería. Los leñadores procedían de las dos aldeas cercanas. Armados con hachas y sierras, se afanaban en cortar sin piedad aquellos árboles que apenas empezaban a crecer. Eran muchos, y solía haber disputas territoriales entre ellos.

A pesar de que los árboles no hacían demasiado ruido al caer, ni se oía el rugido de ninguna sierra mecánica, a Ye se le encogió el corazón ante aquella escena casi familiar.

De pronto oyó que alguien la llamaba. Era el mismo hombre

que había sido delegado del equipo de producción de la aldea, la misma que ahora dirigía. La había reconocido. Cuando Ye le preguntó por qué estaban talando los árboles, él respondió:

—Este bosque no está protegido por la ley.

—No puede estarlo —dijo Ye—. La ley forestal acaba de promulgarse...

—Pero ¿quién le dio permiso a Bethune para ponerse a plantar árboles? Ninguna ley protegerá que un extranjero venga aquí a plantar nada sin autorización...

—No entiendo por qué dice eso —replicó Ye—. Él ha plantado en las colinas desnudas, sin ocupar ninguna tierra de cultivo... Es más, cuando eso sucedió, ustedes no se opusieron.

—Es verdad, si hasta el condado le concedió un premio... En realidad, lo que queríamos era talar el bosque al cabo de unos años; hacer la matanza cuando el cerdo estuviera hermoso, ¿sabe a qué me refiero? Pero esta gente de la aldea de Nange no tuvo la misma paciencia, y si no nos sumábamos nos quedaríamos sin nada...

—¡Deténganse ahora mismo! Voy a informar al gobierno.

—Para eso llega tarde —le dijo el jefe de la aldea, encendiéndose un cigarrillo al tiempo que le señalaba un camión, en la lejanía, que era cargado de troncos—. ¿Ve aquel camión? ¡Es del vicesecretario del Departamento de Silvicultura del condado! Y aun hay otro de la policía, ¡se han llevado más árboles que nadie! Ya se lo he dicho, estos árboles no tienen padre ni madre; tampoco ley que los proteja. No encontrará a nadie a quien le preocupe. Y, permítame, camarada Ye: ¿no era usted profesora de universidad? ¿Qué más le da todo esto?

La cabaña tenía el aspecto de siempre, pero Evans no estaba en ella. Lo encontró en el bosque, podando un árbol con sumo cuidado. Parecía cansado, como si llevara mucho tiempo haciéndolo.

—Me da igual que ya no tenga sentido; si me paro, voy a derrumbarme —dijo Evans mientras recortaba con mano experta una rama torcida.

—Recurramos al gobierno del condado. Si no reaccionan, acudiremos al gobierno provincial, ¡alguien tiene que hacer algo! —insistió Ye, sin ocultar su preocupación.

Él se detuvo y la miró con extrañeza.

La luz del sol poniente, colándose entre las hojas, iluminó sus ojos.

—Ye, ¿realmente cree que estoy haciendo todo esto por el bosque? —Evans negó con la cabeza, riendo, y dejó caer el hacha que llevaba en las manos. Luego se sentó en el suelo, con la espalda apoyada contra un árbol—. Si de verdad quisiera detenerlos, lo tendría muy fácil. Acabo de volver de Estados Unidos. Mi padre murió hace dos meses y me legó la mayor parte de su fortuna. A mi hermano y a mi hermana solo les correspondió cinco millones de dólares a cada uno, lo cual me dejó sin palabras. Quizás, en lo más hondo de su corazón, todavía seguía respetándome. Sin incluir activos fijos, ¿sabe de cuánto dinero dispongo? Cerca de cuatro mil quinientos millones de dólares. No solo podría hacer que detuvieran la tala al instante, sino que comenzaran a plantar árboles hasta que todas las montañas de *loess* que nos rodean quedaran cubiertas... Pero ¿para qué? Todo lo que ve es el resultado de la pobreza. ¿Y acaso la situación mejora en los países ricos? Protegen su entorno a fuerza de trasladar a las zonas pobres sus industrias más contaminantes. El gobierno de mi país acaba de rechazar la firma del Protocolo de Kioto... La raza humana en su conjunto es de la misma calaña. Si sigue progresando... tanto las golondrinas que intento salvar, como todas las otras, acabarán extinguiéndose; es solo cuestión de tiempo.

Ye permaneció sentada y en silencio. Observó cómo los últimos rayos de sol jugueteaban con los árboles mientras le llegaba, a lo lejos, el ruido que hacían los leñadores. Sus pensamientos retrocedieron veinte años, a los bosques de las montañas del Gran Khingan, donde una vez mantuvo una conversación similar con otro hombre.

—¿Sabe por qué vine aquí desde el principio? —continuó Evans—. La semilla del comunismo panespecie surgió en Oriente hace mucho tiempo.

—¿Se refiere al budismo?

—Eso es. La cristiandad gira en torno al hombre. Todas las especies fueron admitidas en el arca de Noé, pero nunca con el mismo estatus que el hombre. El budismo, en cambio, pretende la salvación de toda forma de vida. Es la razón por la que vine; pero con el tiempo me di cuenta de que... en todas partes es lo mismo.

—Eso es muy cierto. La gente es igual en todas partes.

—¿Qué hago a partir de ahora? —prosiguió Evans—. ¿Cuál debe ser el propósito de mi vida? Tengo, además de una compañía petrolífera internacional a mi nombre, cuatro mil quinientos millones de dólares. Pero ¿de qué servirá? El hombre lleva invertida una cifra mucho mayor que esa intentando salvar de la extinción a más especies... E incluso es probable que se haya destinado no cuatro mil quinientos millones de dólares, sino cuarenta y cinco mil millones, tratando de salvar el medio ambiente... Y todo, ¿para qué? La civilización humana en su conjunto transita su camino hacia la destrucción de toda forma de vida, excepto la suya. Tengo dinero suficiente para comprar un portaaviones, pero incluso si obtuviera otros mil, seguiría sin poder detener la barbarie humana.

—Mike, eso es precisamente lo que venía a decirle. La raza humana es incapaz de mejorar valiéndose de sus propias fuerzas...

—¿Y qué otras fuerzas quedan entonces? Dios lleva muerto mucho tiempo, si es que ha existido alguna vez.

—Sí que las hay —dijo Ye—. Hay otras fuerzas.

Anochecía y no quedaba rastro de los leñadores. El bosque y las colinas de *loess* chino quedaron sumidos en el más absoluto silencio. Ye le contó a Evans la historia de Costa Roja y Trisolaris. Evans la escuchó atentamente, y se diría que con él también el bosque y las colinas. Cuando ella hubo finalizado el relato, una luna brillante había emergido en el este y su luz jugueteaba proyectando sombras en el suelo.

—Aún me cuesta creer todo lo que me ha contado —dijo Evans—. Es demasiado... fantástico. Pero, afortunadamente, tengo los medios necesarios para confirmarlo. Si todo esto es cierto... —Le tendió la mano y pronunció las mismas palabras que, en el futuro, todo miembro del Movimiento Terrícola-trisolariano oiría en el momento de ser admitido—: Seremos camaradas.

28

La segunda Costa Roja

Durante los tres años que siguieron, Evans pareció desvanecerse de la faz de la Tierra. Ye no tenía forma de saber si realmente se hallaba en algún rincón del mundo, tratando de confirmar la historia que ella misma le había contado; y, si así era, tampoco se le ocurría qué medios podía estar empleando para lograrlo.

A pesar de que cuatro años luz seguían siendo una distancia mínima en la escala del universo, para una única y frágil vida suponía un espacio increíblemente lejano. Aquel mundo desconocido se hallaba tan lejos de este que eran como el nacimiento y la desembocadura de un río: toda conexión entre ambos resultaría tan ardua como leve.

Con la llegada del invierno, Ye recibió la invitación de una universidad europea menor para impartir clases durante medio año en calidad de profesora visitante. Al aterrizar en Heathrow para su entrevista, fue recibida por un joven que, en lugar de llevársela del aeropuerto, la condujo de vuelta a la zona de embarque y la hizo subir a un helicóptero.

Envuelta por el ruido de aquel aparato que surcaba el encapotado cielo inglés, sintió que el tiempo retrocedía: de pronto se vio en el interior de aquel otro helicóptero, hacía ya tantos años, cuando su vida cambió para siempre. Y ahora se preguntaba adónde la llevaría el destino.

—Nos dirigimos a la segunda Costa Roja —anunció el joven.

El helicóptero dejó de sobrevolar tierra firme y se adentró

en el corazón del Atlántico. Media hora más tarde, aterrizaba sobre la cubierta de un navío gigantesco. Al verlo, Ye no pudo evitar pensar en Pico Radar. Hasta aquel momento no se había planteado que su silueta recordara la del puente de mando de un barco. El Atlántico, a su vez, resultaba tan oscuro y profundo como los bosques de la cordillera del Gran Khingan, y, sin embargo, lo que más recordaba a Costa Roja era, sin duda, la enorme antena parabólica erigida justo en medio de la cubierta, como si fuera una vela circular. Aquel barco, que en su día había sido un petrolero de sesenta mil toneladas, se había convertido en una auténtica isla flotante de acero. Ignoraba si Evans había decidido construir su base sobre un barco, a fin de estar siempre en la mejor posición para realizar transmisiones y recepciones, o para evitar ser descubierto.

En cuanto bajó del helicóptero, fue recibida por un aullido familiar. Era el mismo sonido que hacía la gigantesca antena al cortar el viento. También eso la remitía al pasado.

En cubierta, al pie de la antena, la aguardaba una multitud de casi dos mil personas.

Entre ellas estaba Evans, quien se acercó a ella y le anunció solemnemente:

—Usando la frecuencia y las coordenadas que me proporcionaste, hemos sido capaces de recibir un mensaje de Trisolaris. ¡Todo lo que me dijiste era cierto!

Ye asintió con calma.

—¡La gran flota trisolariana ya ha despegado y ha puesto rumbo a nuestro sistema solar! Llegará dentro de unos cuatrocientos cincuenta años.

Ella se mantuvo impasible. Ya nada la sorprendía.

—Estás ante la primera hornada de miembros del Movimiento Terrícola-trisolariano —prosiguió Evans, señalando a la gente—. Nuestro objetivo es invitar a la civilización trisolariana a que reforme la civilización humana, frenando su locura y su maldad para volver a hacer de la Tierra un lugar próspero en el que no exista el mal, y vivamos en paz y armonía. Cada vez son más los que se identifican con nuestros valores, y la organización crece a un ritmo vertiginoso. Tenemos miembros en todo el mundo.

—¿En qué puedo ayudar? —preguntó Ye.

—Puedes aceptar el puesto de máximo líder y comandante del Movimiento. Es el deseo unánime de todos nuestros luchadores.

Ye guardó silencio durante unos instantes. Luego asintió con gravedad y dijo:

—Será un honor.

Evans levantó el puño.

—¡Abajo con la tiranía humana! —gritó hacia la multitud.

Respaldados por el estallido de las olas y el silbido del viento contra la antena, los luchadores del Movimiento Terrícola-trisolariano respondieron al unísono:

—¡El mundo pertenece a Trisolaris!

Esa fecha sería recordada como el nacimiento oficial del Movimiento Terrícola-trisolariano.

29

El Movimiento Terrícola-trisolariano

Lo más sorprendente del Movimiento Terrícola-trisolariano era la cantidad de personas que habían dejado de albergar la más mínima esperanza en la civilización humana; odiaban a su propia raza hasta el extremo de estar dispuestas a traicionarla, y, además, aspiraban a su completo exterminio, lo cual las incluía tanto a ellas mismas como a sus descendientes.

Solía decirse que era una organización de espíritus nobles. La mayoría de sus miembros provenían de familias de tradición intelectual, aunque también de las esferas política o financiera. Se había intentado reclutar a las clases más populares, pero, ante el fracaso, la Organización concluyó que la gente común carecía de la cultura y los conocimientos necesarios para desenmascarar la cara oscura de la humanidad. Asimismo (y esto era de vital importancia), al no estar sus ideas suficientemente influidas por la ciencia y la filosofía modernas, se sentían tan instintiva y poderosamente identificados con su especie que, para ellos, era impensable traicionar a la raza humana en su conjunto. Las élites intelectuales, en cambio, eran distintas, y muchos de sus integrantes habían empezado a concebir el mundo desde una perspectiva alejada del hombre. La humanidad había terminado alumbrando una gran fuerza que, aun habiendo nacido en su mismo seno, abanderaba la desafección hacia sí misma.

Ni la cifra total de miembros ni el ritmo vertiginoso al que seguía aumentando bastaban a la hora de ilustrar la relevancia de la Organización. Lo cierto era que la posición privilegiada de la mayoría de sus miembros hacía que ejerciese una gran influencia en todos los ámbitos. Su importancia era capital.

Como máxima líder de los rebeldes terrícola-trisolarianos, Ye Wenjie adoptaba el papel de líder espiritual. Se mantenía al margen de los detalles de sus operaciones, y desconocía los motivos por los que la Organización había crecido tanto; ni siquiera sabía el número exacto de integrantes.

A pesar de que el afán por reclutar el mayor número de personas impedía a la Organización operar de forma totalmente secreta, conseguía pasar inadvertida ante los distintos gobiernos del mundo, gracias a su conservadurismo y su falta de imaginación. Jamás un órgano de poder de un estado se había tomado en serio sus proclamas; los consideraban un grupo extremista que se dedicaban a soltar estupideces. Asimismo, la prominencia de gran parte de sus miembros contribuía a que se les concediera cierta manga ancha.

Para cuando fueron identificados como una amenaza real, los rebeldes ya estaban en todas partes. Hasta que el Movimiento no decidió armarse, no llamó la atención de los organismos de seguridad de los distintos países, que al instante empezaron a combatirlo en toda regla. Pero de aquello hacía apenas un par de años.

Lejos de ser regidos por un pensamiento único, los miembros del Movimiento Terrícola-trisolariano se adscribían a muchas y muy diversas corrientes de opinión, que a su vez creaban complicadas divisiones en el seno de la Organización. Con todo, podían distinguirse dos grandes facciones. Por un lado, estaban los adventistas, los más puristas del Movimiento, integrados en un principio por quienes promulgaban el particular comunismo inclusivo de las especies de Evans. Todos compartían la falta de esperanza en el ser humano, una desilusión cuyo origen se hallaba en las extinciones masivas de especies animales y vegetales causadas por la civilización moderna. Más adelante, hubo adventistas que basaron su desprecio por la especie humana en otros motivos de muy distinta índole, algunos de ellos muy abstractos y de profundo carácter filosófico. A diferencia de como serían retratados en el futuro, la mayoría de ellos eran realistas y no albergaban excesivas esperanzas en la civilización extraterrestre a la que servían. Y es que, lejos de responder a ninguna expectativa ilusionante, sus acciones estaban puramente motivadas por la desesperación y el odio hacia la raza humana; de ahí que adoptaran como lema la siguiente frase de Evans: «No sabemos cómo serán los extraterrestres, pero sabemos cómo es la humanidad.»

Luego estaban los redencionistas, que no aparecieron hasta bastante después de que la Organización fuera creada. Conformaban un grupo de carácter religioso, cuyos miembros eran firmes creyentes en la fe trisolariana. Para aquellas personas con un intelecto más cultivado, una civilización externa a la humana resultaba de lo más fascinante, y constituía una inagotable fuente de inspiración que nutría las más hermosas fabulaciones. Podía decirse que la inocente civilización humana, todavía en pañales, era incapaz de resistir la atracción que ejercía sobre ella una civilización alienígena superior. O, haciendo una analogía aún más burda, que la civilización humana era un adolescente con muy poca experiencia vital, vagando solo por el desierto que era el universo, a quien de pronto se le revelaba la existencia de alguien con posibilidades de concentrar sus afectos. Pese a no haber visto su cara ni su cuerpo, el mero hecho de saber que existía esa persona bastaba para desatar las más ardientes fantasías, que se propagaban con la voraz celeridad de un incendio.

Aquellas fantasías se volvieron cada vez más elaboradas, hasta que los redencionistas acabaron desarrollando un interés espiritual hacia la civilización trisolariana, convirtieron a Alfa Centauro en su particular Olimpo en el espacio, y la religión trisolariana —que no tenía nada que ver con la religión practicada en Trisolaris— vino a este mundo. Al contrario de lo que ocurría con muchas otras religiones creadas por los humanos, los redencionistas veneraban algo cuya existencia estaba probada. También a diferencia de tantas otras religiones humanas, quien se hallaba en crisis era su Señor, y la salvación era una responsabilidad que recaía en el creyente.

La principal vía de difusión de la cultura trisolariana era *Tres Cuerpos*. El desarrollo de ese videojuego tan ambicioso había costado a la Organización ingentes cantidades de dinero y esfuerzo. Su propósito era doble: en primer lugar, hacer proselitismo de la fe trisolariana, pero también extender los tentáculos de la Organización desde las élites hasta los estratos más bajos de la sociedad, a fin de reclutar a jóvenes de clase media y baja.

Tras una apariencia familiar, lograda a base de incorporar ciertos elementos de la historia de la humanidad (que evitaba el distanciamiento de los jugadores principiantes), se escondía un auténtico tratado sobre la historia y la cultura trisolarianas. Cuando un jugador avanzaba hasta un determinado punto, habiendo demostrado su respeto a la cultura trisolariana, la Organización contactaba con él, evaluaba su disposición y, en caso de considerarlo apto, trataba de captarlo. Sin embargo, el calado de *Tres Cuerpos* en la sociedad fue mucho menor de lo que se esperaba: requería unos conocimientos demasiado profundos y una capacidad de análisis demasiado desarrollada. La mayoría de los jugadores jóvenes carecía de la habilidad o la paciencia necesarias para llegar a descubrir los secretos que se escondían bajo su aspecto de videojuego convencional. En cambio, los que sí se sintieron atraídos por su complejidad fueron los intelectuales.

Muchos de quienes terminarían siendo redencionistas habían conocido la civilización trisolariana por *Tres Cuerpos;* de ahí que el videojuego fuera considerado una especie de cantera del redencionismo.

Al tiempo que exhibían un fuerte sentimiento religioso hacia la civilización trisolariana, los redencionistas adoptaban una actitud mucho menos extrema hacia la humanidad que los adventistas. Al tener como fin último la salvación de su Señor, con tal de garantizar su supervivencia estaban dispuestos a sacrificar a la humanidad hasta cierto punto. Sin embargo, una gran mayoría pensaba que la mejor solución era hallar la manera de que su Señor siguiera viviendo en el sistema estelar trisolariano, y evitar así la invasión de la Tierra. Estaban, además, convencidos de que, resolviendo el problema de los tres cuerpos, conseguirían el doble objetivo de salvar la Tierra y a su Señor. A decir verdad, no se trataba de una idea tan ingenua, pues, a fin de cuentas, la misma civilización trisolariana había pasado eones pensando de la misma forma: la resolución del problema había tenido ocupadas las mentes de más de un centenar de civilizaciones. Muchos redencionistas con conocimientos de física y matemáticas lo intentaban. Siguieron haciéndolo incluso después de anunciarse que se trataba de un problema matemáticamente irresoluble, que intentarlo se había convertido en un ritual más de su fe. A pesar de contar entre sus filas con prominentes físicos y matemáticos, los redencionistas no habían logrado ningún progreso destacable al respecto. Hizo falta alguien como Wei Cheng, ese prodigioso matemático sin relación con los adventistas ni con la fe trisolariana, para dar con aquella solución potencial en la que tantas esperanzas habían puesto.

El conflicto entre adventistas y redencionistas era constante, y los unos veían en los otros la peor amenaza de cuantas asediaban a la Organización. No les faltaba razón: gracias al testimonio de ciertos arrepentidos motivados por su sentido de la responsabilidad, los gobiernos del mundo empezaban a ser conscientes de la inquietante realidad. Las fuerzas armadas de ambas facciones, de un poder casi equivalente, estaban a punto de desatar una guerra interna. Ye Wenjie había puesto en juego todo su prestigio y autoridad moral para tratar de resolver las diferencias, pero su éxito había sido escaso.

A medida que el Movimiento siguió expandiéndose, una nueva facción entró en escena: los supervivencialistas. La confirmación de la existencia de una flota alienígena invasora había hecho surgir, en la especie humana, el deseo natural de sobrevivir a la guerra que se avecinaba. Si bien era cierto que aún tardaría cuatrocientos cincuenta años en desatarse, y, por tanto, no lo protagonizarían quienes entonces vivían, eran muchos los que confiaban en que, si la humanidad en general perdía la guerra, como mínimo sus descendientes sí lograrían la amnistía, que esperaban obtener a cambio de servir a los invasores. En comparación con los miembros de las otras dos facciones, los supervivencialistas procedían, en su mayoría, de las clases más bajas y casi todos de Oriente, especialmente de China. Aunque todavía no eran muchos, su número no paraba de crecer. Conforme la cultura trisolariana se extendía, iban a convertirse en una fuerza a tener en cuenta en el futuro.

Una absoluta desafección por la civilización humana (motivada por alguno de sus muchos defectos), un anhelo por pertenecer a una civilización más avanzada (que solía terminar convirtiéndose en idolatría) y el firme deseo de que los propios descendientes sobrevivieran a esa guerra final, eran los tres poderosos motivos que impulsaron el vertiginoso desarrollo del Movimiento Terrícola-trisolariano.

Sin embargo, por aquel entonces la civilización extraterrestre aún se hallaba inmersa en las profundidades del espacio, a más de cuatro años luz de distancia, separada del mundo de los humanos por una travesía que duraría cuatro siglos y medio. Lo único que había llegado a la Tierra era una transmisión de ondas de radio.

La teoría del contacto como símbolo del sociólogo Bill Mathers se veía confirmada con escalofriante exactitud.

30

Dos protones

INTERROGADOR: Procedamos con la investigación de hoy. Espero que coopere como la otra vez.

YE WENJIE: No imagino qué más querrán de mí, si ya les he contado todo lo que sé... Ahora más bien soy yo la que tiene preguntas para ustedes...

INTERROGADOR: No creo que nos lo haya contado todo, ni mucho menos. En primer lugar, queremos saber cuáles, de todos los mensajes que los trisolarianos mandaron a la Tierra, fueron interceptados y ocultados por los adventistas.

YE: Lo ignoro. Su organización es hermética. Yo solo sé que ocultaron ciertos mensajes.

INTERROGADOR: Entonces cambiemos de asunto. Después de que los adventistas monopolizaran las comunicaciones con los trisolarianos, ¿construyó una tercera Costa Roja?

YE: Quise hacerlo, pero solamente llegamos a erigir un receptor. Luego la construcción se paralizó y el equipamiento y la base se desmantelaron.

INTERROGADOR: ¿Por qué motivo?

YE: Porque dejaron de llegar mensajes desde Alfa Centauro. No encontrábamos nada en ninguna frecuencia. Imagino que es algo que habrán tenido ocasión de confirmar.

INTERROGADOR: En efecto. Desde hace al menos cuatro años, los trisolarianos decidieron poner fin a toda comunicación con la Tierra. Esto hace que los mensajes interceptados por los adventistas sean aún más importantes.

YE: Ciertamente. Pero, por desgracia, no hay nada que pueda decirle acerca de ellos.

INTERROGADOR (tras una breve pausa): Pasemos entonces a un tema sobre el que sí podrá extenderse. Mike Evans le mintió, ¿no es así?

YE: Puede decirse que sí. Me ocultó, de forma deliberada, el odio que albergaba en lo más profundo de su corazón, y únicamente compartió conmigo el sentido de responsabilidad que le inspiraban las demás especies del planeta. Nunca imaginé que ese sentimiento se traducía en un odio hacia la raza humana tan extremo que solo buscaba su propia destrucción.

INTERROGADOR: Si analizamos la composición del Movimiento Terrícola-trisolariano, vemos que, por un lado, los adventistas buscan servirse del poder de los alienígenas para lograr la destrucción de la humanidad. Por su parte, los redencionistas adoran a la civilización extraterrestre como si fuera un dios. Y, finalmente, los supervivencialistas tratan de comprar la libertad de sus descendientes, traicionando a su propia especie. Ninguna de estas actitudes casa con su primera intención de usar a los extraterrestres como medio para reformar a la humanidad.

YE: Prendí la llama de un incendio que luego no supe controlar.

INTERROGADOR: Usted elaboró, y llegó a poner en marcha, un plan para extirpar a los adventistas de la Organización. En cambio, luego, tras identificar claramente el *Juicio Final* como su base de operaciones, y con Mike Evans y otras figuras clave del adventismo pasando allí largas temporadas, nunca hizo nada por atacar el barco. Contando usted, como cuenta, con la lealtad de la mayoría de las fuerzas armadas redencionistas, no le habría sido difícil hundirlo o, por lo menos, asaltarlo...

YE: Fue a causa de los mensajes de nuestro Señor que habían interceptado. Los tienen almacenados a bordo del *Juicio Final*, en algún tipo de soporte informático. Atacando el barco corríamos el riesgo de que los adventistas, al sentirse acorralados, decidieran destruirlos, algo a lo que no estábamos dispuestos, pues son demasiado valiosos para nosotros. Para los redencionistas, los mensajes suponen lo mismo que la Biblia para los cristianos o el Corán para los musulmanes. Se me ocurre que ahora deben de ser ustedes los que se ven en esa misma encrucijada... La única razón por la que el barco sigue surcando las aguas es porque los adventistas se aferran a los mensajes como si se tratara de rehenes humanos.

INTERROGADOR: ¿Tiene usted alguna sugerencia que hacernos al respecto?

YE: Ninguna.

INTERROGADOR: Ya son varias las ocasiones en las que la oigo referirse a Trisolaris como «nuestro Señor». ¿Significa eso que ha terminado desarrollando un sentimiento religioso hacia aquel mundo, como les ocurrió a los redencionistas? ¿O ya era seguidora de su fe?

YE: En absoluto; no es más que simple costumbre... No quiero hablar más de eso.

INTERROGADOR: Entonces volvamos a los mensajes interceptados. Aunque desconozca su contenido exacto, habrá oído alguno de los rumores...

YE: Rumores probablemente sin fundamento.

INTERROGADOR: ¿Cómo cuáles?

YE: (Silencio)

INTERROGADOR: ¿Llegó Trisolaris a transferir a los adventistas tecnologías de carácter mucho más avanzado que las de la Tierra?

YE: No lo creo. Si lo hubieran hecho, habrían corrido el riesgo de que cayeran en manos de ustedes.

INTERROGADOR: Por último, y más importante: hasta el momento, Trisolaris solo ha enviado a la Tierra ondas de radio, ¿no es así?

YE: Esa afirmación no llega a ser del todo cierta.

INTERROGADOR: ¿No?

YE: La civilización trisolariana actual es capaz de viajar por el espacio a una décima parte de la velocidad de la luz tras un salto tecnológico que, en términos terrestres, se produjo hace unas décadas. Antes de ello, rondaban la milésima parte de la velocidad de la luz. Las minúsculas sondas que nos mandaron por aquel entonces todavía están de camino; apenas han completado una centésima parte del trayecto.

INTERROGADOR: Eso hace que me surja una duda... si esa flota que ha partido ya es capaz de viajar a una décima parte de la velocidad de la luz, debería poder alcanzar el sistema solar en cuarenta años. ¿Por qué dice que tardará más de cuatrocientos?

YE: Porque se dan una serie de circunstancias. En primer lugar, las naves que integran la flota son de una envergadura gigantesca, y para ellas acelerar constituye un proceso extremadamente lento. Acabo de decir que tienen la capacidad de alcanzar una décima parte de la velocidad de la luz, pero esa no es más que su velocidad máxima: solo son capaces de mantenerla durante períodos muy cortos. Por último, son naves propulsadas mediante aniquilación materia-antimateria. Cada una de ellas tiene delante un campo electromagnético, en forma de embudo, que sirve para recolectar del espacio partículas de antimateria. El proceso de recolección es lento, y se tarda mucho en reunir la antimateria suficiente para que la nave acelere durante un tiempo muy breve. Por necesidad, el viaje debe alternar intervalos cortos, de gran aceleración, con otros mucho más largos, durante los cuales se aminora la marcha para ahorrar combustible. De ahí que tarden diez veces más en llegar a nuestro sistema solar de lo que tarda una pequeña sonda.

INTERROGADOR: Entonces, ¿a qué venía su «no del todo» de hace un rato?

YE: Yo ahora le estaba hablando de la velocidad de vuelo por el espacio en un contexto muy delimitado. Fuera de ese contexto, incluso una sociedad atrasada como la humana es capaz de acelerar ciertos objetos hasta que alcancen una velocidad aproximada a la de la luz.

INTERROGADOR (tras una breve pausa): Cuando se ha referido al contexto limitado hablaba de macroescala, ¿verdad? En la microescala, la humanidad ya tiene la capacidad de hacer que, mediante aceleradores de partículas de alta energía, las partículas subatómicas alcancen una velocidad cercana a la de la luz. Esas partículas son los objetos que mencionaba, ¿no es así?

YE: Qué inteligente es usted...

INTERROGADOR (señalando el auricular en su oído): Me asisten los mejores científicos del mundo.

YE: Me refería, en efecto, a las partículas subatómicas, sí. Hace seis años, en el lejano sistema estelar trisolariano, Trisolaris aceleró dos núcleos de hidrógeno hasta que alcanzaron una velocidad cercana a la de la luz, y luego los disparó en dirección a nosotros. Esos dos núcleos de hidrógeno, o protones, alcanzaron nuestro sistema solar hace dos años, tras lo cual se dirigieron a la Tierra.

INTERROGADOR: ¿Solamente dos protones? ¿Qué diferencia había entre enviar eso y no enviar nada, si, de tan ínfimamente minúsculos, dos protones no llegan ni a existir del todo?

YE (riendo): Ahora es usted quien ha dicho «no del todo»... Enviaron dos protones porque ese es justamente el límite de lo que permiten sus capacidades. Que yo sepa, lo más grande que han conseguido acelerar hasta una velocidad cercana a la de la luz es un protón, de modo que, para una distancia de cuatro años luz, estuvieron en condiciones de enviar dos.

INTERROGADOR: Pero en el nivel macroscópico dos protones no son nada... Un único cilio de una bacteria puede llegar a contener varios miles de millones, ¿qué sentido tenía enviarlos?

YE: Son un candado.

INTERROGADOR: ¿Un candado? ¿Para asegurar qué?

YE: Buscan paralizar el progreso de la ciencia de los humanos. De algún modo, la presencia de esos dos protones impedirá que la humanidad sea capaz de realizar ningún avance científico significativo durante los cuatro siglos y medio que faltan para que llegue la flota trisolariana. Según cuentan, Evans afirmó una vez que el día de la llegada de los dos protones fue también el de la muerte de la ciencia humana.

INTERROGADOR: Todo esto me resulta demasiado fantasioso e irreal. ¿Cómo conseguirán causar ese efecto?

YE: Realmente no lo sé... Es posible que, a ojos de la civilización trisolariana, no seamos más que salvajes primitivos. Quizá simples insectos.

Wang Miao y Ding Yi abandonaban el Centro de Comandancia de Batalla casi a medianoche. Gracias a la participación en el caso de Ye Wenjie del primero, y a la conexión con la hija de esta del segundo, habían tenido la oportunidad de escuchar el interrogatorio en una sala contigua a aquella en que se celebraba.

—¿Usted cree todo lo que ha dicho? —preguntó Wang.

—¿Se lo cree usted? —repuso Ding Yi.

—No negaré que últimamente están pasando muchas cosas increíbles, pero eso de que dos protones serán capaces de detener el avance del progreso humano me ha parecido un tanto...

—En primer lugar, detengámonos a considerar lo siguiente: los trisolarianos consiguieron disparar dos protones en dirección a la Tierra desde una distancia de cuatro años luz... ¡y ambos han dado en el blanco! ¿Tiene usted idea de la pericia que eso requiere? ¡Con la cantidad de obstáculos que hay entre allí y aquí! El polvo estelar, por ejemplo. Y encima, la Tierra y todo el sistema solar, sin parar de dar vueltas... ¡Estamos hablando de una puntería infinitamente más prodigiosa que la del mejor arquero olímpico!

—¿Y a qué conclusión deberíamos llegar? —preguntó Wang, a quien la palabra «arquero» le había producido un nudo en el estómago.

—No estoy seguro... Dígame, ¿a usted qué le viene a la cabeza cuando piensa en partículas subatómicas como los protones y los neutrones?

—Me las imagino como si fueran puntos. Puntos con estructura interna, claro.

—Ya veo. Por fortuna, mi concepción es algo más realista... —murmuró Ding mientras lanzaba la colilla que tenía en la mano un par de metros adelante—. ¿Sabe lo que ha quedado ahí dentro?

—El filtro del cigarrillo.

—Sí, señor. Desde la distancia en que usted se encuentra, ¿qué aspecto le ve?

—El de un punto diminuto.

—Exacto —exclamó Ding, mientras se agachaba y la recogía del suelo. A continuación la abrió y extrajo el esponjoso filtro amarillo, que apestaba a alquitrán, para plantárselo a Wang delante de los ojos—. En realidad, si extendiéramos esto tan pequeño, terminaría ocupando una superficie tan grande como la de mi sala de estar. ¿Fuma usted en pipa? —preguntó mientras tiraba el filtro al suelo.

—Ya no fumo nada... —respondió Wang.

—Las pipas emplean un tipo de filtro más sofisticado; los venden por tres yuanes. Consisten en un pequeño tubo de papel de un diámetro equivalente al de un cigarrillo, pero algo más largo y con carbón activo dentro. Si extrae el carbón activo, verá que está formado por una especie de bolitas negras parecidas a excrementos de rata, pero con minúsculos poros. Desplegada, la superficie absorbente formada por esos poros llega a ser tan grande como una pista de tenis; por eso el carbón activo es tan absorbente.

—¿Adónde quiere ir a parar? —preguntó Wang, a punto de perder la paciencia.

—Si bien tanto la esponja como el carbón activo del interior de los filtros eran tridimensionales, luego sus respectivas superficies absorbentes eran bidimensionales. Como ve, una pequeña estructura de alta dimensionalidad puede contener una gran estructura de baja dimensionalidad. En el mundo macroscópico, la cosa no va mucho más allá: como Dios es un tacaño, durante el Big Bang decidió dotarlo de solo tres dimensiones espaciales, más la dimensión del tiempo. Pero eso no significa que no haya otras dimensiones... Dentro de la microescala existen, contraídas, hasta siete dimensiones adicionales que, sumadas a las cuatro del mundo macroscópico, dan un total de once dimensiones dentro de las cuales existen las partículas fundamentales.

—¿Y?

—Solo trato de llamar su atención sobre el siguiente hecho: en el universo, la habilidad de controlar y aprovechar las dimensiones micro es un indicador importante sobre lo tecnológicamente avanzada que está una civilización. Limitarse a usar las partículas fundamentales, sin aprovechar la dimensión micro, es algo que llevamos haciendo desde que nuestros peludos antecesores encendieron la primera hoguera dentro de una caverna. Controlar reacciones químicas es una simple manipulación de micropartículas que, en realidad, no considera las dimensiones micro. Naturalmente, este control se ha ido complicando, y así se pasó de la hoguera a la máquina de vapor y, más tarde, a los generadores. Ahora parece que la capacidad de los humanos para manipular micropartículas desde el mundo macro se ha estancado: tenemos ordenadores y nanomateriales, pero todo se ha logrado sin haber accedido a las distintas dimensiones micro. Desde el punto de vista de una civilización alienígena superavanzada, es posible que no haya demasiadas diferencias entre una hoguera, un ordenador y un nanomaterial, mientras los tres pertenezcan a un mismo nivel; y de ahí a que nos consideren simples insectos... Lo malo es que tienen razón.

—¿Podría ser menos críptico? ¿Qué tiene que ver todo esto con los dos protones que han llegado a la Tierra? Y ¿qué demonios van a poder hacer por sí mismos si, como decía el interrogador, un único cilio de una bacteria contiene ya varios miles de millones? Ni transformándose completamente en energía sobre la yema de mi pulgar, conseguirían que notara nada más que un leve pinchazo...

—No notaría nada en absoluto. Es más: incluso si los protones se transformaran en energía encima de una bacteria, lo más probable es que tampoco esta sintiera nada.

—¿Entonces? ¿Qué trataba de decirme con su perorata?

—¡Nada! ¡Si yo no sé nada de nada! ¿Qué sabrá un pobre insecto como yo?

—Pero usted es un insecto que lleva años entregado al estudio de la física, y solo por eso siempre sabrá más que yo. Como mínimo, cuando oye hablar de estos temas, no se le queda la misma cara de bobo que a mí. ¡Se lo ruego, comparta conmigo sus teorías! De lo contrario, esta noche no conseguiré pegar ojo...

—Es al revés: como sigamos hablando de eso, entonces sí

que no volverá a conciliar el sueño... ¡Será mejor que lo dejemos! ¿Qué sentido tiene preocuparse? Deberíamos aprender a tomarnos las cosas tan filosóficamente como Wei Cheng y Shi Qiang: ceñirnos a hacer el trabajo que nos corresponde lo mejor posible, ¡y olvidarse del resto! ¡Venga, echemos un trago! Y luego, a la camita; a dormir como buenos insectos...

31

Operación Guzheng

—¡Tranquilo! —le dijo Shi Qiang a Wang mientras se sentaba a su lado ante la mesa de reuniones—. Ya no soy radiactivo, llevan dos días lavándome a conciencia por dentro y por fuera como si fuera un calcetín... A esta reunión no pensaban invitarlo, pero insistí. Ya verá la que montamos.

Mientras decía aquello había cogido un puro apagado a medio fumar de un cenicero, lo había encendido y había dado una profunda calada. A continuación, asintiendo con gesto de gran satisfacción, echó el humo sobre la cara de quienes se sentaban enfrente, al otro lado de la mesa, entre los cuales estaba el propietario original del puro, el coronel Stanton del Cuerpo de Marines de Estados Unidos. El militar le clavó una mirada de desprecio.

Aquella nueva reunión contaba con la presencia de muchos más militares extranjeros que la anterior. Todos vestían de uniforme. Por primera vez en la historia, las fuerzas armadas de todas las naciones del mundo se enfrentaban a un mismo enemigo.

—Camaradas —comenzó el general Chang—, todos ustedes acuden a este encuentro con idéntico conocimiento de la situación o, como diría mi estimado Da Shi, paridad de información. La guerra entre los invasores alienígenas y los humanos ha dado comienzo. Serán nuestros descendientes quienes, dentro de cuatro siglos y medio, se enfrenten a los trisolarianos. Por ahora, nuestros enemigos todavía son humanos. Sin embargo, en esencia, estos traidores de la raza humana pueden considerarse como ajenos a nuestra civilización. Es la primera vez que nos enfrentamos a una amenaza de este tipo. Nuestro próximo objetivo es claro: debemos hacernos con los mensajes trisolarianos interceptados que viajan a bordo del *Juicio Final*. Es muy posible que dichos mensajes tengan una importancia clave para nuestra supervivencia.

»Hasta el momento no hemos hecho nada para llamar la atención del barco, que sigue surcando el Atlántico con toda libertad. Nos consta que ha solicitado autorización para cruzar el canal de Panamá dentro de cuatro días. Se trata de una gran oportunidad que, en función de cómo evolucione la situación, podría no repetirse. En estos momentos, todos los Centros de Comandancia de Batalla del planeta se encuentran diseñando planes de actuación, que luego remitirán a nuestro Cuartel General. Ellos elegirán el plan que se implementará al cabo de diez horas. El propósito de esta reunión es, por lo tanto, escoger entre una y tres de nuestras mejores propuestas para remitirlas. El tiempo es oro, camaradas. Trabajemos con la máxima eficiencia.

»Tengan en cuenta que el fin último de cualquier plan debe ser la segura obtención de todos los mensajes trisolarianos que viajan a bordo del *Juicio Final*. Al haber sido reformado por dentro y por fuera, es muy posible que el petrolero encierre una estructura compleja y laberíntica. Tenemos constancia de que incluso el personal de a bordo se ve obligado a consultar planos cuando debe acceder a zonas que no le son familiares. Por supuesto, nosotros desconocemos aún más la planta del barco y no podemos estar seguros de dónde se ubica su hipotético centro informático. Tampoco sabemos si los mensajes trisolarianos se hallan archivados en un servidor o en otro tipo de soporte ni si disponen de copias de seguridad, de modo que nuestro objetivo debe ser la captura y el control del *Juicio Final*.

»La parte más difícil es impedir que el enemigo destruya los mensajes durante nuestro ataque. Hacerlo le resultaría extremadamente sencillo, pues en un momento de urgencia no procedería a un borrado convencional que luego podríamos revertir. En el caso de que decidieran disparar al servidor o al soporte de almacenamiento, todo estaría perdido en cuestión de segundos. Esto significa que deberíamos ser capaces de neutralizar a todos los enemigos que se encuentren a cierto perímetro de los mensajes, segundos antes de que adviertan que están siendo atacados. El hecho de desconocer la ubicación exacta de los mensajes y la existencia o el número de copias de seguridad nos obliga a neutralizar a la totalidad de los enemigos a bordo del *Juicio Final* en un margen de tiempo muy breve. Asimismo, tengan en cuenta que nuestro ataque no puede dañar las instalaciones, en especial cualquier tipo de equipamiento informático. Se trata, en consecuencia, de una misión extremadamente complicada, algunos dicen que imposible.

—Desde nuestro punto de vista —intervino un oficial de las Fuerzas de Autodefensa de Japón—, nuestra única posibilidad de éxito es introducir espías a bordo que averigüen dónde se esconden los mensajes. Así, momentos antes de nuestra operación, podrán tomar el control de la zona o poner los mensajes a buen recaudo.

—La vigilancia y el reconocimiento del *Juicio Final* siempre han corrido a cargo de la OTAN y la CIA —dijo alguien—. ¿Disponemos de tales espías?

—No —contestó el enviado de la OTAN.

—¡Pues a partir de ahí, ya todo son gilipolleces! —exclamó Da Shi, granjeándose en el acto no pocas miradas de hastío.

El coronel Stanton tomó la palabra.

—Dado que el objetivo es eliminar a todo el personal dentro de un recinto cerrado sin dañar las instalaciones —dijo—, lo primero en lo que hemos pensado es en un arma de esfera luminosa.

—No funcionaría —objetó Ding Yi, negando con la cabeza—. La existencia de tal arma ya es de dominio público. Desconocemos si las paredes del interior del barco han sido magnetizadas para protegerlo de un ataque de esa naturaleza; y aunque no fuera ese el caso, se acabaría con la vida de todos los tripulantes, pero no de forma simultánea. Además, después de entrar en el barco, la esfera luminosa permanecería flotando unos instantes que podrían alargarse desde unos segundos hasta un minuto, o incluso más, tiempo suficiente para que el enemigo se diera cuenta de que está siendo atacado y decidiera destruir los mensajes.

—¿Y una bomba de neutrones? —sugirió el coronel Stanton.

—Coronel, debería usted saber que eso tampoco funcionaría —intervino un militar ruso—. La radiación de una bomba de neutrones no mata de forma inmediata. Tras ser atacados, aún les sobraría tiempo para celebrar una reunión como esta...

—Otra posibilidad sería de emplear gas nervioso —dijo un militar de la OTAN—, pero es cierto que tardaría en extenderse por todo el barco, así que no cumple con los requisitos del general Chang.

—Eso nos deja dos opciones: o bien una bomba de concusión o bien emplear ondas infrasónicas —concluyó Stanton.

El resto de asistentes aguardaron a que añadiera algo, pero no fue así.

—Nosotros en la policía hemos usado bombas de concusión alguna que otra vez —dijo al fin Da Shi—. Sin embargo, que yo sepa, son como juguetes, capaces de dejar inconscientes a todas las personas dentro de un espacio delimitado, no mayor de una o dos habitaciones. ¿Disponen ustedes de bombas de concusión capaces de dejar fuera de combate a la tripulación entera de un buque petrolero?

—No —repuso el coronel Stanton, negando con la cabeza—. Y aunque las tuviéramos, una explosión de ese tipo dañaría las instalaciones.

—¿Y armas de ondas infrasónicas?

—Todavía están en fase experimental y no pueden usarse en combate. Además, al ser un barco tan grande, se requeriría una potencia mucho mayor de la que poseen los prototipos actuales. Lo máximo que podríamos conseguir es que la tripulación sintiera mareos y náuseas.

—¡Lo que yo decía! —exclamó Da Shi apagando la colilla del puro, reducida al tamaño de una almendra—. ¿Quieren hacer el favor de concentrarse y dejar de proponer gilipolleces? ¡Lo ha dicho el general, el tiempo es oro! —remató. Luego dirigió una mirada guasona a la atareada intérprete, claramente molesta por su lenguaje, y añadió—: No es fácil traducir mis palabras, ¿verdad, camarada? Hazles un resumen...

Stanton pareció entenderle sin necesidad de traducción.

—¿Quién se ha creído que es este poli para hablarnos de esta manera? —exclamó indignado, señalando a Da Shi con el nuevo habano que acababa de sacar.

—¿Y usted? ¿Quién se ha creído usted que es? —replicó Da Shi.

—El coronel Stanton es un experto en operaciones especiales —apuntó, solícito, un oficial de la OTAN—. Ha formado parte de cada operación militar de envergadura desde la guerra de Vietnam.

—¿Ah, sí? Pues ahora le diré quién soy yo. Hace más de treinta años, mi escuadrón de reconocimiento logró infiltrarse en territorio vietnamita y se hizo con el control de una planta hidroeléctrica de importancia estratégica clave. Impedimos que demoliera la presa con explosivos, lo cual habría inundado la ruta... ¿de quién? ¡De su ejército! Ese soy yo, el que pudo con un enemigo que luego pudo con usted.

—¡Ya es suficiente, Da Shi! —lo interrumpió el general Chang, golpeando la mesa con fuerza—. No hace falta sacar a colación asuntos irrelevantes. Si tienes un plan, di cuál es.

—No deberíamos perder el tiempo escuchando a este poli... —añadió con desprecio el coronel Stanton, mientras se encendía el puro.

Sin esperar a la traducción, Da Shi se puso de pie, furioso.

—¡Poli! Ya es la segunda vez que lo oigo llamarme así. ¿Acaso tiene algo en contra de la policía? ¡Si habláramos de volar el barco y matar a todo el mundo entonces sí, ustedes los militares son expertos en eso! Pero aquí se trata de recuperar algo valioso. Me da igual las condecoraciones que lleve colgadas, de eso sabe usted menos que un vulgar ladrón... Ante una situación como esta tenemos que ser creativos, pensar algo diferente, ¡di-fe-ren-te! En eso, los ladrones y rateros del mundo les han ganado la partida desde hace mucho... ¿Sabe lo buenos que llegan a ser? Una vez me encargué del robo de un vagón de tren entero. ¡Se lo llevaron mientras el tren estaba en marcha! ¡En marcha! Conectaron el vagón anterior al siguiente de manera tan sigilosa y limpia que nadie se enteró de nada hasta que el tren llegó a destino. Y todo con la única ayuda de un cable y unos ganchos... Esos sí que son expertos en operaciones especiales... ¡Y yo, el gato que lleva persiguiendo a esos ratones casi dos décadas, lo he aprendido todo de ellos!

—Entonces, dinos de una vez cuál es tu plan —lo conminó el general Chang—, ¡o cállate!

—¿Sí? ¿Puedo? Delante de tanta gente importante no me atrevía... Tenía miedo de que usted, general, volviera a decirme que estaba siendo impertinente...

—Llevas siéndolo un buen rato, de modo que déjate de memeces y cuéntanos ese plan tuyo tan «di-fe-ren-te»...

Da Shi cogió un rotulador y trazó sobre la mesa dos líneas curvas paralelas.

—Este es el canal —explicó, y luego colocó el cenicero entre las dos líneas—. Este es el *Juicio Final.* —Alargó el brazo y le quitó el puro de la boca al coronel Stanton.

—¡Estoy hasta las narices de este imbécil! —bramó el coronel.

—¡Fuera de aquí, Da Shi! —gritó el general Chang.

—Espere que acabe, es solo un minuto —dijo con toda tranquilidad Da Shi mientras tendía la mano hacia el coronel.

—¿Qué quiere? —preguntó Stanton.

—Necesito otro puro... —le imploró Da Shi con una sonrisa inocente.

Tras dudar unos instantes, el coronel sacó un nuevo puro de una caja de madera exquisitamente decorada. Da Shi presionó la parte encendida del primer habano contra la mesa de modo que quedó erecto en una de las orillas del canal que había dibujado. Luego hizo lo propio con el segundo, de forma que quedó apuntalado frente a aquel, en la orilla contraria.

—Se trata de erigir dos pilares, uno en cada orilla del canal, entre los cuales tensaremos una multitud de filamentos extremadamente finos pero ultrarresistentes separados entre sí por menos de medio metro. El material ideal es un nuevo tipo de nanomaterial, desarrollado por el profesor Wang, conocido como «daga voladora». Un nombre sumamente apropiado para este uso... —Guardó silencio, se puso en pie, alzó las palmas de las manos y añadió—: ¡Eso es todo!

Y abandonó la sala.

Se hizo el silencio. Todos los presentes permanecían tan inmóviles como estatuas. Incluso el rumor de los ordenadores pareció disminuir.

Al cabo de unos minutos, alguien se atrevió a preguntar:

—Profesor Wang, ¿su nanomaterial puede tomar la forma de filamentos?

Wang asintió.

—Debido a la técnica de construcción molecular empleada —dijo—, por el momento es la única forma en que somos capaces de producirlo. El comisario Shi me ha estado consultando al respecto antes de esta reunión.

—¿Y posee cantidad suficiente?

—¿Qué anchura tiene el canal de Panamá? Y ¿cuál es la altura del barco?

—El tramo más estrecho del canal mide unos ciento cincuenta metros de ancho. El *Juicio Final* mide treinta y un metros de alto, más un calado de unos ocho metros.

Wang se quedó mirando aquellos dos puros en vertical.

—Debería bastar —dijo al fin.

Se hizo de nuevo el silencio. Parecía como si ninguno de los presentes consiguiera salir aún de su asombro.

—¿Y si terminamos rebanando el disco duro o cualquiera que sea el soporte de almacenamiento de los mensajes?

—No parece muy probable...

—Aunque ese fuera el caso —intervino un informático—, al tratarse de unos hilos tan finos, la superficie de corte sería muy regular. Independientemente del tipo de formato, la inmensa mayoría de los datos podría recomponerse.

—¿Alguien tiene una idea mejor? —preguntó el general Chang, mirando alrededor. Al ver que nadie decía nada, añadió—: Está bien. En ese caso, centrémonos en ella. Discutamos los detalles de su implementación.

—Voy a llamar al comisario Shi —dijo entonces el coronel

Stanton, rompiendo el silencio que había guardado hasta ese momento.

El general Chang le indicó con un gesto que permaneciera sentado.

—¡Da Shi! —gritó.

Shi Qiang entró en la sala con una sonrisa de oreja a oreja. Dedicando miradas triunfales a todo el mundo, llegó adonde seguían los dos puros, se llevó a la boca el que había estado encendido y se guardó el otro en el bolsillo.

—¿Serán capaces los pilares de resistir la fuerza ejercida contra los filamentos por el *Juicio Final*? —preguntó alguien—. ¿O se rebanarán antes ellos?

—Eso es fácil de evitar —respondió Wang—. Disponemos de pequeñas cantidades de nanomaterial en forma de plancha, que podemos emplear para proteger las partes de los pilares donde se fijen los filamentos.

A partir de ese momento, tomaron la palabra los oficiales de la Marina y los expertos en navegación.

—El tonelaje del *Juicio Final* está muy cerca del máximo que el canal permite. Debido a su gran calado, deberíamos considerar la posibilidad de instalar filamentos bajo la línea de flotación...

—Es una labor muy difícil. Dado el tiempo de que disponemos, es mejor no molestarse en ello. La parte sumergida del barco es donde se encuentran los motores, el combustible y el lastre. Es una zona con mucho ruido, vibraciones e interferencias, no creo que hayan instalado allí los ordenadores. Dediquemos el poco material que tenemos para tejer una maraña más cerrada por encima de la línea de flotación.

—Deberíamos actuar cuando el barco se halle en las cámaras de alguna de las esclusas, de treinta y tres metros con cincuenta y tres centímetros de ancho. El *Juicio Final* se diseñó justamente con la manga máxima que le permitiera atravesarlas,* de modo que solo podríamos emplear nanofilamentos de treinta y cuatro metros de longitud.

* La manga máxima de las especificaciones conocidas como Panamax es de 32,3 metros. *(N. del A.)*

—No. La situación en las esclusas es demasiado impredecible. Además, por seguridad, dentro de las cámaras de las esclusas los barcos son remolcados por unas locomotoras eléctricas, llamadas «mulas», que se mueven con demasiada lentitud. Encima, será uno de los momentos en los que la tripulación esté más alerta, y aumentan las probabilidades de que nuestro ataque sea descubierto.

—¿Y el puente de las Américas, justo fuera de las esclusas de Miraflores? Los contrafuertes de sus extremos pueden ser los pilares...

—La distancia que los separa es demasiado grande, no tenemos suficiente material...

—Pues entonces no se hable más: debemos llevar a cabo la operación en Corte Culebra, con una anchura de ciento cincuenta metros. Añadiendo margen para los pilares, pongamos... ciento setenta metros.

—En tal caso, la distancia vertical entre filamentos será de cincuenta centímetros —señaló Wang—. No dispongo de más material...

—Eso significa —intervino Da Shi, exhalando humo a la vez que hablaba— que tenemos que asegurarnos de que el barco pase de día.

—¿Por qué?

—Porque de noche la tripulación estará durmiendo, es decir, tumbada, y cincuenta centímetros entre filamentos es demasiado espacio... En cambio, de día, estén de pie o sentados cagando, esa distancia ya valdrá.

Se oyeron varias risas contenidas. Al parecer, el olor a sangre fresca conseguía aliviar el estrés que todos habían acumulado.

—Es usted el mismísimo diablo —le dijo a Da Shi una representante de Naciones Unidas.

—¿Van a morir inocentes? —preguntó Wang con voz temblorosa.

—Cuando el barco atraviese una esclusa, subirán a bordo más de una docena de operadores —contestó un oficial de la Marina—, pero en cuanto la abandone, desembarcarán. Eso sí: el piloto del canal de Panamá permanecerá en el barco los ochenta y dos kilómetros del recorrido, de modo que deberá ser sacrificado.

—Y parte de la tripulación del *Juicio Final* trabaja allí sin tener la menor idea de cuál es el propósito real del barco... —señaló un oficial de la CIA.

—No debe usted preocuparse de esas cosas, profesor —intervino el general Chang—; al fin y al cabo, los mensajes que queremos obtener son clave para la supervivencia de la civilización humana y quien asuma la decisión final de proceder con el plan será otro...

Al término de la reunión, el coronel Stanton deslizó aquella hermosa caja de madera sobre la mesa hasta ponerla enfrente de Shi Qiang.

—Comisario, lo mejor que se fuma en La Habana. Para usted.

Corte Culebra, canal de Panamá. Cuatro días después

Wang no tenía la sensación de hallarse en el extranjero. Sabía que al oeste, no muy lejos de allí, se encontraba el hermoso lago Gatún. También, que al este tenía el magnífico puente de las Américas y la ciudad de Panamá. Sin embargo, no había visitado ninguno de esos lugares.

Había llegado dos días antes en un vuelo directo desde China hasta el aeropuerto de Tocumen, cercano a la ciudad de Panamá, desde donde un helicóptero lo había trasladado hasta el lugar en que se encontraba.

El paisaje que se extendía ante sus ojos no podía ser más común: la espesura tropical de ambas orillas del canal había mermado a causa de las obras de ensanchamiento que se estaban realizando, y abundaban parcelas de desnuda tierra amarilla. A Wang el color le pareció familiar.

El canal no resultaba una visión demasiado espectacular, quizá por hallarse en un tramo muy estrecho, pero todo cambiaba cuando uno pensaba que, un siglo antes, cien mil personas habían abierto aquella vía a golpe de pala.

Wang y el coronel Stanton estaban recostados sobre tumbonas, ataviados con amplias camisas floreadas y sombreros de paja ladeados. Parecían un par de turistas.

A sus pies, en cada orilla del canal, había un pilar de acero de veinticuatro metros descansando en paralelo a la orilla. Los unían cincuenta filamentos ultrarresistentes de ciento sesenta metros de anchura, pero el pilar de la orilla este conectaba con ellos mediante un cable de acero al uso. Esos metros daban la longitud necesaria para que los filamentos pudieran descansar en el fondo del canal con ayuda de pesos, permitiendo así el tráfico de barcos. Por fortuna, no había tanto tráfico como Wang había imaginado. Cada día pasaban unas cuarenta naves de promedio.

El nombre en código de la operación era Guzheng, una referencia a la similitud de aquella estructura con la de la antigua cítara china. Los filamentos, a su vez, eran sus «cuerdas».

Una hora antes, el *Juicio Final* había entrado en Corte Culebra desde el lago Gatún.

Stanton le preguntó a Wang si había estado en Panamá con anterioridad. Wang respondió que no.

—Yo estuve aquí en 1990 —dijo el coronel.

—¿Con ocasión de aquella guerra?

—Sí. Pero fue una de esas guerras que a uno no le dejan huella. Lo único que recuerdo es el *Nowhere to Run* de Martha & The Vandellas, que pusimos a todo volumen cuando cercamos a Noriega en la embajada del Vaticano. Idea mía, por cierto.

A sus pies, en el canal, pasaba un crucero francés. Varios pasajeros con prendas coloridas paseaban por la cubierta, forrada de verde.

El *walkie-talkie* de Stanton sonó entre crujidos.

—Segundo puesto vigía informando: ya no quedan barcos delante del objetivo.

—Elevad las cuerdas —ordenó el general.

En cada una de las orillas, aparecieron varios hombres con cascos. Parecían operarios de mantenimiento. Wang quiso ponerse de pie, pero el coronel se lo impidió cogiéndolo del brazo.

—No se preocupe, profesor. Saben lo que hacen.

Wang vio que en la orilla este comenzaban a retraer rápidamente los cables de acero acoplados a los nanofilamentos. Al alcanzar estos la orilla, los acoplaron firmemente al pilar que descansaba allí.

Al cabo de un instante, los pilares de ambas orillas comenzaron a erigirse gracias al mecanismo de bisagra sobre el que habían sido construidos. Estaban decorados con motivos náuticos y marcas de profundidad para pasar inadvertidos. Los trabajadores actuaban con toda tranquilidad, como si estuvieran llevando a cabo alguna clase de tarea monótona. Wang dirigió la mirada al espacio entre los dos pilares: aunque parecía vacío, las cuerdas letales ya estaban en posición.

—¡El objetivo se encuentra a cuatro kilómetros de la cítara!

Stanton dejó el *walkie-talkie* en el suelo para seguir la conversación con Wang.

—La segunda vez que vine fue a finales de 1999 —dijo—, para asistir a la entrega del canal. Cuando llegamos al edificio de la autoridad, vimos que faltaba la bandera estadounidense... Al parecer, nuestro gobierno había solicitado arriarla el día anterior para evitar la vergüenza de hacerlo con público. Por aquel entonces pensaba que estaba siendo testigo de un hecho histórico; ahora, en cambio, me parece insignificante...

—¡El objetivo se encuentra a tres kilómetros de la cítara!

—Insignificante, sí... —repitió mecánicamente Wang.

No prestaba atención a Stanton. El mundo entero había dejado de existir para él, a excepción de aquel punto en el que sabía que iba a aparecer el *Juicio Final*. El sol, que había salido por el Atlántico, comenzaba a ponerse por el Pacífico y el canal resplandecía con una luz dorada. La «cítara de la muerte» se mantenía en pie. Sus dos pilares quedaban oscurecidos al no reflejar la luz. Parecían más viejos incluso que el canal.

—¡El objetivo se encuentra a dos kilómetros de la cítara!

Stanton hizo caso omiso de la voz que surgía del *walkie-talkie*.

—Desde que supe que la flota alienígena había partido en dirección a la Tierra es como si hubiera empezado a perder la memoria... —dijo—. Es extraño, soy incapaz de recordar muchas cosas del pasado, detalles importantes de las guerras en que participé... Creo que es por lo que le comentaba hace un momento: me resultan insignificantes en comparación con lo que se avecina. Después de una revelación así, uno se convierte en alguien completamente nuevo. He estado dándole vueltas a cómo sería hoy la humanidad si hubiéramos conocido la invasión hace dos mil años. ¿Es usted capaz de imaginárselo, profesor?

—Eh..., no, no... —respondió Wang sin mirarlo, absorto en sus pensamientos.

—¡El objetivo se encuentra a uno coma cinco kilómetros de la cítara!

—Profesor, para mí es usted el Gaillard* de nuestra era. Esperamos con impaciencia ese nuevo canal de Panamá que construirá. El ascensor espacial no deja de ser un canal, ¿verdad? De la misma manera que este canal conectó dos océanos, su ascensor conectará la Tierra con el espacio.

Wang comprendió que el coronel estaba diciéndole todas esas cosas para tratar de confortarlo. Aunque no surtía efecto, apreció el gesto.

—¡El objetivo se encuentra a un kilómetro de la cítara!

El *Juicio Final* hizo su aparición por un recodo del canal. La luz del atardecer lo convertía en una gran silueta negra que se cernía sobre las olas doradas. Wang no había imaginado que aquel buque de sesenta mil toneladas resultaría tan grande; era como si un nuevo pico hubiera irrumpido de pronto en el paisaje. Aunque sabía que el canal era capaz de acomodar naves de hasta setenta toneladas, al ver aquella mole desplazarse en un espacio tan estrecho no pudo evitar tener la extraña sensación de que el agua dejaba de existir y el buque era una montaña que avanzaba sobre tierra firme. Una vez sus ojos se acostumbraron a la luz del atardecer, pudo apreciar que el color del casco era negro y la superestructura, blanca. La antena parabólica había

* David du Bose Gaillard (1859-1913), ingeniero y comandante del ejército estadounidense responsable de la exitosa finalización de las complicadas obras de Corte Culebra. El corte llevó su nombre desde 1915 hasta el final del período de explotación estadounidense del canal, en el año 2000. *(N. del A.)*

sido desmantelada. El rugido de los motores resonaba en el ambiente, acompañado del chapoteo de las olas contra la redonda proa.

Conforme la distancia entre el banco y la cítara se acortaba, a Wang el corazón le latió cada vez más deprisa y comenzó a faltarle la respiración. Sintió ganas de salir corriendo de allí, pero al mismo tiempo carecía de fuerzas para hacerlo. De pronto se sorprendió odiando con todas sus fuerzas a Shi Qiang: ¿cómo se le podía haber ocurrido aquel plan? Realmente era tan diabólico como había dicho aquella representante de Naciones Unidas... Sin embargo, al mismo tiempo que lo maldecía, Wang estaba seguro de que se sentiría mucho mejor si lo tuviera a su lado. El coronel Stanton lo había invitado, pero el general Chang se opuso a autorizar su presencia, alegando que Da Shi estaba donde se le necesitaba.

Wang sintió que el coronel le daba unas palmadas en la espalda.

—Profesor, todo esto pasará.

En aquel preciso momento, el *Juicio Final* atravesaba el letal Guzheng. A Wang se le erizó el vello en cuanto la proa se adentró en aquel espacio aparentemente vacío, pero no sucedió nada. El enorme casco prosiguió su camino. Cuando iba por la mitad, a Wang lo asaltaron las dudas: ¿de verdad existían los filamentos? ¿Se habrían caído?

Entonces reparó en un pequeño detalle que se encargó de disipar todas sus dudas: la antena que coronaba la superestructura se partió en dos y cayó rodando.

Pronto hubo un segundo signo inequívoco de la presencia de los nanofilamentos, uno que casi consiguió que se desmayara. La cubierta del barco estaba vacía a excepción de un hombre que se dedicaba a humedecer los amarres con una manguera. Desde su posición privilegiada, Wang lo vio todo con claridad. Cuando la sección del buque en que se encontraba aquel hombre pasó por entre los pilares, la manguera se partió en dos y el agua comenzó a chorrear. Seguidamente, el hombre se agarrotó, soltó la boca de la manguera, permaneció erguido unos instantes y acto seguido se desmoronó. En el momento de impactar contra el suelo ya estaba partido en dos. La parte superior trataba de arrastrarse sobre un creciente charco de sangre, pero no lo hacía con los brazos, sino con unos muñones de color granate. Las manos yacían allí cerca.

Después de que la popa pasara por entre aquellos pilares, el *Juicio Final* siguió adelante sin aminorar la marcha. No parecía sufrir contratiempo alguno, hasta que Wang oyó que el sonido de los motores se convertía primero en un extraño chirrido y luego en un zumbido ensordecedor parecido al que hubiera resultado de una llave inglesa, o muchas, encallada en el motor, impidiéndole moverse. Wang sabía que aquel estruendo resultaba de haberse rebanado las partes giratorias del motor. A continuación, tras un crujido desgarrador, una enorme pieza puntiaguda abrió un boquete en uno de los lados del casco. De ella se desprendió un pedazo que salió despedido y cayó al canal, originando una gran columna de agua. Wang la reconoció como una sección del cigüeñal.

Del boquete abierto comenzó a salir humo. El *Juicio Final* se desvió poco a poco de su rumbo, arrastrando su humeante cola. Terminó chocando con la orilla izquierda. Wang vio que la gigantesca proa se deformaba al colisionar con la roca, que se abría como si de agua se tratara, expulsando regueros de tierra. Al mismo tiempo, la nave se disgregaba en más de cuarenta capas horizontales de medio metro de grosor. Las superiores se deslizaban a mayor velocidad, con lo que la estructura parecía una enorme baraja de cartas. El chirrido de las capas, al rozar unas con otras, recordaba a unas incontables uñas arañando el cristal.

Para cuando aquel ruido cesó, el *Juicio Final* se había desparramado sobre la orilla: sus secciones se apilaban como los platos de una torre que se le hubiera caído a un torpe camarero. Las superiores se deslizaron a una distancia mayor y, conforme se superponían, ablandadas como si fueran de tela, se fueron confundiendo entre sí, adquiriendo formas imposibles de atribuir a nada que jamás hubiera pertenecido a un barco.

De pronto, un gran número de soldados comenzó a descender hacia el agua. Wang se sorprendió al ver a tantos hombres a su alrededor. A continuación, en el cielo apareció una flota de helicópteros, que al alcanzar la superficie del canal, para entonces cubierta de una iridiscente capa de petróleo, se posaron sobre lo que quedaba del barco y procedieron a verter grandes cantidades de polvo y espuma contra incendios. En cuanto el fuego se hubo extinguido, desde otros tres helicópteros varios paramilitares comenzaron a descender por sendos cables.

Para entonces el coronel Stanton se había marchado. Wang tomó los binoculares que se había dejado encima del sombrero y, tratando de controlar el temblor de las manos, comenzó a observar el *Juicio Final*. A pesar de que sus restos estaban casi totalmente cubiertos de espuma, aún quedaban resquicios en los que podían verse algunos de los cortes. Su superficie era tan lisa como la de un espejo y reflejaba la luz del atardecer. Wang localizó en una de ellas un punto granate. No estaba seguro de si era sangre.

Tres días después

INTERROGADOR: ¿Diría que conoce bien a la civilización trisolariana?

YE WENJIE: No. La información de la que disponemos es muy limitada. A excepción de Mike Evans y de aquellos líderes adventistas que interceptaron sus mensajes, nadie más tiene una imagen veraz y detallada de la civilización trisolariana.

INTERROGADOR: Entonces, ¿por qué ha depositado tantas esperanzas en ella? ¿Qué le hace creer que los trisolarianos lograrán reformar y perfeccionar nuestra sociedad?

YE: El hecho de que sean capaces de cruzar la enorme distancia que separa su mundo del nuestro implica que su ciencia ha alcanzado un nivel extremadamente alto. Una sociedad con una ciencia tan avanzada debe poseer valores morales igualmente evolucionados.

INTERROGADOR: ¿Le parece que esa conclusión tiene rigor científico?

YE: (Silencio)

INTERROGADOR: Permítame una conjetura y corríjame si me equivoco. Usted está marcada por la influencia de su progenitor, y este a su vez por el suyo, quien, como tantos otros hombres de su generación, veía la ciencia como la única posibilidad de salvación de China.

YE (exhalando): No lo sé.

INTERROGADOR: Debe saber que hemos logrado hacernos con todos los mensajes trisolarianos interceptados por los adventistas.

YE: Oh... ¿Qué ha sido de Evans?

INTERROGADOR: Murió durante la operación de captura del *Juicio Final*. La postura en que quedó su cuerpo nos condujo hasta los ordenadores que contenían copias de los mensajes. Por fortuna, todos estaban transcritos en el lenguaje autointeligible de Costa Roja.

YE: ¿Contenían muchos datos?

INTERROGADOR: Sí. Alrededor de veintiocho gigas.

YE: ¡Eso es imposible! La comunicación interestelar es muy ineficiente... ¿cómo fueron capaces de transferir tal cantidad de información?

INTERROGADOR: Al principio pensamos lo mismo, pero las cosas no son como las habíamos imaginado... van mucho más allá de lo que nadie, ni en sus pronósticos más audaces, podría haber vaticinado. Le propongo una cosa: aquí tiene una selección de los documentos incautados. Léala y comience a enterarse de lo que se esconde tras su idealizada civilización trisolariana...

32

Trisolaris: El escuchador

Ninguno de los datos sobre Trisolaris mencionaban el aspecto físico de sus habitantes, y como aún tenían que pasar más de cuatrocientos años para que el primer terrícola viera a un trisolariano, al leer los mensajes, Ye Wenjie no supo imaginárselos más que con apariencia humana.

El puesto de escucha 1379 existía desde hacía más de mil años. Como él, repartidos por Trisolaris, había muchísimos más, todos ellos dedicados a la búsqueda de posibles signos de vida inteligente en el universo.

En un principio, cada uno de los puestos había acogido varios centenares de escuchadores, pero luego, conforme la tecnología avanzó, el número quedó reducido a uno. Se trataba de una ocupación modesta. Si bien era cierto que los puestos se mantenían a temperatura constante (y contaban con sistemas de apoyo que garantizaban su supervivencia durante las eras caóticas sin necesidad de deshidratarse), los escuchadores tenían que pasarse la vida hacinados en sus más que reducidas dimensiones y disfrutaban las eras estables mucho menos que los demás.

El escuchador del puesto 1379 miró a través del ventanuco hacia el mundo de Trisolaris. Discurría una era caótica. Era de noche, pero la gigantesca luna aún no había hecho acto de presencia. La mayor parte de la población hibernaba en estado de deshidratación. También la vegetación parecía haberse deshidratado de forma instintiva; esparcidos sobre el terreno aquí y allá, podían verse numerosos manojos de fibra disecada. Bajo la luz de las estrellas, la superficie del planeta parecía una placa de metal fría y gigantesca.

Momentos como aquel eran los de mayor soledad. En el profundo silencio de la medianoche, el universo se revelaba a quien estuviese escuchando como una vasta desolación. Lo más tedioso de todo, para el escuchador del puesto 1379, era ver las ondas que serpenteaban lentamente a lo largo del visor, una manifestación visual del ruido, vacío de significado, que el puesto de escucha recogía del espacio. Sentía que esa onda interminable constituía una visualización abstracta del universo: un extremo conectado con el interminable pasado y el otro con el interminable futuro; en medio, nada más que aleatorias subidas y bajadas fruto del puro azar: sin vida, sin un patrón definido, los picos y los valles a diferentes alturas como granos de arena desiguales, la curva entera como un desierto unidimensional hecho de todos los granos de arena alineados; solitario, desolado, tan largo que resultaba intolerable. Se podía avanzar o retroceder por él tanto como uno quisiera, pero nunca se hallaría el final.

Ese día, sin embargo, el escuchador advirtió algo extraño al observar la onda en el visor. Discernir a simple vista si una onda contenía o no información resultaba difícil incluso para los expertos, pero el escuchador estaba tan familiarizado con el ruido del universo, que al instante supo ver que aquella poseía algo más: su fina curva serpenteante parecía dotada de alma. Lo asaltó la certeza de que alguna clase de inteligencia modulaba aquella señal de radio.

Corrió a ponerse ante el otro monitor para consultar el grado de inteligibilidad que el ordenador había asignado a la señal: un diez rojo. Ninguna de las señales de radio, recibidas a lo largo de la historia del puesto de escucha 1379, había alcanzado una calificación mayor de dos azul. Cuando se alcanzaba el rojo, significaba que la probabilidad de que la transmisión contuviera información inteligente superaba el noventa por ciento.

Un valor de diez dentro de esa franja cromática significaba que la transmisión recibida incluía un sistema de código autointeligible.

El descodificador trabajaba a máxima potencia.

Todavía agitado por la excitación, y también algo confuso, el escuchador volvió a mirar la onda en la pantalla: la información seguía fluyendo desde el universo hasta la antena. Gracias al código autointeligible adjunto, la máquina fue capaz de realizar la traducción en tiempo real y de inmediato indicó que estaba lista.

El escuchador abrió el archivo resultante y, por primera vez en la historia, un trisolariano pudo leer un mensaje procedente de otro mundo:

> ¡Saludos, habitantes de otro mundo!
>
> Con este mensaje tratamos de ofrecer una visión general de la civilización en la Tierra. Gracias a su esfuerzo y creatividad, la raza humana ha construido una esplendorosa civilización que hoy fructifica en una *pléyade* de culturas diversas. También hemos comenzado a entender las leyes que gobiernan el mundo natural y los ciclos de desarrollo de las sociedades humanas. Valoramos todos estos logros.
>
> Sin embargo, nuestro mundo dista mucho de ser perfecto. El odio, los prejuicios y la guerra siguen existiendo. También, debido a contradicciones entre las relaciones y las fuerzas de producción, la distribución de la riqueza es desigual y gran parte de la humanidad vive en la miseria.
>
> Las sociedades humanas trabajan sin descanso para resolver las dificultades a las que se ven enfrentadas, y se esfuerzan en crear un futuro mejor para la civilización de la Tierra. El país emisor de este mensaje está involucrado en dicha tarea. Estamos entregados a la construcción de una sociedad ideal en la que se respeten al máximo el trabajo y la valía de cada miembro de la raza humana, y se satisfagan las necesidades materiales y espirituales de todos, para así contribuir a que la civilización de la Tierra sea más perfecta.
>
> Con la mejor de las intenciones, ansiamos establecer contacto con otras sociedades civilizadas y poder colaborar para crear una mejor vida en este vasto universo.

A lo largo de las dos horas trisolarianas que siguieron, el escuchador descubrió la existencia de la Tierra, un mundo con un único Sol que permanecía en una eterna era estable, y conoció a la raza humana, la cual había tenido la suerte de haber nacido en aquel paraíso de eterno clima suave.

Entonces la transmisión procedente del sistema solar llegó a su fin. El descodificador volvía a funcionar en estado de hibernación y, una vez más, el ruido del universo era lo único que alcanzaba a oírse en el puesto.

Sin embargo, el escuchador sabía que lo que acababa de vivir no era un sueño. También era consciente de que los varios miles de puestos de escucha, repartidos a lo largo y ancho de Trisolaris, habían recibido aquel mismo mensaje que la civilización trisolariana llevaba eones esperando. Tras doscientos ciclos arrastrándose por un túnel a oscuras, por fin se abría ante ella un atisbo de luz.

Al releer el mensaje de la Tierra, comenzó a imaginarse sobrevolando aquellos océanos azules que nunca se congelaban, atravesando verdes bosques y praderas, disfrutando de la calidez del sol y sintiendo una fresca y suave brisa. Qué mundo tan maravilloso... Su tan anhelado paraíso existía de verdad.

A medida que su excitación inicial remitía, comenzó a abrirse paso un devastador sentimiento de pérdida.

Muchas veces, durante su prolongada y solitaria existencia, el escuchador se había planteado si realmente la hipotética recepción de un mensaje procedente de una civilización extratrisolariana podía llegar a tener alguna clase de efecto concreto en su vida.

Aquel paraíso no le pertenecía. Su humilde y vacía existencia iba a permanecer completamente inalterada.

Se le ocurrió consolarse diciéndose que, al menos en sus sueños, sí sería libre de poseerlo. Con aquella idea en la mente, se durmió. Como consecuencia del hostil entorno en que vivían, los trisolarianos habían desarrollado la habilidad de entrar y salir del estado letárgico a voluntad, y eran capaces de autoinducir el sueño en cuestión de segundos.

Sin embargo, el escuchador no tuvo la clase de sueño que anhelaba. Aunque llegó a ver el planeta azul, este estaba siendo bombardeado por una poderosa flota interestelar, que arrasaba con la inconmensurable belleza de sus continentes y hacía hervir el agua de sus océanos, que empezaba a evaporarse.

Lo primero que vio al despertar de su pesadilla fue la luna gigante, recién aparecida; un frío y pálido rayo de luz entraba por el ventanuco. Observando el árido desierto congelado que se extendía ante él desde el otro lado del cristal, comenzó a hacer balance de su vacía existencia.

Hasta el momento, llevaba vividas seiscientas mil horas trisolarianas. La esperanza de vida en el planeta era de entre setecientas mil y ochocientas mil horas trisolarianas. Un gran número de trisolarianos dejaban de ser productivos mucho antes de alcanzar esa horquilla de edad y eran obligados a deshidratarse; después se los incineraba. En la sociedad trisolariana no había sitio para los ociosos.

De pronto el escuchador vio otra posibilidad: si creía que la recepción del mensaje extratrisolariano no afectaría a su vida, se equivocaba, pues, tras la confirmación del objetivo, Trisolaris reduciría el número de puestos de escucha. Los primeros en desmantelarse serían los más viejos, como el suyo, con lo que se quedaría sin trabajo. Al ser la de escuchador una profesión tan particular, le costaría mucho cambiar, y si no conseguía empleo en cinco mil horas trisolarianas, lo obligarían a deshidratarse y sería pasto de las llamas.

La única vía de escape que le quedaba para evitar aquel destino era aparearse con un miembro del sexo opuesto. Cuando eso ocurriera, el material orgánico de su cuerpo y el de su pareja se fundirían en uno solo, cuyos dos tercios serían destinados a alimentar el drástico proceso bioquímico que renovaría por completo las células del tercio restante. A su vez, crearía un nuevo cuerpo, que se subdiviría entre tres y cinco jóvenes vidas, sus hijos, quienes heredarían parte de los recuerdos de sus padres y, en calidad de continuadores de estos, iniciarían sus periplos vitales. Sin embargo, dadas la humilde posición social del escuchador, las condiciones en que trabajaba y también su edad, ¿qué miembro del sexo opuesto estaría interesado en él?

Desde hacía unos años, a partir del momento en que sintió la vejez cerca, venía repitiéndose una misma pregunta: «¿En esto va a quedar mi vida?» Debía de habérsela formulado varios millones de veces, y otros tantos millones de veces se había respondido que sí, que eso era todo, que solo tendría la infinita soledad de su diminuto puesto de escucha.

No, no podía perder aquel lejano paraíso bajo ningún concepto. Ni aunque estuviera en un sueño.

El escuchador sabía que, en la escala del universo, debido a la ausencia de un punto de referencia lo suficientemente grande, resultaba imposible determinar la distancia desde la que había sido emitida una transmisión de radio de baja frecuencia como la que había recibido. Solo era posible saber la dirección de la que provenía, con lo cual la fuente de origen del mensaje podía, o bien hallarse a una distancia muy larga y contar con una potencia enorme, o bien encontrarse a muy corta distancia y contar con una potencia muy baja. Como en aquella dirección había miles de millones de estrellas, que brillaban contra un mar de otras muchas estrellas a distintas distancias, y no había modo de saber cuán lejos se hallaba la fuente, era imposible determinar las coordenadas exactas de su ubicación.

«La distancia..., la clave es la distancia...», se dijo.

En realidad, había una manera sumamente sencilla de determinar la distancia a la que se encontraba la fuente de transmisión: responder a su mensaje. Siempre que la otra parte contestara con la celeridad suficiente, los trisolarianos podrían basarse en la velocidad de la luz y el tiempo que los mensajes tardaban en ir y volver para determinar a qué distancia se hallaba. El problema sería que respondiera con tal lentitud que les desbaratase los cálculos. O que no lo hiciera en absoluto.

Sin embargo, teniendo en cuenta que habían sido ellos quienes, por propia iniciativa, empezaron la comunicación con el universo, lo más probable era que contestasen. Además de eso, al escuchador le constaba que el gobierno trisolariano había dado la orden de enviar un mensaje anzuelo a fin de tentarlos a responder. Podía ser que ya lo hubieran mandado y podía ser que no, pero de ser esto último el caso, tenía una oportunidad de oro para hacer algo de provecho con su vida.

Se dirigió al panel de control, compuso un breve mensaje en

el ordenador e instruyó a la máquina para que lo tradujera al mismo lenguaje que el del mensaje de la Tierra. Entonces apuntó la antena del puesto de escucha hacia la misma dirección en que había recibido el mensaje de la Tierra.

El botón de transmisión era un rectángulo de color rojo. Los dedos del escuchador estaban a punto de rozarlo.

El destino de toda la civilización trisolariana pendía en aquel momento de aquellos finos dedos.

Sin el menor titubeo, el escuchador presionó el botón.

Una poderosísima onda de radio transportó a lo largo de la oscuridad del espacio un mensaje que, aun siendo breve, tenía el poder de salvar a otra civilización:

> Este mundo ha recibido vuestro mensaje.
>
> Se dirige a vosotros un pacifista que lo habita. Para vuestra civilización, es una suerte que yo haya sido el primero en leer vuestro mensaje. Os lo advierto:
>
> ¡No contestéis!
>
> ¡No contestéis!
>
> ¡No contestéis!
>
> Sois una entre diez millones de estrellas que hay en la misma dirección. Siempre que no respondáis, este mundo seguirá siendo incapaz de determinar vuestra ubicación. Si lo hacéis, estaréis revelando vuestras coordenadas ¡y vuestro mundo será invadido!
>
> ¡No contestéis!
>
> ¡No contestéis!
>
> ¡No contestéis!

Aunque ignoramos el verdadero aspecto de la residencia oficial del prínceps de Trisolaris, podemos aventurar, sin temor a equivocarnos, que contaba con gruesos muros que la mantenían aislada del exterior y la protegían de las inclemencias del tiempo. Quizá se parecía a la pirámide de *Tres Cuerpos*. O quizá la habían construido bajo tierra.

Hacía cinco horas trisolarianas que el prínceps había sido informado de la recepción de un mensaje procedente de otro planeta. Y hacía dos horas trisolarianas que había sabido que el puesto de escucha 1379 había devuelto un mensaje de advertencia en la misma dirección. Ni la primera noticia le había hecho dar saltos de alegría ni la segunda lo había deprimido. Tampoco sentía enfado ni resentimiento hacia el escuchador que había enviado la advertencia. Tales emociones —junto con todas las demás, del miedo y la pena a la felicidad, incluso al gusto por la belleza— eran cosas que la civilización trisolariana trataba de evitar y aspiraba a eliminar, pues causaban la debilidad espiritual de la sociedad y del individuo, y no ayudaban a sobrevivir en el entorno hostil de aquel mundo. Los estados mentales que convenían a los trisolarianos eran la calma y la indiferencia. La historia de las más de doscientas civilizaciones anteriores demostraba que aquellas que se basaban en esos dos estados eran las que tenían más capacidad de supervivencia.

—¿Por qué lo hiciste? —preguntó el prínceps al escuchador 1379.

—Para hacer algo de provecho en mi vida —contestó el escuchador, con toda naturalidad.

—Es muy probable que esa advertencia que mandaste haya robado a la civilización trisolariana su última oportunidad para sobrevivir.

—¡Pero en cambio se la dio a la Tierra! Prínceps, nuestro afán colonizador es igual de feroz y desmesurado que el hambre de quien lleva mucho tiempo sin comer y no concibe compartir su primer festín con nadie. Nosotros no planeamos convivir en la Tierra con los humanos, sino aniquilarlos y ocupar todo aquel sistema solar, ¿verdad?

—Así es. Pero hay un argumento a favor del exterminio de la civilización de la Tierra: la naturaleza belicosa de los miembros de su especie los convierte en una amenaza letal. Tratar de convivir con ellos en un mismo planeta sería un suicidio: aprenderían nuestra ciencia en muy poco tiempo y al final ninguna de las dos civilizaciones conseguiría medrar. Pero déjame que te haga una pregunta: ¿por qué ansías convertirte en el salvador de la Tierra? ¿Acaso no sientes ninguna responsabilidad hacia tu propia raza?

—¡Estoy cansado de Trisolaris, vivimos por y para la supervivencia sin pensar en nada más!

—¿Qué tiene de malo luchar por sobrevivir?

—Nada, por supuesto; existir es la premisa básica sobre todo lo demás. Pero, princeps, deténgase a analizarlo: todo en nuestras vidas gira alrededor de la supervivencia. A fin de asegurar la supervivencia de la civilización como un todo, ya casi no se respeta al individuo. Al que ya no puede trabajar, se lo incinera. Vivimos en un estado de autoritarismo extremo. La ley solo contempla dos veredictos: pena de muerte para los culpables de cualquier delito y libertad para los inocentes. Los aspectos que me resultan más intolerables son el anquilosamiento y la monotonía. Todo lo que pueda conducir a la debilidad de espíritu se considera maligno; no tenemos literatura, no tenemos arte, no existe apreciación ni búsqueda de la belleza... Princeps, una vida así, ¿merece la pena?

—Hubo un tiempo en que Trisolaris fue ese tipo de civilización que tanto te atrae —dijo el princeps—, con sociedades democráticas libres que nos legaron ricas herencias culturales. Sabes muy poco sobre ellas porque la mayor parte de su historia y su legado están guardados bajo llave. De todos los ciclos trisolarianos, esa clase de civilizaciones fue siempre la más débil y breve, el mínimo desastre de una era caótica bastaba para extinguirlas. ¡Esa civilización a la que tanto quieres salvar, nacida y crecida en la eterna primavera de un hermoso invernadero, no sobreviviría ni un millón de horas trisolarianas al ser trasplantada aquí!

—Podrá ser delicada, pero la belleza de esa flor no tiene parangón, y sabe disfrutar del esplendor y la libertad de su plácido paraíso —replicó el escuchador.

—Si Trisolaris acaba ocupando ese paraíso, también nosotros llevaremos esa vida.

—Permítame dudarlo, princeps. La acerada dureza del espíritu trisolariano ha terminado impregnando hasta la última de nuestras células; ¿cree que va a disolverse tan fácilmente? Yo no soy más que un pobre desgraciado en el escalón más bajo de la sociedad, nadie me presta atención; vivo solo, sin riqueza, sin dignidad, sin amor y sin esperanzas. Si logro salvar a ese mundo tan lejano pero también tan hermoso del que me he enamorado, me daré por satisfecho. Sin olvidar que todo esto, princeps, también me ha brindado la oportunidad de departir con usted. De no haber hecho lo que hice, nunca habría podido aspirar a admirarlo más que por televisión, de modo que, si me lo permite, quisiera aprovechar para expresarle lo honrado que me siento de haber compartido este momento.

—No me queda la menor duda de tu culpabilidad. Eres el mayor criminal de cuantos se han conocido en todos los ciclos de civilizaciones trisolarianas. Pero ahora haremos una excepción en nuestra ley: eres libre de marcharte.

—¿Lo dice en serio? ¿Cómo es posible?

—En tu caso, la deshidratación y quema es un castigo que se queda corto —repuso el príncipes—. Ya eres viejo, de modo que no llegarás a ver la destrucción final de la civilización terrestre..., pero yo me encargaré de que te mueras sabiendo que no conseguiste salvarla. Quiero que alcances a ver el día en el que la Tierra pierda toda esperanza. Ahora puedes retirarte.

Tras la marcha del escuchador del puesto 1379, el príncipes hizo pasar al cónsul responsable del sistema de monitorización. También con él trató de contener su ira. Abordó el tema igual que si se tratara de un asunto rutinario.

—¿Cómo fuiste capaz de admitir a un hombre tan débil y tan malvado en el sistema de monitorización?

—Príncipes, el sistema de monitorización emplea a cientos de miles de trabajadores; cribarlos a todos de manera exhaustiva es una tarea casi imposible... Debo decir en mi defensa que hasta ahora 1379 llevaba más de media vida cumpliendo con su cometido sin incurrir en falta alguna. Eso sí, asumo en mi persona la responsabilidad por omisión de este calamitoso episodio.

—¿Cuántos más en el sistema de monitorización trisolariano comparten esa responsabilidad?

—Mi recuento preliminar en todos los niveles de funcionamiento ha alcanzado una cifra que ronda los seis mil.

—Todos son igual de culpables.

—Sí, príncipes.

—Que los deshidraten a los seis mil y luego los quemen en la plaza central de la capital. A ti, el primero.

—Gracias, princeps. Esto conseguirá que aliviemos un poco nuestra mala conciencia.

—Antes de irte, permíteme hacerte una última pregunta: ¿cuán lejos puede llegar ese mensaje de advertencia?

—La potencia de transmisión del puesto de escucha 1379 es muy reducida. Como máximo, podría alcanzar los doce millones de horas luz; esto es, mil doscientos años luz aproximadamente.

—Más de lo que esperaba... ¿Tienes alguna sugerencia respecto a cuál debería ser el próximo paso de la civilización trisolariana?

—¿Y si enviáramos a aquel mundo un mensaje cuidadosamente elaborado que los tentara a responder?

—No. Eso podría empeorar aún más las cosas. Al menos el mensaje de advertencia era corto. Solo nos queda la esperanza de que no le hagan caso o de que malinterpreten su contenido... Puedes retirarte.

Después de que el cónsul se hubiera marchado, el princeps llamó al comandante de la flota trisolariana.

—¿Cuánto tiempo más habrá que esperar hasta que esté lista la primera remesa de naves para la flota?

—Princeps, la flota aún se halla en la última fase de su construcción. Hacen falta unas sesenta mil horas para que las naves estén a punto.

—Pronto presentaré mi plan ante los consejeros. En cuanto termine la construcción, que la flota despegue rumbo a aquella dirección.

—Princeps, la naturaleza de la frecuencia de la transmisión terrícola hace imposible determinar con exactitud ni siquiera la dirección desde la que fue realizada. Además, hay que tener en cuenta que la flota solo es capaz de viajar a una centésima parte de la velocidad de la luz, y que no posee reservas para realizar una única desaceleración, por lo que no podrá dedicarse a explorar grandes áreas. Si la distancia hasta el objetivo no es clara, terminará hundiéndose en el abismo del espacio.

—¿Te has olvidado de los tres soles que nos rodean? —dijo el prínceps—. De un momento a otro, cualquiera de ellos comenzará a expandirse y a engullir estrellas hasta que acabe devorando el último planeta que les queda por destruir: el nuestro. No hay opción, tenemos que correr el riesgo.

33

Trisolaris: Sofón

Ochenta y cinco mil horas trisolarianas
(alrededor de 8,6 años terrestres) más tarde

El prínceps había convocado al cuerpo de consejeros de Trisolaris en pleno para una reunión de urgencia, un hecho totalmente excepcional. Debía de haber ocurrido algo grave.

La gran flota interestelar de Trisolaris había despegado hacía veinte mil horas trisolarianas. Las naves conocían la dirección aproximada de su destino, pero no a qué distancia se hallaba. Cabía la posibilidad de que estuviese a millones de horas luz, quizás incluso en el extremo opuesto de la galaxia. Frente a aquel mar infinito de estrellas, la expedición albergaba pocas esperanzas de éxito.

La reunión de consejeros se celebraba bajo el monumento al péndulo. (Al leer este episodio, Wang Miao no pudo evitar pensar en aquella vez que los miembros de las Naciones Unidas se habían reunido al pie del monumento al péndulo de *Tres Cuerpos*. Ese era uno de los pocos elementos del juego que realmente existían en Trisolaris.)

El hecho de que el prínceps hubiera escogido aquel lugar para reunirlos confundía a la mayoría de los asistentes. Aún no estaba claro que la era caótica que venía transcurriendo hasta el momento hubiera finalizado, pues a pesar de que del horizonte acababa de emerger un pequeño sol, este podía ponerse en cualquier instante. La temperatura era inusualmente baja y todos se veían obligados a vestir incómodos trajes térmicos eléctricos totalmente herméticos. El enorme péndulo metálico oscilaba, imponente, contra el gélido aire. La sombra que proyectaba sobre el terreno, a la luz de aquel sol minúsculo, era muy alargada; daba la sensación de que por allí anduviera un gigante cuya cabeza tocara el cielo.

Bajo la atenta mirada de sus consejeros, el prínceps ascendió a la base del péndulo y accionó un interruptor rojo.

—Acabo de apagar el péndulo —anunció tras volverse—. Se irá deteniendo poco a poco, conforme disminuya la resistencia del aire.

—¿Por qué lo ha hecho, prínceps? —preguntó un consejero.

—Todos ustedes conocen ya el simbolismo histórico del péndulo; su propósito original era el de hipnotizar a Dios para dormirlo. En el momento actual, a la civilización trisolariana le conviene más tener a Dios despierto, porque ha decidido bendecirnos.

Todos permanecieron en silencio, preguntándose a qué se refería con aquellas palabras.

El péndulo osciló tres veces antes de que por fin alguien osara preguntar:

—¿Ha respondido la Tierra?

El prínceps asintió.

—Sí. Hace media hora he recibido el informe. Se trata de una respuesta a la advertencia enviada.

—¿Tan pronto? Pero si solo han pasado ochenta mil horas... Eso significa... Eso significa...

—Significa que la Tierra se encuentra a apenas cuarenta mil horas luz de nosotros.

—Es nuestra estrella más cercana, ¿verdad?

—En efecto. Por eso decía que Dios nos está bendiciendo.

Una gran euforia se apoderó de todos los asistentes. No obstante, como no se les permitía exteriorizarla, tuvieron que contenerse. La sensación en el ambiente era la misma que se respira cuando un volcán está a punto de entrar en erupción. Consciente de lo peligroso que sería permitir un estallido de tan débiles emociones, el princeps se apresuró a verter un jarro de agua fría sobre el volcán de júbilo.

—He dado orden a la flota trisolariana de que se dirija hacia esa estrella, pero el pronóstico no es tan optimista como puede pensarse. En base a lo que sabemos, estamos en condiciones de afirmar que la flota navega hacia una muerte segura.

Los consejeros se serenaron.

—¿Alguien sabría decirme por qué se ha llegado a tal conclusión?

—Yo —dijo el consejero de Ciencia—. Todos hemos estudiado atentamente los primeros mensajes llegados desde la Tierra. La sección más relevante aquí es la dedicada a su historia. Repasemos los hechos: los humanos necesitaron más de cien mil años terrestres para evolucionar de cazadores recolectores a agricultores. Pasar de la edad agrícola a la edad industrial ya les costó algo menos: varios miles de años terrestres. Pero es que el paso de la edad industrial a la edad atómica se produjo en solo doscientos años terrestres, y luego, en apenas unas décadas terrestres, ya entraban en la edad de la información. ¡Esta civilización posee la aterradora capacidad de acelerar su progreso!

»Ninguna de las más de doscientas civilizaciones trisolarianas que ha habido en la historia, incluida la nuestra, ha experimentado jamás un desarrollo tan acelerado. En todas ellas el progreso de la ciencia y la tecnología ha seguido a un ritmo constante o incluso se ha lentificado. Todas las edades de la tecnología han requerido aproximadamente el mismo tiempo para alcanzar un desarrollo tan estable como lento.

El princeps asintió y dijo:

—La realidad es que para cuando la flota trisolariana llegue a la Tierra, dentro de cuatro millones quinientas mil horas, gracias a su prodigiosa velocidad de desarrollo, el nivel tecnológico de aquella civilización superará con creces el nuestro. Además, el viaje de la flota es largo y arduo: debe atravesar dos zonas de polvo interestelar. Se calcula que, muy probablemente, una de cada dos naves desaparecerá por el camino antes de alcanzar el sistema solar de la Tierra. Y aquellas que lo hagan estarán a merced de una civilización mucho más poderosa. ¡No se trata de una expedición, sino de una procesión funeraria!

—Si realmente es ese el caso, prínceps —intervino el consejero de Asuntos Militares—, las implicaciones son aún más aterradoras...

—Ciertamente. No resulta descabellado imaginar que, con la ubicación de Trisolaris revelada, la Tierra decida contraatacar enviando una flota interestelar con la misión de eliminar futuras amenazas. Así, mucho antes de que un sol expandido engulla el planeta, la civilización trisolariana habrá sido aniquilada por los terrícolas.

El brillante futuro que imaginaban se había vuelto de repente intolerablemente desalentador. Todos guardaron silencio.

—Lo primero que debemos hacer —prosiguió el prínceps— es contener el progreso de la ciencia en la Tierra. Afortunadamente, en cuanto nos llegaron sus primeros mensajes empezamos a concebir planes para ese fin. Por el momento contamos con una circunstancia a nuestro favor: la respuesta que acabamos de recibir fue enviada por un terrícola traidor, lo cual nos da motivos para aventurar la existencia de más fuerzas alienadas en el seno mismo de la civilización terrestre; fuerzas que debemos saber aprovechar al máximo.

—No será fácil, prínceps. Disponemos de una sola línea de comunicación con la Tierra y completar cada intercambio requiere más de ochenta mil horas.

—Tengan en cuenta que probablemente, al igual que pasó aquí, el mero conocimiento de la existencia de civilizaciones extraterrestres conmocione a toda la sociedad del planeta y la marque profundamente. Eso nos da motivos para creer que las fuerzas alienadas de la civilización terrestre se unirán y aumentarán.

—¿Y qué podrán hacer? ¿Llevar a cabo algún tipo de sabotaje?

—Dado el desfase temporal de cuarenta mil horas, el valor estratégico de las tácticas bélicas o terroristas convencionales es nimio; además, siempre podrían recuperarse. Solo hay un modo de contener el desarrollo de una civilización y desarmarla durante un período tan extenso: terminar con su ciencia.

—El plan se centra, por un lado, en enfatizar y amplificar los efectos negativos que tiene en el medio ambiente el desarrollo de la ciencia —dijo el consejero de Ciencia—. También, por otro, en mostrar indicios de poder sobrenatural a la población. Asimismo, para resaltar los efectos negativos del progreso, intentaremos utilizar una serie de «milagros» a fin de crear un universo imaginario que la lógica de la ciencia no pueda explicar. Una vez que estas ilusiones se hayan mantenido durante cierto tiempo, es muy posible que en la Tierra la civilización trisolariana se convierta en objeto de adoración religiosa. Cuando las ideas no científicas prevalezcan sobre el pensamiento científico, se abrirá la puerta que conduce al colapso de todo su sistema de pensamiento científico.

—¿Cómo crearemos esos milagros?

—Es muy importante que no se descubra que se trata de un truco. Es posible que tengamos que dar a conocer a las fuerzas alienadas de la Tierra cierto número de tecnologías que estén muy por encima del nivel tecnológico humano del momento.

—¡Eso es demasiado arriesgado! —objetó el prínceps—. ¿Quién sabe en qué manos acabarán esas tecnologías? Es jugar con fuego.

—Está claro que habrá que estudiar las tecnologías concretas a revelar...

—Un momento, consejero de Ciencia —lo interrumpió el consejero de Asuntos Militares, levantándose—. Prínceps, quiero dejar constancia de mi oposición a ese plan; es prácticamente inútil.

—Es mejor que nada... —sostuvo el consejero de Ciencia.

—¿Cuánto mejor? —replicó con desprecio el consejero de Asuntos Militares.

—Comparto su opinión —dijo el prínceps—. Este plan apenas afectaría el desarrollo científico humano. Necesitamos un hecho decisivo que asfixie por completo la ciencia en la Tierra y la congele en su nivel actual. Centrémonos en la clave de esta cuestión: el desarrollo tecnológico global depende del avance de la ciencia básica, y el fundamento de la ciencia básica reside en la exploración de la estructura profunda de la materia. Sin progresos en ese campo, es imposible que se den avances importantes en el conjunto de la ciencia y la tecnología. Esto, por supuesto, no es específico de la civilización de la Tierra, sino que es aplicable a todos los objetivos que la civilización trisolariana pretende conquistar. Empezamos a trabajar en este campo mucho antes de recibir la primera comunicación extratrisolariana; lo que hemos hecho ahora ha sido redoblar nuestros esfuerzos. Muy bien. ¡Señores!, les pido que miren hacia arriba. ¿Qué ven? —preguntó, señalando hacia el cielo.

Los consejeros levantaron la vista y vieron un anillo en el espacio. A la luz del sol, desprendía un brillo metálico.

—¿Es el muelle de construcción de la segunda flota espacial?

—No. Es un gran acelerador de partículas en construcción. Los planes para la construcción de una segunda flota espacial han sido descartados. Todos nuestros recursos se dedican ahora al proyecto Sofón.

—¿Proyecto Sofón?

—Sí. Hasta ahora lo habíamos mantenido oculto a la mayoría de los presentes. El consejero de Ciencia los pondrá al corriente.

—Yo conocía el plan, pero no sabía que había progresado tanto —admitió el consejero de Industria.

—Yo también había oído hablar de él —dijo el consejero de Cultura y Educación—. Pensaba que solo era un cuento de hadas...

—Dicho llanamente —dijo el consejero de Ciencia—, el objetivo del proyecto Sofón es transformar un protón en un ordenador superinteligente.

—Es una fantasía científica de la que casi todos hemos oído hablar —apuntó el consejero de Agricultura—, pero ¿es factible? Sé que nuestros físicos han logrado manipular a pequeña escala nueve de las once dimensiones del mundo; sin embargo, seguimos sin poder imaginar cómo introducir un par de minúsculas pinzas en un protón para construir circuitos integrados a gran escala.

—Obviamente, es imposible. El grabado de circuitos microintegrados solo puede producirse en la escala macroscópica y en un plano bidimensional. Por ello, debemos desplegar un protón en dos dimensiones.

—¿Desplegar una estructura nonadimensional en dos dimensiones? ¿Qué tamaño tendría el área?

—Muy grande, como verán —repuso con una sonrisa el consejero de Ciencia.

Pasaron sesenta mil horas trisolarianas más.

Veinte mil horas trisolarianas después de completarse el enorme acelerador de partículas en el espacio, el despliegue del protón en dos dimensiones estaba a punto de empezar. Iba a realizarse en una órbita sincrónica a la de Trisolaris.

Era un hermoso y tranquilo día de una era estable y lucía un cielo especialmente claro. Al igual que la vez en que habían visto partir a su flota, ochenta mil horas trisolarianas antes, la población entera de Trisolaris estaba pendiente del cielo: en esta ocasión contemplaban un anillo gigante.

El prínceps y todos sus consejeros se reunían nuevamente al pie del monumento al péndulo, cuyo peso, detenido ya hacía mucho, tenía ahora el aspecto de una roca maciza. Nadie hubiera creído que en el pasado había surcado los aires.

El consejero de Ciencia dio la orden de desplegar en dos dimensiones.

En el espacio, tres cubos giraban alrededor del anillo: eran los generadores de fusión que alimentaban el acelerador. Sus disipadores alados empezaron gradualmente a brillar con una tenue luz rojiza. La multitud observaba expectante el acelerador, pero no parecía que ocurriese nada.

Una décima parte de una hora trisolariana después, el consejero de Ciencia se colocó el auricular en el oído y escuchó atentamente.

—Prínceps —anunció—, me temo que el despliegue ha fracasado. Hemos reducido una dimensión de más y el protón es ahora unidimensional.

—¿Unidimensional? ¿Es una línea?

—Sí; una línea infinitamente delgada. En teoría, debería tener unas mil quinientas horas luz de longitud.

—¡Ja! —se regodeó el consejero de Asuntos Militares—. ¿En esto hemos gastado los recursos que podían haber financiado otra flota espacial?

—En los experimentos científicos debe haber un proceso de resolución de obstáculos. Después de todo, era la primera vez que se probaba el despliegue.

Aunque la multitud, decepcionada, comenzó a dispersarse, en realidad el experimento no había finalizado: de acuerdo con la idea inicial, el protón unidimensional permanecería en órbita sincrónica alrededor de Trisolaris para siempre. Sin embargo, la fricción de los vientos solares provocó la entrada en la atmósfera de nuevas porciones de la cadena. Seis horas trisolarianas después, todos observaron extrañas luces en el aire, finísimos hilos que aparecían y desaparecían entre parpadeos. Las noticias no tardaron en revelarles que se trataba del protón unidimensional a la deriva, de camino al suelo por influencia de la gravedad. A pesar de que la cadena era infinitamente delgada, producía un campo que aún podía reflejar luz visible. Era la primera vez que veían materia que no estaba formada por átomos: las sedosas hebras no eran más que pequeñas porciones de un protón.

—Qué molestas son estas cosas —le dijo el príncipe al consejero de Ciencia, al tiempo que se frotaba la cara repetidamente. En aquel momento se hallaban al pie de los anchos escalones del edificio de la sede del gobierno—. Me irritan la cara...

—Es una sensación puramente psicológica, príncipe. La masa de todas las hebras juntas equivale a la de un único protón, por lo que resulta imposible que tengan efecto alguno en el mundo macroscópico, y mucho menos que causen daños. De hecho, es como si no existieran.

Sin embargo, la lluvia de hilos que caía del cielo era cada vez más copiosa. Cerca del suelo comenzaron a proliferar unas minúsculas luces centelleantes y un halo plateado rodeó tanto el sol como las estrellas. Las cadenas se adherían a cuantos se aventuraban a salir, que iban arrastrando luces al caminar. Luego, cuando la gente se ponía de nuevo a cubierto, las cadenas brillaban trémulamente bajo las lámparas, y en cuanto se movían el reflejo procedente de las cadenas revelaba los patrones en las corrientes de aire que alteraban. Aunque la cadena unidimensional solo resultaba visible con la luz y no podía sentirse, la gente quedó conmocionada por su presencia.

El torrente de cadenas unidimensionales continuó durante más de veinte horas trisolarianas y luego cesó, pero no porque todas las cadenas hubieran tocado el suelo: aun tratándose de una increíblemente minúscula, no dejaban de tener masa, y debido a ello su aceleración bajo la gravedad era la misma que la de la materia normal. Sin embargo, en cuanto entraron en la atmósfera quedaron a merced de las corrientes de aire y nunca llegaron a tocar el suelo. Tras ser desdoblada en una dimensión, la poderosa fuerza nuclear dentro del protón comenzó a atenuarse, debilitando la cadena. Poco a poco fue descomponiéndose en piezas tan minúsculas que la luz que reflejaban ya no era visible. La gente pensó que habían desaparecido, pero aquellas piezas permanecerían flotando en el ambiente de Trisolaris para siempre.

Cincuenta y tres horas trisolarianas más tarde, se volvió a intentar desdoblar un protón en dos dimensiones. La gente advirtió de inmediato que algo iba mal. Primero los disipadores de los generadores de fusión comenzaron a adquirir un brillo rojizo y luego aparecieron varios objetos gigantes cerca del acelerador. Todos tenían forma de cuerpos geométricos sólidos y regulares: esferas, tetraedros, cubos, conos y muchos otros. Aunque a primera vista sus superficies parecían estar pintadas con complejas amalgamas de colores, en realidad eran refractantes, y lo que la gente veía era el reflejo distorsionado de la superficie de Trisolaris.

—¿Ha surtido efecto? —preguntó el prínceps—. ¿Es ese el aspecto que tiene el protón desdoblado?

—Me temo que estamos ante un nuevo fracaso —contestó el consejero de Ciencia—. Acabo de recibir el informe del centro de control del acelerador: esta vez el protón se ha desenvuelto en tres dimensiones en lugar de dos.

En los alrededores del acelerador siguieron apareciendo muchos más cuerpos geométricos gigantescos con formas cada vez más variadas: toroides, cruces sólidas..., incluso algo parecido a una cinta de Moebius. Todos se alejaban del acelerador, dispersándose al minuto de surgir. Al cabo de media hora ocupaban casi la mitad del cielo como si fueran las piezas desparramadas de un gigantesco juego de construcción. Al reflejarse en sus superficies espejadas, la luz que alcanzaba el terreno lo hacía con brillo redoblado. La intensidad, en cambio, variaba permanentemente. En su incesante balanceo, la sombra del péndulo gigante atravesaba aquella luz una y otra vez.

De pronto, todos los cuerpos geométricos empezaron a deformarse como si estuvieran derritiéndose a causa del calor. Poco después, la deformación se aceleró y los abultamientos resultantes se volvieron más y más complejos. Para entonces los objetos del cielo ya no recordaban a las piezas de un juego de construcción, sino al cuerpo descuartizado de un gigante al que se le estuvieran saliendo las vísceras. Conforme dejaron de tener formas regulares, la luz que reflejaban sobre el terreno había ido suavizándose y, al mismo tiempo, la coloración de sus superficies se volvió aún más extraña y surrealista.

De entre toda aquella maraña de objetos había unos cuantos que sobresalían especialmente. Al principio, llamaban la atención por el mero hecho de ser similares entre sí, pero luego, cuando la gente reparó en sus detalles y los reconoció, empezaron a sembrar el terror por todo el planeta.

Eran ojos. (Aunque desconocemos la forma concreta que toman los ojos trisolarianos, podemos estar seguros de que para cualquier tipo de vida inteligente su visión iba a causar una fuerte impresión.)

El prínceps fue uno de los pocos que conservaron la calma. Le preguntó al consejero de Ciencia cuán complicada podía llegar a ser la estructura de una partícula subatómica.

—Eso depende del número de dimensiones de la perspectiva observacional —fue la respuesta—. Desde una perspectiva unidimensional, no es más que un punto; así concibe las partículas la gente común. Desde una perspectiva bidimensional o tridimensional, la partícula comienza a revelar su estructura interna. Desde una perspectiva cuatridimensional, una partícula fundamental es un mundo inmenso.

—Aplicar el adjetivo «inmenso» para describir a una partícula subatómica como un protón resulta chocante... —apuntó el príncеps.

—La complejidad y el número de estructuras que encierra una partícula aumentan de manera dramática con cada nueva dimensión —dijo el consejero de Ciencia, ignorando el comentario del príncеps—. Aunque los paralelismos que estableceré a continuación no sean del todo acertados, confío en que le sirvan para hacerse una idea aproximada de la escala. Una partícula vista desde una perspectiva heptadimensional posee una complejidad equiparable a la de nuestro sistema estelar trisolariano en tres dimensiones, mientras que desde una perspectiva octadimensional una partícula resulta tan grande como la Vía Láctea. Cuando la perspectiva se eleva hasta las nueve dimensiones, la complejidad y el número de estructuras internas de una partícula fundamental equivalen a las del universo entero. En cuanto a dimensiones aún mayores, el hecho de que nuestros físicos no hayan tenido ocasión de explorarlas nos impide imaginar el grado de complejidad que pueden llegar a alcanzar.

—¿Estamos ante la confirmación de que el microcosmos contenido en un protón sin desdoblar alberga vida inteligente? —inquirió el príncеps, señalando los ojos gigantes del cielo.

—Probablemente nuestra definición de «vida» no se adecue a la naturaleza del microcosmos de alta dimensionalidad; resultaría más apropiado decir que el universo encierra sabiduría o inteligencia. Los científicos llevan barajando esa posibilidad desde hace tiempo, pues lo raro sería que un mundo tan vasto y complejo no hubiera llegado a desarrollar algo similar a la inteligencia...

—¿Por qué se habrán transformado en ojos para mirarnos? —se preguntó el príncеps mientras observaba aquellos globos oculares flotantes, hermosas y vívidas esculturas que se dedicaban a escrutar el planeta con un halo de extrañeza.

—Quizá solo busquen manifestar su presencia.

—¿Pueden caernos encima?

—De ninguna manera, prínceps, quédese tranquilo. Aun en el caso de que todas estas estructuras se nos cayeran encima, es preciso recordar que su masa total acumulada sigue siendo la de un único protón. Al igual que sucedió la última vez con la cadena unidimensional, y aun cuando la gente debería acostumbrarse a su inquietante presencia, en realidad no tendrían efecto alguno en nuestro mundo.

Sin embargo, esta vez el consejero de Ciencia se equivocaba.

La gente advirtió que los ojos empezaban a moverse con mayor rapidez que el resto de objetos del cielo y que empezaban a reunirse en un punto determinado. Muy pronto, dos de ellos se fusionaron en uno mayor al que luego se le sumaron más y más ojos que acrecentaron su tamaño. Al final, todos los ojos terminaron fusionados en un único ojo de dimensiones tan enormes que parecía representar la mirada del universo sobre Trisolaris. Su iris, claro y transparente, tenía en el centro la imagen de un sol. Una gran variedad de colores caía en cascada por la extensa superficie del globo ocular. De pronto, todos aquellos detalles comenzaron a desdibujarse y desaparecer hasta que el ojo quedó convertido en un enorme ojo ciego exento de pupila. Luego empezó a deformarse y pasó de ser un ojo a transformarse en un círculo perfecto. Cuando aquel círculo empezó a rotar lentamente, la gente se dio cuenta de que no era plano, sino parabólico, como la parte superior de una esfera seccionada.

Al observar cómo aquel colosal objeto viraba en el espacio, el consejero de Asuntos Militares entendió de pronto lo que estaba sucediendo y empezó a gritar:

—¡Prínceps, consejeros, deprisa, refúgiense en el búnker subterráneo! —Acto seguido señaló hacia arriba—. Eso de ahí es...

—... Un espejo parabólico —dijo con toda tranquilidad el prínceps—. Ordenad a las fuerzas defensivas espaciales que lo destruyan. No nos moveremos de aquí.

El espejo parabólico concentró los rayos del sol sobre la superficie de Trisolaris en un punto de luz. Al principio era muy grande y el calor acumulado en su punto focal no resultaba mortífero. De pronto, el punto comenzó a desplazarse por el terreno en busca de su objetivo. Cuando el espejo dio con la ciudad más grande de Trisolaris, que también era su capital, el punto alteró su rumbo y empezó a dirigirse hacia ella. Muy pronto, alcanzó la urbe.

Quienes se hallaban al pie del monumento al péndulo solo pudieron ver un enorme brillo en el espacio; todo lo demás quedó abrumado por él y por la ola de calor extremo que lo acompañaba. Entonces el punto de luz proyectado directamente sobre la ciudad comenzó a hacerse más y más pequeño a medida que el espejo parabólico concentraba el haz de luz. Aquel brillo espacial se hizo todavía más intenso, hasta el punto de que ya nadie era capaz de levantar la vista. Los que se hallaban dentro del perímetro del punto sintieron que la temperatura aumentaba vertiginosamente. Justo cuando el calor empezaba a ser insoportable, el borde del hilo de luz pasó barriendo bajo el monumento al péndulo y todo a su alrededor se hizo más tenue. Transcurrió un tiempo antes de que a los espectadores se les acostumbrara la vista.

Cuando volvieron a mirar hacia arriba lo primero que vieron fue un gran haz de luz con forma de cono invertido que se elevaba desde la superficie del planeta hasta el cielo. El espejo del espacio conformaba su base, mientras que la punta se clavaba en el mismo corazón de la ciudad, donde todo se volvía incandescente. Comenzaron a elevarse grandes columnas de humo. La desigualdad de la temperatura en el cono de luz originó también varios tornados, los cuales formaron otros pilares de polvo, que llegaban al cielo danzando y retorciéndose sobre sí mismos alrededor del cono de luz.

Después aparecieron varias bolas de fuego en distintas partes del espejo. Su color azul las distinguía de la luz que este reflejaba. Eran las cabezas nucleares lanzadas al explotar el cuerpo de defensa espacial trisolariano. Como las explosiones se producían fuera de la atmósfera, ningún sonido las acompañaba. Cuando las bolas de fuego desaparecieron, dejaron tras de sí varios agujeros de gran tamaño. Tras aquello, la superficie entera comenzó a resquebrajarse hasta quedar partida en una docena de añicos.

Por fin, aquel letal cono de luz desapareció y el mundo recuperó su iluminación habitual. Por un instante, la tonalidad del cielo fue la de una noche de luna llena. Los añicos del espejo, ya desprovisto de inteligencia, continuaron deformándose y muy pronto se distinguieron sobre lo que quedaba de las formas geométricas.

—¿Qué tenéis pensado para el próximo experimento? —preguntó el prínceps al consejero de Ciencia en tono de burla—. ¿Desdoblar un protón en cuatro dimensiones?

—Aunque ese hecho se produjera, prínceps, no habría de qué preocuparse: un protón desdoblado en cuatro dimensiones sería mucho más pequeño y el Cuerpo de Defensa podría destruirlo sin problemas.

—¡No trate de engañar al prínceps! —explotó con furia el consejero de Asuntos Militares—. No le menciona el verdadero peligro: ¿qué ocurriría si un protón se desdoblara en cero dimensiones?

—¿Cero dimensiones? —se interesó el prínceps—. ¿No se trataría de un punto sin tamaño?

—¡Sí, una singularidad! Incluso un protón resultaría infinitamente grande en comparación. La totalidad de la masa del protón sería contenida en aquella singularidad de manera que su densidad sería infinita. Prínceps, estoy seguro de que puede imaginar lo que eso supondría.

—¿Un agujero negro?

—Sí.

—Permítame que se lo explique, prínceps —intervino el consejero de Ciencia—. La razón por la que escogimos desdoblar en dos dimensiones un protón y no un neutrón fue para evitar esta clase de riesgo. Si realmente se produjera un desdoblamiento accidental en cero dimensiones, la carga del protón sería transmitida al agujero negro sin desdoblar, momento en el que aprovecharíamos para capturarlo y controlarlo empleando el electromagnetismo.

—¿Y si no fuésemos capaces de encontrarlo o de controlarlo? —le preguntó el consejero de Asuntos Militares en tono acusador—. Aterrizaría sobre el planeta y lo atravesaría succionando todo cuanto encontrara a su paso, incrementando su masa hasta llegar al núcleo del planeta. ¡Con el tiempo, acabaría engullendo todo Trisolaris!

—Puedo garantizar que nunca ocurrirá tal cosa —aseguró al prínceps el consejero de Ciencia. Luego se dirigió al consejero de Asuntos Militares—: ¿Por qué siempre trata de hacerme la vida imposible? ¡Como ya le he dicho, esto es un experimento científico!

—¡Suficiente! —zanjó el prínceps—. ¿Cuál sería la probabilidad de éxito de un nuevo intento?

—¡Casi del cien por cien! Créame, prínceps. Nuestros dos fracasos nos han enseñado mucho sobre los principios que rigen el desdoblamiento de estructuras subatómicas en espacios macro de baja dimensionalidad.

—Está bien; correremos el riesgo una tercera vez. Todo sea por la supervivencia de la civilización trisolariana.

—¡Gracias, prínceps!

—Pero si vuelve a fracasar, tanto usted como el resto de científicos que trabajan en el proyecto Sofón serán culpabilizados.

—Por supuesto, sí, todos culpables...

Si los trisolarianos hubieran sido capaces de transpirar, la frente del consejero de Ciencia se habría cubierto de sudor.

La limpieza de los restos tridimensionales del protón sin desdoblar que se hallaba en órbita sincrónica resultó mucho más fácil que los de la cadena monodimensional. Unas pequeñas naves espaciales se dedicaron a impedir la entrada de las piezas de materia de protón en la atmósfera de Trisolaris y a remolcarlas lejos del planeta. Aquellos objetos, algunos tan grandes como montañas, apenas poseían masa. Eran como inmensas ilusiones plateadas, y hasta un bebé habría sido capaz de moverlas.

Al término del encuentro, el prínceps le hizo una última pregunta al consejero de Ciencia:

—¿Hemos destruido una civilización en el microcosmos de este experimento?

—Como mínimo, a un cuerpo inteligente. Y no solo lo destruimos a él, sino al microcosmos entero. Aquel universo en miniatura resultaba enorme en las dimensiones más altas, por lo que es más que probable que contuviera inteligencias o civilizaciones que nunca pudieron llegar a expresarse en el espacio macro. Por supuesto, en espacios de más alta dimensionalidad, como por ejemplo la escala micro, las formas que pudieran adoptar la inteligencia o la civilización escapan a nuestra imaginación. Se trata de algo completamente distinto. Y vaya esto por delante: probablemente toda esta destrucción ha tenido lugar muchas más veces.

—¿Ah, sí?

—¿Cuántos protones han sido aplastados y divididos en aceleradores a lo largo de la historia del progreso científico? ¿Cuántos neutrones y electrones? Probablemente, cien millones como mínimo. Cada colisión pudo significar el fin de las civilizaciones e inteligencias dentro de un microcosmos. De hecho, en la naturaleza la destrucción de universos debe ocurrir cada segundo; por ejemplo, con el deterioro de los neutrones. O cuando un rayo cósmico de alta energía penetra en la atmósfera de un planeta y termina con miles de universos en miniatura como aquellos... No nos vamos a poner sentimentales por eso, ¿verdad?

—Me admira su peculiar sentido del humor —dijo el prínceps—. Notificaré de inmediato al consejero de Propaganda y le daré instrucciones para que lo publicite de forma reiterada. La opinión pública de Trisolaris debe entender que la destrucción de civilizaciones es algo totalmente normal, que ocurre cada segundo de cada hora.

—¿Para qué? ¿Desea concienciar a la gente acerca de la posible destrucción de la civilización trisolariana? —preguntó el consejero.

—Al contrario; de lo que se trata es de prepararla para encajar la destrucción de la Tierra. Como usted bien sabe, después de hacerse pública nuestra política general sobre la civilización terrícola, se generó una súbita y extremadamente peligrosa oleada de pacifismo. A día de hoy se siguen descubriendo casos como el del escuchador del puesto 1379. Debemos controlar y neutralizar estos sentimientos tan débiles.

—Prínceps, el fenómeno responde principalmente a la recepción por parte de la Tierra de mensajes recientes. Su vaticinio se cumplió y las fuerzas alienadas de la Tierra realmente están creciendo. Han construido un nuevo sitio de transmisión, que queda completamente bajo su control, desde el que han comenzado a enviarnos grandes cantidades de información sobre la civilización terrícola. Debo reconocer que la suya es una civilización que goza de un gran atractivo en Trisolaris. Para nuestra gente, suena como música sagrada venida del suelo. El humanismo de la Tierra llevará a muchos trisolarianos por el mal camino. Justo en un momento en el que ha alcanzado la categoría de religión en la Tierra, la civilización trisolariana tiene ese mismo potencial.

—Acaba de señalar algo que supone un gran problema: debemos controlar de manera estricta el flujo de información desde la Tierra hasta la población trisolariana, especialmente la información cultural.

El tercer intento de desdoblar un protón en dos dimensiones comenzó treinta horas trisolarianas más tarde. En esa ocasión, era de noche. El anillo del acelerador espacial resultaba invisible desde el suelo del planeta; su superficie solo quedaba marcada por el brillo rojizo de los disipadores de los generadores de fusión que lo rodeaba. Al poco de ponerse en marcha el acelerador, el consejero de Ciencia declaró que el experimento había sido un éxito.

La gente dirigía la mirada hacia el cielo nocturno. Al principio no se veía nada, pero enseguida fueron testigos de una imagen espectacular: el cielo parecía haberse partido en dos. Como las constelaciones de ambas mitades no se correspondían, daba la sensación de que alguien hubiera colocado dos fotos del cielo la una al lado de la otra. La primera, más pequeña, quedaba superpuesta a la segunda. Incluso la Vía Láctea se partía al llegar a la frontera que las separaba. La porción más pequeña del cielo estrellado era circular y se expandía a gran velocidad sobre el habitual cielo nocturno.

—¡Esa constelación de ahí pertenece al hemisferio sur! —exclamó el consejero de Cultura y Educación, señalando en esa dirección.

Mientras la gente se devanaba los sesos tratando de imaginar la razón por la que las estrellas que solo podían verse desde el otro lado del planeta se hallaban ahora superpuestas al hemisferio sur, apareció otra visión asombrosa: un globo gigantesco comenzaba a asomar tras el borde de la porción circular en expansión. Era marrón y se revelaba línea a línea tal y como hubiera ocurrido en un monitor con una tasa de actualización extremadamente baja. Todo el mundo pudo reconocerlo gracias a los familiares contornos de sus continentes. Para cuando se hizo completamente visible, ocupaba un tercio del cielo y comenzaron a distinguirse muchos más detalles: las montañas que cubrían los continentes, los picos nevados de estas... Finalmente, alguien exclamó:

—¡Pero si es nuestro planeta!

En el cielo había aparecido, en efecto, otro Trisolaris.

Seguidamente, el cielo se aclaró. Al lado de aquel segundo Trisolaris que se hallaba en el espacio, dentro del fragmento circular de cielo nocturno en constante expansión, apareció un sol. Claramente se trataba del mismo sol que brillaba sobre el universo sur, aunque reducido a poco más de la mitad de su tamaño habitual. Ese detalle hizo que la gente comenzara a atar cabos.

—¡Es un espejo!

En efecto, un espejo inmenso había aparecido sobre el mundo de Trisolaris. No era otra cosa que el protón en pleno desdoblamiento, un plano geométrico sin ninguna clase de profundidad significativa.

Para cuando el desdoblamiento se hubo completado, el cielo en toda su extensión había quedado reemplazado por la imagen del cielo nocturno sobre el hemisferio sur: directamente encima, el cielo quedaba dominado por los reflejos de Trisolaris y del sol. Luego empezó a deformarse en todas las direcciones justo por encima de la línea del horizonte. El reflejo de aquellas estrellas se alargaba y zigzagueaba como si se estuvieran derritiendo. La deformación comenzaba en los bordes del espejo y después se desplazaba hasta su centro.

—Prínceps, la gravedad de nuestro planeta está doblando el plano del protón —explicó el consejero de Ciencia, tras lo cual señaló en dirección a los numerosos puntos de luz repartidos por el cielo estrellado. Era como si en lo más alto de la bóveda celeste hubiera gente portando linternas—. Esos son los rayos electromagnéticos que enviamos desde la superficie para ajustar la curvatura del plano bajo la gravedad. El objetivo es desdoblar el protón hasta que envuelva la superficie de Trisolaris. Después de conseguirlo, los rayos electromagnéticos continuarán sosteniendo y estabilizando esa enorme esfera como si se tratara de puntales. Trisolaris quedará de esta forma convertido en una suerte de mesa de trabajo sobre la que se fijará el protón bidimensional, y podremos iniciar la impresión de circuitos electrónicos en la superficie del plano del protón.

Envolver a Trisolaris con el plano bidimensional del protón llevó mucho tiempo. Para cuando la deformación del reflejo alcanzó la imagen de Trisolaris en el cenit del plano, todas las estrellas habían desaparecido: el plano del protón, ahora curvado alrededor de la otra cara del planeta, las ocultaba. Mientras la luz solar siguió colándose bajo el plano del protón curvado, el reflejo de la imagen de Trisolaris en aquel espejo de feria espacial, ya irreconocible, siguió siendo visible. Luego, cuando la luz solar quedó bloqueada por completo, el planeta entero se sumió en la noche más oscura de su historia. Como la gravedad y los rayos electromagnéticos se equilibraban, el plano del protón conformaba una gigantesca cáscara que orbitaba en sincronía con Trisolaris.

Sobrevino un frío violento. La superficie del plano del protón era completamente reflectante y devolvía la luz del sol al espacio. Las temperaturas del planeta descendieron drásticamente hasta cotas equiparables a las alcanzadas tras cada funesta aparición de tres estrellas fugaces a lo largo de la historia. Como la mayor parte de la población se hallaba almacenada en estado de deshidratación, reinaba un silencio sepulcral. Los débiles puntos de luz de los rayos electromagnéticos que sostenían la membrana eran lo único que se veía en el cielo, aparte de unos ocasionales destellos de las naves espaciales al imprimir circuitos sobre la gigantesca membrana.

Los principios que regían los circuitos integrados a microescala eran completamente distintos de los de los circuitos convencionales, debido a que su materia prima no estaba compuesta de átomos, sino de materia procedente de un solo protón. Las uniones PN de los circuitos se formaban retorciendo poderosas fuerzas nucleares a nivel local en la superficie del plano del protón, y las líneas conductoras estaban hechas de mesones capaces de transmitirlas. Las líneas de los circuitos eran del grosor de un cabello y resultaban visibles. Si uno volaba hasta aproximarse lo suficiente, aquella membrana protónica se revelaba como una intrincada red de circuitos integrados y superpuestos, cuya área total era docenas de veces más grande que la de la superficie de los continentes de Trisolaris.

La impresión de los circuitos fue una ardua tarea en la que participaron miles de naves espaciales durante más de quince mil horas trisolarianas. Tras el proceso de eliminación de fallos, que también duró quince mil horas, por fin llegó el momento de testar el sofón por primera vez.

La gran pantalla de la sala de control subterránea mostraba el proceso de la secuencia de autodiagnóstico. A continuación comenzó a cargarse el sistema operativo. Tras ello, una línea de texto con un tipo de letra muy grande apareció sobre la pantalla en azul:

MICRO INTELIGENCIA 2,10 CARGADA. SOFÓN 1 ESTÁ LISTO PARA EMPEZAR A ACEPTAR COMANDOS.

El consejero de Ciencia anunció:

—Acabamos de asistir al nacimiento de un sofón: esto es, de un protón dotado de inteligencia. Se trata de la inteligencia artificial más pequeña que somos capaces de crear.

—Pues ahora mismo parece más bien la más grande... —observó el príncipe.

—Las proporciones del protón irán disminuyendo a medida que incrementemos su dimensionalidad —explicó el consejero de Ciencia. Acto seguido, introdujo la siguiente consulta en el terminal:

>Sofón 1, ¿se hallan operativos los controles de dimensionalidad?

Afirmativo. Sofón 1 es capaz de iniciar ajustes de dimensionalidad espacial en cualquier momento.

>Ajusta la dimensionalidad a tres.

Tras la introducción de aquel comando, la membrana protónica bidimensional que había envuelto a Trisolaris se encogió repentinamente y, como si la mano de un gigante hubiera descorrido una cortina dispuesta sobre aquel mundo, la superficie del planeta quedó bañada de luz solar. El protón doblado hasta la tridimensionalidad cobraba la forma de una titánica esfera de dimensiones equiparables a las de la luna gigante que flotaba en una órbita sincrónica a la de Trisolaris. A pesar de que el sofón se hallaba en la zona nocturna del planeta, su superficie espejada reflejaba la luz solar y había transformado la noche en día. La superficie seguía estando extremadamente fría, de modo que desde la sala de control solo era posible observar los cambios a través de una pantalla.

Ajuste de dimensionalidad completado. Sofón 1 espera órdenes.

>Ajusta la dimensionalidad a cuatro.

La titánica esfera del espacio se encogió hasta quedar reducida al tamaño de una estrella fugaz, y la noche volvió a caer sobre aquella parte del planeta.

—Prínceps, esta esfera que vemos ahora no es el sofón, sino una proyección de su cuerpo en el espacio tridimensional. El sofón es, en realidad, un gigante del espacio cuadrimensional para el que nuestro mundo en tres dimensiones resulta tan fino como lo es para nosotros una hoja de papel. El gigante se halla de pie sobre el papel, y nosotros solo podemos ver la parte en que las plantas de los pies tocan el papel.

Ajuste de dimensionalidad completado. Sofón 1 se halla a la espera de órdenes.

>Ajusta la dimensionalidad a seis.

La esfera desapareció por completo del cielo.

—¿Qué tamaño tiene un protón sextodimensional? —preguntó el príncеps.

—Su radio aproximado es de cincuenta centímetros.

Ajuste de dimensionalidad completado. Sofón 1 se halla a la espera de órdenes.

>Sofón 1, ¿puedes vernos?

Sí. Veo la sala de control, todos los presentes y los órganos en el interior de estos. Incluso los órganos dentro de sus órganos.

—Pero ¿qué está diciendo? —preguntó el príncеps, muy extrañado.

—Un sofón que se dedica a observar el espacio tridimensional desde la hexadimensionalidad tiene un punto de vista similar al nuestro cuando observamos una imagen bidimensional. Por supuesto que es capaz de ver dentro de nosotros.

>Sofón 1, entra en la sala de control.

—¿Puede atravesar el suelo? —preguntó el príncеps.

—Para ser exactos, no podemos decir que atraviese nada, sino que más bien accede desde una dimensión mayor. Es capaz de entrar en cualquier espacio cerrado de nuestro mundo con la misma facilidad con que nosotros entraríamos en un círculo dibujado en el plano horizontal desde arriba. Del mismo modo, ninguna criatura bidimensional en el plano horizontal es capaz de hacerlo sin cortar el círculo.

Justo en el momento en que el consejero de Ciencia terminaba de hablar, apareció flotando, suspendida en mitad de la sala de control, una esfera de superficie espejada. El príncеps se acercó a ella y vio su propio reflejo distorsionado.

—Esto es un protón... —exclamó, maravillado.

—Una proyección en el espacio tridimensional del cuerpo hexadimensional de un protón, para ser exactos —dijo el consejero de Ciencia.

El príncеps extendió la mano. Al ver que el consejero de Ciencia no objetaba nada, tocó con suavidad la superficie del sofón. Aquel ligero contacto bastó para hacerlo retroceder cierta distancia.

—Resulta muy suave... A pesar de que solo tiene la masa de un protón, he podido sentir resistencia —explicó el prínceps, perplejo.

—Se trata de la resistencia del aire contra la superficie de la esfera.

—¿Puede aumentar su dimensionalidad hasta once para hacerse tan pequeño como un protón normal?

—¡Atención, Sofón 1! ¡No se trata de una orden! —gritó de inmediato el consejero de Ciencia.

Sofón 1 entiende.

—Prínceps, si incrementáramos su dimensionalidad hasta once, lo perderíamos para siempre. Cuando un sofón se encoge hasta el tamaño de una partícula subatómica, tanto sus sensores internos como sus puertos de entrada y salida quedan reducidos a un tamaño menor que el de la longitud de onda de cualquier radiación electromagnética, lo cual hace que deje de percibir el mundo macro y no le lleguen nuestras órdenes.

—Pero tarde o temprano deberemos hacerlo volver al tamaño de una partícula subatómica —señaló el prínceps.

—En efecto, pero para eso hemos de aguardar a que finalice la construcción de Sofón 2, Sofón 3 y Sofón 4. Con ellos podremos formar un sistema que sea capaz de percibir el mundo macro a través de efectos cuánticos. Imaginemos, por ejemplo, un núcleo con dos protones. Los protones interactúan siguiendo determinadas pautas de movimiento, pongamos que el giro: quizá deben hacerlo en dirección opuesta a la del otro. Cuando los protones son extraídos del núcleo, sin importar lo lejos que se separen, esa pauta se mantiene. Si esos protones se convierten en sofones, basándose en este efecto serán capaces de percibirse mutuamente. Añadiendo más sofones, es posible crear una formación cuyos miembros son capaces de percibirse unos a otros sin que importe la distancia que los separa. La escala de la formación puede ajustarse a cualquier tamaño, por ejemplo uno que le permita recibir ondas electromagnéticas para distinguir el mundo macro en cualquier frecuencia. Toda esta explicación es una mera analogía, y en realidad los efectos cuánticos necesarios para crear una formación de este tipo son mucho más complicados.

Los tres protones siguientes consiguieron desdoblarse a la primera, y convertirlos en sofones requirió la mitad de tiempo que en el caso de Sofón 1. Finalizada la construcción de Sofón 2, Sofón 3 y Sofón 4, la formación cuántica estaba completa.

El prínceps y los consejeros se encontraban nuevamente al pie del monumento al péndulo. Por encima de ellos flotaban cuatro sofones reducidos al espacio hexadimensional. La límpida superficie espejada de cada uno de ellos reflejaba el sol naciente. La imagen recordaba a aquellos ojos tridimensionales que habían aparecido en el espacio.

>Formación de sofones, ajustad la dimensionalidad a once.

Al introducirse aquel comando, las cuatro esferas espejadas desaparecieron.

—Prínceps, Sofón 1 y Sofón 2 están listos para ser lanzados en dirección a la Tierra —anunció el consejero de Ciencia—. Gracias a la gran base de conocimientos almacenada en sus microcircuitos, son capaces de comprender la naturaleza del espacio. También pueden extraer energía del vacío para convertirse en el acto en partículas de alta energía y navegar por el espacio a una velocidad cercana a la de la luz. En realidad, aunque esto parezca contravenir la ley de conservación de la energía, los sofones solo toman prestada la energía de la estructura del vacío. La devolución se producirá en un futuro lejano, cuando el protón se deteriore, pero para entonces el fin del universo no andará muy lejos...

»La primera misión de los dos protones a su llegada a la Tierra será localizar los aceleradores de partículas de alta energía, utilizados por los humanos en sus investigaciones sobre física, e infiltrarse en ellos. Dado el nivel de desarrollo de la ciencia en la Tierra, el método básico de exploración de la estructura profunda de la materia es hacer que las partículas de alta energía colisionen con las partículas objeto de estudio para que se disgreguen y, acto seguido, analizar lo sucedido en busca de información útil. Durante los experimentos reales, el blanco de aquellas balas aceleradas será la sustancia que contenga las partículas objeto de estudio.

»Sin embargo, en el interior de la sustancia sobre la que se impacta prácticamente no existe nada más que el vacío. Suponiendo que un átomo tuviera el tamaño de un teatro normal, su núcleo vendría a ser una nuez que flotara en su centro, y eso provocaría que las colisiones exitosas fueran muy poco frecuentes; hay que dirigir grandes cantidades de partículas de alta energía contra la sustancia objeto de estudio durante mucho tiempo hasta lograr una. Esta clase de experimento es comparable a buscar una gota de agua de una tonalidad ligeramente distinta al resto de las que caen en una tormenta de verano.

»Esto supone una oportunidad para los sofones, que pueden reemplazar a la partícula que recibe el impacto de la colisión. Al ser altamente inteligentes, a través de la formación cuántica están en condiciones de determinar, con gran celeridad, el recorrido que seguirán las partículas aceleradas para colocarse en la posición adecuada. La probabilidad de impactar con un sofón será mil millones de veces más alta que la de impactar con las verdaderas partículas objeto de estudio. Después de la colisión, los sofones se encargarán de manipular lo que ocurra a fin de producir resultados erróneos y caóticos, de manera que, incluso si ocasionalmente se llega a impactar con la auténtica partícula objeto de estudio, los físicos terrícolas serán incapaces de distinguir los resultados reales de los falsos.

—¿La colisión no destruiría también al sofón? —preguntó el consejero de Asuntos Militares.

—No. La desintegración de un sofón origina varios sofones nuevos que mantienen el entrelazamiento cuántico. Es algo similar a cuando uno rompe un imán por la mitad y termina con dos imanes. A pesar de que las capacidades de cada sofón parcial son mucho menores que las del sofón original completo, las piezas, guiadas por un *software* de autorreparación, se unirán y volverán a constituir el sofón original. Este proceso, que solo requiere un microsegundo, tiene lugar tras la colisión en el acelerador y después de que las piezas del sofón hayan creado un resultado erróneo en la cámara de burbujas o en la superficie de la película sensible.

Alguien preguntó:

—¿Cabe la posibilidad de que los científicos terrícolas lleguen a detectar la presencia de los sofones y los aprisionen dentro de un poderoso campo magnético? Los protones tienen carga positiva...

—Eso sería aún más imposible. Antes de ser capaces de detectar los sofones, los humanos deberían hacer grandes avances en el estudio de la estructura profunda de la materia, pero con los aceleradores de partículas neutralizados y convertidos en chatarra, ¿cómo van a lograrlo? Los ojos del cazador han sido cegados por la misma presa que pretendía capturar...

—Podrían recurrir a la fuerza bruta —dijo el consejero de Industria— y construir un gran número de aceleradores a una velocidad mayor que la que nosotros empleamos para producir sofones, a fin de que al menos algunos de los aceleradores de la Tierra no tuvieran sofones infiltrados y dieran resultados correctos.

—¡Justamente ese es uno de los aspectos más interesantes del proyecto Sofón! —exclamó el consejero de Ciencia, claramente entusiasmado por el tema—. Señor consejero de Industria, puede usted dormir tranquilo: la economía trisolariana no corre peligro de colapsarse por la necesidad de producir sofones en masa. A lo sumo podríamos construir unos pocos más, pero no demasiados. De hecho, solo con estos dos ya tenemos más que suficiente, pues son capaces de trabajar en multitarea.

—¿Multitarea?

—Es un término relacionado con los antiguos ordenadores en serie. En su época, la unidad central de procesamiento de un ordenador era capaz de realizar una única instrucción a la vez. Sin embargo, al ser tan rápida y al usar la administración de interrupciones, desde nuestra perspectiva de baja velocidad, el ordenador parecía ejecutar varios programas al mismo tiempo. Como ustedes saben, los sofones se mueven a una velocidad cercana a la de la luz. Para ellos, la superficie de la Tierra es un espacio minúsculo. Si se dedican a patrullar los aceleradores de la Tierra a esa velocidad, desde la perspectiva de los humanos, sería como si existieran simultáneamente en todos los aceleradores y pudieran crear resultados erróneos en todos ellos casi simultáneamente.

»Según nuestros cálculos, cada sofón es capaz de hacerse cargo de más de diez mil aceleradores de alta energía. Los humanos tardan entre cuatro y cinco años en crear uno y no parece probable que lleguen a producirse en masa, dada la situación de la economía y los recursos disponibles. Sí es cierto que podrían aumentar la distancia entre aceleradores; por ejemplo, construyéndolos en los distintos planetas del sistema solar. En ese caso, la operación multitarea de los sofones sería, en efecto, imposible, pero en el tiempo en que les tomara hacerlo, Trisolaris ya habría construido diez o más sofones.

»Cada vez más sofones alcanzarán aquel sistema planetario y se dedicarán a patrullarlo. Aunque ni todos juntos llegarían a sumar una masa total de una mil millonésima parte de una bacteria, serán capaces de impedir que los físicos de la Tierra posen la mirada sobre los secretos escondidos en lo más profundo de la estructura de la materia. Los humanos nunca tendrán acceso a las microdimensiones, y su habilidad para manipular materia quedará para siempre limitada a menos de cinco dimensiones. Sin ese avance fundamental, la tecnología de la civilización de la Tierra permanecerá anclada en la era primitiva. ¡Hemos echado el cerrojo! Los humanos serán incapaces de escapar por sus propios medios.

—¡Pero qué maravilla! Señor consejero de Ciencia, le pido perdón por la irrespetuosa forma en que he tratado el proyecto Sofón hasta ahora —se excusó el consejero de Asuntos Militares. Su tono era sincero.

—Por el momento solo existen en la Tierra tres aceleradores con potencia suficiente para lograr algún avance importante.

Así, cuando Sofón 1 y Sofón 2 lleguen, tendrán mucha capacidad extra y, además de interferir en los resultados de los aceleradores, podremos asignarles otras tareas. Por ejemplo, la implementación de nuestro Plan de los Milagros.

—¿Los sofones son capaces de hacer milagros?

—Milagros a ojos de los terrícolas. Todo el mundo sabe que las partículas de alta energía se utilizan en el revelado fotográfico porque logran la exposición de la película; justamente esa era una de las maneras en que los primeros aceleradores terrícolas lograban mostrar las partículas individuales. Cuando un sofón traspasa la película con gran energía, deja detrás de sí un punto de exposición. Después de hacerlo repetidamente, los puntos resultantes se van conectando y aparecen letras o incluso imágenes, como si se tratara de un bordado. El proceso es muy rápido, sucede a una velocidad muchísimo mayor que aquella a la que los humanos exponen la película cuando toman una foto. Pues bien: se da la circunstancia de que la retina de un humano es similar a la nuestra, y un sofón de alta energía puede servirse de la misma técnica para mostrar en ellas letras, números o incluso imágenes. Y si este pequeño «milagro» bastará para sembrar el pánico entre los humanos y confundirlos, espere a oír el gran «milagro» que preparamos para sus científicos, miserables insectos: los sofones son capaces de causar que el fondo cósmico de radiación entero titile ante sus ojos.

—Esto resultaría aterrador incluso para nuestros científicos... ¿Cómo se consigue?

—Muy fácil: ya tenemos escrito el *software* que permite al sofón desdoblarse en dos dimensiones. Cuando el desdoblamiento se completa, la enorme superficie plana resultante es capaz de envolver a la Tierra por completo y convertirse en una especie de membrana cuya transparencia puede ser modificada por el *software*... y no solo modificada, sino además sincronizada con las frecuencias del fondo cósmico de microondas para que sea totalmente invisible... hasta que interese producir el titileo. No hace falta decir que, conforme se desdoblan en más dimensiones, los sofones son capaces de crear «milagros» mucho más espectaculares. Aunque el *software* que se encargue de producirlos todavía se encuentra en desarrollo, puede estar seguro de que crearán tal ambiente que hará inevitable el descarrilamiento de la ciencia humana. El Plan de los Milagros contendrá de forma efectiva los avances en todos los campos, excepto en la física que se da en la Tierra.

—Una última pregunta: ¿por qué no enviar los cuatro sofones a la Tierra?

—El entrelazamiento cuántico no entiende de distancias; aun en el caso de que los cuatro se hallaran en rincones opuestos del universo, continuarían sintiéndose unos a otros con total inmediatez y no se rompería la formación. Mantener a Sofón 3 y a Sofón 4 aquí nos permitirá recibir información de Sofón 1 y Sofón 2 de manera instantánea y monitorizar a la Tierra en tiempo real. Del mismo modo, eso también nos permitirá comunicarnos en tiempo real con las fuerzas alienadas de la civilización terrestre.

Sin que nadie se diera cuenta, el sol que acababa de asomar por el horizonte empezaba a ponerse. Había comenzado una nueva era caótica.

Mientras Ye Wenjie leía los mensajes de Trisolaris, en el Centro de Comandancia de Batalla se celebraba una nueva reunión, esta vez para analizar los datos que habían obtenido tras la operación Guzheng. Al llegar, el general Chang se dirigió a los asistentes con una advertencia:

—Camaradas, tengan en cuenta que todo lo que digan estará siendo más que probablemente monitorizado por sofones. A partir de este momento ya nada será secreto.

El general pronunciaba aquellas palabras en un entorno que seguía siendo familiar para todos los presentes. Las cortinas de los ventanales reflejaban la sombra que los árboles proyectaban a la luz del sol estival, pero a ojos de los asistentes el mundo había dejado de ser el mismo: sentían la presencia de unos ojos omnipresentes, de cuya mirada no había escondite posible. Aquella presencia les perseguiría el resto de sus vidas y les afectaría no solo a ellos, sino a todos sus descendientes.

Todavía deberían pasar muchos muchos años antes de que los humanos se adaptaran psicológicamente a aquella situación.

Tres segundos después de que el general finalizara su intervención, por primera vez en la historia Trisolaris, se comunicó con la humanidad sin la mediación del Movimiento Terrícola-trisolariano. A partir de entonces cortarían toda comunicación con los adventistas y, en lo que les quedaba de vida a los presentes, nunca volverían a enviar más mensajes.

Aquel día, todas las personas que se encontraban en el Centro de Comandancia de Batalla presenciaron cómo el mensaje aparecía ante sus ojos, igual que Wang Miao había visto la cuenta atrás. Duró apenas dos segundos y luego desapareció, pero todos fueron capaces de leerlo con claridad. Era una única frase:

¡No sois más que insectos!

34

Insectos

Cuando Shi Qiang llegó al apartamento, Wang Miao y Ding Yi ya estaban muy borrachos. Los dos se alegraron mucho de verlo y corrieron a abrazarlo.

—¡Ah, Da Shi, agente Shi...!

Ding Yi, que a duras penas conseguía tenerse en pie, le buscó un vaso, que colocó sobre la mesa de billar, y empezó a llenarlo de licor.

—Al final, tanto pensar diferente, no valió de nada... —dijo, tendiéndole el vaso—. Tanto si leemos los mensajes como si no, el resultado dentro de cuatrocientos años será el mismo.

Da Shi se sentó ante la mesa de billar, mirando a los dos hombres como si algo le rondara la cabeza.

—¿De verdad es como dicen? ¿Todo está perdido?

—Eso es —afirmó Ding con rotundidad—. Se acabó.

—Es cierto que ya no podrán usar aceleradores ni estudiar la estructura de la materia, pero ¿por qué va a significar eso que todo esté perdido?

—¿A usted qué le parece?

—¡Que la tecnología puede seguir avanzando! Mire sino el nanomaterial que inventaron nuestro lumbreras y sus colegas...

—Imagínese un antiguo reino. Su tecnología avanza: inventan espadas cada vez más filosas, escudos cada vez más resistentes, lanzas cada vez más puntiagudas... ¡Incluso pueden llegar a inventar ballestas de repetición que disparen flechas como una ametralladora! Pero...

—... Pero sin saber que la materia se compone de moléculas y átomos nunca serán capaces de crear misiles y satélites —dijo Da Shi, asintiendo—. Su bajo nivel científico los limita.

Ding Yi fue a darle una palmada en la espalda.

—¡Siempre supe que tenía usted una mente inquieta!

—El estudio de la estructura profunda de la materia es la base de la que parten todas las demás ciencias —dijo Wang, tomando el testigo—. Sin que haya progresos en ese campo, todo lo demás..., todo lo demás, por expresarlo en sus términos, se queda en gilipolleces.

—¡Ay! —suspiró Ding, señalando a Wang—. Nuestro lumbreras todavía podrá seguir mejorando nuestros arcos y flechas, pero yo... ¿a qué coño me voy a dedicar yo el resto de mi vida?

—¡Mírelo por el lado bueno! —exclamó Wang, levantando el vaso—. ¡Es libre de dedicarlo a lo que le venga en gana, porque ni usted ni yo, ni ninguno de nuestros coetáneos, estará aquí dentro de cuatrocientos años, y, dado el panorama, cualquier exceso está justificado! ¡Porque solo somos insectos! ¡Insectos al borde de la extinción!

—¡Pues tiene razón! —dijo Ding, de pronto alegre, sumando su vaso al de Wang—. ¡Un brindis en honor de los insectos! ¡Nunca imaginé que el fin del mundo fuera a sentarme tan bien! ¡Que vivan los insectos, que vivan los sofones y que viva el fin del mundo!

Da Shi vació su vaso de un trago.

—Par de gallinas..., mírense —lamentó, negando con la cabeza.

—¿Qué quiere que hagamos? —preguntó Ding Yi, tratando de enfocarlo con su mirada ebria—. ¿Es usted capaz de infundirnos esperanzas?

Da Shi se puso de pie.

—Vamos.

—¿Adónde?

—A infundirles esperanzas.

—¡Ríndase de una vez, amigo! ¡Relájese y beba!

Da Shi los cogió del brazo y empezó a tirar de ellos.

—¡Vamos, he dicho! Si es necesario, traigan la botella.

Bajaron a la calle y subieron al coche de Da Shi. Mientras este encendía el motor, Wang le preguntó con lengua pastosa adónde se dirigían.

—A mi pueblo —respondió Da Shi—. No queda lejos.

Salieron de la ciudad y tomaron la autopista Pekín-Shijiazhuang en dirección oeste. En cuanto estuvieron en la provincia de Hebei, la abandonaron, Da Shi detuvo el coche y los hizo salir.

Fuera, un sol cegador obligó a Ding y a Wang a entornar los ojos. Ante ellos se extendían, en toda su inmensidad, los trigales de la gran llanura del norte de China.

—¿Para qué nos ha traído hasta aquí? —preguntó Wang.

—Para ver insectos —contestó Da Shi, al tiempo que encendía uno de los habanos que le había regalado el coronel Stanton, y a continuación señalaba con él los campos de trigo.

Wang y Ding advirtieron entonces que estaban plagados de langostas: no quedaba una sola espiga desnuda. En el suelo se apilaban muchas más, arrastrándose con la lentitud de un líquido espeso.

—¡Aquí también hay plagas de langostas! —exclamó Wang, mientras espantaba unas cuantas cerca del borde del campo para sentarse.

—Densas como tormentas de arena. Empezaron hace cosa de diez años. Por el momento, este es el peor...

—¿Y qué quiere que le hagamos? Si ahora ya nada importa... —dijo Ding Yi, con voz todavía ebria.

—Solo quería preguntarles si la brecha tecnológica entre los trisolarianos y los humanos es mayor que entre las langostas y los humanos.

La pregunta desembriagó a los dos científicos tan rápidamente como lo habría hecho una ducha de agua fría. Con la vista fija en las langostas apiladas, sus rostros se ensombrecieron: entendían perfectamente lo que Da Shi había querido decirles.

Mírenlos, ahí están, por todas partes: los insectos. Su nivel tecnológico está infinitamente más alejado del nuestro, de lo que nosotros podamos estarlo de los trisolarianos, y, con todo, los humanos llevamos tratando de acabar con ellos desde tiempo inmemorial: empleando toda clase de venenos, fumigando, introduciendo en su hábitat a sus depredadores naturales, localizando sus huevos para eliminarlos, empleando la modificación genética para tratar de esterilizarlos, quemándolos con fuego, ahogándolos con agua..., y aun así, en cada casa sigue habiendo un bote de insecticida, algún cajón con un matamoscas dentro. El desenlace de esta guerra que dura desde el mismo inicio de la civilización humana continúa en suspenso. A día de hoy, los insectos no han podido ser eliminados y pisan con orgullo la faz de la Tierra sin que su número haya disminuido desde la aparición del hombre.

Aquel trisolariano al que se le ocurrió tildar a los humanos de insectos olvidaba un hecho: los insectos jamás han sido vencidos.

Una nube negra ocultó el sol y proyectó una sombra que corría sobre los campos. No se trataba de una nube corriente, sino de un nuevo ejército de langostas. Mientras descendía sobre los trigales y los arrasaba, los tres hombres permanecieron inmóviles en medio de aquella lluvia viviente, admirados por la grandeza de la vida en la Tierra.

Ding Yi y Wang Miao vaciaron las dos botellas que se habían llevado: un brindis por los insectos.

—Gracias, Da Shi —dijo Wang, tendiéndole la mano amistosamente.

—Yo también le doy las gracias —dijo Ding Yi, estrechándosela.

—Regresemos —propuso Wang—. Nos queda mucho trabajo por hacer.

35

Ruinas

Nadie creyó que Ye Wenjie fuera capaz de subir hasta Pico Radar por su propio pie, pero lo consiguió. Además, no permitió que la ayudaran y solo se detuvo a descansar dos veces, en sendos puestos de vigilancia abandonados. Con ello consumió, de forma implacable, una vitalidad que ya no recuperaría.

Desde que se supo la verdad sobre la civilización trisolariana apenas había vuelto a hablar, aunque sí hizo una petición: pisar las ruinas de Costa Roja.

El grupo de visitantes alcanzó Pico Radar justo cuando las nubes se disipaban en la cima. Después de pasar el día caminando entre ellas, ver de pronto cómo el sol brillaba en el oeste, tras un claro cielo azul, les hizo sentir que alcanzaban el paraíso. Contempladas desde allí, las nubes que quedaban abajo parecían un esplendoroso mar de plata, cuyas subidas y bajadas se mimetizaban con las montañas del Gran Khingan.

Las ruinas que esperaban encontrar no existían. La base había sido desmantelada a conciencia y en la cima no había más que un extenso herbazal. Con los cimientos y las carreteras enterrados, aquel lugar se había convertido en un paraje desolado en el cual Costa Roja parecía no haber existido nunca.

Sin embargo, muy pronto Ye advirtió algo. Se dirigió a una especie de gran roca y, retirando la hierba que la cubría, dejó al descubierto su superficie oxidada. Todos comprendieron entonces que se trataba de un objeto metálico.

—Esto era la base de la antena —explicó ella.

Fue desde esa antena desde donde una vez se envió el primer mensaje de la civilización terrestre que se oyó en el espacio y, tras llegar primero al Sol, y allí ser amplificado, se extendió por todo el universo.

Cerca de la base, Xu Bingbing descubrió una pequeña losa de piedra casi completamente oculta por la hierba. Sobre ella había una placa cuya inscripción rezaba:

UBICACIÓN ORIGINAL DE LA BASE COSTA ROJA (1968-1987)
ACADEMIA DE LAS CIENCIAS CHINA
21 DE MARZO DE 1989

Más que conmemorativa, aquella placa minúscula parecía un intento de olvido.

Ye se aproximó entonces al borde de aquel acantilado donde una vez había terminado con la vida de dos soldados. En lugar de admirar el mar de nubes, fijó su mirada en un punto concreto donde había una pequeña aldea llamada Qijiatun.

El corazón le latía con gran dificultad. Parecía la desgastada cuerda de un instrumento a punto de romperse. Entonces, una negra niebla irrumpió ante sus ojos. Ella usó sus últimas fuerzas para no desfallecer, y así, antes de que todo se sumiera en la eterna oscuridad, poder contemplar la puesta de sol en Costa Roja por última vez.

Por el oeste del horizonte, el sol se sumergía en las nubes, como si las derritiera. Las tiñó con su rojo sangre, que se extendió al cielo, y todo quedó iluminado por su gloriosa luz.

—Es el ocaso de la humanidad —musitó Ye Wenjie, ya sin fuerzas—. Y el mío también.

Índice

PRIMERA PARTE
PRIMAVERA SILENCIOSA

SEGUNDA PARTE
TRES CUERPOS

TERCERA PARTE

EL OCASO DE LA HUMANIDAD